DIE
HOCHZEIT

WEITERE TITEL VON K.L. SLATER

In Deutscher Sprache
Verschwunden

Die Hochzeit

In Englischer Sprache
Missing

The Widow

The Evidence

The Marriage

The Girl She Wanted

Little Whispers

Single

The Silent Ones

Finding Grace

Closer

The Secret

The Visitor

The Mistake

Liar

Blink

Safe With Me

DIE HOCHZEIT
K.L. SLATER

Übersetzt von Sonja Hagemann

bookouture

Herausgegeben von Bookouture im Jahr 2022

Ein Imprint von Storyfire Ltd.
Carmelite House
50 Victoria Embankment
London EC4Y 0DZ

www.bookouture.com

Copyright der Originalausgabe © K.L. Slater, 2021
Copyright der deutschsprachigen Ausgabe © Sonja Hagemann, 2022
Übersetzung: Sonja Hagemann

K.L. Slater hat ihr Recht geltend gemacht, als Autorin dieses Buches genannt zu werden.

Alle Rechte vorbehalten. Diese Veröffentlichung darf ohne vorherige schriftliche Genehmigung der Herausgeber weder ganz noch auszugsweise in irgendeiner Form oder mit irgendwelchen Mitteln (elektronisch, mechanisch, durch Fotokopie oder Aufzeichnung oder auf andere Weise) reproduziert, in einem Datenabrufsystem gespeichert oder weitergegeben werden.

ISBN: 978-1-80314-779-6
eBook ISBN: 978-1-80314-778-9

Dieses Buch ist ein belletristisches Werk. Namen, Charaktere, Unternehmen, Organisationen, Orte und Ereignisse, die nicht eindeutig zum Gemeingut gehören, sind entweder frei von der Autorin erfunden oder werden fiktiv verwendet. Jede Ähnlichkeit mit tatsächlichen lebenden oder toten Personen oder mit tatsächlichen Ereignissen oder Orten ist völlig zufällig.

*In Erinnerung an Julie Wagg,
geliebte Mutter, Ehefrau, Großmutter und Freundin*

PROLOG

BRIDGET

April 2019

Ich stand in meinem neuen elfenbeinfarbenen Seidenkleid vor dem Ganzkörperspiegel und bewunderte das schlichte, elegante Modell, das meine Kurven umschmeichelte, an den entscheidenden Stellen jedoch züchtig blieb.

Sprühbräune aus dem Schönheitssalon und Feuchtigkeitscreme ließen meinen Teint glatt und jugendlich wirken. Aber die Haut auf dem Handrücken federte nicht wieder sofort zurück, als ich sie mit zwei Fingern zusammenkniff.

Die zu Locken aufgedrehten Haare hatte ich mir hochgesteckt und hier und da mit kleinen Schleierkrautblüten geschmückt, die mich sanfter aussehen lassen sollten. Das hübsche Rosa des Lippenstifts, den ich trug, war der Dame in der Kosmetikabteilung des Kaufhauses zufolge der neueste Frühlingston.

Ich trat einen Schritt vor und studierte mein Spiegelbild. Rund um die Augen- und Mundwinkel waren feine Fältchen zu sehen. Meine Wangen waren weicher, schlaffer geworden, wodurch ich längst nicht mehr so eine definierte Kieferpartie hatte wie in meinen Dreißigern.

In zwei Jahren würde ich fünfzig werden, aber man war schließlich so alt, wie man sich fühlte. Und heute fühlte ich mich jung, frei und vor Energie sprühend. Es kam mir vor, als hätte ich diesen Neuanfang schon ewig geplant.

Heute begann ich ein neues Leben mit einem zwanzig Jahre jüngeren Partner.

In einer Stunde würde ich den Mann heiraten, den ich liebte.

Den Mann, der vor zehn Jahren meinen einzigen Sohn getötet hatte.

EINS

2009

Auf den Straßen von Mansfield, einem großen Marktflecken im Maun Valley, knapp zwanzig Kilometer nördlich von Nottingham, war die pensionierte Grundschullehrerin Mavis Threadgold ein vertrauter Anblick.

Man hätte die Uhr nach ihr stellen können, da sie zusammen mit ihrem zwei Jahre alten schwarzbraunen Dackel Harry dreimal am Tag mit ihrem honigfarbenen Regenmantel, kariertem Schal und praktischen festen Schuhen zum Schnüren die Bürgersteige der Stadt entlangmarschierte. Wie viele andere Gassigänger auch drehten die beiden unerschütterlich bei jedem Wetter ihre üblichen Runden in der Stadt und Umgebung. Ungewöhnlich war allerdings, dass einer von Harrys regelmäßigen Spaziergängen um zwei Uhr morgens stattfand.

Und genau der stand in diesem Moment an. Während Harry an einer Straßenlaterne herumschnüffelte, wartete sein Frauchen geduldig. Mavis dachte unterwegs oft an ihre Berufstätigkeit als Lehrerin zurück, und zwar am liebsten bei einem

Rundgang um diese Uhrzeit, weil die Straßen dann ganz ruhig waren.

Mit den Spaziergängen zu dieser unchristlichen Zeit hatte Mavis nach ihrer Pensionierung begonnen, als sie plötzlich nicht mehr jeden Tag im Klassenzimmer in die unschuldigen, eifrigen Gesichter von dreißig Kindern blickte. Man hatte ihr wegen eines sich verschlimmernden Vorhofflimmerns einen Herzschrittmacher eingesetzt, der leider furchtbare Schlaflosigkeit zur Folge hatte. Ohne erkenntlichen Grund schlug Mavis jede Nacht nach drei oder vier Stunden tiefem Schlaf die Augen plötzlich wieder auf. Allerdings war ihr Herzleiden nicht das Einzige, das sie wachhielt.

Ihre vorzeitige Pensionierung hatte ihr nämlich einen Strich durch die Rechnung gemacht, was die vollständige Tilgung ihrer Hypothek noch vor ihrem Ruhestand anging. Sie hatte das Haus erst spät im Leben gekauft und die Hypothek eigentlich bis zu ihrem sechzigsten Geburtstag abbezahlt haben wollen. Denn sie bezog zwar Rente, aber nicht so viel, wie es unter anderen Umständen vielleicht gewesen wäre. Da sie nie geheiratet und von nur einem Einkommen hatte leben müssen, hatte sie immer nur niedrige Beitragssätze gezahlt. Schließlich hatte sich Mavis dazu gezwungen gesehen, die Hypothek noch einmal um fünf Jahre zu verlängern, um die monatliche Belastung gering zu halten.

Spazierengehen war ihr Mittel gegen die Schlaflosigkeit. Es war eine Aktivität, die sie nicht aus finanziellen Gründen einschränken musste, und besser noch: Nach einem flotten fünfundzwanzigminütigen Marsch – den sie stets zwischen zwei und drei Uhr morgens unternahm – würde sie mit einer Tasse Tee ins Bett gehen und noch einmal ein paar Stunden die Augen zumachen können.

Mavis staunte jedes Mal darüber, dass die nächtlich stillen, leeren Straßen stets den gleichen Anblick boten. In den frühen Morgenstunden war hier noch nie irgendetwas passiert. Bis heute. Als Harry gerade das Beinchen an einer weiteren Laterne heben wollte, erstarrte er, weil in der ruhigen Straße fünfzehn Meter von ihnen entfernt wie aus dem Nichts plötzlich laute Musik dröhnte.

Der hintere Notausgang des Movers, des einzigen in der Stadt verbliebenen Nachtclubs, war aufgestoßen worden, und zwei wild um sich schlagende Gestalten wurden nach draußen befördert, bevor ein muskulöser Rausschmeißer die Tür wieder zuzog.

Mavis beugte sich vor, um den verschreckten Harry auf den Arm zu nehmen, und zog sich außer Sichtweite der beiden Personen an eine im Schatten liegende Stelle zurück. Sicher handelte es sich um irgendwelche Schläger, die nur auf Ärger aus waren. Als sie genauer hinschaute, wurde ihr jedoch klar, dass sie die beiden jungen Burschen kannte, die sich da den Staub von den Kleidern schüttelten.

Es handelte sich um Thomas Billinghurst und Jesse Wilson.

Tom und Jesse hatten Mavis Threadgold in der Vierten als Klassenlehrerin gehabt und waren mit elf noch einmal von ihr unterrichtet worden, bevor sie auf die Mansfield Academy gewechselt waren.

Diese Jungen waren wie Brüder gewesen, vom Kindergarten an unzertrennlich, obwohl sie unterschiedlicher nicht hätten sein können. Mavis gab gern zu, dass sie zu ihren Lieblingen gehört hatten. Zwischen den beiden gab es eine Wechselwirkung, aufgrund der sie sie oft liebevoll ihr »dynamisches Duo« genannt hatte. Tom hatte einen beruhigenden Einfluss auf Jesse, wenn der zu aufgedreht war, und Jesse konnte den zurückhaltenden Tom problemlos zu Dingen bewegen, auf die er sich sonst wohl nicht eingelassen hätte. Ohne groß darüber nachzudenken, ergänzten die beiden einander perfekt und profitierten von dieser Freundschaft, die sie beide bereicherte.

Die Jungen mussten jetzt achtzehn Jahre alt sein, überschlug Mavis schnell im Kopf. Bei dem Gedanken fühlte sie sich uralt, obwohl sie doch nur fünfundsechzig war.

Auch im Teenageralter war Jesse der wildere von ihnen geblieben und hatte in der Stadt oft für Klatsch und Tratsch gesorgt. Er steckte immer entweder in Schwierigkeiten oder ritt sich gerade hinein.

Mit diesem Jungen hatte die arme Bridget wirklich beide Hände voll zu tun, dachte Mavis, vor allem, da sie ja alleinerziehend war.

Tom hingegen kam aus einer gutsituierten Familie, und beim jährlichen Elternabend hatten Jill und Robert Billinghurst stets in der ersten Reihe gesessen. Er war zu einem cleveren, sportlichen jungen Mann herangewachsen und gehörte zu den Menschen, die bei allem gut waren, woran sie sich versuchten. Im Moment interessierte er sich fürs Boxen, wenn sich Mavis recht erinnerte. Vor ein paar Wochen hatte ein kleiner Artikel in der Lokalzeitung über einen kürzlichen Sieg von ihm berichtet.

Die Lehrerin wollte gerade hinübergehen und Hallo sagen, als sich die beiden ziemlich gebeutelten Gestalten bedrohlich voreinander aufbauten. An solche Situationen war Mavis vom Pausenhof her gewöhnt. Es war erstaunlich, wie viel erwachsene Männer mit sich streitenden Fünfjährigen gemein hatten. Aber in der ruhigen, dämmrigen Straße war im schwachen orangefarbenen Licht der Natriumdampflampen plötzlich nichts mehr von den frechen, aber liebenswerten Jungen zu sehen, die die Lehrerin einst gut gekannt hatte. Mavis kroch ein eiskaltes Gefühl den Nacken hinauf.

Sie machte den Mund auf und wollte eigentlich eingreifen, bevor sich die Sache hochschaukelte, zögerte jedoch, als die Stimmen bereits lauter wurden, der Ton rauer. Dann ging das Gerangel los, die Blicke funkelten, und die beiden jungen Männer schleuderten einander fürchterliche Anschuldigungen entgegen.

Was Mavis da zu Ohren bekam, hätte sie lieber nicht mit angehört, und sie konnte nicht einfach nur zusehen. Das musste ein Ende finden, sofort!

Aber genau in dem Moment, als sie aus dem Schatten trat, eskalierte der Streit – die Bewegungen wurden hektischer, Wut glühte in ihren Blicken und durch gefletschte Zähne hindurch wurden boshafte Worte ausgestoßen.

Mavis entfuhr ein Keuchen, als etwas Scharfes, Metallisches aufblitzte. Sie drückte den zitternden Harry an sich und schob sich hinter den großen grünen Recyclingcontainer eines Gemüsehändlers. Mit dem Gestank von Verrottetem in der Nase beobachtete sie von hier aus die Szene. Was sie als nächstes sah und hörte, ließ ihr den Atem stocken. Ihre Hände krallten sich immer fester um den warmen, weichen Hund, während sie weiter in die sichere Dunkelheit zurückwich.

Das Knirschen von Kies unter den Gummisohlen ihrer Schuhe ließ die jungen Männer für den Bruchteil einer Sekunde in ihre Richtung schauen, als hätten sie sie gesehen oder gehört. Aber die Unterbrechung war schnell vergessen, als sich einer der beiden auf den anderen stürzte.

Mavis huschte durch eine verborgene Gasse, die hinter einer Reihe von Geschäften als Abkürzung diente, und setzte ihren Dackel beim Erreichen der nächsten Straße wieder ab. Dort zog sie ihr Prepaidhandy aus der Tasche und wählte den Notruf. Als sie in das Mobiltelefon sprach, legte sie die Hand davor, um ihre Stimme zu verzerren.

»Am Hintereingang des Nachtclubs Movers in Mansfield gibt es Probleme«, murmelte sie atemlos. »Da streiten sich zwei Männer, und es sieht ziemlich heftig aus. Ich fürchte, dass gleich jemand verletzt wird.«

Schnell legte sie auf, während die Person am anderen Ende noch jede Menge Fragen stellte.

Mavis lief den Hügel der Stadt hinauf und blieb am höchsten Punkt stehen, um zu lauschen. Ihr Herz begann, schneller zu schlagen, als sie das eindringliche Kreischen von Sirenen hörte, die die normalerweise so friedliche Stille der Morgenstunden zerrissen. Als sie einen Blick hinunter wagte, sah sie mehrere Einsatzfahrzeuge mit Blaulicht in die Hauptstraße einbiegen.

Ihr Herz zog sich zusammen, und einen Moment erwog sie ernsthaft, zurückzugehen und nachzusehen, ob alles in Ordnung war. Sie fragte sich, ob sie sich das Aufblitzen von Metall nur eingebildet hatte – schließlich waren ihre Augen nicht mehr so gut wie früher. Auch ihr Gehör hatte so seine Tücken, und die Worte waren ja undeutlich gelallt worden. Vielleicht hatte sie die schrecklichen Worte, die üblen Anschuldigungen gar nicht richtig verstanden. Der bloße Gedanke, sich erst mit der Polizei herumschlagen zu müssen und später mit der Neugier der Nachbarn ... Im schlimmsten Fall womöglich als Zeugin vor Gericht geladen zu werden ... Nein, das alles konnte Mavis nicht auf sich nehmen, nicht nach ihrer Herz-OP. Der Arzt hatte ihr doch geraten, Stress zu vermeiden.

Harry zog an seiner Leine, er wollte nach Hause, raus aus der kalten Oktoberluft.

»Vielleicht gab es ja einen Verkehrsunfall, Harry«, sagte sie laut, als wollte sie jemandem etwas vorgaukeln. Es war eine gute Übung für später. Falls je die Polizei an ihre Tür klopfen würde, wollte sie nämlich genau das zu Protokoll geben: Dass sie nicht gesehen hatte, was passiert war, weil sie beim plötzlichen Ertönen von Sirenen schon fast wieder zu Hause gewesen war.

Manchmal war die Wahrheit schwer zu ertragen, aber noch schwerer auszusprechen. Mit dieser Erkenntnis hatte sich Mavis als gottesfürchtige Frau nur schwer abfinden können. Sie hatte jedoch immer den Wert des Schweigens zu schätzen gewusst und versucht, andere Leute ihre Probleme allein lösen zu lassen.

Sie kannte beide Jungen, kannte ihre Familien. Es würde

nicht gut ausgehen, wenn sie für den einen oder anderen Partei ergriff. Soweit sie sich erinnerte, gab es da auf beiden Seiten ziemlich temperamentvolle Familienmitglieder.

Mavis hatte gut dreißig Jahre damit verbracht, ihren jungen Schützlingen den Unterschied zwischen Richtig und Falsch beizubringen. Ja, sie hielt viel davon, das Richtige zu tun, wenn man konnte. Manchmal war die Wahrheit allerdings so grausam, dass es gütiger und klüger war, sie nicht auszusprechen.

Hoffentlich war es einfach nur bei einer Schlägerei geblieben, bei einem dem Alkohol geschuldeten Streit zwischen zwei Freunden.

Mavis' Erfahrung nach waren solche unangenehmen kleinen Zwischenfälle auch ganz schnell wieder vorbei.

ZWEI

The Mansfield Guardian

15. Oktober 2009

Mann stirbt nach einem einzigen Schlag in der Innenstadt

Nach einem Angriff vor einem Nachtclub wurde in den frühen Morgenstunden ein Achtzehnjähriger in kritischem Zustand ins Krankenhaus eingeliefert und ist dort an einer Hirnblutung verstorben.

Der Vorfall ereignete sich kurz nach zwei Uhr morgens vor dem Movers, einem Nachtclub mit Bar in der White Hart Street in Mansfield. Nachdem zwischen den beiden Männern im Lokal ein Streit eskaliert war, waren sie vom Sicherheitspersonal der Räumlichkeiten verwiesen worden. Der tödliche Angriff fand vor dem Hinterausgang statt.

Soweit dem *Guardian* bekannt ist, wurde der Schlag gegen Jesse Wilson von einem ihm bekannten Mann ausgeführt. Es wurde ein ebenfalls Achtzehnjähriger aus dem Ort festgenommen, ein Mittelgewichtsboxer, der sich kürzlich für die East Midlands Boxmeisterschaft im kommenden Februar qualifiziert hat.

Die Polizei sucht nach Zeugen.

DREI

TOM

April 2019

Es war toll, was das Personal für sie organisiert hatte, dachte Tom. Alle hatten sich wirklich Mühe gegeben.

Rund um die Tür der tristen kleinen Gefängniskapelle hatten die Wärter kunstvoll eine Bahn weißen Satinstoff drapiert. Auf den Fensterbrettern standen zierliche Vasen mit Freesien und rosafarbenen Rosen, von denen auch Blütenblätter am Boden verstreut waren. Auf dem kleinen Tisch, an dem sich seine Braut und er gleich ins Trauregister eintragen würden, waren rote Herzen verteilt.

Den Antrag hatte er Bridget schon vor sechs Monaten gemacht und dafür eine Sondergenehmigung für einen privaten Besuch bekommen. Da seine Entlassung näher rückte, hatte man sich bereiterklärt, ihm für eine Stunde ein kleines Besucherzimmer zu überlassen. Dieser Raum wurde oft für schwierige Gespräche genutzt – wenn Verwandte zum Beispiel die Nachricht von einem Todesfall oder der Geburt eines Kindes überbrachten.

Dort stand zwischen mehreren zerkratzten Stühlen ein

Beistelltischchen mit abblätterndem Furnier, und die Ecken waren mit Plastikpflanzen in fies glänzendem Grün dekoriert. Aber es gab auch ein Fenster, durch das man auf die Felder hinter dem Gefängnis blickte. Während er auf Bridget wartete, stand Tom da und starrte hinaus auf eine Rasenfläche, dann hoch zum Himmel. Er sah ein paar Möwen, die zwischen grauen Wattewolken hindurchsausten, als wollten sie ihn an die schiere Größe der Welt dort draußen erinnern. An die Dimensionen einer Welt, an der Tom bald wieder teilhaben durfte.

»Warum denn ein privater Besuchsraum?«, waren Bridgets erste Worte, als der Wärter sie hereinbrachte. Der Ausdruck auf ihrem schönen Gesicht zeugte von Anspannung und Sorge. »Tom? Ist alles in Ordnung?«

»Alles perfekt«, antwortete er lächelnd, während sie sich setzten.

»Ich bleibe direkt vor der Tür«, bemerkte der Wärter, Barry, vielsagend. Tom und seine Besucherin allein zu lassen, verstieß gegen die Regeln, aber Barry hatte während Toms kompletter Haftzeit hier gearbeitet und wusste über sein Vorhaben Bescheid. Die Tür ließ er allerdings einen Spaltbreit offen.

Argwöhnisch schaute ihm Bridget über die Schulter nach. »Du machst mir Angst, Tom«, flüsterte sie. »Was ist denn los?«

»Nichts ist los, Brid. Ich hab dich hierher gebeten, weil ...« Er stand auf, ging zu ihr hinüber und ließ sich auf ein Knie fallen. »... weil ich dich fragen möchte, ob du meine Frau werden willst!«

Bridget entfuhr ein leiser Laut, und sie schlug sich die Hand vor den Mund, während ihre Augen feucht glitzerten. »Oh, Tom ... ja! Die Antwort lautet Ja! Natürlich will ich deine Frau werden!«

Sie erhoben sich und schlossen einander in die Arme, zum ersten Mal, seit Bridget vor gut zwei Jahren mit ihren Besuchen hier begonnen hatte. Er vergrub das Gesicht in ihrem sauberen, glänzenden Haar und sog das Aroma des nach Mandeln und

Vanille duftenden Shampoos ein. Als Bridget sich an ihn schmiegte, reagierte sein ganzer Körper darauf. Während Tom sie noch näher an sich heranzog, ihre warmen, festen Schenkel an seinen spürte, durchfuhr ihn rasende Lust.

Die Tür ging knarrend etwas weiter auf, und Barry schob den Kopf herein, um mit hochgezogenen Augenbrauen anzuzeigen, dass sie sich jetzt lieber wieder setzten. Tom trat einen Schritt zurück und stieß geräuschvoll die Luft aus. Gott, er verzehrte sich so sehr nach ihr, und zwar schon so lange!

»Natürlich hatte ich insgeheim gehofft, dass du mich fragen würdest«, sagte Bridget, die sich über die Augen wischte. »Aber ich dachte eher, nach deiner Entlassung. Heute hatte ich damit wirklich nicht gerechnet!«

»Ich ... ich musste es einfach jetzt tun. Tut mir leid, dass ich dir keinen Verlobungsring anstecken kann, aber das hole ich so schnell wie möglich nach«, erklärte Tom, dessen von Hitze durchfluteter Körper noch immer unter Hochspannung stand. »Ich fürchte, dass sich die letzten sechs Monate meiner Haft einerseits wie sechs Jahre anfühlen werden. Andererseits wird alles dadurch erträglicher sein, dass wir bald zusammen sind.«

Sie setzten sich wieder hin und begannen, über praktische Fragen zu sprechen.

»Ich kann gern alles organisieren, dafür müssen wir nur ein Datum festlegen«, sagte Bridget, »entscheiden, wann und wo wir heiraten wollen ... und wie wir es unseren Familien sagen.«

Diese Bemerkung war für Tom wie eine kalte Dusche.

»Ja, ich weiß«, seufzte er. »Das hat mich auch schon beschäftigt.«

Sie einigten sich darauf, dass es wohl am besten war, wenn alles direkt nach seiner Entlassung über die Bühne ging. »Negative Reaktionen wird es auf jeden Fall geben«, warnte Bridget. »Am besten sagen wir erst kurz vorher Bescheid, damit niemand Ärger machen kann, um uns umzustimmen.«

Als Bridget ging, brachte Barry Tom zurück in seine Zelle.

»Nach der Reaktion der Dame zu urteilen, sind wohl Glückwünsche angebracht.« Der Wärter zwinkerte ihm zu.

Tom grinste und nickte. »Jetzt müssen wir uns nur noch überlegen, wie wir es am besten unseren Familien beibringen. Mir bleiben sechs Monate, um eine Strategie zu entwickeln, damit meine Mutter nicht den Dritten Weltkrieg auslöst, wenn sie davon hört.«

Barry blieb einen Moment im Bereich vor Toms Zelle stehen. »Also, hundertprozentig sicher bin ich jetzt nicht, aber Sie könnten vermutlich hier im Gefängnis heiraten. Ich weiß natürlich nicht, was Ihre Braut von diesem eher unromantischen Vorschlag halten würde. Aber da niemand etwas dagegen unternehmen könnte, würde es Ihre Probleme mit dem möglichen Protest Ihrer Familien lösen.«

Nachdem er Tom in die Zelle gelassen hatte, ging Barry den Gang entlang davon und pfiff den Hochzeitsmarsch vor sich hin.

Der Gefängnisleiter war überrascht gewesen, als Tom bei ihm die Heiratserlaubnis hatte beantragen wollen. »Wir hatten schon seit zehn Jahren keine Hochzeit mehr«, hatte er gesagt. »Aber die steht Ihnen natürlich zu, und wir würden von unserer Seite her für Sie tun, was wir können.«

Jetzt war es endlich so weit: In ein paar Minuten würden sie sich das Jawort geben, und das Gefängnispersonal hatte sich zu diesem Anlass wirklich selbst übertroffen.

Barry lieh Tom für diesen Tag seine brandneuen braunen Budapester, und einer der leitenden Angestellten hatte ihm einen dunkelblauen dreiteiligen Anzug mit weißem Hemd mitgebracht, der seinem Sohn gehörte.

Unter dem gestärkten Kragen fühlte sich sein Nacken allerdings unangenehm feucht an, und Tom sah vor seinem inneren Auge plötzlich Jesses Gesicht vor sich. Das geschah oft, wenn er aufgeregt war. Seit vor fast zehn Jahren die beiden Ermittler in den klaustrophobischen Verhörraum zurückgekehrt waren, um ihn über Jesses Tod zu informieren, war der Anblick seines Freundes für immer in Toms Gehirn eingebrannt.

Auf Jesses Zügen lag dabei stets derselbe Ausdruck wie in exakt dem Moment, in dem Tom den schicksalhaften Schlag ausgeführt hatte. In jenem Augenblick hätte Tom sich genauso gut auch umdrehen und weggehen können. *Hätte er es doch nur getan!*

Aber jetzt gab ihm das Leben eine zweite Chance.

Die Tür ging auf und der Gefängnisseelsorger kam herein, an dessen wöchentlichem Gottesdienst Tom nie teilgenommen hatte.

Der kleine, rundliche Mann mit schütterem Haar und dunklem Brillengestell, der eine leuchtend weiße Soutane aus Atlasseide trug, hielt einen Stapel Papiere in der einen Hand. Mit der anderen balancierte er ein lilafarbenes Samtkissen, auf dem der Ring lag. Tom hatte unzählige Stunden in der Gefängnisküche geschuftet und beim Putzen ausgeholfen, um dafür genug Geld zusammenzubekommen. Am Ende hatte er den Gefängnisleiter darum gebeten, dass der Geistliche für ihn einen schlichten Ring besorgen durfte.

Tom wurde bewusst, dass er hier wieder einen für seine Zukunft folgenreichen Moment durchlebte. Er konnte selbst entscheiden, ob er auf die Bremse treten oder sich Hals über Kopf in dieses verführerische neue Leben stürzen wollte. In diesem Fall ein besseres Leben, voller Vergebung und Liebe.

Erneut öffnete sich die Tür, und es waren gedämpfte Stimmen zu hören. Von Bläsern dominierte klassische Musik ertönte und erfüllte den Raum bis in den hintersten Winkel mit ihrem dünnen Klang. Tom stockte der Atem, als Bridget in den Raum schritt – sie sah umwerfend aus, einfach traumhaft schön in ihrem halblangen, gerade geschnittenen Kleid aus weißer Seide, das ihren straffen, wohlgeformten Körper umschmeichelte. Auf den zarten Trägern ihres Kleides funkelten winzige Glitzersteine, und sie trug einen Strauß aus drei Callablüten, deren leuchtend grüne Stiele von einem eleganten Silberbändchen zusammengehalten wurden. Ihre schwindelerregend hohen silberfarbenen Sandalen stellten elegante, leicht gebräunte Füße mit glänzenden Nägeln im French-Manicure-Stil zur Schau.

Tom wusste natürlich, dass die Häftlinge und einige der Wärter hinter seinem Rücken über ihn tuschelten. Er hatte hier drinnen den Kontakt zu anderen weitestgehend gemieden, dennoch gab es schon ein paar Typen, zu denen er einen guten Draht hatte und denen er vertraute. Sie hatten ihm verraten, was in seiner Abwesenheit über ihn geredet wurde: dass er verrückt sein musste, wenn er eine so viel ältere Frau heiratete, und dass diese Ehe niemals halten würde. Und da die Braut ausgerechnet die Mutter jenes Mannes war, den er getötet hatte, war man sich auch in Bezug auf sie einig: Sie musste völlig den Verstand verloren haben ... weil keine anständige Frau so etwas sonst tun würde.

Aber was scherten ihn deren kleinkarierte, gehässige Bemerkungen in Anbetracht der Gesamtperspektive? Bald würde er ein freier Mann sein und dieses Pack nie wiedersehen müssen.

Andere Menschen konnten einfach nicht verstehen, dass zwischen ihm und Bridget eine ganz besondere Verbindung bestand, die alles überdauern würde. Außerhalb des Gefängnisses würden die Leute ihnen wohl mit ähnlichen Bedenken begegnen. Aber Bridget hatte es ja selbst oft gesagt, wenn sie die wahrscheinlich anstehenden Schwierigkeiten diskutiert hatten: Das war *deren* Problem.

Tom fand, dass Bridget gut zehn Jahre jünger aussah. Sie hatte sich seit jener Zeit, in der er so oft bei Jesse zu Hause rumgehangen hatte, kaum verändert und war noch immer eine unfassbar attraktive Frau.

Als sie nun langsam die Kapelle betrat und sich ihre Blicke trafen, umspielte ein Lächeln Bridgets Lippen. Ihr aschblondes

Haar war zu Locken aufgedreht und dann zu einer lockeren Frisur hochgesteckt worden, die hier und da von einer sich sanft ringelnde Strähne umspielt wurde. Sorgfältig angeordnete weiße Blüten darin rahmten ihre zarten Gesichtszüge ein.

Wenn Tom sie anschaute, wurde er manchmal an Jesse erinnert, weil sie die gleichen Augen, das gleiche Profil hatte. Aber nicht heute. Heute war sie Bridget Wilson, seine zukünftige Frau. Die Mutter des jungen Mannes, den er vor zehn Jahren mit einem einzigen Fausthieb getötet hatte.

Bridget hatte in ihrem Herzen für ihn Vergebung gefunden und ihn dadurch gerettet. Sie war alles zugleich: seine Vergangenheit, Gegenwart und Zukunft, und Tom schwor sich insgeheim, dass sich nichts und niemand je zwischen sie würde stellen können. Das würde er nicht zulassen, wie schwierig sich die Dinge für sie draußen in der normalen Welt auch gestalten mochten.

Er konnte es kaum erwarten, ihr neues gemeinsames Leben anzufangen. Dafür war nur noch eine weitere Hürde zu nehmen.

Er musste seiner Mutter, Jill, die Nachricht von der Hochzeit überbringen. Und das würde alles andere als reibungslos laufen.

VIER

JILL

Oktober 2019

Ich betrachtete die sauber aufgereihten Dokumente und den Blister Paracetamol auf dem Couchtisch vor mir und spürte, wie sich in meiner Brust ein warmes Gefühl breitmachte. Zehn lange Jahre hatte ich auf diesen Moment gewartet, und jetzt war es endlich so weit: Tom würde nach Hause kommen!

Mit dem Finger tippte ich auf jedes Blatt und ging dabei in Gedanken die Liste noch einmal durch.

Alle näheren Informationen zu einer Wohnung mit zwei Schlafzimmern zehn Minuten Fußmarsch von uns entfernt. Nur ein Anruf, und die Agentur würde den Mietvertrag zum Unterzeichnen fertig machen. Erledigt!

Ein neues Bankkonto mit einem Anfangssaldo von tausend Pfund. Erledigt!

Details eines Angebots für einen Übergangsjob, für den ich meine Kontakte im Archiv der Zentralbücherei hatte spielen lassen. Erledigt!

Und zu guter Letzt ein Beratungstermin bei einem nachdrücklich empfohlenen Eingliederungshelfer in zwei Wochen. Erledigt!

Ich lehnte mich wieder zurück und schloss die Augen. Ja, ich hatte alles sorgfältig vorbereitet, jetzt sollte ich aber mal durchatmen, damit die Muskeln in meinem Nacken nicht länger unter Hochspannung standen. Ich musste einen Gang runterschalten, sonst würde ich die Kopfschmerzen, unter denen ich seit vierundzwanzig Stunden litt, wohl nie loswerden. Dass ich trotz der vom Arzt verschriebenen neuen Schlaftabletten schon seit fünf Uhr wach war, half auch nicht gerade.

»Ist alles soweit vorbereitet?« Robert kam mit zwei Tassen herein, stellte eine davon auf den niedrigen Tisch und setzte sich mit der anderen in seinen Ledersessel.

»Alles abgehakt«, antwortete ich und spülte zwei Paracetamol mit einem Schluck Tee hinunter. »Wir sind für seine Rückkehr bereit. Hast du dich um das Auto gekümmert?«

Robert salutierte spöttisch. »Wie befohlen, *Madam*! Ein voller Tank, seine Lieblingsplaylist und genug Wasser und Snacks für eine dreimal so lange Fahrt.«

Auch die spöttischen Bemerkungen meines Mannes kamen nicht gegen das aufgeregte Wummern in meiner Brust an. Für die Heimkehr meines Jungen sollte – *musste* – einfach alles perfekt sein.

Wieder konzentrierte ich mich auf meine Liste.

»Ich hab ihm zwei Jeans, einen Pullover, drei T-Shirts und einen Trainingsanzug gekauft, aber ich frage mich, ob ich ihm vielleicht noch eine schicke schwarze Hose und ein Hemd besorgen soll. Falls wir mal auswärts essen oder er mit einem alten Freund etwas trinken geht. Er hat doch sicher viel nachzuholen.«

Robert fuhr mit der Fingerkuppe über den Rand seiner Tasse. »Tom hat sicher seine eigene Meinung dazu, was er anziehen will, und ich glaube kaum, dass er Lust aufs Ausgehen haben wird. Hoffentlich besinnt er sich erst einmal darauf, wie viel Mist er im Leben gebaut hat.«

»Um darüber nachzudenken, hatte er ja wohl genug Zeit«, entgegnete ich angespannt. »Jetzt braucht er vielmehr unsere tatkräftige Unterstützung, um all das hinter sich zu lassen.«

Robert schniefte. »Na, geht es schon wieder los? Wirst du ihn dauernd verteidigen und nach Ausreden für sein Verhalten suchen? Das hat mir in den letzten Jahren wirklich nicht gefehlt.«

»So ist das doch gar nicht! Und ich mache mir eben Sorgen ... dass ich irgendetwas Wichtiges vergessen habe.«

»Wie immer. Du versuchst, jedes Detail zu kontrollieren, damit bloß keine Panik einsetzt.«

»Unsinn!«, behauptete ich, obwohl er natürlich recht hatte.

Ich ließ das Leben nie einfach seinen Lauf nehmen. Wie das enden konnte, hatte ich in meiner Kindheit gesehen, als mein Vater Konkurs anmelden musste und wir alles verloren hatten. Damals war ich acht Jahre alt gewesen, und ich kann mich noch genau daran erinnern, dass mein Dad damals über Nacht zum alten Mann geworden war. Er hatte endlos wiederholt: »Ich bin so ein Idiot. Ich habe nicht aufgepasst und gedacht, dass das Geschäft von allein laufen würde.« War es nicht, und der Firmenpartner, dem er zwanzig Jahre lang vertraut hatte, hatte ihn übers Ohr gehauen.

»Du denkst schon wieder an deinen Vater«, sagte Robert trocken. »Das sieht man dir direkt an, weil du diesen typischen gehetzten Gesichtsausdruck aufsetzt.«

Während ich zu ihm hinüberschaute, stellte er seine Tasse ab und fuhr sich mit der Hand durchs Haar, das inzwischen weitestgehend weiß war. Als Tom vor zehn Jahren seine Haftstrafe angetreten hatte, war es pechschwarz gewesen. Nur eines von vielen Details, die mir in Erinnerung riefen, wie viel Zeit wir verloren hatten.

»Ich möchte bloß sichergehen, dass ich für Toms Heimkehr auch nichts vergessen habe«, sagte ich leise. »Das ist alles.«

Robert entgegnete: »Darüber haben wir doch schon tausendmal gesprochen. Organisier nur das absolute Minimum. Du gehst immer davon aus, dass er ein hilfloser kleiner Junge ist. Dabei haben die Ereignisse vor all den Jahren ja wohl gezeigt, wie schlimm er sein kann.«

Diese Spitze ignorierte ich. Ich persönlich hatte das, was mit Jesse passiert war, immer als bedauerlichen Unfall gesehen. Tatsächlich war doch Jesse der Schlimmere von ihnen gewesen, der ein Messer gezückt hatte. Tom hatte sich nur verteidigt. Trotzdem hatte die Jury ihn des Totschlags für schuldig befunden, wobei die Entscheidung nicht einstimmig gewesen war. Bei der Urteilsverkündung hatte der vorsitzende Richter gesagt: »Thomas Billinghurst, Sie waren trainierter Boxer und haben Ihre Fähigkeiten genutzt, um den größtmöglichen Schaden anzurichten und einen tödlichen Schlag auszuführen.«

Wenn Tom nicht geboxt hätte, wäre die Sache vielleicht anders ausgegangen. Wir hatten natürlich Berufung einlegt, aber ohne Erfolg.

Durch zusammengekniffene Augen betrachtete ich meinen Mann, für den Tom nie an erster Stelle gestanden hatte. Robert hatte sich als eine Art Mensch entpuppt, die ich nur schwer verstehen konnte: als eifersüchtiger Vater. Er war unserem Jungen seit vielen Jahren überwiegend mit Zweifeln und Kritik begegnet, daher wunderte es mich nicht, dass sich jetzt wieder die alte Bitterkeit zeigte. In letzter Zeit war Robert seltsam still. Ich konnte nicht so recht sagen, was da los war, aber irgendetwas stimmte nicht. Allerdings dachte ich bei mir, dass er mir ruhig lieber war als in Momenten wie diesem, in denen er vollmundig seine Meinung kundtat.

»Ich denke, ich hab an alles gedacht«, murmelte ich vor mich hin und ignorierte ihn.

»Und falls nicht, würde ich mir darüber auch keine

Gedanken machen. Manche Ex-Knackis bekommen bei ihrer Entlassung überhaupt keine Unterstützung von draußen und müssen erst einmal in ein Hostel. Außerdem ist Tom kein Teenager mehr, er ist ein erwachsener Mann, der sich endlich dem echten Leben stellen muss. Manche würden sagen, dass es höchste Zeit wird.«

Ex-Knacki. Würde er es jemals gut sein lassen? Ich massierte mir die Schläfen, griff nach den Papieren und schaute sie noch einmal durch, ohne wirklich irgendeine Information aufzunehmen.

Wenn sich Robert so aufführte, brachte es ja doch nichts, mit ihm zu diskutieren. Im Bezug darauf, wie wir unsere Gefühle zum Ausdruck brachten, waren wir schon immer sehr unterschiedlich gewesen. Nachdem vor fünfzehn Jahren seine Karriere als erfolgreicher Architekt in eine Sackgasse geraten war, hatte er sich in einer Hochschule vor den Toren der Stadt als Therapeut und Studienberater weitergebildet. Da er im Kreise der Familie eher wenig Mitgefühl zeigte, hatte seine Entscheidung bei uns zu einer gewissen Verblüffung geführt. Aber er hatte sich als beliebter, kompetenter Ratgeber herausgestellt, der eine gute Beziehung zu seinen Patienten aufzubauen wusste.

Ich war ausgebildete Bibliothekarin und hatte als solche alles gern perfekt und geordnet. Nichts sollte dem Zufall überlassen bleiben, vor allem nicht Toms Heimkehr. Mein Gott, wir hatten doch wirklich lange genug darauf gewartet! Meine Arbeit gehörte zu den Dingen, die der Geschichte mit Tom zum Opfer gefallen war. Weil sie mir so sehr fehlte, hatte ich oft darüber nachgedacht, wieder in der Bücherei anzufangen. Aber mein Selbstbewusstsein war derart angekratzt, dass ich es mir einfach nicht mehr zutraute.

In den letzten zehn Jahren hatte ich so einiges aufgegeben, zum Beispiel das Autofahren. Der kurze Weg bis zu den Geschäften hier in der Gegend war in Ordnung, aber ich war zu angespannt für größere, schnellere Straßen, und eine Fahrt auf der Autobahn stand außer Frage. Deshalb blieb mir keine Wahl – ich musste Robert darum bitten, mich heute zur Haftanstalt in Nottingham zu fahren, um unseren Sohn abzuholen. Allerdings hatte ich ihm damit die Gelegenheit gegeben, seine nicht sehr hohe Meinung über Tom zum Ausdruck zu bringen, die er immer wieder kundtat.

Ich klaubte die Papiere zusammen und klopfte von allen Seiten sanft dagegen, bis ich einen perfekten Stapel zurück in den Umschlag schieben konnte.

Als ich aufstand, um das Wohnzimmer zu verlassen, kam mir ein neuer Gedanke. Heute Abend würde sich Tom hier befinden, in genau diesem Haus. Er würde in den Schoß der Familie zurückgekehrt sein, nachdem er einen absoluten Albtraum durchlebt hatte. Den würde er endlich hinter sich lassen und im Leben all die Meilensteine erreichen können, die ihm in den letzten zehn Jahren verwehrt gewesen waren. Eine Karriere, Kontakt zu alten Freunden ... Irgendwann würde er sicher auch ein nettes Mädchen aus der Gegend kennenlernen und seine eigene Familie gründen, wobei ich ihm liebevoll zur Seite stehen und ihn unterstützen würde.

Für Tom begann heute ein neues Leben, aber nicht nur für ihn. Nachdem ich mich selbst und meine Träume jahrelang auf Eis gelegt hatte, war dieser Tag für mich ebenfalls ein Neuanfang.

FÜNF

BRIDGET

Ich stand im feuchten Gras, faltete die kleine Karodecke zu einem Kissen und ließ mich darauf neben das Grab meines Sohnes nieder. Dann streckte ich die Hand aus und berührte den glatten, beigefarbenen Grabstein, in den der Steinmetz eine Woche nach der Beerdigung die Inschrift gemeißelt hatte. Zehn Jahre war das jetzt her.

Irgendwo da unten, tief unter Splittern aus dumpfem grauem Schiefer, ruhten die Knochen meines zauberhaften Jungen, Jesse.

Nach seinem Tod hatte man mich so viele schwierige Dinge gefragt, während ich noch wahnsinnig vor Trauer gewesen war. Ein Sarg aus Holz oder Glasfaser? Was für eine Farbe sollte der Futterstoff haben? Vieles hatte ich einfach irgendeinen von den gesichtslosen Angestellten des Bestattungsinstituts entscheiden lassen. Aber ich hatte mich strikt geweigert, Jesse einäschern zu lassen, wie man es mir dort geraten hatte. Sein Körper sollte ganz und unversehrt bleiben. Ich wollte meinen starken, schönen Jungen, der so voller Leben gewesen war, so vor Energie gesprüht hatte, nicht auf eine Handvoll Asche reduzieren.

Nun griff ich in meine Jackentasche und zog einen kleinen, verzierten Silberrahmen hervor. Darin steckte mein Lieblingsfoto von Jesse, das ich etwa ein Jahr vor seinem Tod aufgenommen hatte, und das ich immer mit hierher brachte. Wir hatten damals in einer schmuddeligen Doppelhaushälfte mit zwei Schlafzimmern in einem nicht besonders feinen Viertel der Stadt gewohnt. Für Jesse war das seit seinem dritten oder vierten Lebensjahr sein Zuhause gewesen. Damals hatte ich es mir nicht leisten können, ein Haus zu kaufen, aber ich hatte zwei Jobs gehabt und die für mein Einkommen bestmögliche Wohnung gemietet.

Als ich den Film vom Entwickeln abgeholt hatte, hatten wir festgestellt, dass Jesse mit seinen attraktiven Zügen und dem frechen Grinsen auf diesem Bild wie ein Rockstar aussah. Da es ihm auch gefallen hatte, hatte er es sich auf den Nachttisch gestellt.

Nach seinem Tod hatten freundliche Menschen aus der Nachbarschaft für mich eine Seite auf der Spendenplattform GoFundMe eingerichtet, wo ein Betrag zusammengekommen war, der mir als bisher immer finanziell klammer alleinerziehender Mutter wie ein Vermögen vorkam. Er hätte für die Anzahlung für ein Haus in einer besseren Gegend gereicht, aber ich wollte auf keinen Fall das Zuhause hinter mir lassen, in dem ich zusammen mit Jesse gelebt hatte. Allein der Gedanke war mir wie Verrat vorgekommen, als würde ich dadurch auch die Erinnerungen an meinen Sohn zurücklassen.

Coral McKinty, mit der Jesse ein Jahr lang zusammen gewesen war, war bei seinem Tod im sechsten Monat schwanger gewesen. Coral war ein Mädchen aus der Gegend, blass und dünn. Jesse hatte sie aus der Schule gekannt, und sie war ein paarmal bei uns zu Hause gewesen, wenn Jesse eine ganze Gruppe von Freunden zu Pizza und einem Film zu uns eingeladen hatte. Manchmal hatten sie auch einfach nur auf dem ungepflegten Stückchen Rasen hinter dem Haus, das wir Garten nannten, zusammen abgehangen und Musik gehört.

Coral war durchaus hübsch, wenn sie sich ein bisschen zurechtmachte, aber so zurückhaltend und unscheinbar, dass mich Jesses Wahl verblüfft hatte. Er hätte weit und breit jede haben können, hatte sich aber nicht für die Attraktivste entschieden, sondern für ein Mädchen, das er schon jahrelang gekannt hatte.

»Coral ist echt okay, Ma«, hatte er mal zu mir gesagt. »Sie lässt mich tun und lassen, was ich will, und macht keinen Ärger. Im Moment reicht mir das.«

»Hey, was sind das denn für Sprüche?«, protestierte ich entsetzt. Ich hatte ihn schließlich dazu erzogen, Frauen mit Respekt zu begegnen. Bei Gott, er war doch selbst bei einer alleinerziehenden Mutter aufgewachsen und hatte gesehen, wie schwer es für mich gewesen war! »Du hast deine Entscheidung getroffen und jetzt Coral und eurem Nachwuchs gegenüber eine Verpflichtung.«

Coral war Einzelkind und hatte keine gute Beziehung zu ihrem verwitweten Vater. Als ihr Baby, Ellis, drei Monate nach dem Tod seines Vaters zur Welt kam, blieben Ellis und Coral oft über Nacht bei mir, manchmal sogar mehrmals die Woche. Nun fühlte es sich endlich richtig an, in ein bescheidenes, aber etwas größeres Haus in einer besseren Gegend umzuziehen.

Dort lebten die beiden ein paar Monate bei mir, bis ich für Coral ein kleines Reihenhäuschen mieten konnte, einen Neubau, den ich in nur fünf Minuten zu Fuß erreichen konnte. Mein Enkel war ein Teil von Jesse, der weiterlebte, und meine enge Bindung zu ihm spornte mich dazu an, die Trauer zu überwinden und einen Heilungsprozess in Gang zu setzen. Durch Ellis verspürte ich in meinem Leben noch immer die Gegenwart von Jesse, und die brauchte ich wie die Luft zum Atmen.

Zu Jesses Lebzeiten war meine Liebe zu ihm wie ein leuchtend bunter Schmetterling gewesen. Mittlerweile war sie ruhiger, dunkler, wie eine Motte mit matten Flügeln.

Eine kalte Brise fegte über den flachen Boden und kroch mir unter die Kleider. Ich zitterte und presste auf der Suche nach Trost Jesses Foto an mich. Mir war klar, dass jetzt, nach Toms Entlassung aus der Haft, stürmische Zeiten vor uns lagen.

Kurz vor Jesses Beerdigung hatte ich mich, einsam und verlassen, mit Jill Billinghurst in Verbindung setzen wollen. Ich hatte mehrmals ihre Festnetznummer gewählt und sofort wieder aufgelegt, bevor die Verbindung hergestellt gewesen war. Etwa nach dem tausendsten Versuch hatte ich endlich genug Mut gefasst, um es auch klingeln zu lassen.

»Hallo?« Ihre Stimme hatte sich so leer wie meine eigene angehört.

»Jill? Hier ist ... Bridget«, sagte ich zögerlich.

»Was willst du?«, knurrte sie.

»Hör mal, wir müssen wirklich miteinander reden.« Das fand sie selbst bestimmt auch, davon war ich überzeugt. Wir würden einander als zwei trauernde Mütter gegenseitig Trost spenden können und nach einer so langen Freundschaft doch sicher einen Weg finden, diese Tragödie gemeinsam durchzustehen. »Über alles sprechen, was passiert ist.«

Sie war schließlich seit fünfzehn Jahren meine engste Freundin gewesen. Trotzdem fand ich jetzt, wo ich mir endlich ein Herz gefasst und mich bei ihr gemeldet hatte, einfach nicht die richtigen Worte, um meine wahren Gefühle auszudrücken.

»Ich habe dir nichts zu sagen«, erwiderte Jill eiskalt.

Wir hatten doch unsere Jungen gemeinsam aufgezogen und waren mit dem Sohn der anderen so vertraut wie mit unserem eigenen. Vom erdbeerförmigen Muttermal auf seiner linken Schulter bis hin zu den Dingen, die ihm Spaß machten oder die er blöd fand, wusste ich so viel über Tom. Zum Beispiel, dass man ihm zwei Weisheitszähne gezogen hatte und er bis zu seinem fünfzehnten Lebensjahr manchmal geschlafwandelt war, wenn ihn etwas beschäftigt hatte.

Und mir war natürlich klar, dass Jill über Jesse eine ähnliche Menge von Informationen herunterrattern könnte.

Wir liebten den Sohn der anderen, daher hätten wir einander auf jeden Fall etwas zu sagen gehabt.

An jenem Tag umklammerte ich das Telefon so fest, dass mir die Hand wehtat. Meine glühende, feuchte Haut schien zu pulsieren, während ein Wirbelsturm heftiger Gefühle in mir tobte, mit dem ich einfach nicht umgehen konnte. Mal schien mein ganzer Körper vor Hoffnungslosigkeit kraftlos, dann wiederum raste Adrenalin mit solcher Wucht durch meine Adern, dass ich meine Wut kaum kontrollieren konnte.

Während all der Jahre war Jill stets von Freunden, Bekannten und Nachbarn umgeben gewesen. All diese Menschen würden für sie da sein und sie unterstützen, zusätzlich zu Robert. Trotz all seiner Fehler – von denen er viele zu haben schien, wenn man Jill glauben durfte – stand er ihr ja auch zur Seite. Und am wichtigsten von allem: Ihr Sohn war weiterhin am Leben! Sie hatte immer noch Tom, mit dem sie eines Tages wieder zusammen sein würde.

»Aber ich muss einfach mit dir reden«, flüsterte ich. »Wenn ich weiter allein zu Hause hocke, drehe ich noch durch. Irgendwie muss ich meine Gedanken und Gefühle entwirren, und du kannst als Einzige verstehen, was ich durchmache.«

»Seit Jahren hatte ich dich vor dem Risiko gewarnt. Ich hatte dir gesagt, dass Jesse völlig außer Kontrolle ist und sich eines Tages in echte Schwierigkeiten bringen wird. Aber du hast dich ja geweigert, härter durchzugreifen.« Selbst nach all der Zeit lief es mir kalt den Rücken hinunter, wenn ich daran zurückdachte, mit welch unbarmherziger Stimme sie mir diese Worte entgegengeschleudert hatte. »Das hätte alles verhindert werden können, wenn du auf mich gehört hättest.«

»Jetzt warte mal! Ich ...«

»Er war dein Sohn, Bridget, dein *Sohn*. Nicht dein bester Freund oder jemand zum gemeinsamen Lachen und Abhängen.« Die Bitterkeit in ihrer Stimme verlieh ihren Worten eine metallische, beißende Härte. »Du hattest Jesse und den Leuten in seinem Umfeld gegenüber eine Verantwortung, die Pflicht, ihn im Zaum zu halten. Und da hast du in jeder Hinsicht versagt.«

»Wage es nicht, mir Versagen als Mutter vorzuwerfen, wenn doch dein Sohn vor Gericht steht, weil er ...«

»Jesse hatte an dem Abend ein Messer und hat damit Tom bedroht ...« Jills Stimme brach, und ich konnte vor mir sehen, wie sie auf ihre typische Manier vor Wut die Augen schloss und die Hände zu Fäusten ballte. »Er hat nur zugeschlagen, um sich zu verteidigen. Dadurch ist jetzt sein Leben ruiniert und Jesse ist tot.« Dann legte sie auf.

Sofort rief ich zurück, zehn-, zwanzigmal, aber sie ging natürlich nicht ran, daher tobte ich durchs Haus wie eine Besessene, zerschlug, zerriss, zerbrach Dinge.

Irgendwann rollte ich mich zusammen, machte mich klein und schluchzte, bis meine Kehle ganz rau war, mir alle Glieder schmerzten und die Brust brannte.

Jills rücksichtslosen Worte hatten sich mir ins Gedächtnis eingebrannt. Wie sie da über Jesse gesprochen hatte – als sei er für seinen Tod selbst verantwortlich! Ein paar Monate später hatte ich wieder versucht, mit ihr zu reden. Dafür war ich persönlich zu den Billinghursts gegangen, aber sie hatte mir die Tür vor der Nase zugeknallt.

Und jetzt waren zehn Jahre verstrichen.

Innerhalb von ein paar Stunden würde ich ein neues Leben mit meinem jungen Ehemann beginnen. Mit dem Mann, der Jesse wie einen Bruder geliebt, ihm aber auch das Leben genommen hatte. Tom und ich hatten abgemacht, dass er sich von seinen Eltern abholen lassen und ihnen dann alles erzählen würde, wenn sie zu Hause waren.

Wir machten uns keinerlei Illusionen. Robert und Jill Billinghurst so weit zu bekommen, dass sie unsere Entscheidung verstehen würden, schien ein Ding der Unmöglichkeit.

Aber die beiden hatten die Wahl.

Entweder würden sie akzeptieren, dass wir jetzt ein Ehepaar waren, und wir würden alle versuchen, uns zusammenzuraufen.

Oder sie würden uns ablehnen, gut, dann war es eben so.

Leider bestand für Tom und mich kein Zweifel: Sie würden uns wohl für immer aus ihrem Leben ausschließen.

SECHS

JILL

»Du hättest heute Morgen gar nicht kommen sollen!«, schimpfte Audrey spielerisch mit mir, als ich eine Viertelstunde nach Ladenöffnung im Geschäft erschien. »Ich bin mir sicher, dass du am Tag von Toms Entlassung genug andere Dinge im Kopf hast.«

»Ich bleibe auch nicht«, beruhigte ich sie. »Aber ich muss den ganzen Morgen Zeit totschlagen und wollte unbedingt aus dem Haus, um Roberts fiesen Kommentaren zu entfliehen. Deshalb dachte ich mir, dass ich vorbeischaue und gucke, wie du mit den neuen Spenden zurechtkommst.«

»Jetzt hör mir mal zu!« Sie sprach die Worte übertrieben deutlich aus. »Ich schaffe das wunderbar ohne dich!«

»Ich mache dir noch einen Kaffee, bevor ich wieder gehe. Lass mich doch wenigstens das für dich erledigen. Das hilft mir gegen das schlechte Gewissen.«

Audrey lachte. »Na gut, wenn es dir dadurch besser geht. Mach auch eine Tasse für dich, dann können wir ein bisschen plaudern, solange es noch ruhig ist.«

Der gemeinnützige Laden Second Chances befand sich in einer geschäftigen Seitenstraße der wichtigsten Shoppingmeile, der Fußgängerzone West Gate. Durch seine Lage mitten im Stadtzentrum strömten an den meisten Tagen durchgehend Kunden in unser Geschäft. Audrey war wählerischer als viele andere Geschäftsführerinnen, und ich lachte oft über ihr Repertoire an abwertenden Kommentaren über Sachspenden. »Wir wollen doch nicht irgendwelchen alten Ramsch«, sagte sie brüsk, wenn Leute etwas spenden wollten, was nicht ihren Erwartungen entsprach. Letzten Monat hatten sich mir die Zehennägel gekräuselt, als sie jemanden wegen eines alten Regenmantels abgekanzelt hatte: »Wieso sollten denn unsere Kunden daran Interesse haben, wenn Sie ihn *selbst* zu schäbig finden, um ihn noch zu tragen?«

Ja, solche Situationen konnten ein bisschen peinlich sein, Audreys unverblümte Art führte allerdings dazu, dass wir wirklich nur hochwertige Ware anboten. Wegen der knapp kalkulierten Preise hatten wir eine große Anzahl von Stammkunden, die zum Teil von weit her anreisten, um bei uns zu stöbern und vielleicht ein Schnäppchen zu machen. Inzwischen kannte Audrey den Geschmack einiger der regelmäßig hereinschauenden Leute und rief sie gelegentlich an, wenn wir etwas für sie möglicherweise Interessantes hatten.

In diesem Moment kam jemand zur Tür herein, daher ging ich nach hinten, um Wasser aufzusetzen. Im hinteren Bereich des Ladens gab es drei Räume: eine Kochnische, ein Büro und eine Toilette. Ich füllte den Wasserkocher und stellte ihn an, bevor ich einen Blick ins Büro warf. Zu meiner Überraschung stellte ich fest, dass dort bereits jemand das Licht eingeschaltet hatte, der Computermonitor eine Tabellenkalkulation zeigte und auf dem Tisch Papiere ausgebreitet waren. Audrey hasste Verwaltungskram, insbesondere alles, was mit Zahlen zu tun hatte. Daher überließ sie es normalerweise mir, den Lagerbestand zu aktualisieren und unsere einfache Buchhaltungssoftware auf den neuesten Stand zu bringen.

Ich lehnte mich vor, um einen Blick auf den Bildschirm zu

werfen. Ohne meine Lesebrille konnte ich nicht viel erkennen, aber ich hoffte inständig, dass sie beim Bestand nichts durcheinandergebracht hatte. Ich hatte Wochen gebraucht, um alles so aufzubereiten, dass man es den Leuten vom Hauptsitz vorlegen konnte.

»Ah, da bist du ja!« Ihre Stimme ertönte direkt hinter mir, sodass ich vom Schreibtisch zurückzuckte. »Alles klar hier hinten?«

»Alles in Ordnung«, antwortete ich grinsend. »Ich wollte nur sichergehen, dass du nicht meine ganze harte Arbeit zunichtegemacht hast.«

»Das Wasser kocht schon.« Sie schob sich an mir vorbei und tippte auf der Tastatur herum. Sofort wurde der Computerbildschirm schwarz. »Es ging mir bloß darum, zu gucken, ob alles auf dem neuesten Stand ist. Jemand aus dem Hauptsitz hat mir gesteckt, dass Rechnungsprüfer die Runde in den Läden machen, und ich will auf keinen Fall, dass man uns bei einer Unregelmäßigkeit erwischt.«

»War das die Bestandsliste?«, fragte ich, während sie rasch die Papiere zusammenschob. »Die hab ich doch letzten Montag aktualisiert.«

»Stimmt, hattest du gesagt, jetzt fällt es mir wieder ein.« Audrey schob die Blätter in einen Ordner und wandte sich zum Gehen.

»Stimmt ... irgendwas nicht?«, fragte ich angesichts ihres gehetzten Gesichtsausdrucks leise.

»Was? Nein, nein, alles in Ordnung«, sagte sie schnell. »Okay, wo bleibt denn der Kaffee, den du mir versprochen hast?«

Ich versuchte, ein mulmiges Gefühl im Bauch zu unterdrücken. Hatte ich etwas falsch gemacht? Vielleicht ging irgendein Fehler mit teuren Konsequenzen auf mein Konto, und Audrey wollte mich damit nicht belasten. Sie benahm sich auf jeden Fall seltsam.

Ich brachte die beiden Tassen Kaffee nach vorne in den Laden.

»Also«, begann Audrey, »wie geht es dir? Himmel, auf diesen Moment hast du wirklich lange genug gewartet!«

»Mir geht's ... ganz gut, denke ich.«

Sie musterte mich. »Ein bisschen blass bist du schon. Es liegt wahrscheinlich an der Aufregung, und die ist ja verständlich.«

Ich nahm einen Schluck Kaffee. »Du weißt ja auch, dass ich mir immer um alles Sorgen mache. Und jetzt frage ich mich, ob ich eigentlich das Richtige getan habe.«

»In Bezug worauf?«

»Darauf, dass ich für Tom alles organisiert habe, damit er sofort loslegen kann und sich keine Gedanken um Geld und Arbeit machen muss.« Ich seufzte. »Es ist ja allgemein bekannt, dass ich immer alles bis ins letzte Detail planen muss. Deshalb hackt Robert schon auf mir herum.« Ich grinste, aber das war nur ein Mechanismus, um bloß nicht von Gefühlen übermannt zu werden.

»Sei nicht so hart zu dir, meine Liebe. Du hast Himmel und Erde in Bewegung gesetzt, um für Tom Arbeit und eine Wohnung zu finden. Jetzt kannst du dich endlich entspannen.«

»Danke, Audrey. Ich möchte einfach nur die Kontrolle über alles haben, und die Vorbereitungen helfen mir dabei, mit dem Stress umzugehen. Robert findet, dass ich übertreibe, aber das denkt er ja immer.«

»Entschuldige bitte, wenn ich das so sage, aber ... was du für Tom machst, ist mehr, als dein Mann je getan hat. Benimmt er sich immer noch seltsam? Du hast doch gesagt, dass er in letzter Zeit ein bisschen kühl war.«

»Es ist etwas besser geworden«, sagte ich, während ich an Roberts merkwürdiges Verhalten dachte. Er hockte oft bis spät abends hinter verschlossener Tür in seinem Arbeitszimmer und brach allein zu langen Spaziergängen auf. Ich hatte den

Eindruck, dass er sich Sorgen um Geld machte, obwohl ich nicht wusste, warum. Wir hatten finanziell immer gut dagestanden und verfügten sogar über ein paar Ersparnisse. »Ich denke, dass ihn Toms Entlassung beschäftigt. Robert hasst Störungen, die seinen Alltag durcheinanderbringen. Daher macht er sich trotz seines Gepolters und der abfälligen Bemerkungen vielleicht selbst Sorgen, dass nicht alles glatt laufen wird.« Ja, genau da lag vermutlich das Problem, wie mir erst in dem Moment klar wurde, als ich es laut aussprach. »Er spielt gern den harten Mann und will seine Gefühle nicht zeigen, unter der rauen Schale steckt aber ein weicher Kern.«

»Hm, was das angeht, kann ich mich nur auf deine Einschätzung verlassen, Jill. Ich selbst verstehe nicht viel von Untertagebau«, witzelte Audrey, und ich musste lachen.

Aber ich wusste, dass sie mich verstand. Wir hatten uns an unserem ersten Tag in der Oberstufe kennengelernt, wo wir uns beide auf die Abschlussprüfungen in Englisch und Soziologie vorbereitet hatten, und waren seitdem eng befreundet.

Audrey stellte ihre Tasse auf die Ladentheke. »Okay, ich will dich nicht rauswerfen, aber jetzt muss ich mich wirklich an die Arbeit machen, sorry!«

»Kein Problem«, sagte ich und ignorierte das nagende Gefühl, dass irgendetwas hinter den Kulissen schieflief, was sie mir verschwieg. »Wir reden später.«

»Viel Glück, und genieß die zwei freien Wochen!«

Mir drängte sich der Eindruck auf, dass sie mich loswerden wollte. Aber ich biss mir auf die Zunge und wandte mich zum Gehen, statt noch einmal nachzufragen.

Ich hatte schon genug zu tun und brauchte in meinem Leben beileibe nicht noch eine Baustelle.

SIEBEN
TOM

Am späten Vormittag schob Tom seinen kleinen Kulturbeutel in seinen Rucksack und machte ihn zu.

In Gedanken hatte er seine Entlassung wie den Murmeltiertag schon seit Ewigkeiten immer und immer wieder durchlebt. Eigentlich war er davon ausgegangen, dass er an dem großen Tag wie ein Flummi durch seine Zelle hüpfen würde, mit zum Zerreißen gespannten Nerven, zugleich aber dem unbändigen Wunsch, endlich das Gefängnis zu verlassen und wieder den süßen Geschmack der Freiheit auf der Zunge zu spüren.

Jetzt war es endlich so weit, aber abgesehen von ein wenig Nervosität fühlte Tom nichts von all dem, er empfand den Moment lediglich als geradezu surreal. Die ganze Zeit verspürte er unterschwellig die Sorge, es könne irgendein wichtigtuerischer Beamter erscheinen und verkünden, dass er aufgrund eines furchtbaren Fehlers noch eine paar weitere Jahre absitzen musste.

Nach dem Mittagessen holte man ihn aus seiner Zelle und brachte ihn in einen kleinen Warteraum. Es war derselbe, in dem beim Haftantritt einst zehn lange Jahre vor ihm gelegen hatten. Nun drehte sich Tom langsam im Kreis, um seine Umgebung ein letztes Mal zu betrachten, musterte die kahlen weißen Wände und das winzige Fenster, durch das man einen quälenden Blick auf den Himmel erhaschte.

Er würde nichts von diesem üblen Loch vermissen.

Seit dem Moment seiner Ankunft war hier jeder einzelne Tag mit dem vorherigen identisch gewesen, nichts hatte sie voneinander unterschieden. Während der ersten Wochen hatte sich die Zeit daher wie eine ununterbrochene gerade Linie erstreckt, auf der man kaum die Stunden hatte auseinanderhalten können. Solche Verzweiflung hatte er noch nie zuvor empfunden.

Früher hatte Tom Selbstmord immer als den Ausweg einer egoistischen und feigen Person erachtet. Hinter Gittern konnte er allerdings bald verstehen, warum manche Menschen von solcher Hoffnungslosigkeit erfasst wurden, dass sie sich selbst das Leben nahmen. Zumindest hier drinnen war es nachvollziehbar.

Mit jedem Sonnenuntergang und dem darauffolgenden Sonnenaufgang war jede Faser in Toms Körper von der Gewissheit erfüllt worden, dass er rein körperlich keinen weiteren Tag in dieser Zelle überstehen würde, dass sein Herz wohl aus eigenem Antrieb aufhören würde zu schlagen. Und wenn er den Tag *doch* durchgestanden hatte, bezweifelte er wieder, dass er es noch einmal vierundzwanzig Stunden schaffen würde.

Langsam, schleppend langsam lernte Tom jedoch seine Lektion: dass der menschliche Geist zäh und unbeugsam ist.

In seinem Inneren fand eine grundlegende Veränderung statt. Vorher war er sich nicht einmal dessen bewusst gewesen, dass er emotional derart in die Tiefe gehen konnte. Aber das Feuer der Verbitterung, das in seinem Herzen gewütet hatte, machte der Geduld und schließlich – am allerwichtigsten – der Akzeptanz für seine momentane Situation Platz.

Dieser Prozess hatte sich jahrelang hingezogen, danach war es für Tom jedoch einfacher geworden.

Allerdings waren ihm das Leben draußen und die Familie, die er dort zurückgelassen hatte, an diesem Punkt gar nicht mehr echt vorgekommen, sondern eher wie eine gute Geschichte, die er gern gelesen hatte. Die pastellfarbenen Bilder aus einer Zeit vor vielen Jahren boten ihm Trost. Seine Mutter und ihr hausgemachtes Tiramisu, die bittersüßen Erinnerungen an die Uhrenwerkstatt, die sein Dad in der Garage eingerichtet hatte, als Tom klein gewesen war. Sehnsüchtig dachte er an jene Momente, in denen Robert mit ihm manchmal etwas zusammen unternommen hatte, bevor die Beziehung zwischen ihnen kompliziert geworden war.

Sein Vater hatte ihn auch nur widerwillig ein- oder zweimal im Gefängnis besucht, während seine Mutter unfehlbar alle zwei Wochen ihren Besuchstermin wahrgenommen hatte. Manchmal hatte Tom sogar gehofft, er hätte sie nicht so oft sehen müssen. Es fiel ihm schwer, ihr in die Augen zu blicken und zu erkennen, wie sie die Wahrheit verleugnete, wie sehr sie unter der Situation litt und sich verzweifelt danach sehnte, ihn wieder bei sich zu Hause zu haben. Seine Mum konnte nicht akzeptieren, dass er ein Verbrechen begangen hatte und dafür seine Strafe absitzen musste. Selbst jetzt, zehn Jahre später, hatte sich ihr Standpunkt nicht geändert.

Und auch hier drinnen hatte sich in all dieser Zeit nichts geändert, abgesehen vom Vokabular, das die Wärter benutzten. Man sprach jetzt nicht länger von »Häftlingen« oder »Insassen«, sondern eher von »Bewohnern«, und der von Tom bewohnte Zementwürfel war jetzt offenbar keine »Zelle« mehr, sondern ein »Zimmer«. So ein kahles und desolates Zimmer hatte Tom allerdings noch nie zuvor gesehen.

Die Zeit im Gefängnis war weitestgehend eine elende, trostlose Erfahrung gewesen – zumindest bis zu den letzten Jahren seiner Haft. Denn vor etwa zwanzig Monaten hatte sich an diesem Ort, an dem nie etwas passierte, plötzlich *doch* etwas zugetragen. Etwas, was Toms ganze Einstellung, seine Sicht auf das Leben und seine Zukunft völlig verändert hatte – durch Bridget Wilsons Vergebung und Liebe.

Die Nachricht von ihrer Hochzeit würde für seine Mutter ein furchtbarer Schock sein, und das bereitete Tom Sorgen, da ihre Gesundheit wegen seiner Haft gelitten hatte. Sie nahm Medikamente gegen innere Unruhe und Depressionen.

Trotzdem würde er standhaft bleiben. Jetzt musste mit etlichen Dingen Schluss sein, die schon so lange vor sich gingen, dass sie ihm nicht einmal mehr auffielen.

Zum Beispiel damit, dass seine Mutter ihn behandelte wie einen Fünfzehnjährigen, der ihre Hilfe und ihren Schutz nötig hatte. Was Tom *wirklich* brauchte, war genug Freiraum, um sich wieder ein eigenes Leben aufzubauen. Während ihrer letzten Besuche hatte Jill ihn nicht ein einziges Mal gefragt, was *er* sich in Zukunft von seinem Leben wünschte. Stattdessen hatte sie ununterbrochen über ihre eigenen Pläne für ihn nach seiner Entlassung gesprochen.

Er wusste ja, dass sie es nur gut meinte und ihm auf ihre Art und Weise zu helfen versuchte. Trotzdem war es für ihn die Hölle gewesen, einfach dazusitzen, an den richtigen Stellen zu nicken und nichts zu sagen. Bridget hatte Tom erzählt, wie sie damals bei seiner Mutter angerufen und ein paar Monate nach Jesses Tod sogar zu Hause bei ihr vorbeigeschaut hatte. Aber seine Mutter hatte einfach aufgelegt beziehungsweise Brid die Tür vor der Nase zugeknallt. Das hatte seine Mum bei ihren regelmäßigen Besuchen nie erwähnt. Generell nannte sie Bridgets Namen nur, wenn sie mit höhnischer Stimme darüber sprach, wie viel Aufmerksamkeit sie als trauernde Mutter und Leiterin ihrer Hilfsorganisation auf sich zog.

Bridget hatte bereits mit Jesses Ex, Coral, und dessen Sohn, Ellis, über die Hochzeit gesprochen.

»Und, wie haben sie es aufgenommen?«, hatte Tom gefragt, obwohl er es eigentlich lieber gar nicht hatte wissen wollen.

Bridget hatte nur mit den Schultern gezuckt und gesagt: »Na ja, sie werden sich schon an den Gedanken gewöhnen. Sie brauchen einfach Zeit.«

Vor ein paar Wochen hatte Tom es noch für ganz logisch gehalten, sich schon am Tag seiner Entlassung in Ruhe mit seinen Eltern zusammenzusetzen. Jetzt, wo ihm die Aufgabe unmittelbar bevorstand, bekam er jedoch Muffensausen. Er hatte die Hoffnung nicht aufgegeben, aber es bestand eben keine große Chance, dass seine Mutter ihn verstehen und es über sich bringen würde, seiner Ehe ihren Segen zu geben.

Jedenfalls war der Besuchssaal nicht der richtige Ort gewesen, um ihr zu erzählen, was er getan hatte. Tom wollte dieses Gespräch gern außerhalb des Gefängnisses führen, seiner Mutter dabei in die Augen sehen und ihr in Ruhe erklären, warum er ihre Hilfe gar nicht brauchen würde.

Sein Leben hatte sich auf eine Art und Weise geändert, die er sich niemals hätte vorstellen können, und das alles durch Bridget und ihre bedingungslose Liebe.

Nun ging die Tür des Warteraums auf, und ein Sicherheitsmann, den Tom noch nie zuvor gesehen hatte, kam herein.

»Sind Sie bereit, Mr Billinghurst? Ihre Eltern sind da, um Sie abzuholen.«

Der Moment war gekommen, von dem er so oft geträumt hatte. In seiner Vorstellung hatte er in diesem Augenblick die Faust in die Luft gereckt und einen Freudenschrei ausgestoßen, weil er endlich seine Freiheit wiedererlangte.

Stattdessen griff er mit einem mulmigen Gefühl nach seinem Rucksack und trat ins Freie.

Es war an der Zeit, die Vergangenheit hinter sich zu lassen.

ACHT

1994

Bridget kam nun schon zum dritten Mal mit dem dreijährigen Jesse in die wöchentliche Spielgruppe, und in all dieser Zeit hatte erst zweimal jemand mit ihr gesprochen. Bei einer Gelegenheit hatte eine Mutter »Tschuldigung!« gemurmelt und ihre kleine Tochter weggezogen, die Jesse zu nahegekommen war. Bei einer anderen hatte eine Frau Bridget gebeten, sich nicht auf den Stuhl neben ihr zu setzen, weil sie den für eine Freundin freihielt.

Heute schien mehr los zu sein als die letzten beiden Wochen, sodass es ganz schön laut wurde. Die Veranstaltung fand in einem großen Raum mit Teppichboden im hinteren Bereich der Bücherei von Berry Hill statt, einer begehrten Wohngegend im südlichen Teil von Mansfield. Man zahlte ein Pfund, und dazu kamen für sie noch die Kosten der Busfahrt, deshalb musste sich Bridget die Sache gut überlegen. Da sie vor Kurzem ihre Stelle im Supermarkt verloren hatte, war das Geld bei ihr knapp. Immerhin bekam Jesse ein Glas Saft und ein Plätzchen, und für sie gab es auch eine Tasse Tee oder Kaffee.

Vor allem aber war es schön hier, und Bridget konnte mit ihrem Sohn in einer hübschen Umgebung mit freundlichen Menschen und sicherem, sauberem Spielzeug Zeit verbringen.

Bridget sah sich um und betrachtete die teure Kleidung der anderen Eltern. Sie selbst trug ihren einzigen Mantel, einen verschlissenen dünnen Trenchcoat in Beige, den sie vor drei Jahren im Schlussverkauf bei Debenhams gekauft hatte. Darunter hatte sie zwei T-Shirts und einen Pullover aus Polyester an, damit ihr die Kälte nicht in die Knochen kroch. An ihrem rechten Stiefel löste sich an einer Stelle das Kunstleder von der Sohle, daher war ihr Fuß nach dem Weg hierher durch Regen und Graupel ganz nass. Bridget suchte sich einen Stuhl und setzte sich, bevor sie den Stiefel ein Stück herunterzog, um den Strumpf etwas trocknen zu lassen.

Trotz des Wetters war sie zu Fuß die zwanzig Minuten von der nächsten Bushaltestelle hierhergelaufen, weil Jesse so furchtbar gern herkam. Wenn man in einer heruntergekommenen Doppelhaushälfte im falschen Teil der Stadt lebte, war der Kontakt zu anderen Kindern etwas ganz Besonderes. Welche im selben Alter, mit denen er hätte spielen können, gab es in ihrer Straße leider nicht.

Bridget schaute zu Jesse hinüber und fühlte Stolz in sich aufsteigen. Er hatte leicht gelocktes, wunderschönes dickes Haar, das sie im Nacken gern etwas länger ließ. Leider kräuselte es sich wegen des Wetters heute feucht, mal abgesehen davon, dass die Hose mit dem Gummizug für seine länger werdenden Beinchen zu kurz war. Ihr wurde das Herz schwer, als sie sich eingestehen musste, dass er damit inmitten all der gut gekleideten Jungen und Mädchen dieser Mittelklasse-Oase an eine kleine Vogelscheuche erinnerte, wenn auch an eine niedliche. Aber sie musste einfach hierherkommen, um ihrer harschen Wirklichkeit für kurze Zeit zu entfliehen. Selbst, wenn es nur für ein paar Stunden war, gab ihr dieser Ausflug in eine andere Welt, in ein besseres Leben, jedes Mal einen Kick, der für ihre mentale Verfassung unersetzlich war.

Als Jesse fröhlich davonlief, um zu spielen, machte Bridget es sich bequem und hielt nach einem freundlichen Gesicht Ausschau. Die beiden Frauen rechts und links von ihr wandten sich diskret ab, um sich mit anderen Leuten zu unterhalten. Mit Leuten wie ihnen selbst.

Mit nassem Mantel und ebensolchen Stiefeln saß Bridget reglos da und schloss einen Moment die Augen. Sie hatte nicht gut geschlafen, weil es bei den Nachbarn wieder einmal betrunkenes Geschrei gegeben hatte. In den frühen Morgenstunden war etwas gegen die Wand geschleudert worden und hatte sie geweckt, Jesse zum Glück aber nicht. Sandra von nebenan hatte ihr selbst verraten, dass sie in ihrer Beziehung diejenige war, die durchaus mal mit Dingen um sich warf. Bridget hatte also keine Angst um die Sicherheit ihrer Nachbarin, war angesichts des Theaters aber oft froh, Single zu sein.

Jetzt schlug Bridget die Lider wieder auf und erhaschte einen Blick auf ein paar Personen, die zu ihr herübergeschielt hatten und sich hastig wegdrehten. Ihr entging auch nicht, dass viele Eltern ihre Söhne und Töchter diskret von ihrem kleinen Jesse weglotsten, als sei es ansteckend, ein wenig ungepflegt und ganz offensichtlich arm zu sein.

Es gab noch eine andere Spielgruppe, die von der Lokalverwaltung angeboten wurde und für die man nichts zu bezahlen brauchte. Sie fand im zugigen, ein wenig muffig riechenden Gemeindesaal statt, der von ihnen aus nur ein paar Straßen entfernt lag. In jener Gruppe sahen alle Kinder aus wie Jesse, und die Mütter kleideten sich so wie Bridget. Dort hätte sie sich unter Eltern, die im Leben mit denselben Problemen und Herausforderungen zu kämpfen hatten wie sie, nicht so kritisch beäugt gefühlt.

Aber das wollte Bridget nicht für ihren Sohn. Sie wünschte sich, dass er beim Aufwachsen Kontakt zu vielen unterschiedlichen Menschen hatte. Niemals sollte er sich so minderwertig fühlen wie sie in ihrer Kindheit, als ihre stets in Schwierigkeiten steckende Mutter sie bei Tante Brenda abgesetzt und nie wieder abgeholt hatte.

Mittlerweile konnte sie durchaus nachvollziehen, dass ihre Tante in dieser Situation verbittert gewesen war. Tante Brenda hatte allerdings einen üblen Charakter gehabt und bei der kleinsten Gelegenheit ihre Wut an der kleinen Bridget ausgelassen, die alles andere als ein dickes Fell gehabt hatte.

Die Worte, die Brenda am Tag der Beerdigung von Bridgets Mutter ausgestoßen hatte, hatten sich daher für immer in das Gedächtnis des Mädchens eingebrannt: »Du bist so nutzlos, dass du es nie zu etwas bringen und irgendwann genauso enden wirst wie sie: als dreckige Schlampe, zu alt und zu hässlich, um von irgendjemandem geliebt zu werden!« Es war das Letzte, was ihre Tante zu ihr gesagt hatte, bevor sie Bridget in Pflege gegeben hatte. Mit fünfzehn hatte Bridget sich geschworen, dass sie etwas aus ihrem Leben machen würde. Und schon allein, um Tante Brenda eins auszuwischen, würde sie niemals alt und hässlich werden.

Es war, als hätte sie mit diesem Versprechen an sich selbst einen Schalter umgelegt. Denn von diesem Tag an war Bridget der festen Überzeugung, dass sie sich am Ende für sich und ihren Sohn ein besseres Leben erkämpfen würde, wie trostlos ihr Dasein im Moment auch aussehen mochte.

Einst würde sie mit Jesse in ein schönes, warmes Zuhause umziehen, in Komfort und Sicherheit leben. Sie würde eine Aufgabe finden, die sie erfüllte, und hart arbeiten, irgendwann bestimmt auch begleitet von einem Partner, der sie liebte und unterstützte. Sie würde sich nicht mit einem der Versager hier aus der Gegend zufriedengeben, der sie doch nur weiter runterziehen würde.

Eines Tages würde sie auch einen Schrank voll eleganter Kleider besitzen und eine äußerst gepflegte Frau sein. Vor allem aber würde sie alles dafür tun, jung zu bleiben, und sich niemals so gehen lassen wie ihre Mutter.

Wie und wann sich diese wundersame Wandlung genau ereignen sollte, war noch nicht abzusehen, aber die Einzelheiten spielten eigentlich auch keine Rolle. Fürs Erste halfen Ausflüge aus ihrem üblen Viertel in hübschere Gegenden wie diese Bridget dabei, fest an ihren Traum zu glauben.

Wütendes Geschrei riss sie aus ihren Gedanken, und sie entdeckte, dass Jesse sich gerade mit einem Jungen um einen großen blauen Lastwagen balgte. Das andere Kind war nicht so groß wie Jesse, aber kräftig und selbstbewusst und ließ sich nicht unterbuttern. Bevor Bridget die Chance hatte, einzugreifen, eilte die Mutter des anderen Jungen herbei.

Im Vergleich zu den meisten Eltern hier, die so aussahen, als wollten sie nach der Spielgruppe direkt zu einem schicken Mittagessen, wirkte die brünette Frau mit der unkomplizierten Kurzhaarfrisur auf Bridget pragmatischer. Sie war nur leicht geschminkt und trug eine gut geschnittene Jeans mit einem schlichten beigefarbenen Kaschmirpullover, einen dunkelblauen Blazer und hellbraune Lederslipper.

Bridget wappnete sich für den Moment, in dem die Mutter ihren Sohn von Jesse wegziehen und ihr einen bösen Blick zuwerfen würde. In Erwartung dessen, was kommen würde, stellten sich ihr die Nackenhaare auf.

Aber die Frau tat nichts dergleichen. Stattdessen hockte sie sich neben die Jungen und sprach in freundlichem Tonfall mit ihnen. Die Kinder hörten auf, an dem Spielzeug herumzuzerren, sahen sie an und nickten. Die Mutter nahm den kleinen Lastwagen und stellte ihn auf den Boden zwischen die beiden. Jesse sah sich um, griff nach ein paar leuchtend bunten Bauklötzen und lud sie zusammen mit dem anderen Jungen nach und nach auf die Ladefläche.

Bridget ließ ihre Tasche auf dem Stuhl liegen und ging hinüber.

»Hi.« Sie lächelte, als sich die andere Frau aufrichtete. »Das tut mir leid. Jesse verbringt nicht viel Zeit mit anderen Kindern und kann daher ziemlich besitzergreifend sein, wenn er sich ein Spielzeug ausgesucht hat.«

»Keine Sorge, das ist bei Tom genauso. Hier diskutieren die Eltern dann gern darüber, wer von beiden im Recht ist. Aber das gehört beim Spielen doch mit dazu, oder nicht? Dass sie mit ein bisschen Hilfe solche Probleme zu lösen lernen.« Die Frau grinste. »Ich bin übrigens Jill, Jill Billinghurst. Kann es sein, dass ich Sie letzte Woche schon hier gesehen habe?«

»Ich bin zum dritten Mal hier. Jesse findet es toll, daher nehme ich den Weg quer durch die Stadt gern auf mich. Ich bin Bridget Wilson.«

»Quer durch die Stadt? Wo wohnen Sie denn?«

Bridgets Lächeln verlor etwas von seinem Strahlen, während ihr bereits eine möglichst vage Antwort auf der Zunge lag. Aber es brachte ja doch nichts, sich als etwas auszugeben, was sie nicht war, oder? Jill und die anderen Eltern hier konnten doch auf drei Meilen Entfernung erkennen, dass Jesse und sie nicht aus Berry Hill stammten.

»In der Nähe der Sherwood Hall Road«, sagte sie daher einfach nur. Der Gedanke an die feuchte, heruntergekommene Bude, die sie ihr Zuhause nannten, dämpfte einen Moment ihren Optimismus. Die größte Errungenschaft ihrer Wohngegend war in den letzten Jahren ein Platz in der Rangliste der sozial am meisten benachteiligten Stadtviertel des Landes gewesen.

Schweren Herzens stellte sich Bridget darauf ein, dass diese Jill doch noch eine dringende Erledigung vorschieben würde, um ihren Sohn von Jesse wegzuziehen und ihn zum Spielen mit einem passenderen Kandidaten anzuhalten.

Jill zögerte. »Ich wollte mir gerade einen Kaffee holen. Wenn es Ihnen nichts ausmacht, kurz die Kinder im Auge zu behalten, bringe ich Ihnen gern einen mit.«

»Das wäre toll, danke«, sagte Bridget und versuchte, sich ihre Überraschung nicht anmerken zu lassen.

Sie setzte sich wieder, während Jill auf dem Weg zur Durchreiche, an der man Plätzchen und Getränke bekam, anderen Müttern zunickte. Bridget fühlte sich irgendwie leichter und beinahe so, als hätte sie endlich eine Berechtigung, hier zu sein. Obwohl Jill offensichtlich zu den schicken Eltern hier gehörte, hatte sie sich die Zeit genommen, zu ihr und Jesse nett zu sein. Dadurch wurde ihr ganz warm ums Herz. Bridget war kein Mensch, der sich schnell einschüchtern ließ. Deshalb nahm sie auch mit Jesse weiter unverzagt an der Spielgruppe teil, obwohl man ihr bis heute nicht einmal ein freundliches Lächeln geschenkt hatte. Aber es fühlte sich wirklich gut an, ein bisschen mit jemandem zu plaudern. Sie erledigte von zu Hause aus eine schlecht bezahlte Arbeit, für die sie die Seiten von Montageanleitungen zusammenlegte, faltete und in Umschläge schob. An manchen Tagen sahen Jesse und sie deshalb keine Menschenseele.

Bridget schaute dabei zu, wie Jesse und sein kleiner Freund weiter den Lastwagen mit bunten Bauklötzen beluden. Dann wechselten sie sich dabei ab, ihn im Kreis zu schieben und arbeiteten beim Entladen zusammen, bevor sie wieder von vorn anfingen.

Jill kehrte mit einem Tablett zurück, auf dem nicht nur zwei Becher Kaffee standen, sondern auch eine kleine Stärkung für die Kinder. Die Mutter auf dem Stuhl zu Bridgets Rechten war weitergerückt, sodass Jill dort Platz nehmen konnte.

Während sich die Jungen auf Saft und Plätzchen stürzten, unterhielten sich die beiden Frauen. Bridget erfuhr, dass Jill und sie ungefähr im gleichen Alter waren, und dass Jills Ehemann, Robert, in Mansfield als Architekt arbeitete.

»Wissen Sie, es ist schon lange her, dass Tom mit einem anderen Kind so schön gespielt hat. Er hat keine Geschwister, deshalb freut es mich wirklich, wenn er mit jemandem teilt«, sagte Jill und schaute den Jungen hinterher. Sie kehrten nicht zum Lastwagen zurück, sondern machten sich stattdessen auf den Weg zu einem bunten Spielhaus aus Stoff. »Hätten Sie eventuell Lust, uns mal nachmittags zu besuchen? Dann können wir zusammen einen Kaffee trinken, während die Jungen spielen. Wir haben jede Menge Platz, sodass sie problemlos herumtoben können.«

»Danke, Jill«, antwortete Bridget, die ihren Ohren kaum traute. »Das wäre wirklich schön.«

NEUN

JILL

Oktober 2019

Als wir durch die Gefängnistore nach draußen fuhren, wirkte das Auto auf einmal zu klein für uns drei. All die Dinge, die ich so gern zu Tom sagen wollte, blieben unausgesprochen, weil ich mich nicht Roberts beißender Kritik aussetzen wollte.

»Wir haben Chips und Fanta oder Wasser, wenn du möchtest«, sagte ich fröhlich und drehte mich zu Tom um, der hinter seinem Vater saß. »Und sogar eine Tüte Haribo, deine Lieblingssorte.«

»Inzwischen achte ich eigentlich darauf, nicht so viel Zucker und gesättigte Fettsäuren zu mir zu nehmen«, sagte er, während er durchs Fenster Menschen und Gebäude betrachtete. »Keine Sorge, ich brauche nichts.«

Um gewissen Dingen oder Personen mit Blicken zu folgen, wandte er sich in die eine oder andere Richtung. Dabei wirkte er fasziniert, als würde es ihn überraschen, dass sich während seiner Zeit in der Zelle die Welt draußen weitergedreht hatte.

In der Kleidung, die ich ihm bei meinem letzten Besuch mitgebracht hatte, sah er ordentlich und wirklich attraktiv aus.

Ich hatte mich für schwarze Jeans, ein einfaches weißes T-Shirt und eine dunkelblaue Bomberjacke entschieden. Er trug keinen Schmuck, noch nicht einmal eine Uhr, aber er war frisch rasiert und hatte angenehm nach Seife und Shampoo gerochen, als ich ihm einen Kuss gegeben hatte.

Auf meinem Sitz drehte ich mich zu ihm um. »Hast du vorhin noch Mittagessen bekommen?«

»Das ist ein Gefängnis, kein Hotel, Jill.« Robert trommelte mit den Fingern ohne jeden Rhythmus auf dem Steuer herum.

»Ich hab keinen Hunger, Mum«, sagte Tom, und ich bemerkte, dass ihm der eiskalte Blick seines Vaters durch den Rückspiegel nicht entging. Schnell schaute ich weg, während die Luft im Wagen dicker zu werden schien. Es herrschte also immer noch die alte Feindseligkeit zwischen ihnen.

So mit der Familie zusammen im Auto zu sitzen, gab mir das Gefühl, als hätte man uns zwanzig Jahre in die Vergangenheit zurückversetzt. Einmal im Monat hatte Robert damals für ein Wochenende viel mehr Zeug in den Kofferraum gepackt, als wir eigentlich brauchten. Dann hatten wir uns auf den Weg zu unserem Wohnwagen gemacht, der auf einem ländlichen kleinen Campingplatz in Northumberland einen festen Stellplatz hatte. Robert und ich saßen vorne, während hinten Tom und Jesse den Kopf wie Wackeldackel im Takt der Songs bewegten, denen sie über die Schaumstoffkopfhörer ihrer Walkmen lauschten. Ich verspürte ein sehnsüchtiges Ziehen in meinem Inneren, als ich an jene Zeit zurückdachte.

Noch ein, zwei Minuten ertrug ich die Stille, bevor ich den Mund aufmachte, um sie auszufüllen.

»Man weiß gar nicht so recht, worüber man reden soll, oder?« Wieder drehte ich mich mit dem Oberkörper in Richtung Tom. »Ich meine, es ist ja nicht so, als würden wir dich nach einem Urlaub abholen oder als hättest du die ganze Zeit einfach woanders gewohnt.«

Tom schenkte mir ein mattes Lächeln, sagte aber nichts.

»Für dich muss es ja sein, als hättest du in einer völlig anderen Welt gelebt, in einer Art Paralleluniversum.«

Das Handy auf seinem Schoß leuchtete, und er öffnete eine Textnachricht. Ohne mich anzusehen, antwortete er vage: »Ja, so ungefähr hat es sich angefühlt.«

»Wo hast du denn das Handy her?«, fragte ich beiläufig.

»Das wurde von der Haftanstalt organisiert. Wenn man gewisse Kriterien erfüllt, bekommt man von der Eingliederungshilfe eins zusammen mit den Entlassungspapieren.«

»Wofür wohl wir Steuerzahler blechen, nehme ich mal an«, warf Robert missbilligend ein.

»Mich wundert es, dass jemand deine neue Nummer kennt«, bemerkte ich. »Wer schreibt dir denn?«

»Das war nur eine Information über mein Datenvolumen«, antwortete Tom unbekümmert.

Aber er tippte auf dem Display herum, und ich fand es seltsam, dass er auf eine automatisch versendete Nachricht antwortete. Als Tom meinen Blick bemerkte, schob er sich das Handy in die Jackentasche.

»Ich hatte mit Verzögerungen in der Anstalt oder durch den Verkehr gerechnet«, sagte ich und ließ die Tüten mit Proviant zu meinen Füßen rascheln. »Deshalb habe ich für alle Fälle etwas zu essen und zu trinken mitgebracht.«

»Dein Problem ist, dass du für jede Eventualität vorsorgen willst«, knurrte Robert höhnisch. »Warum wartest du nicht einfach mal ab und siehst, wie sich die Dinge entwickeln? Wer weiß, vielleicht würdest du sogar Gefallen daran finden und müsstest nicht mehr all diese Tabletten nehmen, die du ständig einwirfst.«

Tom runzelte die Stirn. »Was sind das für welche?«

»Keine Sorge«, sagte ich und funkelte Robert wütend an. »Die sind nur für den Notfall, zur Beruhigung.«

»Sie kann nachts nicht schlafen, schon seit Jahren nicht mehr«, fuhr Robert mit einer gewissen Genugtuung fort. »Was du getan hast, hat weite Kreise gezogen, Tom. Das solltest du nicht vergessen.«

»Wie könnte ich, wenn du mir es doch ständig in Erinnerung rufst?« Tom presste die Lippen aufeinander und starrte wieder nach draußen, während wir durch die Außenbezirke der Stadt fuhren.

Erneut machte sich Stille im Wagen breit. Nur noch zwanzig Minuten, dann würden wir endlich zu Hause sein.

»Ach, das hätte ich ja fast vergessen. Mach mal die Playlist an, Robert.«

»Wirklich, Mum, lass es gut sein, ich ...«

»Aber das ist Oasis, die hast du doch immer so gern gehört! Ich hab eine Liste mit ihren größten Hits gefunden.«

»Im Moment würde ich lieber keine Musik hören.«

Ich konnte die Anspannung spüren, die ihn umwaberte. Beinahe hatte ich vergessen, wie sehr es auch mich belastete, wenn Tom und sein Vater zusammen waren und anfingen, gnadenlos aufeinander herumzuhacken. Eigentlich hatte ich mir für die Fahrt nach Hause vorgestellt, dass sich an diesem lange erwarteten großen Tag alle freuen, selbst Robert, und unterwegs locker plaudern würden.

Tom war schon wieder mit seinem Handy beschäftigt und warf einen Blick aufs Display, bevor er das Telefon zurück in die Tasche schob. Irgendetwas passte ihm nicht.

Im Fußraum des Beifahrersitzes suchte ich nach meiner Handtasche und zog ein zusammengefaltetes Stück Papier hervor.

»Falls du dir Sorgen darüber machst, wie dein Leben jetzt aussehen wird – keine Angst!« Ich schielte zu Robert hinüber, der den Blick auf die Straße gerichtet hielt. »Ursprünglich wollte ich abwarten und erst zu Hause mit dir darüber reden. Aber da wir im Auto ja doch nur rumsitzen, kann ich schon mal anfangen.«

»Worüber wolltest du mit mir reden?« Tom klang müde.

Ich faltete das Blatt auseinander. »Also, ich hab online nach den typischen Schwierigkeiten von frisch Entlassenen gesucht und da so einiges gefunden. Vor allem auf der Website der Organisation für Häftlingsfamilien, die wirklich tolle Angebote und Materialien bietet, sogar die Telefonnummer einer Hilfshotline. Hast du von dem Verein schon mal gehört?«

»Nein, hab ich nicht«, antwortete Tom mit tonloser Stimme.

»Jedenfalls habe ich bereits einige der größten Probleme in Angriff genommen, um dir den perfekten Neustart zu ermöglichen. Zunächst einmal eine Unterkunft: Ich hab in der Nähe des Parks eine schöne kleine Mietwohnung mit zwei Schlafzimmern gefunden. Wenn wir uns schnell entscheiden, kriegen wir wohl den Zuschlag.« Tom öffnete den Mund, um etwas zu sagen, aber ich kam ihm zuvor. Es war mir wichtig, ihm alle Fakten darzulegen, ehe er vorschnell ablehnte. »Ich weiß, dass in dieser Gegend nicht viel los war, als du weggegangen bist. Jetzt gibt es da aber ein paar nette kleine Läden und ein hübsches Café am Ende der Straße. Davor steht normalerweise eine Tafel mit den Tagesgerichten für Frühstück und Mittagessen. Letzte Woche hab ich mich dort mit Audrey getroffen und für ein Croissant mit einem Kaffee fünf Pfund bezahlt. Da kann man doch wirklich nicht meckern!«

»Aber ich ...«

»Bald allein zu wohnen, muss für dich ja ein angsteinflößender Gedanke sein, daher will ich dich zu dem Schritt gar nicht drängen. Doch nach einer gewissen Eingewöhnungszeit wirst du ordentlich Platz sicher zu schätzen wissen, nachdem du so lange in beengten Verhältnissen gelebt hast.«

Ich wartete darauf, dass Tom etwas erwiderte, er schwieg jedoch. »Na ja, wir können die Wohnung erst einmal besichtigen, bevor du dich entscheidest.«

»Er sollte dem Himmel dafür danken, dass er nicht direkt in

ein fieses Hostel muss«, fügte Robert hinzu, als würde Tom nicht mit uns im Auto sitzen. Das war nicht gerade hilfreich.

»Als nächstes stand das Thema Arbeit auf der Liste. Ich hab einen alten Bekannten aus der Bücherei angerufen, und weißt du was ... ich konnte dir da einen möglichen Job sichern!«

Ungläubig schaute Tom mich an. »Was denn für einen Job?«

Ich hob die Hand. »Keine Panik, du brauchst dich nicht unter Druck gesetzt zu fühlen, weil da noch nichts entschieden ist. Ehrlich gesagt, hab ich mich sogar gefragt, ob du dich vielleicht in einem ganz neuen Bereich weiterbilden möchtest. Das wäre auch in Ordnung. Aber ich hab eben gelesen, dass die Arbeitssuche eine der größten Schwierigkeiten für Vorbestrafte darstellt. Deshalb dachte ich, dass ich dir da den Weg ebne, damit du schnell zur Normalität zurückkehren kannst, wenn du möchtest.«

»Um so etwas kann ich mich auch selbst kümmern«, entgegnete Tom und lehnte den Kopf ans Fenster. »Mein Bewährungshelfer wird mir bei all dem helfen. Mit dem hab ich schon bald einen Termin.«

»Na ja, Hauptsache, du bekommst dein Leben schnell in den Griff«, warf Robert ein. »Wir wollen nicht, dass du wieder da anknüpfst, wo du aufgehört hast.«

Tom hatte einst mit der Oberstufe angefangen und sich auf seine Abschlussprüfungen vorbereitet, aber rasch gemerkt, dass ihm die gewählten Fächer keinen Spaß gemacht hatten. Am Ende hatte sich daher der Rektor bei uns gemeldet und uns darüber informiert, dass unser Sohn in der Schule hinterherhinkte. Dann hatte Tom angefangen, sich fürs Boxen zu interessieren, und war ganz begeistert gewesen, als er von einem einjährigen Vorbereitungskurs für Sportwissenschaften an einer anderen Schule gehört hatte. Dort hatte er sich beworben, aber noch auf sein Vorstellungsgespräch gewartet, als jene schreckliche Nacht sein ganzes Leben aus den Angeln gehoben hatte.

»Darüber können wir uns in Ruhe unterhalten, wenn wir zu Hause sind«, sagte ich ernüchtert, faltete das Papier wieder zusammen und schob es zurück in meine Handtasche.

»Deine Mutter hat sich monatelang abgemüht, um all das für dich vorzubereiten.« Wieder schaute Robert mit eiskaltem Blick in den Rückspiegel. »Da könntest du ruhig ein bisschen Dankbarkeit zeigen.«

»Ist schon in Ordnung, Robert. Er ist nur müde, das ist alles.«

Tom seufzte. »Danke, Mum, ich weiß das wirklich zu schätzen. Aber ich hab auch eigene Pläne, die ich umsetzen will.«

»Was denn für Pläne?«, fragte ich behutsam.

»Ich dachte, dass wir darüber später reden wollten.« Seine Stimme klang gepresst. Angesichts der neuen, einschüchternden Welt, die hier draußen auf ihn wartete, musste er sicher unter Druck stehen. Deshalb brauchte er unsere Unterstützung erst recht.

»Wenn es ums Geld geht, brauchst du dir wirklich keine Sorgen zu machen, Tom. Ich hab auch diesbezüglich vorgesorgt und möchte auf keinen Fall, dass dir das Thema peinlich ist«, fuhr ich mit neuem Schwung fort. »Natürlich weiß ich, wie viel auf einmal das jetzt ist. Daher werde ich nicht ins Detail gehen, aber du kannst ganz beruhigt sein.«

»Irgendwann kommt schon der Punkt, an dem er mal sein eigenes Geld verdienen muss«, sagte Robert kalt. »Noch wächst das Geld nicht auf den Bäumen.«

Schon wieder so eine bissige Bemerkung zum Finanziellen, wie sie mir bereits öfter aufgefallen waren. Tatsächlich war auf unserem Girokonto in letzter Zeit nie viel Geld. Ich wusste, dass wir bescheidene Ersparnisse hatten, auf die wir im Notfall zurückgreifen konnten, aber darum ging es ja gar nicht. Selbst unternahm ich fast nie etwas. Wenn Geld verschwendet wurde, dann durch Robert.

»Ich hatte durchaus vor, mir meinen Lebensunterhalt zu verdienen«, erwiderte Tom, und mich überraschte, wie fest entschlossen er klang.

»Mich würde ja sehr interessieren, wie du dir das vorstellst«, feixte Robert.

Ich machte ganz leise die Oasis-Playlist an. Tom hatte die Augen geschlossen, aber mir war klar, dass er sich nur schlafend stellte, weil sein Gesicht zu reglos und angespannt war. So hatte er sich schon als kleines Kind oft aus Unterhaltungen zurückgezogen, die ihm nicht gepasst hatten.

Ich lehnte mich auf meinem Sitz zurück und verschränkte die Arme. Er hatte so viel hinter sich, dass ich ihm wirklich keine Vorwürfe machen konnte, wenn er jetzt ein wenig verschlossen war. Wichtig war im Moment nur, dass ich endlich meinen Sohn wiederhatte. Wir würden alle Zeit der Welt haben, um seine Pläne zu besprechen. Und ich war mir sicher, dass er für ein wenig behutsame Unterstützung offen sein würde, wenn sich seine Pläne als zu ehrgeizig herausstellen sollten.

Tom war immer schon so gewesen. Er hatte sich oft zu hohe Ziele gesteckt, von denen ich ihn im passenden Moment abgebracht hatte, um ihn in eine andere Richtung zu weisen.

Denn so war es zum Glück mit meinem Jungen: Am Ende kam er immer zur Vernunft.

ZEHN

BRIDGET

Tom schrieb mir, um Bescheid zu sagen, dass sie das Gefängnis verließen, und ich antwortete sofort:

Ich kann es kaum erwarten, dich zu sehen, endlich mit dir zusammen zu sein.

Schon bald war es so weit, nur noch drei Stunden.

Viele Menschen würden an unserer Entscheidung für ein gemeinsames Leben zu knabbern haben, aber das war deren Problem. Wir waren vor dem Gesetz ein Ehepaar und würden nicht zulassen, dass sich uns irgendjemand in den Weg stellte. Dafür hatten wir einfach zu viel durchgemacht.

Nach Jesses Tod war dem Fall vonseiten der Presse her jede Menge unerwartete Aufmerksamkeit zuteilgeworden. Der zweifelhafte Reiz der Tatsache, dass Tom nicht nur Boxer war, sondern auch noch Jesses bester Freund und ein attraktiver junger Mann aus gutem Elternhaus, hatte die Sensationslust der Medien geschürt.

Doch trotz der furchtbaren Trauer hatte sogar ich im Laufe der Zeit gewisse Veränderungen bei der Berichterstattung in

Zeitungen und online mitbekommen. Man fing an, Jesse als einen bekannten Unruhestifter hinzustellen. Und dass er bei seinem Tod ein Messer bei sich gehabt hatte, schien dieses Image nur zu bestätigen. Niemand erwähnte, dass es sich dabei um ein völlig legales Schweizer Taschenmesser gehandelt hatte, das er für spontane Reparaturen an seinem äußerst unzuverlässigen alten Motorrad immer bei sich getragen hatte. Angedeutet werden sollte mit all dem natürlich, dass er sein Ableben irgendwie selbst mitverschuldet hatte.

Ich gebe gern zu, dass mein Sohn nicht perfekt gewesen war, aber er hatte durch seine Anflüge von jugendlichem Leichtsinn doch nicht sein Leben verwirkt! Durfte man den Geschehnissen etwas von ihrer Tragweite absprechen, als hätte Jesse seinen Tod irgendwie verdient? Nein, auf keinen Fall!

Die Wut über die ungerechte Berichterstattung verstärkte in mir eine Zähigkeit und Unnachgiebigkeit, die immer schon Teil meines Charakters gewesen waren. Mein Zorn appellierte wieder an jene innere Stärke, an die ich mich als junger Mensch im Pflegesystem geklammert hatte, an die Entschlossenheit, durch die ich zwei Jobs gleichzeitig gehabt hatte, um Jesse allein durchzubringen und unsere Rechnungen zu bezahlen.

Ich kämpfte dagegen an, anders behandelt zu werden, weil ich mich von der breiten Masse unterschied. Weil ich arm war. Weil ich als alleinstehende Frau einen Sohn großgezogen hatte, der in einer Gewaltsituation ums Leben gekommen war. Und dabei klammerte ich mich an meine Beharrlichkeit wie an einen Rettungsring.

Dass es mich innerlich in tausend Stücke zerriss, ließ ich niemanden sehen. Wenn mich einst im Heim welche von den älteren Kindern ins Gesicht geschlagen und mich hässlich genannt hatten, hatte ich hocherhobenen Hauptes dagestanden und den Schmerz heruntergeschluckt, bis nur noch ein kleiner harter Knoten in der Magengrube zurückblieb.

Und nach Jesses Tod hatte ich das Gefühl, dass ich noch ein letztes Mal etwas für ihn tun konnte, indem ich für ihn eintrat.

Ich musste nicht lange suchen, bis ich Beispiele für den Tod junger Männer aus einfachen Verhältnissen fand, die im Laufe der letzten zehn Jahre unter tragischen Umständen ums Leben gekommen waren. Männer, die man unbewusst als Versager abtat, vielleicht deshalb, weil sie nicht auf die Uni gegangen waren, keine glänzende Karriere hingelegt hatten.

Über dieses Thema äußerte ich mich jetzt, online und offline, wo immer ich konnte. Da mein persönlicher Fall noch nicht lange zurücklag, waren mehrere Zeitungen und Frauenzeitschriften gern dazu bereit, sich mit mir zu treffen. Ihnen gab ich, was sie wollten: Ich sprach offen über meine Trauer und ließ mich sogar mit Tränen in den Augen vor einem grauen Himmel fotografieren. Gleichzeitig jubelte ich ihnen den ein oder anderen Satz darüber unter, wie abschätzig sich die Boulevardpresse über Jesse geäußert hatte.

Manche Zeitungen änderten daraufhin den Tonfall und berichteten über die Haltung der Medien, als hätten sie selbst so etwas nie getan.

Unfassbar, die Leute wurden doch wirklich hellhörig und schenkten mir Beachtung! Durch die nahezu detektivischen Fähigkeiten der Royal Mail erreichten mich Briefe mit vagen Adressen wie »Bridget Wilson, Nottinghamshire (Mutter von Jesse)« von Eltern, die ihre Söhne unter ähnlichen Umständen verloren hatten. Sie wollten mir dafür danken, dass ich den Mund aufmachte, und vertrauten mir an, dass ihnen von Presse und Öffentlichkeit her eine ähnliche Behandlung zuteilgeworden war. Es kamen mehr Anfragen von Zeitschriften und irgendwann auch von Hilfsorganisationen wie Trauergruppen und Hilfsnetzwerken für Opfer von Verbrechen, bei denen ich Vorträge hielt.

Meiner einfachen und authentischen Botschaft über Freundlichkeit und gleiche Behandlung wurde immer mehr

Aufmerksamkeit zuteil, und nach ein paar Monaten meldeten sich mit unterstützenden Nachrichten Menschen aus ganz Europa und sogar den USA bei mir.

Also reagierte ich auf die offensichtliche Notwendigkeit und gründete mit der Unterstützung und finanziellen Förderung von solidarischen Hilfsorganisationen meine eigene, *Young Men Matter,* die schnell wuchs und gedieh. Das Startkapital ermöglichte es uns, als gemeinnützige Stiftung zu wirken, und da wir für Veranstaltungen bezahlt wurden und Spenden sammelten, konnte ich sogar ein Gehalt als Geschäftsführerin beziehen. Das war jetzt bereits seit fünf Jahren meine Vollzeitbeschäftigung und hatte mir einen guten Lebensstandard ermöglicht. Ich musste mich nicht länger mit zwei Jobs über Wasser halten, bei denen ich nur den Mindestlohn verdiente. Aber ich hätte all das, ohne mit der Wimper zu zucken, aufgegeben, um wieder zusammen mit Jesse Bohnen auf Toast zu essen, was für uns damals ein königliches Mahl gewesen war.

Wenn ich nach einem langen Arbeitstag abends nach Hause kam, fühlte ich mich einsam.

Jesses Vater war bloß ein One-Night-Stand nach einer Nacht mit viel Alkohol gewesen, jemand, der nicht aus der Stadt gestammt hatte und dem ich danach nie wieder über den Weg gelaufen war. Ich hatte von ihm weder Telefonnummer noch Adresse, kannte nicht einmal seinen Nachnamen. Natürlich hatte ich viel Kontakt zu Coral. Sie war mit Jesse zusammen zur Schule gegangen und hatte ihn gut gekannt, aber ich hätte das zwischen ihnen nicht als »die große Liebe« bezeichnet. Tatsächlich hatte ich so meine Zweifel, dass sie überhaupt zusammengeblieben wären, wenn Coral nicht mit Ellis schwanger geworden wäre.

Niemandem fehlte Jesse so sehr wie mir, und es war zu viel vorgefallen, um meine Freundschaft mit Jill Billinghurst wieder aufleben lassen zu können.

Durch Coral wusste ich, was man sich in der Stadt erzählte:

dass Jill zur reinsten Einsiedlerin geworden war und in ihrer Traurigkeit dumpf vor sich hindämmerte. Sie hatte ihre Arbeit in der Bücherei aufgegeben und verließ das Haus eigentlich nur noch, um gelegentlich in dem Secondhandladen einer Wohltätigkeitsorganisation auszuhelfen.

Beim Gedanken daran, wie sie sich in Selbstmitleid suhlte, kochte ich vor Wut. Jill sollte sich schämen! Schließlich war ihr Sohn noch am Leben, oder nicht? Und er war verantwortlich für Jesses Tod, ob es nun Absicht oder ein Unfall gewesen war. *Er* würde in ein paar Jahren ein neues Leben beginnen, während mein Junge in kaltem Schlaf unter der Erde lag, der niemals enden würde.

Vor etwa zwei Jahren hatte ich dann einen Brief von der Haftanstalt bekommen, in dem man mir vorschlug, an einem Programm für opferorientierte Justiz teilzunehmen. Es sollte den Familien der Opfer von Gewaltverbrechen dabei helfen, die Geschehnisse zu verarbeiten. Ein beiliegendes Heft erklärte, wie das Programm ablief, das gleich zu Beginn einen Besuch im Gefängnis vorsah.

Während der ersten zwölf Monate seiner Haft hatte Tom mir mit verblüffender Regelmäßigkeit geschrieben. Ich hatte keinen einzigen der Briefe geöffnet und mir dafür sogar einen Aktenvernichter zugelegt, den ich direkt neben die Haustür gestellt hatte. Ich nahm an, dass diese Briefe vor allem aus nichtssagenden Plattitüden und Bitten um Vergebung bestanden, daher wurden sie nur Sekunden nach ihrem Einwurf in unbedeutende Fetzen verwandelt, die mich mit Befriedigung erfüllten.

Damals wäre es mir wie Verrat an Jesse vorgekommen, diese Briefe zu lesen. Später wünschte ich allerdings, ich hätte sie nicht zerstört. Was auch immer ich von Tom halten mochte, er war doch der Mensch, mit dem ich meine persönlichsten Erinnerungen an Jesse teilte. Erinnerungen so intensiv wie eh und je. Sie waren wie lebendige, prächtige

Blüten, viel zu schön, um sie unter einem schweren Schleier von Trauer zu verstecken, wie ich es so angestrengt versucht hatte.

Diese Erkenntnis brachte mich am Ende dazu, den vom Gefängnis mitgeschickten Besucherantrag auszufüllen. Rasch lief ich damit zum Briefkasten am anderen Ende der Straße, bevor ich meine Meinung noch änderte.

Drei Tage später erreichte mich per E-Mail die Bestätigung für meinen Besuch beim Insassen #A1756TF, Tom Billinghurst, in der Haftanstalt Nottingham in der darauffolgenden Woche.

Am Tag des Besuchs war mir mulmig zumute. Ich lungerte zu Hause im Morgenmantel herum und brachte nichts runter, weder Frühstück noch Mittagessen.

Der Besuchstermin war um zwei Uhr. Obwohl ich immer noch mit mir haderte und nicht wusste, ob ich das wirklich durchziehen sollte, zwang ich mich dazu, zu duschen und mich fertig zu machen. Ich entschied mich für Jeans, einen Rollkragenpullover und eine Lederjacke, band mir die Haare zu einem schlichten Pferdeschwanz zusammen und trug nur ganz wenig Make-up auf. Mit einem Abdeckstift kaschierte ich die dunklen Ringe unter den Augen und trug dann mit dem Pinsel mehrmals Bronzing-Puder auf, um meinem bleichen Teint ein wenig an Frische zu verleihen.

Das Gefängnis von Nottingham befand sich in der Sherwood-Gegend, eine gut dreißigminütige Autofahrt von Mansfield entfernt. Da auf den Straßen weniger los war als erwartet, kam ich zwanzig Minuten zu früh an. Ich stellte den Sitz etwas weiter zurück und schloss die Augen, um einer Playlist von Spotify zu lauschen.

Nachdem ich mit einer Horde von anderen Menschen das Gebäude betreten hatte, folgte eine Sicherheitskontrolle, die noch einmal fünfzehn Minuten dauerte.

In dem riesigen Besuchssaal, der mit fiesen kleinen, quadratischen Tischen und Plastikstühlen mit Stuhlbeinen aus gebogenem Metall ausgestattet war, hallte jeder Laut wider.

Zusammen mit den anderen Besuchern ging ich an gelangweilt wirkenden Gefängnismitarbeitern vorbei, die als Wachposten im Raum verteilt zu sein schienen, und setzte mich an den nächsten verfügbaren Tisch.

Ich schien ewig darauf warten zu müssen, dass Tom aus der Tür trat, die den Raum mit dem inneren Bereich des Gefängnisses verband. Mehr als einmal dachte ich in diesem Zeitraum, ich würde mich gleich vor aller Augen übergeben. Ich überlegte ernsthaft, die Sache hier abzubrechen und zurück nach Hause zu fahren. Als ich kurz aufblickte, war er plötzlich da, füllte mit seiner Gestalt den Türrahmen aus.

Mir stockte der Atem, und ich riss schockiert die Augen auf. Tom war wesentlich größer, als ich ihn in Erinnerung gehabt hatte, hatte viel breitere Schultern. Neben ihm wirkten die anderen Männer, die in den Saal strömten, und der schmächtige Wärter, der sie begleitete, winzig. Leicht gewellt rahmte Toms braunes Haar, das er früher kürzer getragen hatte, jetzt ein Gesicht mit kräftigen Augenbrauen und ernsten dunklen Augen ein. Ein Dreitagebart zierte seinen markanten Kiefer, und seine Züge wirkten kantig, klar definiert.

Dieser reife, nachdenkliche Mann hatte kaum etwas mit dem zurückhaltenden, höflichen Jungen zu tun, den ich hatte aufwachsen sehen. Ich hob die Hand, um auf mich aufmerksam zu machen, aber er hatte bereits den Blick auf mich geheftet und kam schnurstracks auf mich zu.

»Bridget«, sagte er mit tiefer, heiserer Stimme, während er mir gegenüber Platz nahm. »Danke für deinen Besuch. Ich hatte bis zuletzt Zweifel daran, ob du wirklich kommen würdest.«

»Ich war mir bis zum letzten Moment auch nicht sicher.« Es war beinahe albern, wie sehr mich sein Anblick aufwühlte.

Was hatte ich eigentlich erwartet? Ich konnte es gar nicht

recht sagen, aber nicht so etwas. Tom Billinghurst war in den letzten acht Jahren erwachsen geworden, und ich hatte hier einen Mann vor mir, der sich in seiner Haut offensichtlich wohlfühlte. Dabei hatte er nichts Arrogantes an sich, er war einfach nur ein ... reiferer Tom. Ein selbstsicherer und zugleich noch immer bescheidener Mann.

Er verschränkte die Finger und ließ die Hände mit kurzen, sauberen Nägeln auf der Tischplatte ruhen. Seine Hände waren mit feinen, dunklen Härchen bedeckt, die die muskulösen Unterarme hinaufwanderten und dabei dichter wurden.

»Auf diesen Augenblick habe ich so, so lange gewartet«, sagte er mit leiser, unerschütterlicher Stimme, während er mir in die Augen schaute. »Ich möchte dir sagen, wie leid es mir tut, Bridget. Es tut mir unendlich leid, dass Jesse meinetwegen gestorben ist. Wegen meiner Reaktion an jenem Abend.« Jetzt brach seine Stimme doch. »Ich hab nicht gewollt, dass so etwas passiert, *niemals*! Damals hätte ich mich wirklich zurückziehen sollen. Ich hätte einfach gehen sollen, statt mich provozieren zu lassen.«

Das war der Anfang von allem gewesen. Nun blickte ich auf den schlichten goldenen Ehering an meiner linken Hand.

In ein paar Stunden würden wir zusammen ein neues Leben beginnen.

ELF

JILL

Ich stieg als Erste aus dem Auto, nachdem Robert in der Einfahrt geparkt hatte. In meiner Fantasie war ich diesen Moment tausendmal durchgegangen, hatte mir vorgestellt, wie Tom beim Anblick seines Elternhauses nach all der Zeit mit der Rührung zu kämpfen hätte.

Ich hatte auf beiden Seiten der Veranda Körbe mit Winterblumen aufgehängt und vor dem Fenster einen hölzernen Trog mit fröhlich bunten Stiefmütterchen und Veilchen bepflanzt.

Die glänzende grüne Haustür hatte ich extra geputzt, und auch eine schöne, neue gewebte Fußmatte mit der Aufschrift *Home Sweet Home* gekauft.

Nun trat ich einen Schritt zurück und schaute dabei zu, wie sich die große Gestalt hinten aus dem Auto schob. Tom nahm sich einen Moment Zeit, um das Haus zu betrachten, und ich bemerkte mit zunehmender Sorge, dass er die dunklen Augenbrauen zusammenzog. Er presste die Lippen aufeinander, während er zum Kofferraum hinüberging, aus dem er seine Reisetasche und seinen Rucksack nahm.

»Willkommen zu Hause, mein Sohn«, sagte ich und drückte

ihm seinen alten Haustürschlüssel in die Hand. Tom steckte ihn ein, ohne ihn auch nur eines Blickes zu würdigen.

»Danke, Mum«, sagte er, und wir gingen zusammen auf das Haus zu, wobei mir Tränen in die Augen stiegen. Als ich aufschloss, schob sich Robert an uns vorbei, ging den Flur entlang und verschwand in seinem Arbeitszimmer.

»Tom?«, sagte ich leise, während ich in den Eingangsbereich trat. »Was hast du denn? Was ist los?«

»Nichts«, antwortete er und setzte ein kleines Lächeln auf. »Wahrscheinlich bin ich einfach müde.«

Ich wartete einen Moment darauf, dass er eine Bemerkung zum Flur machte, der vorher wesentlich dunkler gewesen war. Ich hatte den hässlichen alten Bodenbelag herausreißen und durch einen viel schöneren, helleren Eichenfußboden ersetzen lassen. Im Laufe der letzten zwölf Monate hatte Joel, unser Handwerker, in Erwartung des großen Tages das gesamte Erdgeschoss ein bisschen auf Vordermann gebracht. Es sollte ein Neuanfang sein.

»Man könnte meinen, dass sich bei uns königlicher Besuch angemeldet hat«, hatte Robert geknurrt. »Wir haben doch selbst lange genug so gewohnt. Ich kann wirklich nicht verstehen, warum du jetzt für ihn den roten Teppich ausrollen musst.«

»In Wirklichkeit ist es nicht bloß für Tom«, hatte ich geantwortet, weil ich mich in Nachsicht üben wollte. »Bald beginnt doch für uns alle ein neues Kapitel.«

Robert hatte nur geschnaubt und war mal wieder verschwunden.

Trotzdem hatte ich mich weiter an meine Fantasie von uns als glücklich zusammenlebende Familie geklammert und war jetzt ein wenig enttäuscht, als Tom meine Bemühungen nicht einmal zu bemerken schien. Er wirkte gar nicht glücklich darüber, wieder zu Hause zu sein.

»Na, komm mit in die Küche. Ich mache dir einen Tee und ein Brot.«

Bedauernd verzog er das Gesicht. »Wenn es in Ordnung ist, würde ich mich lieber ein bisschen hinlegen. Ich brauche erst einmal einen Moment, um alles zu verarbeiten.«

»Nimm dir so viel Zeit, wie du brauchst«, sagte ich, obwohl ich mir nicht ganz sicher war, was er mit »alles« meinte.

Nachdem er zehn Jahre lang von seiner Familie getrennt gewesen war, bereitete es mir Sorgen, dass er sich sofort allein in sein Zimmer zurückziehen wollte. »Ich hab uns für später etwas zu essen vorbereitet. Was hältst du von sechs Uhr?«

Ich stellte mir vor, was Audrey jetzt zu mir sagen würde, um mich zu beruhigen: »Natürlich will er allein sein, Jill, daran ist er schließlich gewöhnt!« Sie würde mit den Augen rollen und mich in den Arm nehmen. »Das hat doch nichts damit zu tun, wie er seine Rückkehr empfindet.«

Tom schleppte sein Gepäck nach oben. Ich folgte ihm und sah dabei zu, wie er auf der Schwelle zu seinem Zimmer zögernd stehenblieb. Mein Herz klopfte, als er langsam den Blick durch den Raum wandern ließ und alles in sich aufnahm.

Noch immer hing das alte Poster von *Manchester United* über dem Bett, seine *Star Wars*-Fanartikel waren auf dem Schreibtisch aufgebaut und auf der Fensterbank standen seine Boxpokale. Ich hatte jede Woche sein Zimmer geputzt und seine Sammlungen abgestaubt. Letzten Monat hatte ich dann Schrank und Schubladen ausgeräumt, um Platz für neue Kleidung zu schaffen.

»Alles wurde so beibehalten wie an dem Tag, an dem du weggegangen bist«, sagte ich leise zu ihm.

Er drehte sich um und sah mich an. »Aber warum denn nur? Das habe ich überhaupt nicht von euch erwartet. Dad und du, ihr hättet den Raum doch für irgendetwas anderes nutzen können.«

Ich lachte. »Wofür denn bitteschön? Das ist *dein* Zimmer, Tom. Und es wird immer dein Zimmer bleiben, auch, wenn du irgendwann mal verheiratet bist und deine eigene Familie hast.«

»Ich bin nachher rechtzeitig zum Essen unten«, sagte er mit einem Gesichtsausdruck, den ich nicht zu deuten wusste. Dann ging er hinein, schloss behutsam die Tür und ließ mich einfach davor stehen.

Die Rückkehr in sein Elternhaus und sein altes Kinderzimmer musste für ihn wohl emotional überwältigend sein. Er hatte überhaupt nicht so reagiert, wie ich erwartet hatte, aber darüber brauchte ich mir bestimmt keine Sorgen zu machen. Das war doch normal ... oder?

Da Tom sich zurückgezogen hatte und Robert sich wie üblich im Arbeitszimmer versteckte, hockte ich wieder einmal allein in der Küche.

Ich ging zum Kühlschrank hinüber und füllte am Wasserkühler mein Glas, bevor ich mich an den Küchentresen setzte. Dieses dumpfe, erdrückende Gefühl in der Brust hatte ich nun wirklich nicht erwartet. Ich hatte wohl schon geahnt, dass Toms Heimkehr realistisch betrachtet eher nicht meiner Vorstellung davon entsprechen würde. Aber das hier ... Obwohl ich mir selbst einredete, dass alles ganz normal war, verlief der Tag überhaupt nicht wie erhofft.

Mittlerweile war klar, dass ich in meiner Fantasie viel zu romantisch und optimistisch gewesen war. Natürlich war das Ende einer zehnjährigen Haftstrafe für Tom nicht einfach, aber ich war vor allem darüber erschrocken, wie viel ich im Laufe der Zeit vergessen hatte: die ständigen Spannungen in unserem Familienleben, der mürrische Unterton, wie ich mich dabei aufgerieben hatte, zwischen Robert und Tom für Frieden zu sorgen und Konflikte zu entschärfen. All den Groll und die Feindseligkeiten abzufedern, die wie elektrischer Strom zwischen ihnen knisterten, hatte mich fix und fertig gemacht.

Und die Situation hatte verdächtig daran erinnert, wie ich einst als Kind zwischen meinen Eltern zu vermitteln versucht hatte.

Ich war zehn gewesen, als wir das Geschäft und das Haus verloren hatten und in eine Mietwohnung mit nur einem Schlafzimmer umgezogen waren. Damals hatte ich mir irgendwie eingeredet, Dad würde mit dem Trinken aufhören, wenn ich mich nur mustergültig benahm. Dann würde Mum ihn nicht länger anschreien und es würde nicht länger die Rede von Scheidung sein. Die Dinge würden zur Normalität zurückkehren, alles würde gut werden.

Bis zu Toms Entlassung heute hatte ich völlig vergessen, welch hohen Preis ich vor all den Jahren bezahlt hatte, um die Illusion einer sich nahestehenden, glücklichen Familie aufrechtzuerhalten. Einerseits war ich mir nicht sicher, ob ich genug Willenskraft besaß, um damit wieder von vorn anzufangen. Andererseits fühlte ich mich in gewisser Weise dazu verpflichtet.

Um exakt 18.00 Uhr rief ich Tom nach unten. Fünf Minuten später erschien er mit vom Duschen nassen Haaren in der Küche. Er hatte sich umgezogen und trug nun eine graue Trainingshose und ein weißes T-Shirt. Besonders ausgeruht sah er allerdings nicht aus, als er dastand und auf seinem Daumennagel herumbiss, während sein Blick durch die Küche sauste.

Robert schlurfte herein, ohne ein Wort zu sagen.

»Nimm Platz, mein Junge«, sagte ich fröhlich. »Ich hab dein Lieblingsessen gekocht, und als Nachtisch gibt es Tiramisu.«

Ich brachte die noch blubbernde hausgemachte Lasagne zum Tisch, wo sich Tom und Robert grimmig anschwiegen. Na ja, es war wohl unumgänglich, dass sich Toms erster Tag zu Hause seltsam anfühlen würde. Das Essen hatte ich schon am Vortag vorbereitet und dabei gehofft, dass wir ganz entspannt zusammensitzen und plaudern würden. Ich hatte meinen Sohn fragen wollen, ob er sich mal die von mir gefundene Wohnung ansehen wollte und ob er sich bei seinen alten Freunden vom Boxclub melden würde.

Jetzt stellte ich die Auflaufform aus Steingut auf den Untersetzer und kehrte kurz darauf mit einer großen runden Rosmarin-Focaccia und einer Schüssel grünem Salat zurück.

Tom zog sein Handy aus der Tasche und legte es mit dem Display nach unten neben seinen Teller. Ich sah, wie Robert die Augen verengte – er hasste Handys am Esstisch –, und atmete erleichtert auf, als er ohne einen Kommentar den Blick abwendete.

Schnell drittelte ich die Lasagne und hob einen der Teile mit dem Servierlöffel heraus. Als ich die Portion Tom auffüllen wollte, hob er die Hand. »Für mich nur die Hälfte davon, Mum.«

Ich ließ den Servierlöffel zurück in die Form sinken. »Aber das ist doch eines deiner Leibgerichte. Früher wolltest du sogar noch Nachschlag haben.« Es klang wirklich lächerlich, aber mir war ehrlich gesagt zum Heulen zumute.

Angespannt schaute er mich an. »Ich weiß, tut mir leid, aber ... ich hab keinen großen Hunger.«

»Mir hätten Butterbrote auch gereicht«, verkündete Robert, griff nach seiner Zeitung und schlug sie laut raschelnd über dem Tisch auf. »Wenn ich das alles aufesse, muss ich ja wieder Probleme mit der Gicht kriegen.«

»Du hättest nicht so viel für mich vorbereiten sollen, Mum.« Tom stocherte im Salat herum. »Aber es sieht wirklich lecker aus.«

»Ich bin so froh, wenn hier alles zur Normalität zurückkehrt«, murmelte Robert, ohne den Blick von seiner Zeitung zu lösen. »Ehrlich gesagt, kann ich es kaum erwarten.«

Tom legte seine Gabel hin und starrte auf seinen Teller. Er hatte genug Erfahrung im Umgang mit seinem Vater, um zu wissen, dass er solche Sticheleien am besten ignorierte. Aber dieser neue Tom strahlte eine gewisse Verbitterung aus. Mir wurde klar, dass seine Nerven bis zum Zerreißen gespannt waren, seit er vorhin ins Auto gestiegen war. Und jetzt benahm er sich, als wolle er überhaupt nicht hier bei uns sein.

»Robert, gib Tom doch bitte nicht das Gefühl, ein Störfaktor zu sein.« Mir rutschte ein Stück Brot aus der Hand, wodurch dunkle Rosmarinnadeln den Tisch übersäten, die wie tote Insekten aussahen. »Ich hab mir so sehr gewünscht, dass bei unserer ersten gemeinsamen Mahlzeit im Kreis der Familie alles perfekt ist. Bitte verdirb es nicht.«

»Wie soll denn alles perfekt sein?« Robert zog die Nase kraus und presste die Lippen aufeinander. »Er hat zehn Jahre im Knast verbracht, weil er seinen besten Freund umgebracht hat, und jetzt willst du so tun, als wären wir die perfekte Bilderbuchfamilie?« Er zerknitterte seine Zeitung, schleuderte sie zu Boden und stand auf. »Vergesst das mit dem Essen. Ehrlich gesagt, wäre ich an jedem anderen Ort der Welt lieber als hier.«

»Bleib, wo du bist, nur einen Moment!« Tom schob seinen Stuhl zurück und sprang auf. Klappernd ließ ich das Besteck auf den Teller fallen, und selbst Robert wirkte verblüfft. »Mum, Dad, es gibt da etwas, was ich euch sagen muss. Etwas wirklich Wichtiges.«

Schweigen breitete sich aus, und die Luft war zum Schneiden.

Ich hielt den Atem an, während ich auf diesen offensichtlich entscheidenden Augenblick wartete. Nun würden wir endlich erfahren, was meinem Sohn im Kopf herumging, seit wir ihn abgeholt hatten. Und ich wusste instinktiv, wie folgenschwer es sein würde.

Als sich unsere Blicke trafen, stand Angst in seinen Augen, und eine Art stummes Flehen. Plötzlich wirkte sein Gesicht schmaler, blasser, und ich wusste, dass seine Enthüllung uns für immer verändern würde.

Schließlich stieß ich den Atem aus, den ich angehalten hatte, und Robert setzte sich wieder.

»Ja, ja, okay, wenn es nicht warten kann. Himmel, diese Art von Drama hab ich wirklich nicht vermisst.«

»Hört mal, ich wollte danke sagen. Für alles, was ihr beide getan habt. Vor allem du, Mum.« Tom klang, als hätte er diese Sätze eingeübt. »Was auch immer ihr von mir haltet, nachdem ihr gehört habt, was ich mit euch besprechen will – ich weiß eure Bemühungen zu schätzen, und es tut mir so leid, dass ich Schande über die Familie gebracht habe.«

Meinte er damit die Nacht, in der Jesse gestorben war, oder bezog er sich auf das, was er jetzt sagen würde?

Da seine Stimme so dünn und zitterig klang, presste ich unter dem Tisch die Beine gegeneinander und versuchte so, mich für seine Worte zu wappnen. »Du hast doch keine Schande über uns gebracht!«, protestierte ich matt.

Plötzlich hüllte uns dumpfe Stille ein, wie eine Schneedecke, die sich ohne Vorwarnung über uns gelegt hatte.

Tom starrte auf den Tisch, als hätte er unsere Anwesenheit völlig vergessen, während Robert reglos dasaß und geradeaus schaute.

»Du weißt nichts davon, Mum, aber vor etwa zwei Jahren habe ich mich entschlossen, im Gefängnis bei einem Programm für Häftlinge teilzunehmen. Habt ihr schon mal von opferorientierter Justiz gehört?«

Er hob den Kopf und sah erst mich, dann seinen Vater an.

»Ja, durchaus«, antwortete Robert kurz angebunden. »Dabei geht es um Wiedergutmachung für Verbrechen, oder?«

»Ja, zum Teil.« Jetzt wandte sich Tom an mich. »Der Schwerpunkt des Programms liegt auf der Versöhnung mit den Opfern und ihren Familien, Mum.«

Ich runzelte die Stirn. »Aber Jesse steht für eine Versöhnung doch nicht mehr zur Verfügung.« Langsam wurde mir vom Geruch der Lasagne und des angebrannten Rosmarins auf dem Tisch schlecht.

Tom senkte wieder den Blick und verschränkte die Finger ineinander. Ich hörte, wie Robert geräuschvoller atmete.

»Bridget hat sich auch zur Teilnahme entschieden«, fuhr Tom behutsam fort.

»Was? Woher weißt du das?« Ich konnte diese Information überhaupt nicht einordnen. Irgendetwas Entscheidendes entging mir da, aber ich sah einfach die Verbindung nicht.

Tom sprach weiter: »Wir haben beide zugestimmt, es mit dem Programm zu versuchen. Dafür haben wir uns zweimal im Monat getroffen und mithilfe der Begleitpersonen vom Programm ...«

»Du hast dich mit *Bridget* getroffen?«, flüsterte ich. »Und das war im Gefängnis erlaubt?«

»Aber darum geht es bei diesem Programm doch gerade, Mum. Darum, dass ich den Schaden erkenne, den ich angerichtet habe, und versuche, ihn mit Jesses Familie zusammen wiedergutzumachen – also mit seiner Mutter.«

»Na, das schlägt ja wohl dem Fass den Boden aus!«, schnaubte Robert.

Mein Körper war starr und eiskalt. »Ich kann nicht fassen, dass sie dich zu einem Canossagang zu dieser Frau gezwungen haben.« Diese Worte hatte ich unter Mühe herausgewürgt und dabei den feurigen Zorn heruntergeschluckt, der in Hals und Brust loderte.

»Gezwungen hat mich da niemand, ich habe auf freiwilliger Basis teilgenommen.«

»Was mit Jesse passiert ist, war ein Unfall. Das hast du doch selbst gesagt! Du wolltest schließlich nicht, dass er stirbt.«

»Aber er *ist* gestorben«, sagte Tom schlicht und drehte die Hände mit den Handflächen nach oben, als wollte er zeigen, dass er nichts zu verbergen hatte. »Unfall oder nicht, Jesse ist *meinetwegen* nicht mehr da. Kannst du das nicht verstehen?«

»Es war Selbstverteidigung, immerhin ist er mit einem

Messer auf dich losgegangen! Dafür hättest du niemals so eine lange Strafe absitzen sollen!«

»Die Geschworenen haben entschieden, dass Jesse damals meinetwegen gestorben ist, und mich für schuldig befunden.« Jetzt hörte sich Toms Stimme beinahe wie ein Singsang an. Er war es offensichtlich leid, mir immer und immer wieder das Gleiche zu erklären. »Als sich die Dinge vor dem Nachtclub hochgeschaukelt haben, hätte ich auch einfach verschwinden können. Aber das habe ich nicht getan, und ich nehme dafür die volle Verantwortung auf mich, weil ich mir das niemals vergeben werde.«

Ich starrte die Wand an. Trotz meiner Besuche zweimal im Monat während seiner gesamten Haftstrafe hatte ich von diesem lächerlichen Programm noch nie gehört. Ich hatte keine Ahnung gehabt, dass Bridget ihn heimlich besucht hatte. Allerdings hatte ich bei ihm eine Veränderung wahrgenommen. Irgendwann hatte sich seine Laune gebessert, obwohl mir nicht klar gewesen war, warum eigentlich. Er hatte wacher gewirkt, aufrechter dagesessen, was ich allerdings seiner näher rückenden Entlassung zugeschrieben hatte. Ich war davon ausgegangen, dass er sich darauf freute, endlich zu uns, nach Hause, zurückzukehren.

Mit sechzehn hatte Tom sich in einem Boxclub in der Nachbarschaft angemeldet. Dem Trainer dort – einem Mann namens Kenny – war schnell klar geworden, dass Tom mit seinen Fähigkeiten und seiner Geschicklichkeit ein ausgezeichneter Amateurboxer werden könnte. Er hatte angefangen, dort mehrmals die Woche zu trainieren – allerdings, ohne uns je davon zu erzählen. Robert war schließlich dahintergekommen, weil ihn jemand gefragt hatte, ob dieser auf Sieg getrimmte, neue junge Boxer eigentlich sein Sohn war. Aber da hatte Tom schon zwei Amateurkämpfe hinter sich gehabt.

Robert war beeindruckt gewesen und hatte gesagt, dass er Tom so etwas gar nicht zugetraut hätte, ich hatte die Sache jedoch strikt abgelehnt. Für mich war Boxen ein barbarischer Sport, aber was ich noch viel schlimmer fand: Warum um alles in der Welt hatte Tom hinter unserem Rücken gehandelt? Warum hatte er mit uns nie darüber geredet? Auf diese Fragen hatte ich nie eine Antwort bekommen.

»Jetzt siehst du endlich, was ich immer schon wusste: dass unser Sohn eine verschlagene, heimlichtuerische Seite hat«, hatte Robert damals gesagt.

Tom hatte mit dem Boxen weitergemacht und war dabei sehr erfolgreich gewesen, letztlich hatte genau diese Aktivität ihn aber ins Verderben geführt. Das Gericht war wegen des einzigen Faustschlags, den er Jesse verpasst hatte, von einer Tötungsabsicht ausgegangen und hatte eine recht hohe Strafe verhängt.

Mit rot glühenden Wangen schaute Tom mich weiterhin an. »Da ist noch etwas, Mum«, stammelte er. »Und das wird für dich ein ziemlicher Schock sein. Es tut mir wirklich leid, aber ich ...«

»Was war das denn?«, Robert lauschte, während Tom verstummte und heftig schluckte.

Jetzt hörte ich es auch, ein zögerliches Klopfen.

»Da ist jemand an der Tür«, sagte ich, legte die Hände flach auf den Tisch und schob mich hoch. »Wer auch immer das ist – ich gehe mal und wimmele ihn ab.«

»Nein, nein ... Lass nur, ich mach das schon.« Rasch huschte Tom zum Flur hinüber. »Wartet hier. Ich bin sofort wieder da.«

Robert schniefte nur abfällig und warf mir seinen »Ich hab's dir ja gesagt«-Blick zu.

Schweigend saßen wir da, während die Haustür auf und wieder zu ging. Ich hörte Tom in gedämpftem, aber eindringlichem Tonfall sprechen, leise die Stimme einer Frau und dann ... ein Kichern?

Robert starrte mich an, während mir die Kinnlade herunterfiel.

Schritte ertönten, als Tom in die Küche zurückkehrte, gefolgt von Bridget Wilson. Der Geruch der erkaltenden Lasagne wurde mir unerträglich, und ich presste mir die Hand vor Mund und Nase.

»Großer Gott!«, brüllte Robert. »Was will *die* denn hier?«

Es schnürte mir die Kehle zu, ich brachte kein Wort heraus und bekam kaum noch Luft. Am liebsten hätte ich mich übergeben.

»Mum, Dad.« Tom kontrollierte bewusst seinen Tonfall. »Bridget und ich haben uns verliebt. Wir haben vor sechs Monaten im Gefängnis geheiratet und fangen nun ein neues Leben als Mann und Frau an.«

ZWÖLF

Ich schaute Robert an und er mich, wobei sein Mund offen stand. Seltsamerweise wäre ich am liebsten in lautes Gelächter ausgebrochen, weil die Situation so surreal war.

Bridget Wilson war *hier*, im selben Raum wie wir, atmete dieselbe Luft wie wir. Sie verweilte in der Tür zu meiner Küche, während *mein* Sohn neben ihr stand und ihr fürsorglich die Hand auf die Schulter legte.

»Hallo, Jill«, sagte sie mit warmer Stimme, bevor sie sich an meinen Mann wandte. »Robert.«

Sie hatte sich seit unserer letzten persönlichen Begegnung an unserer Haustür ein paar Monate nach Jesses Tod verändert. Auch damals war sie dünn gewesen, aber sie hatte eher mager und erschöpft gewirkt. Jetzt sah sie schlank und fit aus. Außerdem war ihr Haar heller, die Haut glatter und ihre Augen leuchteten, ihr Blick war energiegeladen. Sie strotzte nur so vor Gesundheit.

Da standen die beiden Seite an Seite, als Paar. Mir stockte der Atem.

»Was war das denn für eine Art von Programm, bei dem du zu so etwas ermuntert wurdest?«, knurrte Robert. »Ich sehe die

Schlagzeile schon vor mir: *Mutter heiratet Mörder ihres Sohnes!*«

»Dad, das reicht jetzt!«, fauchte Tom mit finsterer Miene.

Nun sprach Bridget mit einer leisen, bescheidenen Stimme, die überhaupt nicht zu ihrer draufgängerischen Art passte: »Ich kann verstehen, was für ein Schock das für euch sein muss. Aber das Programm war einfach fantastisch. Es hat uns geholfen, einander zu vergeben und nach vorne zu sehen. Gemeinsam.«

Gemeinsam? Obwohl ich jetzt die Fakten kannte, hatte ich Probleme damit, dieses Wort zu akzeptieren. Von den Ohren aus schien es wie Gift durch mich hindurchzusickern und meinen ganzen Körper zu erfüllen. Alles in mir lehnte sich dagegen auf. Plötzlich schrillte in meinem Kopf ein durchdringender Ton, und ich fühlte mich, als sei ich hinter einer unsichtbaren Glasscheibe gefangen. Ich konnte alles hören, was gesprochen wurde, schien aber meilenweit davon entfernt.

»Tom«, versetzte Robert mit Nachdruck. »Für mich ist offensichtlich, dass du irgendeiner Gehirnwäsche unterzogen wurdest. Dieses Programm, was da passiert ist ... Du musst doch selbst erkennen, dass das nicht normal ist. Verdammt, sie ist schließlich alt genug, um deine Mutter zu sein!«

»Ich weiß genau, was ich will, also misch dich nicht ein«, entgegnete Tom lediglich, als wäre ihm klar, dass eine Diskussion mit seinem Vater ja doch nichts brachte. »Du musst wohl ziemlich durcheinander sein, Mum, das verstehe ich. Aber wir haben nichts überstürzt. Bridget hat vor ungefähr zwei Jahren mit ihren regelmäßigen Besuchen bei mir angefangen, und beim gemeinsamen Absolvieren des Programms haben wir uns eben verliebt.«

»Himmelherrgott nochmal!« Robert schob seinen Stuhl zurück und sprang auf. »Ich ertrage diesen Mist nicht länger. Solchen Unsinn hab ich im Leben noch nicht gehört!«

»Warum bezeichnest du es als Unsinn, Robert?«, fragte

Bridget und verschränkte die Arme vor der Brust. »Es ist unerwartet, es ist ungewöhnlich, aber es ist so ganz und gar kein Unsinn. Unsere Liebe füreinander ist absolut echt.«

»Aber der Altersunterschied beträgt ja zwanzig Jahre!«, hörte ich mich selbst ausrufen. »Das ist doch nicht richtig!«

Tom blickte mich direkt an, und ich sah die dunklen Ringe unter seinen Augen. Es war offensichtlich, dass sein Geheimnis ihn belastet hatte, aber nun fiel mir noch etwas anderes auf, was sich auf seinen Zügen widerspiegelte – er strahlte von innen heraus, was er die ganze Zeit verborgen hatte.

Deshalb hatte er in seinem Zimmer allein sein wollen, sobald wir zur Haustür hereingekommen waren. Nicht, weil er überwältigt oder müde gewesen war, sondern weil er sein Geheimnis hatte bewahren wollen. Ihr gemeinsames Geheimnis.

Ich schloss die Augen, um mich nicht der Tatsache stellen zu müssen, dass Bridget mit meinem Sohn zusammen, seine *Ehefrau* war. Vor allem kämpfte ich gegen den Gedanken an, der sich mir am erbarmungslosten aufdrängte:

Heute Nacht würde sie mit ihm Sex haben.

Mir entfuhr ein leiser Laut.

»Mum, bitte, hör uns doch an.« Tom wirkte gequält, aber beherzt. Gemeinsam standen sie da, stark durch ihre Einigkeit. Fest entschlossen, allen ihre unsterbliche, *lächerliche* Liebe zu zeigen.

Und mein Sohn war *tatsächlich* verliebt! Er strahlte es aus jeder Pore aus, war von einem Leuchten wie einem Heiligenschein umgeben. Man merkte es daran, wie sanft sein Blick wurde, wenn er Bridget ansah, mit welcher Zärtlichkeit er seine Hand auf der ihren ruhen ließ.

Ich konnte nicht recht sagen, ob Bridget genauso empfand wie er, da sie ganz ruhig und gefasst blieb. Sie hatte die Situation unter Kontrolle. Tom hingegen ließ sich wie ein Lamm zur Schlachtbank führen.

Mittlerweile redeten Robert und Tom leise aufeinander ein und versuchten, nicht aneinanderzugeraten, während Bridget sich hier und da in die Diskussion einmischte. Niemand sprach mit mir oder schaute mich auch nur an. Während die Stimmen wie ein Summen den Raum erfüllten, bekam ich keine Details des Gesprächs mit. Ich war viel zu sehr damit beschäftigt, das Grauen der Situation zu erfassen und mich für das zu wappnen, was nun kommen würde.

Was würden die Leute sagen? Unsere Nachbarn, die Presse ... die ganze Stadt?

Und noch entscheidender: Wie sollte Tom an der Seite dieser zwanzig Jahre älteren Frau, die ihn bei Jesses Tod in der Öffentlichkeit als Schuldigen hingestellt hatte, das Beste aus seinem Leben machen?

Mir war klar, dass er das Ausmaß seiner Entscheidung noch nicht erfasst hatte. Immerhin war er gerade erst in die echte Welt zurückgekehrt. Und dann begriff ich, was hier vor sich ging.

Im Kern hatte es sich wohl so abgespielt: Tom war nach der langen Zeit im Gefängnis leicht zu beeinflussen gewesen, und das hatte Bridget ausgenutzt. Offenbar hatte er ganz vergessen, wie er schon als Kleinkind bei Jesse zu Hause unter Bridgets Aufsicht gespielt hatte. Wie sie bei ihm die Windeln gewechselt hatte, so wie ich es auch bei Jesse getan hatte. Er erinnerte sich wohl nicht mehr daran, dass er sie mit fünf oder sechs manchmal »Tante Bridget« genannt hatte. Als die Jungen später im Schulalter unter der Woche beieinander übernachtet hatten, hatte ich für Jesse die Schuluniform gebügelt und ihm ein Lunchpaket fertiggemacht, genau wie Bridget für Tom.

Und jetzt hatte sie ihn geheiratet. Den kleinen Jungen, für den sie wie eine zweite Mutter gewesen war. Obwohl Tom inzwischen auf die Dreißig zuging, konnte man doch die Vergangenheit nicht auslöschen.

Es war einfach *abartig*, das war das einzige zutreffende

Wort. Innerlich fühlte ich mich ganz dumpf und leer, und als ich meine Wange berührte, stellte ich fest, dass sie feucht war.

»Das ist doch widerlich«, flüsterte ich. »Einfach ekelhaft.«

Und dann wurde mir klar, dass ich es überhaupt nicht geflüstert, sondern geschrien hatte. Tom sah erschrocken aus, und Robert machte den Mund auf und zu, während er mich anstarrte, aber jetzt gab es bei mir kein Halten mehr. Ich konnte mich nicht länger beherrschen. »Du hast deinen Sohn verloren, also hast du gewartet und gewartet, bis du mir meinen wegnehmen konntest! Ist es das?«, kreischte ich mit heiserer Stimme. »Du bist gekommen, um ihm seine Zukunft zu rauben, um ihn zu ruinieren und Rache zu üben!«

Ich schüttelte die Hände ab, die man mir behutsam auf die Schultern legte. Ein mir angebotenes Glas Wasser fiel zu Boden, als ich es zur Seite hieb. Gesichter rückten in mein Blickfeld und verschwammen zu einer einzigen undeutlichen Masse.

Plötzlich schien in meinem Inneren etwas zu zerbrechen, und Panik erwachte in mir, bahnte sich den Weg hinauf in meine Brust.

»Verdammt nochmal, verschwindet hier, raus!«, hörte ich Robert Tom anbrüllen. »Das macht deine Mutter fertig, begreifst du das nicht? Sie wird das niemals verkraften, und wenn es sie umbringt, ist das allein deine Schuld!«

DREIZEHN

BRIDGET

Tom rannte nach oben, packte seine Reisetasche und seinen Rucksack und raste zurück zu mir wie ein junger Ausreißer.

Als er im Auto neben mir saß, presste er auf dem Beifahrersitz die gefalteten Hände zusammen und wurde ganz still.

Insgesamt sprachen wir auf dem Heimweg wenig. Während ich am Steuer saß und den Mercedes in Richtung Main Road lenkte, starrte Tom mit dumpfem Blick aus dem Fenster.

»Du brauchst wirklich kein schlechtes Gewissen zu haben.« Ich ließ eine Hand am Steuer, während ich mit der anderen seinen straffen Oberschenkel berührte. »Es war das Richtige, so früh wie möglich mit ihnen zu sprechen. Und dass sie mit unserer Entscheidung nicht einverstanden sind, ist ja nicht deine Schuld.«

Er antwortete nicht.

Auf halber Höhe der langen, breiten Straße hielt ich und parkte hinter einem silberfarbenen BMW.

»Was für ein cooler Wagen«, bemerkte Tom, als ich den Motor ausgestellt hatte. Dass er diese Marke toll fand, hatte er mir von klein auf oft erzählt.

»Da sind wir also«, sagte ich. »Das ist unser Zuhause.«

Tom schaute mich an und blickte dann zu dem dreistöckigen Gebäude aus rotem Backstein hinüber. Es war schon seltsam, dass er es zum ersten Mal an jenem Tag sah, an dem unser gemeinsames Leben als Eheleute begann.

»Das ist unser Haus?«, entfuhr es ihm.

»Ja, ganz und gar meins«, sagte ich und freute mich über seine Reaktion. Ich hatte diesbezüglich bewusst ein bisschen untertrieben, weil ich gern wollte, dass es eine Überraschung für ihn sein würde. »Oder es wird zumindest mir gehören, wenn die Hypothek bezahlt ist.« Ich zögerte. »Eigentlich wird es *uns* gehören. Das ist unser Zuhause, Tom.«

Begeistert schaute ich dabei zu, wie er aus dem Auto stieg und das Haus mit großen Augen und offenem Mund anstarrte.

Das liebte ich an ihm: Tom zeigte seine Emotionen stets unverhohlen, das war schon in der Kindheit so gewesen und hatte sich nicht geändert. Man sah ihm deutlich an, wie beeindruckt er war. Jesse war abgebrühter und eher dazu in der Lage gewesen, seine Gefühle zu verbergen. Bei Tom hatte es sich immer um den unschuldigeren von den beiden gehandelt.

Als Tom vor zehn Jahren regelmäßig bei uns vorbeigeschaut hatte, um mit Jesse zusammen in der »Höhle« abzuhängen – wie mein Sohn unser drittes Schlafzimmer genannt hatte, das sogar zu klein für ein Doppelbett gewesen wäre –, hatte ich unter ganz anderen Umständen gelebt. Tom hatte zwar gewusst, dass ich mittlerweile umgezogen war, aber er hatte vermutlich mit etwas weitaus Bescheidenerem gerechnet.

»Das ist ja Wahnsinn«, sagte er nun und rührte sich nicht vom Fleck. »*Du* bist der Wahnsinn, Brid! Unglaublich, wie weit du es gebracht hast!«

Das Geld der Crowdfunding-Kampagne nach Jesses Tod hatte ich angelegt, und zusätzlich verdiente ich ja durch die wohltätige Stiftung gut. So hatte ich vor zwei Jahren das Haus kaufen können, das damals noch in der Planungsphase gewesen war. Ich hatte eine hohe Anzahlung geleistet und für den Rest eine Hypothek aufgenommen. Das Haus lag in einem exklusiven kleinen Viertel mit nagelneuen dreistöckigen, freistehenden Häusern am Rand von Ravenshead, nur knapp fünf Kilometer von Toms Elternhaus entfernt.

Die Grünanlagen in diesem Neubaugebiet waren klein, weil eng an eng gebaut worden war. Fläche war hier Luxus, aber wenn man direkt vor dem Gebäude stand, hatte man den Eindruck von viel Platz. Das Schlafzimmer im zweiten Stock lag hoch genug, um einen durch nichts gestörten Blick auf Wälder und Felder zu bieten.

Aber bevor wir hineingingen, hatte ich noch eine Überraschung für meinen frischgebackenen Ehemann parat. Ich zog Autoschlüssel aus meiner Handtasche und hielt sie ihm hin.

»Was ist das denn?«, fragte er grinsend. »Deinen Wagen lässt du mich also auch fahren?«

»Das brauche ich gar nicht«, sagte ich und machte eine Kopfbewegung Richtung BMW. »Schließlich hast du ja deinen eigenen.«

»Was?« Ihm klappte die Kinnlade herunter, während er erst die Schlüssel, dann das Auto anstarrte.

»Jemand von der Arbeit hat ihn für einen guten Preis angeboten, deshalb ... hab ich ihn dir als kleines Willkommensgeschenk gekauft.«

»Das gibt's doch nicht!« Tom griff nach den Schlüsseln und rannte zum Wagen hinüber. Dann sauste er zu mir zurück und küsste mich. »Danke! Vielen, vielen Dank, Brid. Das kommt mir alles wie ein Traum vor. Überleg doch mal – vor meiner Haft bin ich nur mit Mums kleinem Fiesta gefahren.«

Ich drehte mich zum Haus um.

»Na, aber jetzt komm mit ins Haus! Oder willst du den ganzen Tag hier draußen bleiben und das Armaturenbrett bewundern?« Grinsend ging ich mit ihm den kurzen Weg durch die mit den Nachbarn gemeinsam genutzte Grünanlage bis zur glänzenden schwarzen Eingangstür. »Ich zeige dir erst mal alles. Deine Sachen können wir später aus dem Auto holen.«

Zunächst führte ich Tom im Erdgeschoss herum. Es bestand weitestgehend aus einem großen offenen Bereich, an dessen makellos weißer Decke unzählige silbrige Leuchtspots funkelten. Hier befanden sich die blitzende schwarz-weiße Küchenzeile, der Ess- und Wohnbereich. Durch die Falttür nach außen erreichte man eine große Terrasse mit offener Feuerstelle, hinter der eine Rasenfläche lag, nicht groß, aber ausreichend.

Ich deutete auf eine Reihe von dürren Bäumchen. »Noch ein Jahr, und die Tannen werden dicht genug sein, um für ein bisschen Privatsphäre zu sorgen.« Hinter unserem Haus standen weitere Wohngebäude, aus deren oberen Stockwerken man zum Teil auf unsere Terrasse hinabblickte. »Und draußen könnten wir an langen Sommerabenden grillen. Was meinst du?«

Tom packte mich auf dem Weg zur Treppe mit gläsernem Geländer, und ich quiekte überrascht.

»Das klingt einfach super.« Ein Schauder überlief mich, als er die Lippen an meinem Hals entlangwandern ließ. Seine Berührung erschütterte meinen Körper, der sich bis ins Mark nach ihm verzehrte. Ich trug heute extra das Parfüm, das Tom bei meinen Besuchen im Gefängnis so gut gefallen hatte – eins, das ihn an karamellisierten Zucker erinnerte. »Ich kann es kaum erwarten.«

»Nun wird endlich alles wahr, worüber wir gesprochen und was wir uns gewünscht haben«, rief ich ihm in Erinnerung. »Deshalb musst du jetzt tapfer sein und während der nächsten Wochen den Konflikt mit deinen Eltern durchstehen. Irgendwann wird Jill die Dinge akzeptieren, das weiß ich genau.«

Er biss sich auf die Lippe und trat einen Schritt von mir weg. »Schon klar«, sagte er, klang aber nicht überzeugt.

Wie ich prophezeit hatte, war Jill wegen unserer Hochzeit völlig durchgedreht. Deshalb war es uns ja wie die perfekte Lösung erschienen, vor Toms Haftentlassung zu heiraten.

»Wir können eine Feier für Freunde und Familie organisieren, sobald sich alle an die Vorstellung gewöhnt haben. Aber wie der Wärter gesagt hat: Wenn wir am Tag meiner Entlassung bereits Mann und Frau sind, kann niemand etwas dagegen ausrichten«, hatte Tom gesagt, und da hatte ich zustimmen müssen. Was er aber tatsächlich gemeint hatte, war, dass seine Mutter nichts dagegen ausrichten konnte.

Ich war auf den Showdown vorbereitet gewesen, als ich Tom abgeholt hatte. Aber Jills Reaktion war wirklich zu weit gegangen. Während wir anderen die Dinge ruhig diskutiert hatten, hatte sie angefangen, seltsame wimmernde Laute von sich zu geben, und war am Ende völlig durchgedreht. Deshalb hatte Robert uns panisch aus dem Haus gescheucht.

Jill hatte furchtbar ausgesehen – viel älter, als sie wirklich war. Das früher zu einem akkuraten braunen Bob geschnittene Haar trug sie jetzt länger, aber es war von grauen Strähnen und Spliss durchsetzt. Auch ihre Kleidung sah aus, als hätte sie sie komplett aus diesem schmuddeligen Secondhandladen, in dem sie arbeitete. Dabei schien es Jill nicht einmal mehr wichtig zu sein, ob die Sachen wirklich passten oder nicht. Ihr schlammfarbener Rock, der Pullover mit rundem Halsausschnitt und die Strickjacke wirkten ausgebeult und umschlabberten ihren dürren Körper. Wenn sie sich nicht wie eine verrückte Hexe aufgeführt und Tom so aufgewühlt hätte, hätte sie mir beinahe leidgetan.

Robert war ebenfalls gealtert, aber auf eine Art und Weise, die ich furchtbar unfair fand: Wie das bei manchen Männern so war, waren seine Züge markanter und daher eher attraktiver als früher geworden. Am liebsten hätte ich Jill beiseitegenommen und sie davor gewarnt, was in solchen Situationen schnell passieren konnte. Sobald meine Mutter die Vierzig überschritten hatte, hatte mein Vater sie für eine Frau verlassen, die nur halb so alt gewesen war. Diese Geschichte kannte Jill doch. Man musste gut auf sich achtgeben, jugendlich und frisch wirken. Unter anderem genoss ich die Gesellschaft jüngerer Menschen deshalb so sehr, weil ich mich dadurch vor der Gefahr des Älterwerdens geschützt fühlte.

»Hallo?«, sagte Tom und wedelte mit der Hand vor meinem Gesicht herum. »Erde an Brid!«

»Sorry!« Ich lächelte. »Aber ich habe eben so lange auf diesen Moment gewartet. Endlich bist du hier, sind wir zusammen in unserem Zuhause! Komm, gehen wir als nächstes nach oben.«

»Das ist Musik in meinen Ohren.« Er zwinkerte frech, und ich hatte Schmetterlinge im Bauch, wie ich sie seit meiner Jugend nicht mehr verspürt hatte.

Tom eilte die Treppe hinauf, indem er mit seinen muskulösen Beinen immer zwei Stufen auf einmal nahm. Gott, wie durchtrainiert er von hinten aussah! Auf halber Höhe verharrte er plötzlich, und ich musste schlucken, weil er meine Gedenkwand entdeckt hatte.

»Die stören dich doch nicht, oder?« Ich folgte ihm und legte ihm eine Hand auf den Rücken. »Die Fotos, wollte ich sagen.«

»Nein! Ich meine, es war ja wohl zu erwarten, dass du welche aufhängen würdest.« Bei einem der Bilder schien ihm etwas aufgefallen zu sein, weil er es nun näher unter die Lupe nahm. »Oh! Hast du mich bei dem hier rausgeschnitten?«

Dieses Foto von den Jungen hatte ich selbst gemacht. Es stammte aus der Zeit, als Jill in der Bücherei gearbeitet hatte, und war an einem Ferientag entstanden. Damals war ich mit Jesse und Tom in einen nahen Park gegangen und hatte auf einer Decke in der Sonne vor mich hin gedöst, während die beiden an Klettergerüsten herumgeturnt waren. Als sie später mit leuchtend bunten Keschern und Marmeladengläsern Stichlinge gefangen hatten, hatte ich mich mit dem Fotoapparat an sie herangeschlichen. Ich hatte vor dem Abdrücken ihre Namen gerufen, sodass sie beide direkt in die Kamera geschaut hatten. Der lebhafte Ausdruck auf Jesses Miene hatte mir immer gut gefallen.

»Nach Jesses Tod konnte ich deinen Anblick auf den Bildern einfach nicht ertragen, und zwar für lange Zeit nicht.«

»Ist in Ordnung, du brauchst dich nicht zu rechtfertigen«, sagte Tom sanft, wofür ich ihn einfach liebte.

Nun zeigte ich ihm die beiden Schlafräume im ersten Stock und das große Badezimmer mit silber-marmorierten Kacheln, einer freistehenden weißen Badewanne und einem in die Wand eingelassenen Fernseher.

»Cool!« Er stieß einen leisen Pfiff aus. »Ein Schaumbad mit Bier und Manchester United. Mehr kann sich ein Mann wohl nicht wünschen!«

»Wie charmant!« Ich deutete eine Ohrfeige an, und er wich meiner Hand aus wie ein Boxer. Einen Moment lang stieg vor meinem inneren Auge Jesses Gesicht auf, das ich jedoch sofort verdrängte.

Tom zwinkerte wieder und beugte sich vor, um mir einen Kuss auf die Stirn zu drücken. »Die Wanne ist doch groß genug für zwei. Sei ganz beruhigt, da wird der Fußball keine Chance haben.«

Ich ging hinüber zur nächsten Treppe und stieg hoch in den zweiten Stock. Dieses Mal folgte Tom mir und blieb wieder einen Moment stehen, als er an meiner Collage der achtzehn Lebensjahre von Jesse vorbeikam. Von seinem ersten Foto aus dem Krankenhaus am Tag seiner Geburt bis hin zu einem, auf dem er mir vom Gartentor aus eine Kusshand zuwirft. Dieses letzte Bild war eine Woche vor seinem Tod entstanden.

Ursprünglich war Tom mit auf vielen dieser Fotos gewesen, aber im Sog der rauen Trauer hatte ich ihn damals sorgfältig aus jedem einzelnen herausgeschnitten. Damit schien ich ihn aus dem Leben meines Sohnes entfernt zu haben wie einen bösartigen Tumor. Es hatte sich richtig angefühlt.

Nun war ich froh, dass Tom darüber keine weiteren Bemerkungen machte.

Als wir das obere Ende der Treppe erreichten, führte ich ihn in das große Hauptschlafzimmer, die *Krönung* des Hauses. Darin konnte man durch ein großes bodentiefes Fenster die Landschaft jenseits der Straße betrachten, wozu auch eine im Sommer spektakuläre Blumenwiese gehörte.

»Wow!« Seine Stimme klang seltsam, und ich sah seine Augen feucht glänzen.

»Oh, Tom, wie rührend!« Ich schlang ihm die Arme um die Hüfte.

»Ignorier mich, ich werde langsam zum Softie«, knurrte er. Dann wischte er sich mit dem Handrücken über die Augen, bevor er mich näher an sich heranzog. »Nach all den schrecklichen Ereignissen habe ich wohl befürchtet, dass ich nie wieder glücklich werden würde. Aber so glücklich wie jetzt war ich *noch nie*.«

Ich schmiegte mich an ihn und ließ die Wange an seiner Brust ruhen. Wieder flackerte in meinen Gedanken kurz Jesse vor mir auf, und ich nahm mir einen Augenblick Zeit, um meines starken, schönen Jungen zu gedenken, dessen Herz nie wieder schlagen würde.

»Ich stelle mir gern vor, dass Jesse jetzt hier ist und auf uns hinabblickt«, sagte ich sanft. »So, als würde er über uns wachen.«

Tom hüstelte. »So hab ich das wohl noch nie gesehen.«

»Oh, ich hab seine Anwesenheit von Anfang an gespürt«, sagte ich unbekümmert, während ich zum Fenster hinüberging und den Blick über die Landschaft schweifen ließ. »Er begleitet mich eigentlich immer, selbst jetzt, in diesem Moment.«

Tom wandte den Blick ab und scharrte mit den Füßen. »Na ja, ich bin mir sicher, dass er es hier auch toll gefunden hätte.

Auf dem Gelände da draußen hätte er super Motocross fahren können.«

»Guck dir mal das Bett an.« Ich setzte mich auf die Kante und strich den Überwurf in Schwarz und Silber glatt. »Ich hab mich für die extragroße Kingsize-Version entschieden, weil du ordentlich Platz sicher zu schätzen weißt.«

»Na, und ob!« Er kam zu mir herüber und küsste mich aufs Haar. »Du hast es so unglaublich weit gebracht, wenn man bedenkt, wie du früher gelebt hast, Brid. Und nach all der harten Arbeit ist es für dich jetzt an der Zeit, die Früchte deiner Arbeit zu ...« Er verstummte, als ihm etwas auf der anderen Seite des Raumes ins Auge sprang. »Ist das etwa ...?«

Tom schaute hinüber zur gegenüberliegenden Wand, wo ich das gerahmte Programm von Jesses Beerdigung aufgehängt hatte.

»Ja, das ist für mich ein wichtiges Andenken. Viel zu schön, um es in einer Kiste auf dem Dachboden verschwinden zu lassen.« Ich stand auf und legte Tom die Finger an die Wange, um seinen Blick sanft wieder auf mich zu lenken. »Wir werden hier so glücklich sein, Tom. Und wie du immer gesagt hast, werden wir unser Leben und dabei auch die wertvollen Erinnerungen an Jesse miteinander teilen.«

Ich schob die Hände unter Toms enges T-Shirt und berührte seinen warmen, muskulösen Oberkörper.

Als sich unsere Lippen trafen, sich einander zunächst eher streiften, schien ein elektrischer Schlag meinen Körper zu durchfahren. Tom packte mich, zog mich aufs Bett und schlüpfte aus seinem T-Shirt. Ich sog seinen sauberen, frischen Duft ein und vergrub die Finger in seinem kräftigen, dunklen Haar. Sein massiger Körper verharrte über mir, bevor ich glückselig sein Gewicht in Empfang nahm, als er behutsam auf mich sank.

»Wir gehören zusammen, Tom«, flüsterte ich ihm ins Ohr. »Jetzt kann sich niemand mehr zwischen uns stellen.«

VIERZEHN

JILL

Nach Toms und Bridgets fluchtartigem Aufbruch sank ich auf das gemütliche Sofa neben der Glastür in der Küche.

Den Ausdruck »gemütlich« benutzten wir als freundliche Umschreibung der Tatsache, dass dieses Möbelstück bereits bessere Zeiten gesehen hatte. Als Tom klein gewesen war und ich nur halbtags gearbeitet hatte, war es finanziell gar nicht so einfach für uns gewesen, unser Zuhause regelmäßig zu verschönern und aufzupeppen, um es an die Veränderungen in unserem Leben anzupassen. Aber für diesen Anbau an die Küche und die Glastür, durch die man einen tollen Blick nach draußen hatte, hatten wir so einiges an Geld hingeblättert. »So können Sie sich quasi den Garten ins Haus holen«, hatte der Küchenplaner damals überzeugend argumentiert, und Robert hatte ihm bereitwillig die Anzahlung überwiesen.

Wir hatten uns angewöhnt, hier eine Tasse Tee – und manchmal auch ein Glas Gin – zu trinken, während wir Tom und meistens auch Jesse beim Spielen draußen im Auge behielten. Dabei hatten wir über unseren Tag gesprochen und ein bisschen Dampf abgelassen. Robert hatte über die Kollegen im Architekturbüro geklagt, in dem er damals gearbeitet hatte, während ich von dem einen oder anderen unhöflichen oder lauten Büchereibesucher erzählt hatte.

Inzwischen schien ich hier immer nur allein zu sitzen und hinaus auf den Rasen zu blicken.

Nachdem ich mich gesetzt hatte, war mir direkt ein bisschen schwindelig, und ich war furchtbar durcheinander. Toms Worte wirbelten hinter meiner Stirn herum und ergaben immer noch keinen Sinn.

»Erkennst du jetzt, dass man ihm nicht trauen kann?«, bemerkte Robert immer wieder, bis ich ihn anschrie, damit er endlich den Mund hielt.

Ich sah ihm dabei zu, wie er Tee kochte. Wir hatten uns vor fast dreißig Jahren bei einem Schulball kennengelernt. Er war ein paar Jahre älter als ich und schon in die Oberstufe gegangen, was ich unglaublich attraktiv gefunden hatte. Mit zweiundfünfzig hatte er inzwischen mehr Bauch als damals, die Jeans schlabberte am Hintern ein wenig und das Haar wurde schütterer. Aber er war immer noch ein gut aussehender Mann, und wenn er seinen blau-weiß gestreiften Schal aus seiner Zeit an der Uni von Birmingham trug, hatte er wieder etwas Studentenhaftes an sich.

Jetzt öffnete er die Besteckschublade und griff nach einem Teelöffel, während er etwas nicht Identifizierbares ohne jede Melodie vor sich hin summte. Dann nahm er zwei Teebeutel aus der Packung. Er wirkte von den Ereignissen nicht so mitgenommen wie ich, sondern beinahe unbekümmert. Aber Robert ging ja auch immer davon aus, dass er über alles erhaben war.

Viel Spannendes passierte in unserem Leben schon lange nicht mehr, und im Laufe der Jahre hatte sich Robert immer mehr in einen egoistischen Menschen verwandelt, der nur seine eigenen Bedürfnisse im Blick hatte. Als er zum Beispiel 2007 mit seiner Ausbildung zum Schülertherapeuten angefangen hatte, hatte er den kleinen Raum direkt neben dem Flur in Beschlag genommen, den ich bis dahin als Lesezimmer genutzt hatte. Es war gar nichts Schickes gewesen, nur ein Zimmer mit einer Leselampe und einem gemütlichen Sessel, in dem ich es mir mit einer Decke bequem gemacht hatte. Ein ruhiges Plätzchen, an dem ich von meinen Büchern umgeben war.

Als wir nach dem Tod meiner Mutter deren Haus ausgeräumt hatten, hatte ich auf ihrem vollgestopften Dachboden in einem unbeschrifteten Karton zwischen alten Glückwunschkarten und modriger Kleidung eine Reihe von Dickens-Romanen entdeckt.

Robert, den ich noch nie ein Buch hatte lesen sehen, hatte verächtlich geguckt, als ich sie zum Auto hinausgeschleppt hatte. »Was willst du denn mit diesen muffigen alten Dingern? Ich kaufe dir eine neue Gesamtausgabe«, sagte er sorglos.

»Eine neue will ich aber nicht!« Ich griff nach einem Band und blätterte vorsichtig darin. »Guck doch mal, herausgegeben 1930, und mit Illustrationen!«

Die Bücher waren zwar keine Erstausgaben, dennoch ziemlich alt. Trotzdem leuchteten auf den verblassten Einbänden aus rotem Leder immer noch Buchstaben aus Blattgold. Meine Entdeckung brachte Erinnerungen daran mit sich, wie ich als Sieben- oder Achtjährige bei meiner Großmutter neben dem Regal gesessen hatte und mit den Fingern über die Buchrücken gefahren war. Ich hatte ein Buch nach dem anderen herausgezogen, um vorsichtig darin zu blättern und mir die Bilder anzusehen.

Deshalb hatte ich all die Jahre später trotz Roberts Missfallen den Karton wieder zugeklappt und oben zugeklebt. »Und wenn es das Einzige ist, was ich mitnehme – die hier will ich auf jeden Fall.«

Als ich mit Tom schwanger gewesen war, hatte ich in einem Abendkurs gelernt, Bücher zu restaurieren. Eigentlich hatte ich damals die Absicht gehabt, den Familienerbstücken wieder zu altem Glanz zu verhelfen und sie zur Schau zu stellen.

Tatsächlich hatte ich damit auch angefangen, das langwierige Projekt jedoch unterbrochen, als Robert das Lesezimmer für sich beansprucht hatte. Eines Tages war ich von der Arbeit nach Hause gekommen und hatte feststellen müssen, dass er, ohne zu fragen, einfach all meine Bücher inklusive der Dickens-Reihe in Kisten gepackt und sie in eine staubige Ecke in der Garage verbannt hatte.

Als ich mich darüber beschwerte, schaute er mich verblüfft an. »Himmel, das sind doch nur ein paar alte Bücher! Die schleppe ich gern alle wieder ins Haus, wenn du für ihre Aufbewahrung eine bessere Lösung gefunden hast«, sagte er, während er seine Zeitung aufschlug. »Aber bitte irgendwo, wo man nicht darüber stolpert.«

Es war nie dazu gekommen, und als Tom ins Gefängnis gemusst hatte, hatte ich die Sache komplett vergessen.

»Immer noch so finster?«, fragte Robert jetzt lakonisch und brachte mir meinen Tee. »Willst du es etwa an mir auslassen, dass du nicht darüber hinweg kommst, was dein heiß geliebter Sohn da angerichtet hat?

»Ich denke an früher und sehe die Dinge jetzt in einem anderen Licht«, antwortete ich in einem Tonfall, der jegliche Nachfrage unterband.

Dann vertrieb ich den Gedanken an die Bücher und rief auf dem Handy Facebook auf, um nach Bridgets Profil zu suchen. Ich hatte es mir im Laufe der Jahre immer wieder angeschaut, durch die Einstellungen ihres Accounts waren aber nur wenige Posts für alle sichtbar. Und von denen hatte sie schon Ewigkeiten keinen mehr veröffentlicht.

»Oh nein«, flüsterte ich, als sich die Seite geladen hatte.

»Was denn?«, fragte Robert und reckte den Hals. »Was ist los?«

Ich hielt das Handy hoch, um ihm Bridgets neues Profilfoto zu zeigen, auf dem Tom und sie gemeinsam einen mit Rosenblüten bestreuten Gang entlangliefen. Bridget trug ein cremefarbenes Etuikleid aus Seide, in dem sie elegant, jung und schlank aussah, und hielt einen hübschen Strauß in der Hand. Die beiden schauten einander in die Augen, während sie voranschritten und lächelten. Sie wirkten unglaublich glücklich.

Robert stieß ein Grunzen aus. »Na ja, das sollte ja keine Überraschung sein. Du weißt doch inzwischen, dass sie verheiratet sind.«

Ich nahm das Foto näher unter die Lupe. Es war vor einer Stunde veröffentlicht worden. »Sie hat offenbar Toms Gespräch mit uns abgewartet und es danach gepostet, damit alle es erfahren.«

Robert zuckte mit den Achseln. »So läuft das mit Facebook eben. Ich weiß wirklich nicht, warum du dich so quälst. Na ja, ich hab jedenfalls im Arbeitszimmer zu tun.«

Robert hasste die sozialen Medien, unter anderem deshalb, weil er in der Praxis bei den betreuten Schülern immer wieder mit deren negativen Auswirkungen zu tun hatte. »Ich habe schon viel zu oft gesehen, wie ein junges Leben durch Facebook oder Twitter ruiniert wurde, oder durch Instagram, das ist am allerschlimmsten!«, hatte er mehr als einmal verkündet.

Während Robert schon zum Flur hinüberging, sagte ich noch: »Ich hab Audrey Bescheid gesagt, die schon auf dem Weg hierher ist.«

Er reckte die Hände in die Luft. »Warum ziehst du denn Audrey da mit rein? Wenn sie erst all die dreckigen Details kennt, ist bald ganz Mansfield im Bilde. Ich will sie nicht im Haus haben!«

»Jetzt sei mal nicht unfair! Entscheidend ist hier nicht deine Abneigung gegen sie, sondern, dass sie mir immer eine gute Freundin gewesen ist. Außerdem werden sowieso alle Bescheid wissen, wenn Bridget jetzt ihre Privatangelegenheiten auf Facebook breittritt.«

Robert murmelte nur irgendetwas Unverständliches vor sich hin und ging zur Küchentür hinaus. Er war mit Audrey noch nie besonders gut zurechtgekommen, vielleicht, weil er ahnte, dass sie keine sehr hohe Meinung von ihm hatte. In den letzten Jahren, in denen Tom weg gewesen war, schien sich die Feindseligkeit zwischen ihnen nur noch verstärkt zu haben. Audrey machte ziemlich unverblümte Bemerkungen darüber, wie verächtlich sich Robert mir gegenüber oft benahm, und war der Meinung, dass ich ohne ihn besser dastehen würde. Robert hingegen nannte Audrey »eine Xanthippe, die sich überall einmischen muss und ihre Nase in anderer Leute Angelegenheiten steckt, weil sie kein eigenes Leben hat«. Was natürlich ganz unbegründet war.

Ich trank meinen Tee und starrte das Hochzeitsbild an, dann machte ich schnell ein Bildschirmfoto, falls Bridget die Einstellungen für ihren Account noch einmal verschärfen sollte. Beim Herumscrollen auf ihrer Profilseite fand ich sonst nichts Neues.

Ich wollte es nur ungern zugeben, aber sie sah auf dem Foto toll aus. Älter als Tom, aber niemals zwanzig Jahre älter.

Bridget hatte immer schon ein Händchen dafür gehabt, das Beste aus sich zu machen. Allerdings konnte ich mich noch gut daran erinnern, wie verhärmt sie vor zehn Jahren gewirkt hatte – und wie offensichtlich bei ihr damals kleine Fältchen rund um Augen und Mundwinkel gewesen waren. Ein paar Monate nach Toms Urteilsverkündung und Haftbeginn war sie einmal hier zu Hause aufgekreuzt. Die Erinnerungen an diesen Vorfall hätte ich am liebsten verdrängt. Bridget hatte verzweifelt gewirkt, beinahe am Rande des Wahnsinns, aber ich hatte sie abgewiesen und ihr die Tür vor der Nase zugemacht. Obwohl sie das meiner Meinung nach verdient hatte, musste einerseits sogar ich zugeben, dass ich mich da nicht gerade mit Ruhm bekleckert hatte. Anderseits hatte ich damals ja auch gelitten. Wenn ich in den Spiegel schaute, wurde mir bewusst, dass mich ebenfalls die Trauer um einen verlorenen Sohn hatte altern lassen.

Jetzt hingegen sah Bridget so aus, als hätte sie die Zeit

zurückgedreht, und wirkte viel jünger. Ihre Augen hatten dabei eine verräterische Starrheit an sich, und ihre seltsam voluminösen Wangen waren wohl aufgespritzt. Dazu Strähnchen, dezentes Make-up, ein moderner und zugleich klassischer Kleidungsstil ...

Hier hatte ich einen Menschen vor mir, der sowohl innerlich als auch äußerlich hart an sich gearbeitet hatte. Neben ihr fühlte ich mich hundert Jahre alt, ungepflegt und wie eine Frau, deren beste Zeit längst hinter ihr lag.

Mansfield war eine große Stadt, und da wir in unterschiedlichen Vierteln lebten, bestand eigentlich nie die Gefahr, dass wir einander durch Zufall über den Weg liefen. In all den Jahren hatte ich Bridget nur ein einziges Mal von weitem gesehen. Aber das lag wahrscheinlich daran, dass ich privat die Haupteinkaufsgegend mied und vor allem online oder in den kleinen Geschäften von Berry Hill einkaufte.

Jetzt wurde die Haustür geöffnet, und Audreys Stimme erklang: »Ich bin's!«

»In der Küche!«, rief ich zurück. Robert hörte bei der Arbeit oft über Kopfhörer Musik, aber es war typisch für ihn, dass er Besuch bewusst ignorierte und nicht einmal Hallo sagte.

»Da bist du ja, meine Liebe.« Audrey kam herein und überreichte mir einen Strauß aus prächtigen orangefarbenen Chrysanthemen, deren Stängel in einer geblümten Papiertüte steckten. »Ein Geschenk von Herzen, aus meinem Garten.«

»Die sind ja wunderschön.« Ich roch daran. »Genau das Richtige, um mich aufzumuntern. Danke, Audrey. Hier, guck mal.« Ich schob ihr das Handy hin. »Sie schreit es bereits in die Welt hinaus.«

Audrey zeigte nicht die schockierte Reaktion, mit der ich eigentlich gerechnet hatte, sondern blieb relativ ungerührt. Sie zog beim Blick auf das Hochzeitsfoto nur einmal die Nase kraus, schlüpfte dann aus ihrer Jacke, hängte sie über einen Barhocker und griff nach meiner leeren Tasse. »So, eins nach dem anderen. Lass mich dir erst mal einen frischen Tee machen, und dann kannst du mir alles in Ruhe erzählen.«

Mir wurde das Herz ganz schwer, als ich die Blumen neben mich legte. Obwohl mein Kopf voll von den durchlebten Szenen war und ich mich oft bei Audrey ausheulte, war es schon etwas anderes, alles noch einmal Wort für Wort zu wiederholen. Das würde ziemlich traumatisch werden.

Audrey wuselte in der Küche herum, öffnete Schubladen und Schränke.

»Lass mich das kurz zusammenfassen: Tom hat also Bridget im Gefängnis geheiratet und wird jetzt bei ihr leben?«

Ich stieß ein wenig überzeugtes Lachen aus. »Bei dir klingt das so simpel!«

Audrey brachte die Getränke auf einem Tablett herüber. Sie hatte noch einen Teller mit Butterkeksen dazugestellt, die bei mir seit Weihnachten im Schrank lagen.

»Sind die noch nicht abgelaufen?« Ich nahm ein Plätzchen in die Hand.

Meine Freundin rollte mit den Augen. »Du hast hier eine Familienkrise und willst *immer noch* jedes unbedeutende Detail kontrollieren? Meine Güte, jetzt entspann dich mal!«

»Ja, Mama.« Probeweise biss ich von dem Plätzchen ab.

»Was hält Robert denn von der ganzen Sache?«

Ich zuckte mit den Achseln. »Ihn scheint das alles nicht zu kümmern, und er hat sich wie üblich in seinem Arbeitszimmer verkrochen.«

»Vielleicht hat er ja etwas anderes im Kopf«, bemerkte Audrey und betrachtete das Gebäck, griff aber nicht zu.

»Was denn zum Beispiel?«

»Keine Ahnung. Du hast doch gesagt, dass er in letzter Zeit so still ist!« Sie seufzte. »Hör mal, ich weiß, dass das wohl das Letzte ist, was du dir für Tom gewünscht oder von ihm erwartet hättest. Aber glaub mir, das Beste, das du jetzt tun kannst, ist, es einfach zu akzeptieren.«

Das brachte Audrey ganz unbekümmert hervor. Es schien sie nicht einmal zu überraschen, was Tom getan hatte! Audrey war in meinem Alter, hatte aber keine Kinder und auch nie geheiratet, obwohl sie im Laufe der Jahre mehrere lange Beziehungen gehabt hatte. Beim Tod ihrer alten Mutter hatte sie einiges an Geld geerbt und stand daher finanziell gut da, das konnte man nicht anders sagen.

»Er ist mein Sohn, Audrey. Ich kann doch nicht einfach so tun, als wäre das alles nicht passiert.«

»Das habe ich ja auch nicht gesagt.« Sie nahm einen Schluck Tee und lehnte sich zu mir vor. »Aber du musst einfach begreifen, dass Tom nicht mehr der Jugendliche ist, der damals ins Gefängnis gegangen ist. Er ist jetzt ein Mann und hat das Recht, im Leben wichtige Entscheidungen selbst zu treffen.« Sie legte den Kopf schräg und musterte mich. »Denk bitte nicht, dass ich gutheiße, was er da gebracht hat. Ehrlich gesagt, finde ich es grauenhaft. Aber gib ihm doch ein bisschen Freiraum. Dann hat er womöglich schnell die Nase voll vom Leben mit einer Frau, die alt genug ist, um seine Mutter zu sein.«

Ich griff nach meinem Tee.

Als Tom ungefähr fünf oder sechs gewesen war, hatten wir mal Christbaumschmuck aus Lebkuchenteig gemacht, der mit gestreiften Bändchen an den Baum gehängt werden sollte. Dekoriert hatten wir ihn mit Glasur in unterschiedlichen Farben, winzigen Silberkügelchen und Belegkirschen in Rot und Grün.

Ich wusste noch genau, wie ich um Tom herumgewuselt war und seine rot-grüne Katastrophe, das ausgefranste Band, in Augenschein genommen hatte. Angesichts meiner Versuche, helfend einzugreifen, hatte er mich angesehen und gesagt: »Nein, ich schaff das schon, Mummy. Ich will es allein machen.« Deshalb hatte ich ihn weiter wursteln lassen, und irgendwie hatten seine Lebkuchenmänner trotz seiner

Murkserei niedlich und festlich ausgesehen. Alles war in Ordnung gewesen.

Audrey schlug also vor, dass ich es jetzt genauso machen sollte. Ich sollte Tom sein Leben leben und ihn seine eigenen Fehler machen lassen. Aber dieses Mal stand doch viel mehr auf dem Spiel als nur ein paar zerbrochene Stücke Lebkuchen. Es drohte die sehr reale Gefahr, dass Bridget ein gefährliches Spiel spielte und er es erst begreifen würde, wenn es zu spät war.

Audrey sah mich aufmerksam an. »Was ist denn?«

Ich schlug mir die Hand vor den Mund, presste sie heftig gegen meine Lippen und unterdrückte den Aufschrei, der plötzlich in mir aufstieg. »Mir geht es gar nicht um die Ehe oder darum, dass ich ihn kontrollieren will. Ich fürchte einfach, dass sie ihn ruinieren will«, stieß ich in einem langen Satz aus, bevor ich endlich Luft holte.

Es laut auszusprechen, verschaffte mir allerdings keine Erleichterung, sondern schien meine Ängste nur zu schüren. Plötzlich wirkten sie noch realer als zuvor.

»Ihn ruinieren, meine Liebe?« Mitleidig schaute Audrey mich an. »Vergiss bitte nicht, dass wir hier von zwei erwachsenen Menschen sprechen. Sie kann ihn zu nichts zwingen, was er nicht will.«

»Sie hat ihn gehasst, Audrey. Jahrelang hat sie Tom gehasst, und mich auch. Als sie eben aus dem Haus gegangen sind, hat Bridget sich umgedreht, um mich von der Tür aus anzusehen. Sie hat kein Wort gesagt und mir einfach nur ein vielsagendes Lächeln geschenkt, wenn du weißt, was ich meine. Es war ein triumphierendes Lächeln, das Lächeln einer Person, die erreicht hat, was sie wollte. Aber all das scheinen mein Sohn und mein Mann überhaupt nicht mitzubekommen.«

»Hm, Körpersprache kann man durchaus missverstehen. Manchmal liest man da Dinge hinein, die der andere gar nicht ausdrücken wollte«, gab Audrey sanft zu bedenken. »Eins ist allerdings sicher: Wenn du Tom nicht verlieren willst, musst du die Beziehung der beiden zueinander akzeptieren.«

In diesem Moment begriff ich, dass meine schlimmsten Befürchtungen längst Realität geworden waren.

Bridget Wilson hatte einen Geniestreich hingelegt, den sie vermutlich schon seit Jahren vorbereitet hatte. Es war ihr gelungen, die Ereignisse zu manipulieren, um die Kontrolle über meinen Sohn zu erlangen. Und außer mir hatte niemand es begriffen. Die anderen hegten nicht einmal *einen Verdacht*.

Schlimmer noch: Ich konnte daran nichts ändern, wenn ich nicht riskieren wollte, dass der Kontakt völlig abbrach.

FÜNFZEHN

AUDREY

Nachdem Audrey später ihren zehn Jahre alten Birma-Kater Soames gefüttert hatte, machte sie es sich bequem, um auf Netflix eine Folge von *Virgin River* zu gucken. Dafür stellte sie den Gaskamin an, der genau wie ein echter aussah, allerdings ohne all den Schmutz und den giftigen Rauch daherkam, vor dem so oft in Artikeln gewarnt wurde.

Dann lehnte sich Audrey mit einem Glas Weißwein zurück und schaute sich in ihrem kleinen Wohnzimmer um. Ihr Zuhause war nichts Besonderes. Es handelte sich um eine Doppelhaushälfte mit zwei Schlafzimmern und einem kleinen, schmalen Garten, bei dem sie aus praktischen Gründen vor drei Jahren die frühere Rasenfläche hatte pflastern lassen. Aber es war alles abbezahlt und gehörte ihr, nur ihr allein.

Wenn sie so auf ihr Leben zurückblickte, hatte es sich einerseits nicht so entwickelt, wie sie es einst erwartet hatte. Andererseits hatte Audrey früher, wenn in der Oberstufe Jill und andere Freundinnen darüber geredet hatten, dass sie mal heiraten und Kinder kriegen wollten, nie mitgemacht. Sie hatte sich nie als Glucke gesehen, die für eine Familie mit Mann und Kindern und vielleicht einem Hund den Alltag organisierte.

Und hier saß sie nun mit fast fünfzig. Sie hatte nicht geheiratet und musste sich ständig Kommentare darüber anhören, dass Frauen in ihrem Alter niemals einen Partner finden konnten, weil die Männer ihrer Generation alle auf der Suche nach einer jüngeren Frau waren. Na, viel Glück dabei! Sie persönlich hatte überhaupt kein Interesse an einem knurrigen, maulenden alten Kerl.

Audrey richtete die Fernbedienung auf den Bildschirm und sah zu, wie die zauberhafte Landschaft des Vorspanns vorbeizog. Die Serie spielte zwar in Kalifornien, war aber an Schauplätzen in Vancouver gedreht worden, wie Audrey irgendwo gelesen hatte.

Schon interessant – manchmal fand man irgendwann heraus, dass gewisse Dinge in Wirklichkeit ganz anders waren als angenommen. Das war nicht exakt das Gleiche wie die Situation, in der sie sich gerade wiederfand, aber schon ähnlich. Sie hatte ein paar unbequeme Entscheidungen treffen müssen, zu denen sie jedoch stehen würde.

Die Wahrheit würde ihrer alten Freundin gar nicht schmecken.

Audrey hatte ihr Bestes gegeben, um Jill wachzurütteln, damit sie sich der Realität stellte.

Jill war allerdings blind für alles, was nicht ihren Überzeugungen entsprach, und eiferte sich im Moment genauso sehr über den Altersunterschied zwischen Tom und seiner neuen Frau wie über Bridgets mögliche böse Absichten. Und Audrey hatte tatsächlich schon ersten Klatsch und Tratsch gehört. Leute aus der Stadt schickten ihr Text- oder Sprachnachrichten und wollten wissen, ob wirklich eine Frau mittleren Alters Jills Sohn geheiratet hatte, der noch nicht einmal dreißig war.

Die Hochglanzmagazine, für die Audrey eine Schwäche hatte, waren doch voll mit Fotos und seichten Artikeln über junge Frauen und ihre viel älteren Partner. George Clooney war siebzehn Jahre älter als seine Frau, Leonardo DiCaprio dreiundzwanzig Jahre älter als die aktuelle Schönheit an seiner Seite, und das schien niemanden zu stören. Die fiesen Kommentare und negativen Reaktionen behielt man sich für Brigitte Macron vor, die vierundzwanzig Jahre ältere Ehefrau des französischen Präsidenten.

Es ärgerte Audrey, dass auch Jill diese üble Doppelmoral vertrat. Natürlich konnte Audrey verstehen, dass ihre Freundin durch die Situation aufgewühlt war und sich Sorgen machte. Bridget und Jill waren schließlich mal eng befreundet gewesen. Und die Tatsache, dass Tom wegen des Todes von Bridgets Sohn verurteilt worden war, war wohl für alle Beteiligten traumatisch.

Aber Jill war doch selbst eine Frau in den besten Jahren. Sie sollte es wirklich besser wissen und den Aspekt des Alters außen vor lassen. Jill hatte Robert mit Anfang zwanzig geheiratet und ihren Vollzeitjob als Bibliothekarin geliebt. Nach Toms Geburt hatte sie ihre Karriere zunächst hintenangestellt, um später mit reduzierter Stundenzahl in die Bücherei zurückzukehren.

Früher waren Bücher einmal Jills Ein und Alles gewesen, während sie sie inzwischen kaum noch erwähnte. Als Robert im Architekturbüro ausgebootet worden war und eine Ausbildung zum Schultherapeuten angefangen hatte, hatte er Jills Sammlung von Dickens- und Austen-Romanen einfach in Kartons gepackt und »vorübergehend« in die Garage gestellt, weil er Platz zum Lernen gebraucht hatte. Er hatte sich in ihrem Leseraum eingenistet und nutzte ihn schon seit Jahren als Arbeitszimmer.

Als Jill ihr die Geschichte mit den Büchern erzählt hatte, mit deren Reparatur sie eigentlich beschäftigt gewesen war, war Audrey empört gewesen. »Es ist doch nicht in Ordnung, dass du ständig bei allem zurückstecken musst, was dir wichtig ist!« Sie hatte versucht, bei ihrer Freundin wieder etwas von ihrer alten Leidenschaft wachzurufen, war damit aber auf taube Ohren gestoßen. Wie mit allem anderen auch.

»Das macht mir nichts aus«, hatte Jill bloß friedfertig erwidert. »Mir steht sowieso nicht mehr der Sinn danach, die Bücher zu lesen oder zu reparieren.«

Audrey hatte akzeptieren müssen, dass Jill sich für ein Dasein als ein so sanftes Wesen entschieden hatte, wie Robert es sich als gute Ehefrau an seiner Seite wünschte. Als Tom ins Gefängnis gemusst hatte, war Jill schon nach kurzer Zeit nur noch ein Schatten ihrer selbst gewesen. Sie hatte zwischenzeitlich aufgehört zu arbeiten und sich mehr und mehr auf die Freundschaft mit Audrey gestützt. Bei ihr suchte sie Beistand und Rat, obwohl sie nichts davon hören wollte, wenn Audrey sich kritisch zu Robert äußerte.

Jahrelang war Jill zu nachgiebig gewesen und hatte sich in allem nach Tom und Robert gerichtet – dem Audreys Meinung nach ihre Freundschaft noch nie gepasst hatte.

Nun war es für Audrey an der Zeit, für ein bisschen Gerechtigkeit zu sorgen. Sie wusste nämlich viel mehr über die Menschen im Leben ihrer Freundin, als Jill ahnte. Tatsächlich sogar mehr als Jill selbst. Die Billinghursts waren nicht die unschuldigen Engel, als die Jill sie immer dargestellt hatte, und hatten lange genug Leuten auf die Füße getreten, die nicht in derselben Liga spielten wie sie.

Auf keinen Fall wollte Audrey Jill unnötig wehtun. Aber es wurde jetzt unumgänglich, weil die Dinge längst zu weit gegangen waren. Eines Tages würde sie Jill genau erklären, warum sie so gehandelt hatte, und hoffen, dass ihre Freundin dafür irgendwie Verständnis aufbringen würde.

Während Soames auf ihrem Schoß schnurrte, stellte Audrey den Fernseher lauter, ließ sich in die Kissen sinken und schwenkte ihr Weinglas.

Sie hatte das untrügliche Gefühl, dass in ihrem Leben äußerst interessante Veränderungen anstanden.

SECHZEHN

1995

Wie am Mittwochnachmittag üblich, würden heute Bridget und Jesse vorbeischauen, wofür Jill als Snack ein mediterranes Gemüseomelette und einen Tomatensalat zubereitet hatte.

Sie freute sich immer über Gesellschaft und machte aus diesen Besuchen gern etwas ganz Besonderes. Heute deckte sie den Tisch mit edlem Besteck, hübschen Papierservietten und neuen Wassergläsern, die in der Woche zuvor bei House of Fraser im Angebot gewesen waren. Dienstags bat sie die Putzfrau immer, eine Stunde länger zu arbeiten, und das Ergebnis konnte sich sehen lassen. Die geheizten Keramikfliesen blitzten und glänzten, sodass man in der Küche vom Fußboden hätte essen können, doch als Jill einen kleinen Fleck bemerkte, wischte sie vor dem Eintreffen des Besuchs noch einmal schnell mit einem Tuch über die Stelle.

Bridget Wilson war nicht wie die meisten Frauen hier in der Gegend, und sie war auch nicht so wie Jill. Bei ihren Treffen schien sie nie etwas Schickes oder Aufwendiges zu erwarten. Aber dass Jill den Tisch schön deckte und den Boden putzte, hatte eigentlich auch nichts mit Bridget zu tun. Sie tat es vielmehr aufgrund eines ständigen nagenden Gefühls in ihrem Inneren, wegen ihres eigenen Bedürfnisses nach Perfektion. Dabei war diese sowieso unerreichbar.

Jill nahm an, dass ihre hohen Ansprüche an sich selbst mit denen zu tun hatten, die einst ihre Eltern an sie gestellt hatten. Aus ihrem Elternhaus ausgezogen war sie, um Robert zu heiraten, der auf ähnliche Weise in allem nach Perfektion strebte. Mit dem Alter hatte Jill allerdings gelernt, dass eigentlich nie etwas perfekt war, wie sehr man sich auch bemühte.

Sie stand am Küchentresen und schaute hinaus zu Tom, der aufgeregt im Garten herumlief, während er auf Jesse wartete. Obwohl Anfang März war, trug er immer noch eine gefütterte Jacke und Fäustlinge, weil sie einen wirklich trostlosen Winter hinter sich hatten und gefühlt seit Monaten immer mal wieder Schnee fiel.

Nachdem sie sich vor einem Jahr in der Spielgruppe kennengelernt hatten, waren die beiden Frauen enge Freundinnen geworden. Bridget war angeboten worden, zweimal in der Woche abends ein paar Stunden putzen zu gehen. Weil sie für diesen Zeitraum niemanden hatte, der auf Jesse aufpasste, hatte Jill angeboten, ihn so lange zu nehmen. Und da Bridget kein Auto hatte und erst um acht Uhr mit der Arbeit fertig war, hatten sie es am praktischsten gefunden, dass Jesse am Mittwoch und Freitag direkt bei den Billinghursts schlief.

»Na, da ist sie ja fein raus«, knurrte Robert. »Du bietest ihr hier kostenlose Kinderbetreuung mit Übernachtung an.«

Jill störte das nicht im Geringsten, und Tom war begeistert. Sie kauften für sein Kinderzimmer ein Etagenbett in der Form von Thomas, der kleinen Lokomotive, das die Jungen super fanden. Die beiden waren im Allgemeinen ein Herz und eine Seele, stritten sich beim Spielen nur selten.

Bridget revanchierte sich, indem sie mit den Jungen regelmäßig in den Park ging und Tom manchmal am Wochenende bei sich übernachten ließ. Jill machte sich zwar Sorgen wegen der Wohngegend und der Kriminalitätsrate dort, lernte aber, diese Gedanken beiseitezuschieben. Was Tom anging, vertraute sie Bridget blind, und das war doch das Allerwichtigste.

Außerdem konnte sich Bridget durch die zusätzlichen Einnahmen schon bald einen Umzug leisten und in eine hübschere Wohnung nur zwanzig Gehminuten von Jill entfernt ziehen.

Jill bezahlte ihr das Umzugsunternehmen als Einweihungsgeschenk, ohne Robert etwas davon zu erzählen. Bridgets Adresse lag nicht im Einzugsgebiet von Toms Schule. Aber Jill hatte in der Schulverwaltung eine Freundin, die mit Bridget sprach und Jesse auf die Warteliste setzte. Nachdem die Schule ihn angenommen hatte, sahen die beiden Frauen einander noch öfter – Jill verabredete sich regelmäßig mit Bridget zum Kaffeetrinken oder schaute auf ein Schwätzchen bei ihr vorbei.

Tom, der sich in der Gegenwart fremder Leute aus Unsicherheit früher oft an seine Mutter geklammert hatte, war in Jesses Gesellschaft ganz entspannt. Darüber hinaus mochte Jill Bridget wirklich. Ihr gefiel deren Offenheit, die Tatsache, dass sie niemanden beeindrucken wollte. Bridget versuchte nie, irgendetwas vorzugaukeln, was nicht der Realität entsprach. Sie schien zu sagen: »So bin ich nun mal, und wenn euch das nicht gefällt, dann ist das euer Problem.« Das schätzte Jill an ihr, weil sie selbst in einer Welt lebte, in der ein gewisses Imponiergehabe einfach dazugehörte.

Von Bridget fühlte Jill sich nicht ständig kritisch beäugt, wie von so vielen anderen Frauen in der Gegend, die sie in der Spielgruppe traf oder mit denen sie morgens Kaffee trinken ging. In so einem Umfeld wurden gewisse Dinge erwartet – dass man auf eine bestimmte Art und Weise aussah und das Richtige tat – zum Beispiel, als Freiwillige an todlangweiligen Stadtviertelveranstaltungen und am Schulfest teilnahm. In diesen Kreisen lud man auch Leute, die man nicht gut kannte, zum Abendessen zu sich nach Hause ein, weil man mit seiner neuen Küche angeben wollte oder weil Nachbarn die Straße runter letzte Woche das Gleiche gemacht hatten. Jill interessierte sich nicht so sehr für die neuesten Trends und Statussymbole, und das unterschied sie von den meisten Frauen um sie herum.

Bridget hingegen gab unumwunden zu, dass sie arm war und ein Leben führte, das sie hasste. Trotzdem sprach sie oft mit erstaunlicher Überzeugung über die Ziele und Pläne, die sie für ihre und Jesses Zukunft hatte, was Jill irgendwie rührend fand.

Sie war wirklich ein freier, unbefangener Mensch, und in dieser Hinsicht ähnelte Jesse ihr selbst im jungen Alter schon. Jill entging seine Abenteuerlust nicht. Während Tom in neuen Situationen oft vorsichtig war, stürzte Jesse sich, ohne zu zögern, hinein. Wenn Tom seinem Freund nach kurzem Abwarten dann doch folgte, hatte er am Ende meist auch Spaß.

Jill fragte sich, ob Tom vielleicht gerade diese Wildheit an Jesse mochte. Beim letzten Besuch war Jill erschrocken nach draußen gelaufen, als sie gesehen hatte, wie Jesse den vor Angst kreischenden Tom mit einem riesigen Stock durch den Garten jagte – bei näherer Betrachtung stellte sich sogar heraus, dass es sich um einen ganzen Ast handelte. Als sie näherkam, prustete Tom allerdings so heftig vor Lachen, dass er kaum noch Luft bekam. Und bevor Jill das Ende des Gartens erreicht hatte, hatten sie bereits die Rollen getauscht, sodass jetzt Tom seinen Freund jagte.

Ja, Jesse war manchmal ein wenig wild und ungestüm. Aber Jill war sich sicher, dass er wie so viele andere vor ihm aus dieser Phase irgendwann herauswachsen würde.

SIEBZEHN

BRIDGET

Oktober 2019

Nachdem wir unser Ehebett endlich eingeweiht hatten, lagen Tom und ich ineinander verschlungen da. Ich war entspannt und zufrieden, fühlte mich zum ersten Mal seit Jesses Tod wirklich geliebt.

»Hör mal«, begann ich versuchsweise, »vielleicht könnten wir ja deine Eltern nächste Woche bei uns zum Essen einladen. Also, um das Eis ein bisschen zu brechen.«

Aber Tom sog scharf die Luft ein. »Das halte ich für keine gute Idee.«

»Wieso denn nicht?« Ich drehte mich auf die Seite, stützte den Ellbogen auf und blickte auf ihn hinunter. »Den schwersten Schritt haben wir doch hinter uns. Du hast ihnen alles erzählt, und jetzt muss deine Mutter zu akzeptieren lernen, dass wir ein Paar sind.«

»Ja, vielleicht. Aber sie hat es nicht gut aufgenommen, und Mum lässt solche Sachen gern gären und schwelen.«

»Ich glaube nicht, dass es wirklich so schlimm ist«, widersprach ich sanft. »Wenn sie über den anfänglichen Schock erst einmal hinweg ist, meine ich.«

»Nein, ich weiß nicht.« Tom seufzte. »Du kennst Mum doch genauso gut wie ich. Sie ist eine willensstarke Frau und wird es uns nicht leicht machen.«

Ich drehte mich wieder auf den Rücken und starrte wütend zur Decke hinauf, während es in mir brodelte. »Ich bin auch eine willensstarke Frau. Und wenn es wegen der ganzen Sache zu einem Kräftemessen kommen wird, bin ich bereit.«

»Es ist wirklich nicht nötig, dass du dich mit ihr anlegst«, antwortete Tom mit einer gewissen Strenge. Mir ging sein Tonfall gegen den Strich, da es derselbe war, den ich oft bei Jill gehört hatte. Aber ich schluckte die Bemerkung herunter, die mir auf der Zunge lag. Ich wollte nicht, dass wir uns bereits in den ersten Stunden unseres Lebens als verheiratetes Paar stritten. »Ich weiß ja, dass sie jetzt keine andere Wahl mehr hat, als unsere Verbindung zu akzeptieren. Aber ich mache mir eben Sorgen um sie. Schließlich hockt sie da allein zu Hause mit Dad und seinen Sticheleien. Deshalb will ich nichts tun, was die Situation für sie noch verschlimmern könnte.«

Ich schluckte das bittere Lachen herunter, das in meiner Kehle aufstieg. Wenn wir jetzt anfingen, bei jedem unserer Schritte Jills Wohlergehen zu berücksichtigen, brauchten wir gar nicht zusammen zu bleiben.

»Deine Mutter und ich, wir kennen uns schon sehr, sehr lange. Und ich hätte eigentlich gedacht, dass ein Treffen uns helfen könnte, für beide Familien einen Heilungsprozess in Gang zu setzen.«

In Toms Arm entspannten sich die Muskeln, als er sich das durch den Kopf gehen ließ. Ich reckte ihm meine geschürzten Lippen entgegen und nahm einen Kuss von ihm in Empfang.

»Wenn du meinst, dass sie sich darauf einlässt, traue ich deinem Urteil. Sie sind wirklich ein großzügiger Mensch, Mrs Billinghurst, das muss ich schon sagen.«

Ich lachte. »Mrs Billinghurst, das klingt super! Aber ob ich mich daran je gewöhnen werde?«

»Na, hoffentlich!« Er packte mich. »Schließlich wirst du den Rest deines Lebens so heißen!«

Spielerisch stieß ich ihn weg. »Ist gut, wir haben keine Zeit mehr für Gefummel, Romeo. In einer halben Stunde kommen Coral und mein Enkel. Wappnen wir uns also lieber für die nächste Schlacht!«

Tom rührte sich nicht, als ich mich aufsetzte, die Beine über die Bettkante schwang und über die Schulter zu ihm zurückblickte. Seine Augen waren geschlossen, die Stirn gerunzelt.

Ich wusste, dass er aufgeregt war, weil er heute zum ersten Mal seit Jesses Tod Coral wiedersehen und zum allerersten Mal Ellis begegnen würde. Mich machte die Sache selbst nervös, weil mein Enkel für mich der wichtigste Mensch in meinem Leben war, wichtiger als alle anderen.

Daher war es für mich ganz entscheidend, dass Tom und er sich am Ende gut verstanden. Selbst, wenn das eine Weile dauern würde.

Ich zog mich an, ging nach unten und war gerade mit Kaffeekochen beschäftigt, als ich erschrocken zusammenzuckte, weil ich die beiden vertrauten Gestalten eine Viertelstunde früher als erwartet durchs Küchenfenster entdeckte. »Sie sind hier!«, rief ich nach oben.

Tom kam sofort herunter und strich sich mit den Händen die Jeans und die nach dem Duschen noch nassen Haare glatt, während er mit mir zur Haustür ging. Ich öffnete und blieb mit Tom im Flur stehen, während unsere Besucher zögerlich nähertraten.

»Hi, Coral«, sagte ich und machte einen Schritt beiseite, um sie hereinzulassen. Ellis blieb draußen auf dem Pfad stehen und scharrte mit seinen neuen Turnschuhen von Converse, die ich ihm letzte Woche gekauft hatte, im Kies herum. Da sie auf derselben Schule gewesen waren und sich kannten, brauchte ich Tom und Coral einander nicht vorzustellen.

Schließlich machte Tom als Erster den Mund auf: »Hallo, Coral.«

Sie wandte ihm den Rücken zu, während sie ihren kurzen, gefütterten Mantel in einem Creme-Ton abstreifte. Darunter trug sie einen zweiteiligen Anzug aus pinkfarbenem Veloursleder mit einer aufgesetzten Tasche voller Glitzersteinchen. In letzter Zeit war sie furchtbar mager geworden, und der Anzug stand ihr nicht gut. Coral war klein und trug das blond gefärbte Haar gern bewusst so, dass man den dunklen Haaransatz sah. Die Augenbrauen waren für ihr schmales, blasses Gesicht zu kräftig und dunkel. Wenn ich sie so betrachtete, fragte ich mich jedes Mal, was Jesse eigentlich an ihr gefunden hatte.

Tom streckte die Hand aus. »Lange nicht gesehen.«

Coral verlor einen Moment die Kontrolle über ihre Gesichtszüge, riss sich aber sofort wieder zusammen.

»Hallo«, versetzte sie steif und ignorierte seine ausgestreckte Hand.

Sie hatte kein Geheimnis daraus gemacht, was sie von meiner Ehe mit Tom hielt. Ich hatte es ihr vor etwa einer Woche erzählt, bevor wir uns zusammen hingesetzt hatten, um auch mit Ellis darüber zu sprechen. Obwohl mir klar gewesen war, dass meine Entscheidung für sie schwer nachvollziehbar sein würde, hatte mich der Ausdruck schieren Entsetzens auf ihren Zügen doch getroffen.

»Wie konntest du nur?«, hatte Coral gezischt. »Nach dem, was Tom Billinghurst Jesse angetan hat? Was er mir und Ellis angetan hat?«

Ich hatte nicht erwartet, dass sie mir sofort ihren Segen geben würde. Natürlich hegte sie einen Groll gegen den Mann, der ihren Partner und Ellis' Vater aus dem Leben gerissen hatte. Coral war leider nicht die Hellste und hätte meine Gründe für die Ehe mit Tom niemals nachvollziehen können. Daher hatte ich gar nicht erst versucht, ihr meine Motive in allen Einzelheiten darzulegen, und auch nicht ausführlicher über das von uns gemeinsam absolvierte Programm für opferorientierte Justiz mit ihr gesprochen.

Meine Miene wurde finster, als sie sich meinem neuen Ehemann gegenüber feindselig zeigte.

Ich sah dabei zu, wie Tom unbehaglich von einem Bein aufs andere trat und den Rücken gegen die Wand presste. Tom hatte mich gefragt, ob er sich eigentlich bei Coral dafür entschuldigen sollte, was er in der Nacht von Jesses Tod getan hatte. Ich hatte ihm versichert, dass das nicht nötig war. »Ich bin Jesses Mutter, und du hast dich bei mir entschuldigt. Das ist alles, was zählt. Coral war damals zwar mit seinem Kind schwanger, so eng war die Beziehung aber doch nicht.«

»Geh schon mal rein und setz dich, Coral, ich bringe dir einen Kaffee.« Ich versuchte, dabei nicht abschätzig zu klingen, aber Coral war in diesem Moment für mich einfach nicht entscheidend. Als ich Ellis hereinkommen hörte, drehte ich mich um und begann zu strahlen. »Und hier ist er, mein Ein und Alles! Ellis, das ist Tom. Tom, das ist mein Enkel, Ellis.«

Ellis stand reglos auf der Türschwelle, mürrisch und schweigend. Er hatte die Schultern hochgezogen und einen grimmigen, bedrohlichen Gesichtsausdruck aufgesetzt. Damit erinnerte er mich so sehr an Jesse in ähnlichen Situationen, dass es mir das Herz zerriss.

Als Coral und ich uns mit Ellis zusammengesetzt hatten, um über meine Hochzeit mit Tom zu sprechen, hatte er kaum ein Wort gesagt.

»Wie geht es dir denn mit dem, was ich dir gerade erzählt habe?«, hatte ich gedrängt, aber er hatte bloß mit den Schultern gezuckt.

»Deine Oma hat Tom geheiratet, und das heißt, dass er bald hier wohnen wird«, hatte Coral ihm erklärt. »Wenn du zu Besuch kommst, wird er meistens hier sein.«

»Es wird dich niemand dazu zwingen, Zeit mit ihm zu verbringen.« Ich war nicht gerade begeistert darüber gewesen, wie negativ Coral die Sache ihrem Sohn gegenüber dargestellt hatte. »Aber ich hoffe, dass ihr euch im Laufe der Zeit aneinander gewöhnen werdet.«

Ellis war unruhig auf seinem Stuhl herumgerutscht. Zumindest hatte ich es als gutes Zeichen gesehen, dass er nicht ausgeflippt war, sich in keinen Tobsuchtsanfall hineingesteigert hatte. Jetzt fragte ich mich angesichts seiner Miene, ob ich vielleicht naiv gewesen war.

»Hallo, Ellis«, sagte Tom und streckte wieder die Hand aus.

Ellis verzog nur höhnisch das Gesicht und drehte sich mit dem ganzen Körper von Tom weg.

»Ellis, gib Tom bitte die Hand!«, schalt ich, ohne darüber nachzudenken. Dann fügte ich behutsamer hinzu: »Darüber haben wir doch gesprochen, weißt du noch?«

»Ist schon in Ordnung«, sagte Tom und deutete mit dem Kinn auf die Nintendo Switch in Ellis' Hand. »Wie ich sehe, bist du ein Gamer, Ellis.«

Mein Enkel funkelte mich düster an. »Ich gehe mal rein zu Mum. Hier stinkt irgendwas.« Er verzog beim Blick auf Tom die Nase, schob sich an ihm vorbei und rammte ihn dabei absichtlich mit der Schulter.

»Ellis!« Meine Wangen brannten.

»Lass ihn, ist okay.« Tom legte mir eine beruhigende Hand auf die Schulter. »Das macht nichts. Wir müssen ihm einfach Zeit geben.«

Ich presste mir den Handballen gegen die Stirn. »Als ich ihm von uns erzählt habe, schien das für ihn in Ordnung zu sein.«

»Es ist eine Sache, über so etwas zu sprechen, und eine ganz andere, es dann selbst zu erleben«, wandte Tom sanft ein. »Sei nicht so streng mit ihm, Brid, er ist doch noch ein Kind. Du kannst wohl kaum erwarten, dass er mich fröhlich in Empfang nimmt. Das wäre nicht sehr realistisch.«

»Du bist wirklich ein weiser Mann.« Ich ließ den Kopf an seiner Schulter ruhen. »Und so nett. Wahrscheinlich hat Coral ihn dazu angestiftet, sich als kleiner Mistkerl aufzuführen.«

Unsere Köpfe fuhren herum, als leises Rascheln zu hören war. Am Ende war Ellis doch nicht ins Wohnzimmer rübergegangen, sondern in der Tür stehengeblieben, sodass er jedes unserer Worte gehört hatte.

»Ich bin vielleicht ein kleiner Mistkerl«, rief er mit verzerrtem Gesicht und Tränen in den Augen, »aber wenigstens kein Mörder, so wie *der da*!« Mit tödlich funkelnden Blicken durchbohrte er Tom. »Er hat meinen Vater umgebracht, und ICH HASSE IHN!«

»Ellis, hör auf. Bitte ... warte doch!« Ich eilte auf ihn zu, aber er rannte ins Wohnzimmer und knallte die Tür hinter sich zu, während mir seine Stimme noch in den Ohren gellte.

Tom legte mir die Hand auf den Arm. »Er wird sich bald wieder beruhigen.«

Kurz darauf erschien Coral mit fest aufeinander gepressten Lippen.

»Es wird wohl das Beste sein, wenn ich Ellis nach Hause bringe.« Eins sprach sie nicht aus, brachte es durch ihren Tonfall aber deutlich zum Ausdruck: *Ich hatte ja gewusst, dass es so laufen würde.*

»Was?«, rief ich erschrocken. »Nein, das geht nicht! Wir müssen uns der Sache jetzt stellen, Coral. Das ist wichtig.«

»Er braucht Zeit, um die Ereignisse zu verarbeiten, Bridget. Das brauchen wir beide.« Coral schielte auf Toms Schuhe, weil sie es nicht ertrug, mehr von ihm zur Kenntnis zu nehmen.

Sprachlos starrte ich Coral an, weil ich noch nie miterlebt hatte, dass sie jemandem auf diese Art die Stirn bot. Bei mir war das zumindest nie vorgekommen, schließlich *brauchte* Coral mich. Sie hatte alles im Leben mir zu verdanken.

Aber ich hatte mich schnell wieder gefangen. »Er ist mein Enkel, und ich will, dass er bleibt. Er soll Tom als den Mann kennenlernen, der er wirklich ist, und in ihm nicht nur das Monster sehen, als das du ihn vermutlich hingestellt hast.«

Coral lachte. Es war ein hartes, trockenes Lachen. »Ich glaube, er hat die Situation auch ohne meine Hilfe gut erfasst. Verdammt nochmal, Tom hat seinen Vater umgebracht! Verstehst du denn nicht, wie grausam es ist, ihm das hier anzutun? Unser Leben wird nie wieder so sein wie vorher – und zwar *seinetwegen*!« Das letzte Wort spie sie beinahe, während Hass in ihren Augen glühte. Tom stand unbehaglich da und wusste nicht, wohin er den Blick richten sollte.

»Coral!« Sie schüttelte meine Hand ab, als ich sie am Arm packte.

»Nein, Bridget! Das hier ist einfach falsch. Es war falsch, *den da* zu heiraten, auch wenn du dafür völlig blind bist.« Sie schaute über ihre Schulter und rief: »Ellis?«

Mit hängenden Schultern schlurfte Ellis herbei und blieb im Türrahmen stehen. Jetzt wirkte er beinahe reumütig.

»Komm, lass uns nach Hause fahren«, sagte Coral. »Verabschiede dich noch von deiner Großmutter.«

»Tschüs«, murmelte er mit auf den Teppich gerichtetem Blick.

Ich biss die Zähne zusammen. »Coral, ich warne dich! Wenn du das jetzt durchziehst ...«

»Ja? Was willst du denn machen? Noch mehr wehtun kannst du uns kaum, nachdem du schon *den da* in unser Leben gebracht hast.« Sie führte Ellis zur Tür, und dann waren die beiden verschwunden, während ich mit Tom im widerhallenden Flur zurückblieb.

Als mein Blick auf meine Hände fiel, stellte ich fest, dass sie zitterten. »Ich kann nicht fassen, dass sie so mit mir gesprochen hat.«

»Na komm, setzen wir uns erst einmal«, schlug Tom vor

und ging mit mir ins Wohnzimmer hinüber. »Das sollten für uns doch glückliche Stunden sein. Sie hatte kein Recht, so auf dich loszugehen, vor allem nicht vor Ellis.«

»Weißt du eigentlich, dass sie ohne mich nicht überlebt hätte? Sie war schwanger, hat zur Miete in einem fiesen, feuchten Zimmerchen gewohnt und hatte nichts außer Sozialhilfe. Ich werde nicht zulassen, dass sie mir meinen Enkel wegnimmt. Er ist doch alles, was mir geblieben ist, er ...«

»Bridget, beruhig dich bitte. Alles in Ordnung. Niemand wird dir Ellis wegnehmen.« Er schlang die Arme um mich. »Das war einfach nur eine Reflexreaktion. Wenn Coral wieder zu Hause ist, wird sie sich ein bisschen beruhigen und über die Sachen nachdenken, die sie eben gesagt hat.«

Darauf erwiderte ich erst einmal nichts. Als ich schließlich sprach, klang meine Stimme völlig ausdruckslos, als würde sie einer anderen Person gehören: »Ja, sie sollte sich wirklich besser beruhigen, denn wenn sie Ellis von mir fernzuhalten versucht, wird sie große Probleme bekommen.«

Ich zwang mich dazu, tief durchzuatmen, und bewegte den angespannten Unterkiefer hin und her. Als ich aufschaute, sah ich, dass Tom mich mit seltsamem Gesichtsausdruck betrachtete.

»Was denn?«, fragte ich, während meine Wangen zu brennen begannen.

»Nichts.« Er verschränkte die Finger miteinander und blickte auf seine Hände. »Es ist offensichtlich, wie sehr sie dich auf die Palme bringt.«

»Sie wird es noch bereuen, wenn sie diese Haltung beibehält.« Noch einmal atmete ich tief durch und versuchte, ein bisschen runterzukommen. »Wenn sie versucht, Ellis von mir fernzuhalten, werde ich ganz andere Saiten aufziehen. Dann wird sie sich wünschen, sich niemals mit mir angelegt zu haben.«

ACHTZEHN

JILL

Drei Tage später stand ich in der Küche und war gerade dabei, mir ein Omelett zu machen. Robert würde gleich noch einmal für Termine bis 18.30 Uhr in die Praxis müssen und wollte sich daher später etwas zu essen holen.

Ich schlug die Eier in einen Krug, gab Salz und Pfeffer sowie einen Schuss Milch dazu. Dann griff ich nach der Gabel und wollte damit eigentlich die Mischung verquirlen. Stattdessen starrte ich durchs Küchenfenster hinaus zur Weißbirke hinten im Garten. Als Robert sie vor gut zwanzig Jahren gepflanzt hatte, war sie nur ein Setzling gewesen. Inzwischen war sie groß und majestätisch, beinahe so hoch wie unser Haus.

Tom hatte diesen Baum immer geliebt. Bei Vollmond schien diese Stelle im Garten das ätherische Licht magisch anzuziehen. Manchmal hatte sich Tom in eine Decke gewickelt auf die Stufen vor der Hintertür gesetzt und mit einer Mischung aus Faszination und Grusel den leuchtenden Stamm betrachtet, von dem Robert ihm einmal erzählt hatte, er sei aus Knochen gemacht. Damals hatte ich gedroht, gebettelt und es am Ende geschafft, Tom mit Kakao und Plätzchen zurück ins Bett zu locken.

Das war zu einer Zeit gewesen, in der ich auf ihn noch einen gewissen Einfluss hatte. In der ich ihn noch hatte beschützen können.

Ich sah auf mein Handy und verspürte den inneren Drang, wieder einmal Bridgets soziale Medien zu checken. Nach dem einen Hochzeitsfoto war bei Facebook nichts Neues dazugekommen, aber ich sehnte mich nach mehr Bildern von jenem Tag. Gleichzeitig graute es mir vor der Vorstellung, das schöne Gesicht meines Sohnes überall im Internet auftauchen zu sehen.

Wir hatten das ganze Wochenende nichts von Tom gehört. Seine Handynummer kannte ich nicht, und ich hatte auch keine Ahnung, wo sie jetzt lebten. Daher spielte ich inzwischen mit dem Gedanken, Bridget direkt über Messenger zu kontaktieren, sie um ein Treffen zu bitten und so mehr über die Hochzeit zu erfahren. Ich wollte Fotos sehen, Fragen stellen und herausfinden, was in ihrem Kopf vor sich ging.

Aber ich löste lieber den Blick vom Handy. Ich hatte schon den ganzen Morgen immer wieder darauf gestarrt, und das machte mich wirklich krank. Wenigstens hatte ich während der letzten beiden Tage meine Zeit gut genutzt. Ich hatte eine Erleuchtung gehabt und ein paar Dinge im Internet recherchiert. Dazu hatte ich mir ausführliche Notizen gemacht, um die Sache mit Tom zu besprechen, wenn ich Gelegenheit dazu haben würde.

Ich spürte einen dicken Kloß im Hals, als würden sich darin all die Dinge anstauen, die ich sagen, in die Welt *hinausschreien* wollte. Ich wollte Tom zeigen, was die da trieb, den Fluch von ihm abwenden, mit dem sie ihn belegt zu haben schien.

Er hatte schon als Heranwachsender ein bisschen für sie geschwärmt – damals natürlich auf ganz unschuldige Art und Weise. Bei uns zu Hause wurde mehr Wert auf Ordnung gelegt, und wenn ich Tom zurechtgewiesen hatte, hatten wir als

Antwort »Jesse darf das bei Bridget aber« oder »Bridget liegt Jesse wegen solcher Sachen nicht ständig in den Ohren« zu hören bekommen. Es ging dabei um seine Hausaufgaben, darum, dass er am Tisch statt vor dem Fernseher aß oder sein Zimmer aufräumte – und noch vieles mehr. Ich wusste, dass Tom nicht übertrieb, da ich Bridgets Laissez-faire-Erziehung selbst miterlebt hatte. Wenn Tom zu Besuch gewesen war, hatte sie die beiden Jungen wie Kumpel behandelt und zugelassen, dass sie sich kurz vor dem Essen mit Chips und Plätzchen vollstopften, was die meisten Eltern doch eher unterbunden hätten.

Einmal hatte ich beim Packen von Toms Rucksack seinen Schlafanzug vergessen und ihm diesen am Abend noch vorbeigebracht. Die Vorhänge von Bridgets Wohnzimmer hatten offen gestanden, und ich hatte einen Blick hineingeworfen, bevor ich anklingelte. Die drei saßen zusammen auf dem Sofa und amüsierten sich köstlich über irgendeine kindische Zeichentrickserie. Inzwischen weiß ich, dass sie *South Park* hieß, aber ich hatte damals noch nie davon gehört. Bridget offensichtlich schon, und sie lachte genauso laut wie die beiden Jungen, über die sie doch eigentlich die Aufsicht hatte.

Und auch jetzt benahm sie sich eher wie Ende zwanzig, indem sie sich für ihr Alter unangemessen kleidete und einen Mann geheiratet hatte, der ihr Sohn hätte sein können.

Was Tom an ihr nur fand? Sah er vielleicht diese junge Mutter in ihr, mit der er so viel Spaß gehabt hatte, während seine eigene Mum ziemlich uncool gewesen war?

Bei diesem peinlichen Gedanken drehte sich mir der Magen um. Aber all das machte mir auch Angst. Bridget hatte ihn bereits dazu bewegt, sie zu heiraten – wozu würde sie ihn als nächstes kriegen? Wie leicht würde es ihr fallen, ihn vom rechten Weg abzubringen und ihn endgültig zu ruinieren?

Ich zwang meine Aufmerksamkeit zurück zum Omelett.

Robert war der Meinung, dass ich mich der Realität nicht stellen wollte, so viel war mir klar. Dabei akzeptierte ich durchaus, dass Tom jetzt ein erwachsener Mann war und ich nicht mehr alles in seinem Leben kontrollieren konnte. Aber ich wusste noch etwas anderes: Meiner Meinung nach hatte Bridget Wilson nicht nur die Macht, sondern auch die Absicht, meinem Sohn die zweite Chance im Leben zunichtezumachen.

Niemand kannte sie so gut wie ich. Nur ich verstand, dass Bridget vor nichts Halt machen würde, wenn sie einen Plan verfolgte. Aber ich musste irgendwie in Erfahrung bringen, *worin* ihre Pläne im Moment bestanden.

In gewisser Hinsicht fand ich Bridgets Zielstrebigkeit sogar bewundernswert. In Jesses Kindheit hatte sie sich mit einem oder manchmal sogar mehreren Jobs als Putzfrau oder Verkäuferin über Wasser gehalten. Als wir uns kennengelernt hatten, wäre es durchaus zutreffend gewesen, sie als alleinerziehende Mutter mit großen finanziellen Schwierigkeiten zu bezeichnen, für die die Aussichten nun wirklich nicht rosig waren.

Aber schon kurz nach unserer ersten Begegnung zeigte sie ihren eisernen Willen und ihren unerschütterlichen Glauben an die Zukunft. Wahrscheinlich wusste ich tief in meinen Inneren bereits damals, dass sie etwas aus sich machen und ihrer kleinen Familie ein besseres Leben ermöglichen würde.

Meine eigene Lage war während der Kindheit unserer Jungen eine ganz andere gewesen. Obwohl ich damals kaum einen Gedanken daran verschwendet und die Situation als selbstverständlich hingenommen hatte, hatte ich zu jener Zeit ein weitaus bequemeres Leben geführt, wie mir jetzt klar wurde. Ich lebte in einem angesehenen Teil der Stadt in einem schönen Haus, das wir vor dem Immobilienboom gekauft hatten. Mein Mann war ein hart arbeitender Architekt, der gut verdiente und meistens mit einer ordentlichen Jahresprämie rechnen konnte. Was meine eigene Karriere anging, so hatte ich meine Arbeitsstunden bereitwillig reduziert, als Tom noch klein gewesen war, hatte aber wieder zur vollen Stundenzahl zurückkehren wollen, sobald er auf die weiterführende Schule wechselte.

Damals hatte ich immer gut zu tun gehabt. Ich war dauernd auf Achse gewesen, hatte Tom und Jesse zu unterschiedlichen Vereinen und Sportclubs gefahren, während Bridget lange und oft zu ungünstigen Uhrzeiten gearbeitet hatte.

Als Tom seine lange Haftstrafe angetreten hatte, hatte das ein riesiges Loch in mein Leben gerissen. Ein unersättliches schwarzes Loch, nach allem gierend, womit ich es zu füllen versucht hatte. Ich hatte mich auf nichts mehr lange konzentrieren können. Ich gab die Arbeit auf, sodass ich während der ersten Jahre nichts im Leben hatte, das mich vom Grauen der Geschehnisse ablenkte. Es war mir unmöglich, lange genug stillzusitzen, um fernzusehen oder mehr als nur ein paar Seiten eines Buches zu lesen.

Robert begegnete meiner Unfähigkeit, die Ereignisse zu verdauen, mit beißendem Spott. Ich hätte nie gedacht, dass ich so schnell mein Selbstbewusstsein verlieren und meinem Ehemann erlauben würde, auf gewiefte Art und Weise mein Selbstwertgefühl zu untergraben. Es wirkte nämlich so, als würde er überhaupt nichts machen. Er ließ ja nur hier und da einen unschuldigen Kommentar über mein Aussehen vom Stapel, oder über die Sendungen, die ich im Fernsehen schaute. Damals hatte ich mir selbst Vorwürfe gemacht, weil ich so überempfindlich reagierte. Im Laufe der Jahre hatten seine kleinen Bemerkungen und gehässigen Sticheleien aber eine große Tragweite entwickelt, mich auf schwer zu erklärende Art und Weise demoralisiert und an meiner Lebensfreude gekratzt. Kurzum: Ich hatte das Gefühl, nichts wert, nicht gut genug zu sein, in jeder Hinsicht zu versagen.

An besseren Tagen hatte ich mit dem Gedanken gespielt, mir einen Job für ein paar Stunden zu suchen, was Robert allerdings kritisch sah.

»Weißt du, Jill, die Dinge entwickeln sich ja weiter.

Systeme, Abläufe ... Da wirst du nach so langer Zeit den Anschluss verloren haben. Denk doch nur daran, wie viel Arbeit es bedeuten würde, dich auf den neuesten Stand zu bringen. Ich fürchte, dass du da schnell unter furchtbaren Druck geraten würdest«, sagte er bedauernd, und ich musste ihm Recht geben. Die Vorstellung, in einer neuen Umgebung wieder bei null anzufangen und mich von einem ungeduldigen jungen Menschen einweisen zu lassen, der gerade von der Uni kam, empfand ich tatsächlich als erniedrigend. Zu Hause zu bleiben, war sicherer und bequemer.

Als ich überlegte, wieder in der Bücherei anzufangen, war Robert damit auch nicht zufrieden.

»Heutzutage geht es in Büchereien doch mehr um Computer als um die Bücher, die du so sehr liebst. Und man wird dir auf den ersten Blick ansehen, was für ein Nervenbündel du bist. Am Ende wirst du irgendeinen folgenschweren Fehler machen und das ganze IT-System abstürzen lassen oder etwas ähnlich Furchtbares.«

Seine achtlosen Kommentare trafen ins Schwarze. Ja, bestimmt würde mir genau so etwas passieren. Ich würde einen Knopf drücken, der etwas Schreckliches auslösen würde, oder irgendein wertvolles altes Buch unauffindbar machen, weil meine Fähigkeiten beim Katalogisieren veraltet und ich dadurch inkompetent war.

Am Ende gab ich die Idee auf, meine Karriere wiederzubeleben, und suchte medizinischen Beistand wegen der Angst und der Stimmungsschwankungen, die meine ständigen Begleiter im Leben geworden waren. Der Arzt schaute nur auf die Uhr und verschrieb mir eine Reihe von Medikamenten, die ich seitdem nahm.

Audrey war meine Rettung gewesen. Sie hatte mich schließlich dazu überredet, ein paar Stunden im Secondhandshop zu übernehmen, wodurch die Dinge nach und nach ein wenig besser wurden. Jahre vor Toms Entlassungsdatum begann ich bereits damit, zu planen, wie ich ihn bei seiner Heimkehr unterstützen könnte.

»Wenn du mich fragst, ist es dafür noch ein bisschen früh«, hatte Audrey zu bedenken gegeben.

Inzwischen erkannte ich, dass sie Recht gehabt hatte. Sie hatte versucht, mich vor einer herben Enttäuschung zu bewahren. »Du musst in der Gegenwart leben, statt ständig in die Zukunft zu blicken«, war ein Ratschlag, den sie oft und gern wiederholt hatte.

Was ihr dabei nicht klar gewesen war, was wohl *niemand* begriffen hatte: Es half gegen die schiere Hoffnungslosigkeit, mit der ich jede Stunde des Tages kämpfte, wenn ich wie besessen Vorbereitungen für Toms Heimkehr traf.

Unentschlossen begann ich, die Eier zu verquirlen. Vor nur wenigen Tagen war hier das beherrschende Thema gewesen, dass wir bald Tom abholen und nach Hause bringen würden. Was ich heute machen und wie ich mich dabei fühlen würde, hatte ich mir in dem Moment wirklich anders vorgestellt. Die tatsächliche Situation kam mir wie eine ganz neue Art von Hölle vor.

In diesem Moment hätte ich eine Mahlzeit für die ganze Familie zubereiten sollen, nicht ein Omelett für mich allein. Ich hatte mir vorgestellt, dass Leute hereinschauen würden, um Hallo zu sagen. Darüber scherzen wollen, dass ich keinen unserer wertvollen gemeinsamen Momente vergeuden wollte. Stattdessen hatte ich mir einen Termin beim Arzt geholt, weil ich den Eindruck hatte, dass die Tabletten nicht halfen.

Ich gab etwas Olivenöl in die kleine Pfanne und stellte den Herd an. Manche Leute würden es vermutlich egoistisch finden, dass ich so enttäuscht war. Aber ich war nicht meinetwegen den Tränen nahe – vielmehr machte ich mir um Tom Sorgen, und um seine Zukunft, die er aufs Spiel setzte.

Als er ins Gefängnis gegangen war, hatte ich aus meiner Umgebung viel Unterstützung erfahren. Die Leute hier kannten ja die Umstände von Jesses Tod. Alle Nachbarn hatten nach Tom gefragt, als sie erfuhren, dass seine Entlassung kurz bevorstand. Sie wussten, dass mein Sohn ein ehrlicher, solider junger Mann war, während Jesse immer schon unbeständiger gewesen war. Im Laufe der Zeit hätte sich Tom problemlos wiedereingliedern und ein neues Leben anfangen können. Er hätte in ein paar Jahren heiraten und dann Kinder haben können. War das denn zu viel verlangt? Es war doch keine hanebüchene Idee!

Letzten Endes hatte ich mir vor allem gewünscht, meinen Sohn wieder zu Hause zu haben. Ich wollte Tom hier bei uns, wo er hingehörte. Wollte mich um ihn kümmern, mich nützlich machen ... wieder eine sinnvolle Aufgabe haben. Gut, vielleicht hatte ich damit etwas altmodische Vorstellungen, aber das war ja kein Verbrechen!

Als ich hörte, wie die Haustür geöffnet wurde, stürzte ich in den Flur, weil ich dachte, dass Robert einfach ohne ein Wort gehen wollte. Ich erstarrte, als stattdessen mein Sohn vor mir stand. Er war allein und hielt den Hausschlüssel in der Hand, den ich ihm gegeben hatte.

»Tom«, flüsterte ich, während er die Tür hinter sich zumachte. Es kam mir vor, als hätte ich ihn durch meine Gedanken selbst heraufbeschworen. Offenbar war die Bindung zwischen uns immer noch stark.

»Wir sollten reden, Mum«, sagte er in unheilvollem Tonfall. »Es gibt da ein paar wichtige Dinge, die ich mit dir besprechen muss.«

Seine ernste Miene mit gerunzelter Stirn ließ bei mir jede Hoffnung ersterben. Ich fürchtete mich vor dem, was jetzt kommen würde.

NEUNZEHN

TOM

Tom lehnte Jills Angebot ab, ihm etwas Warmes zu trinken zu machen, und bat nur um ein Glas Wasser. Nachdem sie auf dem Sofa in der Küche Platz genommen hatten, starrte Jill schweigend in den Garten hinaus.

Sein Vater musste ihn auf dem Flur eigentlich gehört haben, kam aber nicht aus dem Arbeitszimmer, um Hallo zu sagen. Typisch.

Plötzlich verspürte Tom das dringende Bedürfnis, diese schreckliche Stille zu durchbrechen.

»Ich hoffe, es geht dir gut, Mum. Ich weiß, dass für dich alles ein ziemlicher Schock war.«

»Vorhin musste ich an deine Birkennächte denken«, sagte sie. »Weißt du noch? Da hast du auf der Stufe gesessen und zum Stamm hinübergestarrt, der im Mondlicht geleuchtet hat. Du hast wirklich geglaubt, er sei aus Knochen gemacht.«

»Ja, daran erinnere ich mich noch gut«, sagte er sanft.

»Ehrlich gesagt, hab ich vor ein paar Monaten mit deinem Vater über den Garten gesprochen. Ich finde, wir sollten da mal einen Profi ranlassen, der uns ein paar Anregungen geben kann. Vielleicht könnten wir ein paar Rabatten anlegen, die für etwas mehr Farbe sorgen. Wenigstens wächst und gedeiht der Rasen jetzt. Früher war er ja immer angeschlagen, weil du mit Jesse so oft draußen Ball gespielt hast, und ...«

»Mum.« Seine Stimme blieb ruhig und freundlich.

Jill klappte den Mund zu und presste sich die Hand auf die Brust, als würde das Herz darin gleich zerspringen.

»Ich weiß, dass es dich ziemlich mitgenommen hat, aber ich hoffe wirklich, dass du die Ehe von Bridget und mir akzeptieren wirst und ...«

»Akzeptiert *hab* ich sie ja, das muss ich schließlich, oder?« Die Sehnen in ihrem Nacken spannten sich gefährlich. »So, wie ich das sehe, bleibt mir keine Wahl.«

»Lass mich doch mal ausreden, Mum. Ich weiß, dass du ziemlich durch den Wind bist, und das kann Bridget auch verstehen. Sie hat selbst zu mir gesagt, dass das nur natürlich ist.«

»Klar bin ich durcheinander, das kam ja völlig unerwartet.« Auf die Erwähnung von Toms neuer Ehefrau reagierte Jill sofort gereizt. »Und es ist deine Entscheidung, so viel ist klar. Aber ich wünschte wirklich, du hättest dir während meiner Besuche ein Herz gefasst und mir davon erzählt.« Dazu sagte er nichts und ließ nur den Kopf hängen. »Außerdem frage ich mich einfach, wie sich das abgespielt hat. Wie konnte es nur dazu kommen, dass du die Mutter deines Opfers geheiratet hast? Ja, es war Notwehr. Trotzdem muss dir wohl klar sein, dass die Leute genau darauf herumreiten werden: dass sie die Mutter deines besten Freundes ist, den du getötet hast.«

»Mum. Ich verstehe, dass du nur schwer nachvollziehen kannst, wie wir beide uns verliebt haben. Aber das ist auch nicht über Nacht passiert, vielmehr hat mich Bridget ja während der letzten beiden Jahre regelmäßig besucht. Ich kann es nur so beschreiben, dass für mich meine Ehefrau Bridget und die Bridget, die ich vor vielen Jahren als Mutter von Jesse kannte, zwei ganz unterschiedliche und voneinander getrennte

Personen sind. Uns beiden kommt das damals wie ein anderes Leben vor. Wir fühlen uns füreinander wie ganz neue Menschen an, falls das irgendwie Sinn ergibt.«

Der Miene seiner Mutter zufolge ergab das überhaupt keinen Sinn.

»Verstehe«, sagte sie schließlich und berührte ihr Gesicht mit dem Handrücken. Ihre Wangen glühten.

Tom senkte das Kinn und schaute von unten zu ihr hoch. »Da bin ich mir nicht so sicher.«

»Wie hättest du es denn gefunden, wenn es andersherum gewesen wäre, wenn ich Jesse geheiratet hätte?«

Tom war verblüfft und antwortete wahrheitsgemäß: »Dann wäre ich zunächst wohl auch schockiert und würde es nicht wahrhaben wollen«.

Einen Moment hingen seine Worte in der Luft, bevor Jill weitersprach: »Zwischen Bridget und mir liegen nur zwei Jahre. Ich nehme mal an, das wusstest du, oder? Zwei Jahre Altersunterschied zwischen deiner Mutter und deiner neuen Frau.«

»Natürlich weiß ich das, aber mit Bridget ist es anders. Sie ist so ... ich weiß auch nicht, irgendwie *jung geblieben*. Verstehst du, was ich meine?«

»Ja«, antwortete Jill nur barsch. »Aber eine Frau, die eher in deinem Alter ist, hätte dir zum Beispiel Kinder schenken können, damit geht es doch schon los. Bridget hingegen ist Großmutter!«

Jill hatte Tom bei einem ihrer ersten Besuche erzählt, was sie über ihre Freundin Audrey erfahren hatte: dass Coral Jesses Sohn zur Welt gebracht hatte.

»Aber Mum, ich liebe Bridget und will keine andere. Dass wir keine Kinder haben werden, ist für mich nicht entscheidend. Außerdem haben wir doch Ellis.«

»Ellis ist aber nicht dein Sohn, sondern der von Jesse!« Jill biss sich auf die Lippe. »Und vor allem verstehe ich nicht, warum ihr unbedingt vor deiner Entlassung heiraten musstet.

Ausgerechnet im Gefängnis! Warum musstest du die Dinge übers Knie brechen, statt erst einmal eine Weile zu daten? Hat sie dich dazu gezwungen?«

»Natürlich nicht, es war sogar meine Idee.«

»Wusstest du, dass sie auf Facebook ein Foto von eurer Hochzeit gepostet hat?«

Tom runzelte die Stirn. »Nein, das wusste ich nicht, aber ... Das ist doch okay, oder?«

Weil er im Gefängnis gewesen war, hatte Tom noch keinen Facebook-Account, aber Jill schien dieser Sache große Bedeutung beizumessen.

»Ich kann einfach nicht verstehen, dass ihr heimlich heiraten musstet«, jammerte sie wieder.

Tom seufzte. »Wegen genau dieses Verhaltens, das du gerade an den Tag legst. Wir wussten, dass alle unsere Verbindung ablehnen und uns von einer Heirat abzuhalten versuchen würden.«

»Es geht also nicht nur um mich?«

»Nein. Die Mutter von Ellis, Coral ... macht es Bridget auch schwer. Und der Junge will mir im Moment nicht einmal in die Augen sehen.«

»Na ja, das kann ich verstehen. Immerhin war Jesse Corals Partner und Ellis' Vater. Sein Sohn ist furchtbar jung, um sich jetzt plötzlich all dem stellen zu müssen.«

Tom wedelte mit der Hand herum. »Siehst du, genau darum geht es doch. Jeder hat sich eine Meinung über uns gebildet, über das, was wir getan haben. Aber wir sind jetzt verheiratet. Das heißt, dass wir uns einander verpflichtet haben, weil wir uns entgegen allen Erwartungen ineinander verliebt haben. Ich will nicht irgendein unbedarftes junges Ding in meinem Alter. Ich will Bridget. Eine Frau, die stark ist, über Lebenserfahrung verfügt. Die alles versteht, was ich durchgemacht habe.«

In Bezug auf Mädchen hatte Tom nie über Jesses Selbstbewusstsein verfügt. Er war auf ein paar Dates gegangen, hatte sie aber immer als Qual empfunden, weil er dabei aufgeregt gewesen war und kaum ein Wort herausbekommen hatte. Deshalb hatte er sich lieber aufs Boxen konzentriert. »Für Verabredungen habe ich keine Zeit«, war seine Standardantwort gewesen, wenn ihn jemand danach gefragt hatte.

Jetzt versuchte seine Mutter es mit einem neuen Ansatz. »Ich habe einfach Angst, weil Bridget viel Ballast in die Ehe miteinbringt. Wenn Jesse *deinen* Tod verursacht und dafür ins Gefängnis gemusst hätte, würde ich ihn nie wiedersehen, geschweige denn heiraten wollen!«

»Na ja, du und Bridget, ihr seid eben sehr unterschiedlich, Mum«, sagte Tom behutsam. »Bevor wir uns verliebt haben, hat Bridget es schließlich über sich gebracht, mir zu vergeben. Und das zeigt doch, was für ein unglaublicher Mensch sie ist.«

Jill wandte den Blick ab und schwieg einen Moment, als ringe sie mit sich. Als sie ihren Sohn wieder anschaute, wirkte sie jedoch fest entschlossen, ihre Sorgen doch auszusprechen: »Ich hoffe, du kriegst das jetzt nicht in den falschen Hals, Tom, aber es muss einfach gesagt werden. Du warst zehn Jahre lang im Gefängnis und hast dort ein sehr eingeschränktes Leben geführt. Bridget war hier draußen in der großen weiten Welt, hat ihre Stiftung aufgebaut und, so wie es aussieht, viel erreicht. Was meinst du: Es wäre für sie sicher ein Leichtes, dich mit einer gemeinsamen Zukunft zu locken, während sie dich wegen Jesses Tod insgeheim weiter hasst, oder nicht?«

»Wir haben immer ganz offen und ehrlich miteinander gesprochen.« Tom fuhr sich mit der Hand durchs Haar und fragte sich, wie lange er wohl die immer gleichen Dinge ein ums andere Mal würde erklären müssen, bis seine Mutter sie endlich begriff. »Bridget hat zugegeben, dass sie mich lange gehasst hat. Inzwischen versteht sie aber, dass ich Jesse niemals wehtun wollte. Und dass die Ereignisse ja beinahe auch mich kaputtgemacht hätten.«

»Und was, wenn Bridgets Motivation allein darin besteht, dich zu ruinieren und Jesses Tod zu rächen? Wenn sie all ihre Anstrengungen darauf konzentriert? Das würdest du doch erst begreifen, wenn es zu spät ist!«

Die Vorstellung war so absurd, dass Tom am liebsten in Gelächter ausgebrochen wäre. Aber es gelang ihm, ernst zu bleiben. »Durch das Programm für opferorientierte Justiz haben wir viel intensiver miteinander gesprochen, als wenn wir auf Dates gegangen wären. Mum, unsere Liebe ist stark und geht tief, weil ich Bridget in- und auswendig kenne, so wie sie mich. Dieser ganze Unsinn über Rache ist doch nicht echt, der existiert nur in deinem Kopf. Bridget hat mir ihre Hingabe und ihr Vertrauen in vielfacher Hinsicht bewiesen. Ich wollte dir heute unter anderem erzählen, dass ich in der Stiftung mitarbeiten, neue Kontakte knüpfen und Spenden sammeln werde.«

»Aber du hast dich doch nie dafür interessiert, in so einem Bereich zu arbeiten.«

Tom zuckte mit den Achseln. Es ärgerte ihn, wie unbeeindruckt sie die Information zur Kenntnis nahm. »Dazu hatte ich ja auch noch nie die Gelegenheit. Und es ist auf jeden Fall besser als ein lausiger Job in einer Bücherei.«

Diese fiese Bemerkung bereute er sofort, als er das lange Gesicht seiner Mutter sah.

»Entschuldige, Mum, ich hätte wirklich nicht ...«

»Ist schon okay.« Jill winkte ab. »Das werde ich jetzt nur ein einziges Mal sagen, aber es muss einfach raus. Ich will sicher sein, dass du es verstanden hast.«

»Hm?«

»Diese Ehe kann annulliert werden, Tom. Ich hab das gegoogelt, und du musst nur ein Wort sagen, dann nehmen wir uns sofort einen Anwalt. Wenn du zu der Hochzeit gezwungen wurdest ...«

Er stand auf. »Okay, ich gehe jetzt. Ich ...«

»Nein, bitte!« Jill sprang auf und packte ihn am Arm.

»Noch einmal werde ich davon nicht anfangen, aber du solltest über alle Informationen verfügen. Ich will wirklich, dass du glücklich wirst, nur fürchte ich leider ... dass du einen riesigen Fehler gemacht hast.«

Seufzend setzte sich Tom wieder.

»Du wirst schon sehen, Mum. Alle werden sehen, wie glücklich wir zusammen sind. Ich bitte dich lediglich, uns ein bisschen Zeit zu geben.« Seine Mutter ließ es zu, als er nach ihrer Hand griff. Ihre Finger waren warm und trocken. »Ich weiß, dass du nur das Beste für mich willst. Aber ihr könnt jetzt wieder zu eurem alten Leben zurückkehren. Du und Dad, ihr könnt all das tun, was ihr immer zusammen unternehmen wolltet.«

»Aber ...«

»Bitte, Mum. Mach es nicht komplizierter, als es sein muss.« Allein die Tatsache, dass er sich in seinem Elternhaus befand, schien Tom die Luft zum Atmen zu nehmen. Er musste hier wirklich weg. »Bridget möchte gern, dass wir Freitagabend bei uns zu Hause zusammen essen.«

Jill erstarrte, und Tom konnte sich gut vorstellen, wie es ihr die Kehle zuschnürte. »Das kommt jetzt ... unerwartet.«

»Es war ganz allein Bridgets Idee.« Er lächelte. »Sie wird auch Coral und Ellis fragen, weil sie so gern möchte, dass wir uns alle gut verstehen. Also komm doch bitte!«

»Ich werde mit deinem Vater sprechen«, antwortete sie leichthin und war überzeugt, dass Robert sofort eine Ausrede parat haben würde. »Wenn er lange arbeiten muss, kann er es vielleicht nicht einrichten.«

Tom verzog das Gesicht. »Mir wäre es sowieso lieber, wenn du allein kämst. Ihn will ich nicht dabeihaben.«

»Tom!«

»Er hat dich nicht verdient, Mum.« Tom ließ ihre Hand los und versuchte, die Traurigkeit von seinen Zügen zu vertreiben. »Bridget wird begeistert sein, wenn ich ihr sage, dass du kommst. In dem Haus wohnt sie selbst noch nicht lange, und es ist absoluter Wahnsinn! Ich kann es kaum erwarten, es dir zu zeigen.«

Jill reagierte nur mit einem kleinen Nicken, da sie kein Wort herauszubekommen schien.

Tom schrieb ihr seine Handynummer und seine neue Adresse auf, bevor er ihr an der Tür einen Kuss gab.

Am Ende der Einfahrt drehte er sich noch einmal um und betrachtete das Haus. An das Leben hier hatte er vor allem unangenehme Erinnerungen, weil seine Kindheit und Jugend so viele Jahre von den Schikanen seines Vaters überschattet gewesen waren.

Seine Mutter hingegen wollte nur das Beste für ihn, und das rührte ihn wirklich. Aber was Bridget anging, lag sie völlig falsch. Trotz ihrer jahrelangen Freundschaft verleugnete Jill hartnäckig, was für ein guter Mensch seine Ehefrau war.

Bridget und er liebten einander. Und was auch immer seine Mutter denken mochte – Bridget würde ihm niemals wehtun.

Da war sich Tom sicher.

ZWANZIG
BRIDGET

Jill meldete sich bald, um auch für Robert zuzusagen, was Tom sowohl verblüffte als auch freute.

Und Coral hatte die Tatsache, dass ich sie angerufen und eingeladen hatte, offenbar als Friedensangebot verstanden und plante, mit Ellis zu kommen. Dass Toms Eltern dabei sein würden, hatte ich ihr gegenüber nicht erwähnt. Es brachte ja nichts, die Dinge unnötig kompliziert zu machen und Coral einen Vorwand dafür zu geben, meine Einladung abzulehnen.

Um genug Zeit für die Vorbereitungen zu haben, wollten wir die Einkäufe schon Mitte der Woche erledigen.

Tom setzte sich ans Steuer, weil er beim Autofahren Übung brauchte, und wir fuhren vor dem Einkaufen noch kurz zum Büro der Stiftung im Zentrum von Nottingham. Dort hatten wir vor einem Jahr ein generalüberholtes altes Gebäude gemietet, von dem aus man einen tollen Blick auf den historischen Marktplatz und das Rathaus hatte.

Lange blieben wir nicht, da ich mir zwei Wochen von meinem Jahresurlaub genommen hatte. Aber ich nutzte die Gelegenheit, um Tom den Mitarbeitern vorzustellen und ihm einen besseren Überblick über die neue Arbeit zu verschaffen, die er hier als unser neuer Entwicklungsleiter erledigen würde.

»Damit spielst du in unserem strategischen Fünfjahresplan eine zentrale Rolle«, erklärte ich, während wir von seinem schicken Büro aus das städtische Panorama bewunderten. »Du wirst einen entscheidenden Beitrag zu unserer Arbeit leisten.«

Er brauchte nicht zu wissen, dass dieser Posten neu und für ihn maßgeschneidert worden war. Schließlich stimmte es, dass Tom uns voranbringen würde, wenn er denn erfolgreich war.

Er drehte sich zu mir um und umarmte mich. »Ich kann dir einfach nicht genug dafür danken, dass du mir dein Vertrauen schenkst, Brid«, sagte er mit brechender Stimme. »Niemand hat je so sehr an mich geglaubt wie du. Ich werde dich nicht enttäuschen.«

Wenn doch nur seine Mutter diese Worte mitbekommen hätte! Jill hatte Tom immer bei seinen Aktivitäten und Zielen unterstützt, solange sie ihn dabei am Gängelband führen konnte. Jeder zu ehrgeizige Plan war allerdings im Keim erstickt worden, und Tom hatte dabei keinerlei Mitspracherecht gehabt.

Zurück zu Hause nahm Tom mit beschwingtem Griff die Einkaufstüten an sich und trug sie voller Elan zum Haus.

Ich überholte ihn auf dem Gartenweg. »Komm, ich halte dir die Tür auf, du hast ja beide Hände voll.«

»Weil wir eingekauft haben, als würden wir uns auf die Speisung der Fünftausend vorbereiten!«, lachte er, während er mit den zig Tüten kämpfte.

»Na ja, es ist gar nicht so einfach, ausgewogen zu kochen«, entgegnete ich. »Wenn man alles frisch machen will, braucht man jede Menge Zutaten.«

Tom hatte mir erzählt, dass Jill am Tag seiner Entlassung selbst gekochte Lasagne und Focaccia aufgetischt hatte. Ich hatte beschlossen, alle Register zu ziehen, um ihr zu zeigen, wie eine vernünftige Mahlzeit auszusehen hatte. Es würde das erste Mal sein, dass ich vor Tom meine Kochkünste so richtig zur

Schau stellen könnte. Ich wusste ja, wie gesundheitsbewusst er im Gefängnis geworden war. Er hatte dort viel im Fitnessraum trainiert und nur vegetarisch gegessen, um die Form zu halten, die er sich vor seiner Haft im Boxclub so hart erarbeitet hatte. Er spielte auch mit dem Gedanken, seine Ernährung komplett auf pflanzenbasierte Kost umzustellen, daher hoffte ich, ihn mit einem veganen Menü zu beeindrucken. Auf jeden Fall würde ich Jill zeigen können, dass sie ihren heiß geliebten Sohn nicht als Einzige glücklich machen konnte!

Tom ging im Flur vor mir her und hielt plötzlich inne, weil er im Wohnzimmer neben dem Fenster zum Garten Ellis entdeckt hatte. Ellis' Profil, wie das Licht sein Züge erhellte ... einen Moment lang sah mein Enkel genauso aus wie Jesse, und ich wurde vom stechenden Schmerz des Verlustes durchbohrt. Ellis schaute auf, bemerkte den starrenden Tom und konzentrierte sich sofort wieder auf sein Spiel.

Mein Herz jubilierte. Ich hatte Coral vorhin angerufen, meinen Stolz hinuntergeschluckt und gefragt, ob ich Ellis vor dem Wochenende sehen könnte. Und jetzt war er hier.

»Er könnte vielleicht am Spätnachmittag bei dir vorbeikommen und später auch bei euch essen«, hatte Coral listig gesagt. »Ich bin diesen Monat etwas knapp bei Kasse, und es kommt auch nicht viel rein.« Blöd war sie nicht, wenn es um Geld ging.

»Bring ihn nach der Schule vorbei«, sagte ich. »Und ich überweise dir nachher hundert Pfund, damit ihr über die Runden kommt.« Wenn ich für den Kontakt zu meinem Enkel die Geldbörse zücken musste, dann war das eben so.

»Hallo, Ellis«, sagte Tom, stellte die Tüten im Flur ab und ging zu ihm hinüber. »Ich wusste nicht, dass du heute kommen würdest.«

Ellis schaute nicht einmal auf.

»Hallo, du!«, sagte ich und hoffte, nach der angespannten Situation beim letzten Mal die Wogen etwas glätten zu können.

»Wie lange sitzt du hier denn schon allein?« Er war früher gekommen, als ich erwartet hatte, aber das störte mich nicht.

»Weiß nicht«, antwortete er. »Vielleicht eine halbe Stunde. Mum hat mich reingelassen und ist in die Stadt gegangen, um mit Freunden etwas zu trinken.«

So sah das also aus, wenn Coral aufs Geld achtete? Und soweit ich wusste, hatte sie *überhaupt keine* Freunde. Ich ging in die Küche und warf die Autoschlüssel auf die Arbeitsplatte. Tom kam hinter mir herüber.

»Coral hat einen Schlüssel?«, fragte er mit gedämpfter Stimme. »Das klingt ja so, als würde sie hier ein- und ausgehen, wie es ihr beliebt.«

Ich hatte nicht mehr groß daran gedacht, aber ich hatte ihr tatsächlich einen Schlüssel gegeben, als ich hier eingezogen war. Das hatten wir der Einfachheit halber immer so gemacht, und es war mir damals wie eine gute Idee vorgekommen. Aber vielleicht sollte ich mir das jetzt, wo Tom auch hier wohnte, noch einmal überlegen.

»Granny, bringst du mir einen Saft?«, rief Ellis.

»Moment!« Ich zog mir die Schuhe aus und schlüpfte in meine Pantoffeln von UGG, bevor ich zum Kühlschrank rüberging. »Ellis, sagst du bitte noch Tom Hallo?«

Tom schüttelte den Kopf und dämpfte die Stimme. »Lass es gut sein, mach keine große Sache daraus.« Er nahm mir die Safttüte aus der Hand, füllte ein Glas und brachte es zu Ellis hinüber.

»Bitte sehr, Kumpel. Und, spielst du irgendwas Cooles?«

Es durfte Ellis wohl gar nicht gepasst haben, von Tom so locker »Kumpel« genannt zu werden. Ich hielt die Luft an.

»*Animal Crossing*«, antwortete Ellis lediglich und griff nach dem Glas.

»Davon hab ich noch nie gehört«, sagte Tom. »Weißt du, ich hab mir überlegt, vielleicht eine PlayStation zu kaufen und hier an den großen Fernseher anzuschließen.«

Jetzt schaute Ellis auf. »Echt?«

»Ja. Das Problem ist nur, dass ich keine Ahnung habe, was für Spiele es heute so gibt. Vielleicht könntest du ja ... ach, lass, egal.«

Ellis stellte das Glas wieder auf den Wohnzimmertisch und setzte sich etwas aufrechter hin. »Was denn?«

Auf der Arbeitsfläche abgestützt, lauschte ich.

»Ich hab mich gefragt, ob du eventuell ein paar Sachen aussuchen und mit mir zusammen ausprobieren könntest. Um mir zu helfen, wieder in das Thema reinzukommen.«

»Ich kenne alle guten Spiele«, versicherte Ellis und legte sein Nintendogerät auf das Kissen neben sich. »Ich meine, am bekanntesten ist natürlich *Call of Duty*, aber es gibt noch viele andere coole Sachen. *Marvel, FIFA*, so was.«

»*Call of Duty*? Das ist doch erst ab achtzehn, oder?«, mischte ich mich nun ein.

»Ab siebzehn«, sagte Ellis schnell. »Aber Mum lässt mich auch Filme ab achtzehn gucken. Ich bin doch kein Baby mehr.«

»In einem guten Actionfilm bekommt man sicher genauso viel Blut und Gewalt zu sehen«, bemerkte Tom.

Ellis nickte. »Das ist doch alles nicht echt, Granny. Es ist ja nicht so, als würde ich danach plötzlich losziehen und jemanden umbringen ...« Er verstummte, als ihm schlagartig klar wurde, was er gerade gesagt hatte.

Sofort sprang Tom in die Bresche: »Weißt du was? Ich hab deiner Großmutter versprochen, dass ich heute ein paar Regale für sie anbringe. Aber wenn du das nächste Mal hier bist, gucken wir uns im Internet zusammen ein paar Spiele für die PlayStation an, okay?«

»Okay.« Ellis wandte die Aufmerksamkeit wieder der Nintendo zu. Dann schaute er kurz zu Tom hoch und sagte widerwillig: »Danke für den Saft.«

Tom blickte zu mir herüber und zwinkerte mir zu. Dieser Mann steckte wirklich voller Überraschungen.

EINUNDZWANZIG

JILL

Am Freitag war ich wegen des anstehenden Abendessens bei Tom und Bridget völlig unfähig, mich auf mein Buch oder eine Fernsehsendung zu konzentrieren. Nachdem ich ein halbes Dutzend Mal Bridgets soziale Medien gecheckt hatte, wo es nichts Neues gab, drohte ich langsam durchzudrehen. Daher beschloss ich, mich mit etwas Unkrautjäten abzulenken.

Früher hatte ich regelmäßig gegärtnert, weil ich die Vögel mochte, die frische Luft, den Wechsel der Jahreszeiten. Als Tom klein gewesen war, hatte er sich manchmal mit Block und Stift zu mir gesetzt und mit penibler Genauigkeit eine Blume oder einen Marienkäfer gemalt. Dazu hatte er nicht gedrängt werden müssen, er hatte sich diese Aufgabe allein ausgesucht und sich voll und ganz darauf konzentriert.

Mittlerweile genoss ich die Arbeit im Garten schon lange nicht mehr. Robert schob das Rasenmähen immer so lange vor sich her, bis draußen die reinste Prärie wogte, aber ich hatte in letzter Zeit einfach keine Energie mehr, um mich auch noch darum zu kümmern.

Jetzt nahm ich die Beete in Angriff und wäre während der ersten zehn Minuten am liebsten wieder ins Haus gegangen.

Obwohl die Sonne schien, war es kalt, und ich war eigentlich nicht warm genug angezogen, blieb jedoch am Ball. Irgendwann machte mir auch der Rücken zu schaffen, zugleich fühlte ich mich plötzlich so frei wie schon lange nicht mehr. Jetzt wünschte ich, ich hätte mich auch in schwierigen Zeiten auf den Garten konzentriert, statt ihn zu vernachlässigen.

Während der ersten fünf oder sechs Jahre von Toms Haftstrafe hatte ich wie besessen immer wieder Bridgets soziale Medien aufgerufen. Ein ums andere Mal hatte ich mir den Feed von *Young Men Matter* angesehen und die Zeitungsberichte und ihre Interviews für Zeitschriften gelesen, die dort verlinkt waren. Die Artikel trugen Titel wie:

Wenn Schönheit stirbt – Betrachtungen einer Mutter über den Verlust ihres Sohnes

Oder:

Ein Leben ohne Jesse – Bridget Wilson spricht mit uns fünf Jahre nach dem Tod ihres Sohnes

Jesse, Jesse, Jesse. Adrenalinjunkie, Raser, risikobereiter Herzensbrecher. Diese Aspekte seiner Persönlichkeit verschwiegen die Schlagzeilen, über diese unangenehmen Wahrheiten sprach niemand, vor allem Bridget nicht.

Als mich ein Geräusch aus meinen Gedanken rief, fuhr ich erschrocken herum und entdeckte Robert direkt hinter mir.

»Na, versuchst du dich abzulenken?«, fragte er in dem herablassenden Tonfall, für den ich die meiste Zeit unserer Ehe Entschuldigungen vorgebracht hatte.

»Irgendjemand muss diesem Chaos mal zu Leibe rücken«, erwiderte ich kühl. »Also kann ich das wohl auch machen.«

»Da ich arbeiten gehe und mit Müh und Not das Geld für

unsere Rechnungen aufbringe, lasse ich gern dich hier den Monty Don geben, wenn es genehm ist.«

Ich ließ einen Moment vom Unkraut ab, richtete mich auf und rieb mir das Kreuz, das sofort protestiert hatte. »Und *wieso* schaffst du das nur mit Müh und Not? Warum haben wir Geldprobleme und können kaum die Rechnungen bezahlen?«

»Weil nun mal alles teuer ist. Wir wohnen in einem großen Haus und ...«

»Das war doch immer schon so«, wandte ich ein und schüttelte Klumpen feuchter, dunkler Erde von meiner Pflanzschaufel. »Aber soweit ich mich erinnere, hatten wir solche Schwierigkeiten früher nicht.«

Er lachte. »Und soweit ich mich erinnere, hast du noch nie danach gefragt.«

»Weißt du was? Wenn du nichts Nettes zu sagen hast, schlage ich vor, dass du deinen Hintern zurück ins Haus beförderst!«

»Kein Grund, so fies zu werden!«, entgegnete er perplex. »Hör mal, Jill, ich weiß, dass sich die Dinge nicht so entwickelt haben wie erwartet. Es ist nicht der Neuanfang, den du für Tom im Sinn hattest.«

Er sagte *du*, nicht *wir*. So langsam hatte ich die Nase voll davon, um den heißen Brei herumzureden.

»Er ist auch dein Sohn, oder hast du das vergessen?« Als ich einen Schritt nach hinten machte, warf ich dabei meinen Eimer um, sodass sich etwas von dem welken Unkraut ins Gras ergoss. »Aber du bist wahrscheinlich nur froh darüber, dass er wieder aus dem Weg ist.«

»Das ist wirklich nicht fair!«, protestierte Robert, der die Augen vor Verblüffung weit aufriss.

Ich beugte mich vor und richtete den Eimer wieder auf. »An der ganzen Sache ist die Strafvollzugsbehörde mit schuld. Die haben ihm in einer Zeit, in der er so verletzlich war, mit diesem Unsinn über ausreichende Justiz einen Floh ins Ohr gesetzt.«

»Das Ganze nennt sich *ausgleichende* Justiz«, bemerkte Robert, während er vortrat und meine Arbeit begutachtete. »Soweit ich gehört habe, ist das in liberalen Kreisen im Moment der neueste Schrei.«

»Wie will man denn etwas ausgleichen, was längst geschehen und vorbei ist?«, fragte ich. »Was passiert ist, ist passiert. Leider ist Jesse gestorben, wofür Tom ja auch einen Preis bezahlt hat. Aber wir können diese Ereignisse nicht schönfärben oder in etwas anderes verwandeln. Da kann man nichts mehr *ausgleichen*.«

»So sieht das Konzept dahinter wohl auch nicht aus«, sagte Robert amüsiert. »Es geht eher um Vergebung, darum, dass auf beiden Seiten die Wunden heilen und man nach vorne sehen kann.«

»Ich kehre in Gedanken aber immer wieder zur selben Frage zurück: Was interessiert eine achtundvierzig Jahre alte Frau bloß an einem Achtundzwanzigjährigen?«

»Mal abgesehen vom Offensichtlichen, meinst du?«

»Dem Offensichtlichen?«

»Na ja, er sieht gut aus, ist in Form und war mit Sicherheit leichte Beute. Oder ist dir das alles nie aufgefallen?« Robert feixte. »Und nach der langen Zeit hinter Gittern bin ich mir sicher, dass er im Bett die reinste Furie sein muss.«

»Hör auf!« Ich hatte einen bitteren Geschmack im Mund. »Um so etwas Ordinäres und Primitives geht es mir doch nicht, Robert. Ich befürchte bei ihr einfach böse Absichten.«

Verdattert sah er mich an. »Was meinst du damit?«

»Na, dass sie Rache für Jesses Tod üben will, verdammt nochmal! Überleg doch – Jesse ist unwiderruflich fort, während für Tom die Haft vorbei ist und er jetzt die Chance darauf hat, sich ein gutes Leben aufzubauen. Weil Bridget das einfach nicht ertragen kann, hat sie geplant, ihn an sich zu binden. Das ist für sie die ideale Ausgangslage, um ihn fertigzumachen.«

Robert schnaubte und drehte sich zum Haus um. »Im Ernst, Jill, das klingt mir ein bisschen zu sehr nach Fernsehthriller. Na ja, ich lass dich mal weitermachen.«

»Okay, dann beantworte mir doch eine Frage: Was sieht Tom nur in *ihr*? Das verstehe ich einfach nicht.«

»Tja, bei Mädchen in seinem Alter hat er schließlich nie viel Erfolg gehabt, oder?«

»Du meinst, dass er ein wenig schüchtern war.«

Robert verzog das Gesicht.

»Die Leute hier in der Gegend wissen genau, was in jener Nacht passiert ist. Die Sache war kompliziert, und im Laufe der Zeit wird man ihm dafür vergeben.«

»Trotzdem ist Jesse *tot*«, sagte Robert ungerührt, »weshalb Tom zu zehn Jahren verknackt wurde. Und das kannst du immer noch nicht akzeptieren.«

ZWEIUNDZWANZIG

POLIZEI VON NOTTINGHAMSHIRE

2009

Mal abgesehen davon, dass gelegentlich Jugendliche in einem Park randalierten oder ein Betrunkener spät abends in einer Kneipe Ärger machte, passierte in Mansfield und Umgebung selten etwas Schwerwiegendes.

Der Anruf um 2.45 Uhr von ihrem Chef, Detective Inspector Marcus Fernwood, überraschte Detective Sergeant Irma Barrington daher.

»Ich hoffe, ich rufe nicht zu einem ungünstigen Zeitpunkt an«, bemerkte er trocken. »Ein Fall von schwerer Körperverletzung in der Innenstadt, vor dem Nachtclub Movers. Das Opfer ist nicht bei Bewusstsein, und der Verdächtige noch am Tatort.«

Irma horchte auf. »Klingt interessant!«

»Du kannst fahren, hol mich unterwegs ab.«

»Wir sehen uns in zehn Minuten«, sagte Irma.

Sie war am dritten Abend hintereinander auf dem Sofa eingeschlafen, was zumindest den Vorteil hatte, dass sie noch angezogen war. Rasch schob sie im Gästezimmer den Kopf zur Tür herein und stellte fest, dass ihr Vater tief und fest schlief. In ein paar Stunden würde sie wieder zurück sein, und er würde ihre Abwesenheit nicht einmal bemerkt haben. Er hatte schon zum zweiten Mal in diesem Monat kurz vor Mitternacht sturzbetrunken bei ihr vor der Tür gestanden. So konnte es nicht weitergehen, aber darüber würde sie sich später den Kopf zerbrechen.

Irma schnappte sich noch eine Flasche Wasser aus dem Kühlschrank und zog auf dem Weg nach draußen die Haustür leise hinter sich zu. Im Licht der Straßenlaterne vor ihrem kleinen Vorgarten schlich sie mit gedämpften Schritten zum Auto. Als sie auf den Schlüssel drückte, schien das Piepen des Wagens allerdings laut genug, um die ganze Straße aufzuwecken.

Es war kalt, und sie bereute, keine dickere Jacke angezogen zu haben. Als die Heizung in Gang kam und das Auto mit warmer Luft füllte, fühlte sich Irma sofort besser.

Sie holte Marcus in seinem schicken Reihenhaus in der Oak Tree Lane ab und fuhr dann auf dem Weg ins Stadtzentrum die Nottingham Road entlang. Sehr gesprächig war Marcus nicht, und irgendwann bemerkte Irma sogar, dass sein Kopf gegen das Fenster gesunken war. Er hielt die Augen geschlossen.

Irma lenkte den Wagen durch die Einbahnstraßen, fuhr am Four Seasons-Einkaufszentrum vorbei und bog in eine Nebenstraße ein, über die sie den Nachtclub Movers erreichen würde. Auf dem Weg hierher hatte überall gähnende Leere geherrscht, vor dem Club drängten sich jedoch etliche Menschen.

»Verdammt!«, entfuhr es ihr. »Haben die Leute denn kein Bett, das auf sie wartet?«

Marcus schüttelte sich und schaute sich um. »Die sind bestimmt aus dem Club gekommen und haben festgestellt, dass hier draußen noch ein spätes Unterhaltungsprogramm geboten wird.«

Sie stiegen aus und gingen seitlich am Gebäude vorbei,

schoben sich auf dem Weg zum Hintereingang durch die Menge. Es war eine besonders kalte Nacht, und die meisten der Schaulustigen waren viel zu dünn angezogen. Irma versank tiefer in ihrer Jacke und ärgerte sich darüber, ihren Schal vergessen zu haben.

In der ruhigen Straße hinter dem Club lag ein etwa zwanzigjähriger Mann in Jeans und einem weißen T-Shirt von Lacoste am Boden. Er hatte drahtige Arme, seine Augen waren geschlossen, und sein Kopf in einem merkwürdigen Winkel verdreht. Äußerliche Verletzungen gab es keine, und Irma sah, dass sich sein Brustkorb leicht hob und senkte.

Marcus zeigte seinen Dienstausweis und wandte sich an einen jungen Polizisten in Uniform.

»Wie sieht die Situation aus?«

»Das Opfer heißt Jesse Wilson, Sir«, sagte der Streifenbeamte und nahm Haltung an. »Es handelt sich um einen jungen Mann aus der Gegend. Der Typ, der ihm den Schlag versetzt hat, steht da drüben und hat ausgesagt, sein bester Freund zu sein.« Der uniformierte Kollege reichte Irma den Ausweis des Opfers.

»Na, wer solche Freunde hat ...«, murmelte Marcus.

Die beiden Detectives drehten sich zu dem kräftigen Burschen um, bei dem eine Polizistin stand. Er hatte dunkles Haar, trug schwarze Jeans und ein schwarzes T-Shirt, dessen kurze Ärmel über trainierten Bizeps spannten. Er starrte auf seine Stiefel und sah nicht auf.

»Sie sind wohl hier draußen vor dem Club in Streit geraten«, fuhr der Streifenpolizist fort. »Sein Kumpel da drüben sagt, er hätte nur einmal zugeschlagen. Aber Jesse hat wohl das Gleichgewicht verloren, ist gestürzt und mit dem Kopf auf dem Asphalt aufgeschlagen. Der Krankenwagen ist auf dem ... Ah, da kommt er ja schon.«

Die Menge teilte sich und ließ das Rettungsfahrzeug durch. Irma studierte kurz den Ausweis in ihrer Hand, kniete sich dann hin und betrachtete Jesse Wilson aus der Nähe. Achtzehn Jahre alt und gutaussehend, aber eher in Richtung Rocker. Der typische Bad Boy, bei dessen Anblick ihre Teenager-Nichte weiche Knie bekommen würde.

Da er keine augenscheinliche Verletzung hatte, sah er aus, als würde er tief und fest schlafen. Als wäre er nach dem Genuss von zu viel Alkohol auf der Straße umgekippt.

Irma stand auf und schaute wieder zu dem jungen Mann hinüber, den der Kollege als seinen besten Freund bezeichnet hatte. Ihre Blicke trafen sich. Irma nahm seine souveräne Körperhaltung sowie den entsetzten Ausdruck in seiner Miene zur Kenntnis und seufzte leise.

Er sah aus wie ein anständiger junger Mann, der sich auf einen unterhaltsamen Abend gefreut hatte und sich plötzlich in ernsten Schwierigkeiten wiederfand.

DREIUNDZWANZIG

Marcus hatte kurz mit den Sanitätern gesprochen und von ihnen erfahren, dass es für Jesse Wilson nicht gut aussah. »Es gibt Anzeichen für ein Hirntrauma«, erklärte er Irma. »Daher werden sie im Krankenhaus sofort ein CT machen.«

Irma wusste, wie selten und ungewöhnlich Todesfälle durch nur einen einzigen Schlag waren. Aber einer, den ein trainierter Boxer ausgeführt hatte – wie Marcus ihr inzwischen berichtet hatte –, war oft besonders gefährlich, wie man hier sah.

»Der Typ von der Security hat mir versichert, dass außer den beiden niemand sonst beteiligt war«, legte Irma dar, die mit dem Türsteher geredet hatte. »Er hat gesagt, dass ihr Streit im Club angefangen habe. Zunächst seien sie ganz locker und entspannt gewesen, haben bei einem Bier miteinander gequatscht. Dann habe Wilson wohl plötzlich angefangen, sich seltsam aufzuführen, und es sei zu Gerangel und Geknuffe gekommen.«

»Gibt es eine Überwachungskamera?«

Irma schüttelte den Kopf. »Die hat letzte Woche den Geist aufgegeben.«

Zum Glück bemühte sich Tom Billinghurst nach Kräften darum, zu helfen, und hatte sogar selbst die Rettungskräfte alarmiert. »Überraschenderweise wurde ihm am Telefon gesagt, dass bereits jemand einen Krankenwagen gerufen hätte. Wir sollten uns genau anschauen, wer das war, da sich niemand als Zeuge gemeldet hat.« Marcus runzelte die Stirn. »Als die Kollegen mit dem Streifenwagen eintrafen, hat Billinghurst sofort zugegeben, Jesse geschlagen zu haben, und wurde umgehend festgenommen.«

Tom Billinghurst saß schweigend hinten im Auto, als Irma ihn zusammen mit Marcus zum Polizeirevier fuhr.

Sie betrachtete ihn immer wieder im Rückspiegel, er verweigerte jedoch den Blickkontakt und starrte hinaus auf die leeren Straßen. Inzwischen war es beinahe vier Uhr und würde bald dämmern. Ein neuer Tag brach an, an dem für diesen jungen Mann alles anders sein würde als gestern.

Ein einziger Fausthieb hatte sein Leben auf den Kopf gestellt.

Auf dem Polizeirevier holten Irma und Marcus sich erst einmal einen Kaffee und sprachen über ihre Strategie für das Verhör, während am Empfang Billinghursts Daten aufgenommen wurden.

»Da er die Verantwortung übernimmt, scheint doch alles klar zu sein«, sagte Marcus. »Machen wir es nicht komplizierter, als es ist. Durch den Schlag ist das Opfer ins Straucheln geraten und hat sich am Kopf verletzt. Eins ist für mich offensichtlich, obwohl Billinghurst es vielleicht nicht realisiert hat: Die Staatsanwaltschaft wird ihn wegen seines Hintergrunds als Boxer zur Schnecke machen, wenn Wilson ein schweres Hirntrauma hat.«

Als der Verhörraum fertig vorbereitet war, nahm Billinghurst schweigend vor den beiden Ermittlern Platz, während ein Polizist in Uniform ihm ein Glas Wasser brachte.

Irma erklärte fürs Protokoll, wie es nun weitergehen würde, und dann begann Marcus: »Tom, können Sie uns in Ihren eigenen Worten genau schildern, was geschehen ist? Fangen Sie bitte damit an, was im Club passiert ist, und erzählen Sie uns dann, wie die Situation eskaliert ist.«

Irma stellte ein wenig betroffen fest, wie müde und angespannt der junge Mann wirkte. Es war schwer zu glauben, dass in ihm auch nur das kleinste bisschen Aggressivität steckte.

»Es war Jesses Idee, etwas zu unternehmen, wie üblich«, antwortete Tom Billinghurst.

»Wie üblich?«

»Ja, er würde am liebsten ständig ausgehen und hasst es, mal einen Abend zu Hause zu bleiben.«

»Dann gehen Sie also oft weg?«, fragte Irma.

Er nickte. »Ja, aber nicht jeden Tag. Normalerweise an ein oder zwei Wochentagen und das ganze Wochenende, wenn Jesses Geld dafür reicht.«

»Waren Sie vorher schon mal im Movers?«

»Ja, klar, schon oft. Ich hätte es unter der Woche ja lieber ruhig angehen lassen und wäre nur in den Pub gegangen, um was zu trinken.« Er zögerte. »Eigentlich soll ich nämlich morgen ganz früh zum Training im Boxclub. Jetzt wünschte ich wirklich, ich hätte auf einem gemütlichen Bierchen bestanden. Wenn sich Jesse einmal etwas in den Kopf gesetzt hat, kann man ihn aber nur schwer davon abbringen.«

Marcus nickte. »Man könnte also sagen, dass Sie mies drauf waren?«

Tom schüttelte den Kopf. »Nein, überhaupt nicht, aber es hat mich schon etwas gestört. Wissen Sie, es muss immer alles nach seinem Willen gehen. Und irgendwann ...«

»... nervt das eben?«, führte Irma den Satz zu Ende.

»Ja, es kann echt nervig sein«, stimmte Tom zu. »Gibt es

schon etwas Neues über ihn? Hat er das Bewusstsein wiedererlangt?«

»Nein, nichts Neues, fürchte ich«, sagte Irma mit einem Blick in ihre Notizen. »Kehren wir zurück zu Ihrem gemeinsamen Abend. Waren Sie vor dem Club noch irgendwo etwas trinken?«

»Ja, aber nur kurz, im Mayflower. Normalerweise gehen wir erst spät aus, so gegen zehn. Wir haben zu Hause ein paar Bier getrunken und ein bisschen *FIFA* gezockt. Danach ging es direkt ins Zentrum.«

»Wie war die Laune bei Jesse?«

»Am Anfang, in der Kneipe, war noch alles okay, obwohl er mir schon ein bisschen gereizt vorkam.«

»Haben Sie ihn gefragt, was los war?«, fragte Irma.

»Zu dem Zeitpunkt noch nicht. Ich war davon ausgegangen, dass er gerade deshalb ausgehen wollte, um den Kopf freizukriegen.«

»Sie haben gesagt, dass bei ihm am Anfang alles okay war«, rief Marcus ihm in Erinnerung. »Und was war später am Abend?«

»Er hat viel getrunken. Ich bin beim Bier geblieben, aber er hat irgendwann zu jedem Pint noch einen Shot dazubestellt. Mich hat er als Schlappschwanz bezeichnet, weil ich es wegen des Trainings früh am Morgen nicht übertreiben wollte.«

»Hat Sie das wütend gemacht?«

»Nein, ich bin ja an ihn gewöhnt. Er meint es nicht so, zumindest meistens nicht.«

»Aber dieses Mal war es ernst gemeint?«

»Ich hab keine Ahnung, was ihn geritten hat. Er hat angefangen, sich wirklich merkwürdig zu benehmen. Als ich ihn gefragt habe, was denn los sei, ist er nur noch mehr durchgedreht. Er hat völlig verrückt getanzt und dann mit angedeuteten Kung-Fu-Bewegungen so getan, als würde er auf mich losgehen.

Irgendwann ist er so nahe an mich herangekommen, dass ich ihn weggeschoben habe.«

»Und das alles aus keinem erkennbaren Grund?« Irma runzelte die Stirn.

»Ganz grundlos. Plötzlich ist der Türsteher aufgetaucht und wollte ihn rausschmeißen, weil aggressives Verhalten im Club nicht toleriert wird. Jesse hat so getan, als würde er aus Versehen gegen ihn taumeln, und hat wie üblich die Klappe zu weit aufgerissen.« Mit der Hand deutete Tom einen sich öffnenden und schließenden Mund an. »Als wir uns von der Tanzfläche entfernt haben, hat mich ein anderer Typ von der Security gepackt, um auch mich durch die Feuerschutztür am Hinterausgang nach draußen zu befördern.«

»Und was ist dort passiert?«, fragte Marcus.

»Ich hab mir Jesse vorgeknöpft, wollte wissen, was zum Teufel denn in ihn gefahren ist. Da hat er das Messer gezückt.«

Wieder konsultierte Irma ihre Notizen. »Wir haben unter ihm ein Schweizer Taschenmesser gefunden, eins von diesen Dingern mit ausklappbarem Werkzeug und solchen Spielereien. Meinen Sie das?«

»Ja. Es klingt nicht nach viel, wenn Sie es so beschreiben, aber ich hab ja nur im Licht der Laterne eine Klinge blitzen sehen. Er hat nach mir gestochen, und ich bin zurückgezuckt, hab ihm gesagt, dass er mit dem Unsinn aufhören soll. Ehrlich gesagt, musste ich sogar lachen, weil ich nicht fassen konnte, wie er sich aufführt.«

»Und wie hat Jesse darauf reagiert?«

»An dem Punkt ist er endgültig ausgerastet und hat wieder mit dem Messer ausgeholt. Als ich zur Seite gesprungen bin, wollte er nachstechen. Er war wirklich wie rasend.«

»Hat Jesse Ihres Wissens im Laufe des Abends irgendwelche Drogen genommen?«

»Nein. Er kann trinken wie ein Loch, genau wie ich manchmal auch, und bei Jesse kommt hier und da mal ein Joint dazu, aber nichts Härteres. Und ich nehme als Sportler sowieso keine Drogen.«

»Jesse wollte also wieder zustechen. Und was ist dann passiert?«, fragte Marcus.

»An diesem Punkt sind meine Erinnerungen ein bisschen verschwommen. Ich denke, da hat wohl der Instinkt eingesetzt, und ich hab, ohne nachzudenken, einfach zugeschlagen. Ich musste Jesse aufhalten, weil er mich auf jeden Fall mit dem Messer verletzt hätte. Sein Blick war völlig irre.«

»Und um das klarzustellen: Es war nur ein einziger Schlag?«, hakte Irma nach.

Tom nickte und starrte auf die Tischplatte. »Ich hab ihn seitlich am Kiefer getroffen und ihn damit zu Boden geschickt. Er ist mit dem Kopf auf dem Asphalt aufgeschlagen, und dann ... hab ich Panik bekommen, weil er ganz still dalag. Ich hab genug Boxkämpfe miterlebt, um Bescheid zu wissen.«

»Um worüber Bescheid zu wissen, Tom?«, drängte Marcus.

»Darüber, dass man durch so einen Aufprall eine Hirnverletzung davontragen kann. Ich hab befürchtet, dass ich mich in echte Schwierigkeiten gebracht hatte. Hören Sie ... könnte vielleicht einer von Ihnen nachfragen, ob es etwas Neues gibt?«

Irma musterte Tom mit hartem Blick. »Im Moment nicht. Wenn wir etwas erfahren, hören Sie aber als Erster davon, versprochen.«

VIERUNDZWANZIG

JILL

Oktober 2019

In einer Stunde würden wir uns auf den Weg zum Abendessen machen.

Ich hatte bereits die Erde unter meinen Fingernägeln weggeschrubbt, geduscht und mir die frisch gewaschenen Haare geföhnt.

Nun machte ich mich mit Bronzing-Puder, Rouge und einem rosafarbenen Lippenstift, den ich hinten in der Schublade meiner Frisierkommode gefunden hatte, ein wenig zurecht. Es konnte wirklich niemand sagen, dass ich mir keine Mühe gab.

Am Ende holte ich sogar zum ersten Mal seit Jahren meine Heizwickler wieder hervor. Ich trug die Haare inzwischen länger als früher – weniger aus Absicht als aus Mangel an Interesse –, und das Resultat war weitaus voluminöser und federnder als erhofft. Als ich dann auch noch extra starkes Haarspray nahm, sicherte ich damit zwar den Halt meiner Frisur, sie fühlte sich allerdings wie festbetoniert an.

Ich hockte vor dem Spiegel der Kommode und versuchte,

die Locken ein wenig zu glätten, als Audrey anrief: »Und, wie geht es dir? Denk immer daran, was wir besprochen haben: Kinn hoch, nicht unterkriegen lassen!«

Ich hatte meine Freundin vor ein paar Tagen angerufen und ihr wegen Bridgets Einladung mein Herz ausgeschüttet: »Ich will auf keinen Fall zu diesem Essen, weil ich die Vorstellung nicht ertragen kann, wie sie mich mit triumphierender Miene leiden sieht. Wenn ich nicht gehe, wird es mir aber so vorkommen, als würde ich Tom im Stich lassen.« Ich verstummte einen Moment. »Als ich ihm wegen der Zusage geschrieben habe, hat er mir gesagt, dass Coral und Ellis auch kommen werden. Da fehlen mir wirklich die Worte. Der arme Junge!«

»Du gehst hin, und Robert auch, ob es ihm nun passt oder nicht«, versetzte Audrey streng. »Ihr müsst ihnen zeigen, dass ihr euch nicht dem Dialog verweigert. Wenn ihr jeglichen Kontakt abbrecht, kannst du auch nichts herausfinden. Wenn du Bridgets Spielchen hingegen mitspielst, kannst du sie wenigstens im Auge behalten.«

Das klang vernünftig. Ich wollte nun wirklich nicht riskieren, dass meine Beziehung zu Tom so schlecht wurde wie die zwischen ihm und Robert.

Jetzt stellte ich den Lautsprecher am Handy an und sagte zu Audrey: »Ich hab immer noch nicht mehr Lust als bei unserem letzten Gespräch.« Dabei drehte ich den Kopf nach rechts und links, um meine imposante Frisur in Augenschein zu nehmen. »Aber ich werde gehen, eine Show hinlegen und hoffen, dass ich vielleicht Bridget ein bisschen auf die Palme bringen kann.«

»Braves Mädchen!«, lobte Audrey. »Und was hält Robert von alldem?«

»Er versucht mal wieder, sich zu drücken.«

»Unglaublich«, murmelte sie. »Er hat überhaupt kein

Problem damit, vor Verantwortung wegzulaufen, oder? Na ja, viel Glück. Erzähl mir nachher, wie es gelaufen ist.«

Nachdem wir uns verabschiedet und das Telefonat beendet hatten, stand ich auf und strich mein Strickkleid glatt. Es sah nicht mehr so gut aus wie vor zehn Jahren, als ich es gekauft hatte. Dabei wog ich immer noch dasselbe, aber meine Figur hatte sich verändert. Was früher flach gewesen war, war jetzt runder, und gegen meine leicht gepolsterte Körpermitte konnte ich leider nicht viel tun.

Ich beschloss, eine blickdichte schwarze Strumpfhose anzuziehen, und schlüpfte ganz spontan in rote Lackleder-Slipper, die ich bisher nur selten getragen und hinten im Schrank wiederentdeckt hatte. Hoffentlich würden sie dem faden grauen Kleid ein bisschen Pep verleihen. Dass Bridget durch die Gegend schwebte und halb so alt aussah, wie sie wirklich war, weckte auch in mir den Wunsch nach einem neuen Look.

»Das Taxi ist da!«, rief Robert gerade, als ich auf dem oberen Treppenabsatz erschien. Er hatte beschlossen, dass er heute Abend doch ganz gern etwas trinken wollte, daher ließen wir das Auto zu Hause. »Himmel, was hast du denn mit deinen Haaren gemacht? Das sieht ja aus, als hättest du in die Steckdose gepackt!«

Ich ließ mich nicht zu einer Antwort herab, sondern folgte ihm wortlos durch die Haustür.

Fünfzehn Minuten später waren wir bei Bridget. Während Robert den Fahrer bezahlte, stand ich draußen und schaute an dem dreistöckigen Haus hinauf. So viele hell erleuchtete Fenster! Es musste ja ein Vermögen kosten, das zu heizen.

Die Tür öffnete sich, Tom erschien und winkte. »Hallo, ihr zwei!«

Wie glücklich er aussah, als er beiseitetrat, um uns hereinzulassen! Ganz ungezwungen elegant und attraktiv mit seinem langärmligen Paisley-Hemd, das er locker über dem Bund der schwarzen Hose trug.

»Dad.« Er nickte Robert zu, während der an ihm vorbeilief.

Ich blieb im Flur bei der Tür stehen und versuchte immer noch, mein Haar etwas zu bändigen. Dann schaute ich mich erst einmal um. Alles war so offen und weiß und sauber und glänzend. Und modern! Im Vergleich dazu wirkte unser Haus ja wie ein Mausoleum.

Als Tom einen Schritt zur Seite trat, stockte mir der Atem, weil ich an der Wand hinter ihm ein gerahmtes Hochzeitsfoto entdeckte. Es war nicht dasselbe Bild wie auf Facebook, daher trat ich näher, um es mir genauer anzuschauen. Bridget trug darauf das Haar hochgesteckt, das hier und da mit winzigen, zarten Blümchen geschmückt war. Tom war attraktiv wie immer, aber Bridgets Zähne, Augen und Haut wirkten einfach perfekt, ohne eine einzige Falte oder einen Fleck. *Filter* – die benutzten doch auch Promis heutzutage bei ihren Bildern. Filter, durch die sie stets makellos wirkten, selbst bei Nahaufnahmen wie dieser hier.

»Hi, Mum«, sagte jetzt Tom und küsste mich auf die Wange. Sein Blick wanderte hastig von meinem Haar hinunter zu meinen Füßen. Er fixierte eine Sekunde lang meine Slipper, bevor er mich wieder anschaute und lächelte. »Du siehst so ... anders aus!«

Ich beschloss, seinen Kommentar als Kompliment aufzufassen. »Danke! Was für ein schönes Hemd, Tom.«

»Von Paul Smith.« Er zwinkerte mir zu und strich am Ärmel über den Stoff. »Ein Geschenk von Bridget. Die verwöhnt mich einfach nach Strich und Faden!«

In diesem Moment erschien die Erwähnte mit erzwungenem Lächeln. »Ja, wir mussten doch wirklich etwas gegen diese fürchterlichen Klamotten unternehmen, die du getragen hast. Jill! Wie schön, dich zu sehen.«

Es kostete mich enorme Überwindung, die kaum verhohlene Stichelei zu ignorieren. Tom musste ihr erzählt haben, dass ich nach seiner Entlassung neue Kleider für ihn gekauft hatte.

Bridget selbst trug ein tailliertes Chiffonoberteil in Cremeweiß, Skinny Jeans und Stiefeletten mit so hohen Absätzen, dass mir schon beim Anblick die Knie wehtaten. Hätte ich sie nicht gekannt, hätte ich sie vermutlich auf Ende dreißig geschätzt.

»Toll siehst du aus, Bridget«, schwärmte Robert mit dämlichem Lächeln und deutete Wangenküsschen an. »So jung!«

Am liebsten hätte ich ihm einen Tritt in die Kniekehlen versetzt. Ihr gegenüber tat er ganz nett, während er bei uns zu Hause über den Altersunterschied der beiden wetterte.

»Danke, Robert. Ich glaube, mit jungen Leuten zusammenzuarbeiten, trägt viel dazu bei«, sagte Bridget.

Und ein lächerlich junger Ehemann erst!, hätte ich beinahe hinzugefügt.

»Außerdem bin gern auf dem neuesten Stand, was Mode angeht«, fuhr sie fort. »Es ist so einfach, sich gehen zu lassen und mit einem Mal unversehens altbacken zu wirken, oder?«

Plötzlich kamen mir meine auffälligen roten Schuhe unpassend und altmodisch vor.

Darüber hinaus machte sich sofort Anspannung in mir breit, als Tom und Robert jetzt anfingen, sich leise zu unterhalten. Für gewöhnlich brauchten die beiden einander ja nur Hallo zu sagen, um direkt aneinanderzugeraten.

Diesen beunruhigenden Gedanken verdrängte ich lieber schnell.

»Danke für die Einladung, Bridget«, sagte ich.

»Gern geschehen. Das Essen ist als kleines Friedensangebot gedacht, weil die Stimmung zwischen uns letzte Woche ja eher gereizt war.«

Das klang ja so, als wäre das ganz allein meine Schuld!

»Wie geht es dir, Mum?« Besorgt schaute Tom mich an. »Dad hat mir gesagt, dass du gestern beim Arzt warst.«

Angespannt schaute ich zu Robert hinüber, aber der hängte

gerade seine Jacke an der Garderobe auf und tat ganz beschäftigt.

»Alles in Ordnung, nur eine Routineuntersuchung«, sagte ich rasch.

Der Arzt hatte mit mir über die verschreibungspflichtigen Medikamente gesprochen, die ich nahm, und wegen des Stresses in den letzten Tagen die Dosis etwas verändert. Aber das würde ich Bridget nun nicht auf die Nase binden. Typisch Robert, dass er bei einer Einladung zum Essen solche persönlichen Angelegenheiten breittreten musste.

»Und wer ist dieser gut aussehende junge Mann?«, fragte Robert jetzt.

Ich bemerkte, dass hinter Bridget jemand stand. Aber dann trat eine dürre junge Frau mit Lippenstift in Neonpink vor die Gestalt und verdeckte uns die Sicht. Plötzlich wurde mir klar, dass es Coral war. Zehn Jahre, nachdem ich sie zum letzten Mal gesehen hatte, wirkte sie müde und nervös.

»Ellis, geh bitte ins andere Zimmer«, zischte Coral, die rot angelaufen war. Also noch jemand, der offensichtlich nicht hier sein wollte!

Bridget hatte die Anweisung entweder nicht gehört oder ignorierte sie bewusst. »Das ist Ellis, mein Enkel.« Sie schaute ihn an. »Sag Hallo zu Jill und Robert, Ellis.«

Ein missmutiger Junge mit Kapuzenpulli, der eine tragbare Spielkonsole umklammert hielt, schlurfte vor. Das war also der Sohn, den Jesse niemals kennengelernt hatte. Er blieb stehen und presste sich mit dem Rücken an die Wand, als wolle er sich unsichtbar machen. Man konnte ihm Jesses Überheblichkeit deutlich ansehen.

»Hi«, murmelte er.

»Und das ist Coral, die ihr natürlich kennt, die Mutter von Ellis.«

Coral kaute auf der Innenseite ihrer Wange herum und vermied den Blickkontakt mit allen.

»Hallo, Coral«, sagte ich. »Schön, dich nach all der Zeit wiederzusehen.«

»Ja, hallo, ist lange her, Coral«, sagte Robert aufgekratzt. Er versuchte viel zu angestrengt, das Richtige zu sagen und zu gefallen. »Ich erinnere mich noch gut an dich aus der Zeit, in der ich euch oft herumkutschiert habe.«

Coral war ein paarmal bei uns zu Hause gewesen, wenn Tom Freunde zum Grillen oder Filmegucken eingeladen hatte. Wenn er einen großzügigen Tag gehabt hatte, hatte Robert die jungen Leute manchmal zum Kino gefahren oder sie von der ein oder anderen Kneipe abgeholt.

Coral war nicht gerade eine Frau, die einen bleibenden Eindruck hinterließ. Aber sie war Jesses Freundin gewesen und jetzt die Mutter des kleinen Ellis, daher hielt Bridget natürlich den Kontakt zu ihr aufrecht.

Sie presste die Lippen aufeinander und blickte mich den Bruchteil einer Sekunde lang an. Ihre Augen blitzten. »Hallo«, sagte sie leise und sprach damit bewusst nur mich an. In diesem Moment wurde mir klar, dass sie ganz und gar nicht nervös war, sondern innerlich vor Zorn bebte und ihr Bestes gab, um ihre Wut zu unterdrücken.

»Gehört der schwarze Mercedes draußen dir, Bridget?« Robert wandte mir den Rücken zu. »Sehr schnittig. Echt *sexy*. So sagt man das heutzutage doch, wenn etwas toll ist, oder?«

In mir zog sich alles zusammen. Er hielt sich wohl für ach so cool, auf Augenhöhe mit den jungen Leuten. Wie peinlich!

Aber ich hörte Bridget kichern und zustimmen.

»Und gleich dahinter steht mein ›sexy‹ BMW«, sagte Tom in spöttischem Tonfall. »Noch ein Geschenk von meiner großzügigen Ehefrau. Na, was hältst du davon, Mum?«

Ich schaute durchs Fenster hinaus zu dem silberfarbenen Auto, das mein Sohn mir stolz zeigte. »Das ist super, Tom, wirklich schön.«

Er umarmte mich und presste die Wange gegen meine.

»Ich freue mich so, dass du gekommen bist, Mum«, sagte er. »Dabei weiß ich doch, dass das für dich nicht einfach sein kann.«

Mit geschlossenen Augen atmete ich den dezenten Duft seines Rasierwassers ein und musste an seine Kindheit denken, von der jetzt Bilder vor meinem inneren Auge aufblitzten. Wie begeistert er damals ins Haus gerannt war, wenn Bridget ihn von der Schule abgeholt hatte, weil ich lange in der Bücherei gearbeitet hatte. Mir gingen auch all die Dinge durch den Kopf, die ich nach seiner Entlassung gemeinsam mit Tom hatte unternehmen wollen. Das hatte sich nun in Rauch aufgelöst.

Hinter uns kam Roberts Unterhaltung mit Bridget zum Ende, Tom ließ starr die Arme sinken, und mir wurde klar, dass ich mich immer noch an ihn klammerte.

»Jill«, sagte Bridget sanft. »Es ist einfach viel zu viel Zeit verstrichen. Hoffentlich haben wir jetzt die Gelegenheit, unsere Freundschaft wieder aufleben zu lassen.«

Ich löste mich von meinem Sohn, drehte mich um und sah, wie Bridget die schlanken, leicht gebräunten Arme in meine Richtung ausstreckte. Am liebsten hätte ich ihr den Rücken zugedreht, aber da Robert und Tom zuschauten, ließ ich zu, dass sie mir die Arme auf die Schultern legte und mich auf die Wange küsste. So aus nächster Nähe sah sie längst nicht so jung aus, wie ich zunächst gedacht hatte. Ich entdeckte jede Menge Grundierung und Puder, sie schien falsche Wimpern zu tragen und hatte sich den Mund mit einem Lipliner im selben Nude-Ton wie dem des Lippenstiftes umrandet, sodass ihr Mund voller wirkte, als er eigentlich war. Alles nur Fassade!

»Toll, was du mit deinen Haaren gemacht hast, Jill ... Wie in den Achtzigern!« Ihr kleines Lachen hatte etwas Grausames an sich, aber das schien außer mir niemand zu bemerken.

Ich rückte von ihr ab.

»Na, jetzt kommt schon rein«, sagte sie zu den anderen.

»Wir werden erst einmal etwas trinken, und ich hab auch was zum Knabbern da. Das Essen ist in zwanzig Minuten fertig.«

Obwohl ich vorging, klebte Bridget innerhalb von Sekunden wieder an meiner Seite. »Wir haben ja schon ewig nicht mehr miteinander gesprochen, Jill. Wie lange das jetzt wohl her ist?«

Ich vergrub die Fingernägel in den Handflächen. War das eine Stichelei in Bezug auf jenen Tag, an dem sie nach Jesses Tod bei uns zu Hause aufgetaucht war? Damals hatte ich ihr die Tür vor der Nase zugemacht.

»Keine Ahnung«, sagte ich, obwohl ich es natürlich genau wusste. »Entschuldige bitte, wo ist denn die Toilette?« Als wüsste sie genau, dass ich nur von ihr wegwollte, feixte Bridget auf dem Weg zum kleinen WC im Erdgeschoss ein wenig.

Mit seinem sanften weißen Porzellan und den Wänden in hellem Kaffeebraun war es so makellos wie der Rest des Hauses auch. Wirklich ein friedlicher Raum. Für mich war es eine Erleichterung, endlich nicht mehr im Fokus von Bridgets Aufmerksamkeit zu stehen. Ich hatte den verstörenden Eindruck, dass jede ihrer Äußerungen in meine Richtung zweideutig war. Dass sie vor den Augen aller über mich lachte, weil sie mir den Sohn weggenommen hatte. Leider war sie schlau genug, um es nicht zu übertreiben. So riskierte sie nicht, dass jemand anderes es bemerken würde.

Da mir ein wenig schwindelig war und meine Wangen glühten, spritzte ich mir etwas Wasser ins Gesicht und zerrte am Ausschnitt meines grauen Wollkleids. Das war ein Fehler gewesen. Ich hätte mehrere Lagen tragen sollen, um etwas ausziehen zu können, wenn mir warm war.

Als ich mich vom Waschbecken abwandte, fiel mein Blick auf die gegenüberliegende Wand, und ich erstarrte. Dort hing ein buntes gerahmtes Poster, das hübsch mit Blumen und Obst dekoriert war. Der in Schreibschrift gestaltete Spruch darauf lautete: *Karma ist kein Wunschkonzert – man kriegt, was man verdient.* Die Ironie des Ganzen blieb mir nicht verborgen, und die fetten schwarzen Buchstaben schienen mich aus dem Rahmen heraus anzuspringen, um sich in mein Gehirn einzubrennen. Während ich darauf wartete, dass ein neuer Schwindelanfall vorbeiging, hielt ich mich am Waschbecken fest. Robert würde wohl sagen: »Mach doch nicht so ein Theater, Jill, das ist ja bloß ein Poster.«

Aber war es *wirklich* bloß ein Poster? Tom hatte gesagt, dass Bridget noch nicht so lange in diesem Haus wohnte. Da drängte sich mir schon die Frage auf, warum sie kurz vor Toms Entlassung so etwas Vielsagendes an einem Ort aufgehängt hatte, wo jeder Besucher es sehen würde.

FÜNFUNDZWANZIG

Bei meiner Rückkehr von der Toilette ging ich langsam den Flur entlang und lauschte dem Stimmengemurmel aus der offenen Wohnküche. Bridget, deren Lachen deutlich zu hören war, schien in diesem Albtraum von einer Zusammenkunft begeistert vor ihren Gästen Hof zu halten.

Als ich an der Treppe vorbeikam, wurde mein Blick vom silbergrauen Teppichboden und dem schicken gläsernen Geländer angezogen. Plötzlich erstarrte ich, während mir der Atem stockte: An der Wand neben der Treppe hingen vom Boden bis zur Decke Fotos von Jesse.

Ich ging ein paar Stufen hinauf und sah mir das näher an.

»Ah, wie ich sehe, hast du meine Wand der Erinnerungen gefunden.«

Ich zuckte zusammen und entdeckte bei einem Blick zurück am Fuße der Treppe Bridget, die zu mir hochschaute. Sie hatte die Hände in die Hüften gestemmt, als warte sie nur auf eine kritische Bemerkung von mir.

»Das sind einfach ... so viele Bilder«, sagte ich leise.

»Ihr habt von Tom bestimmt genauso viele«, sagte sie unbekümmert. »Euer Haus ist doch voll mit gerahmten Fotos von ihm, oder?«

»Ja, natürlich«, bestätigte ich vorsichtig. Dann nutzte ich die Gelegenheit. »Habt ihr eigentlich ein Hochzeitsalbum? Ich hab das Foto im Flur gesehen, aber ...«

»Alles zu seiner Zeit«, lächelte sie. »Im Moment sortieren wir die Aufnahmen noch, aber keine Sorge, du bekommst sie schon bald zu sehen.«

Ich nickte, obwohl ich innerlich einen Stich verspürte. Einst hatte ich mir für meinen Sohn eine Traumhochzeit ausgemalt – noch eine Hoffnung, die zu Staub zerfallen war. Wieder betrachtete ich die Fotos neben der Treppe. Das war weniger eine Wand der Erinnerungen, vielmehr eine Kultstätte.

Bridget sagte noch etwas, was ich aber nicht verstand, weil mir in diesem Moment etwas klar wurde – dass nämlich Tom aus vielen der Aufnahmen herausgeschnitten war. Manche davon hatte ich selbst zu Hause, daher wusste ich, dass ursprünglich beide Jungen darauf gewesen waren.

»Viele von diesen Fotos hab ich auch«, versetzte ich spitz. »Auf meinen ist Jesse aber noch zu sehen.«

Sie lächelte. »Wie großmütig von dir, Jill. Aber Jesse hat ja auch nichts falsch gemacht.«

»Es erscheint mir schon seltsam, dass du Toms Anblick auf den Fotos nicht ertragen konntest, ihn jetzt aber geheiratet hast«, stieß ich hervor. Wenn es sein musste, konnte ich genauso direkt sein wie sie. »Ich muss dauernd daran denken, wie aufreibend das für dich sein muss.« *Wie krank*, wollte ich in Wirklichkeit sagen.

Aber Bridget blieb ungerührt. »Nein, eigentlich nicht«, sagte sie und stellte einen Fuß auf die unterste Stufe. Ich bemerkte, dass sie die Stiefeletten mit den himmelhohen Absätzen ausgezogen hatte. »Die Fotos habe ich zurechtgeschnitten, als Jesse gestorben ist. Für mich war es damals schwierig, dass Tom auch mit darauf war, außerdem wollte ich eine Wand mit Bildern nur von meinem Sohn. Das war alles.«

»Aber jetzt *kannst* du seinen Anblick ertragen? Schließlich hast du dich von der Sache genug erholt, um ihn zu heiraten!«

Ich wusste, dass ich zu weit ging, hatte mir aber einfach nicht auf die Zunge beißen können. Das passte doch vorne und hinten nicht.

»Tom kann nachvollziehen, was in meinem Kopf vor sich geht.«

»Verstehe.« Ich machte einen Schritt vor. Da Bridget nicht zurückwich, blieb ich ganz dicht neben ihr auf der ersten Stufe stehen.

»Gut, das freut mich.« Jetzt sprach sie so leise weiter, dass ich die Ohren spitzen musste. »Vielleicht hast du ja vergessen, wie gut ich dich kenne, Jill. Ich weiß, was für ein Kontrollfreak du bist. Aber du musst endlich begreifen, dass Tom nicht länger unter deinem Pantoffel steht. Und damit musst du irgendwie klarkommen.«

»Tom ist ein erwachsener Mann«, würgte ich mit erstickter Stimme hervor. »Auch du wirst ihm nicht das Leben organisieren.«

»Das werden wir ja sehen«, zischte sie.

Nun verschränkte ich die Arme vor der Brust und umklammerte meinen Körper mit den Händen, während mich plötzlich furchtbare Müdigkeit überkam.

»Ich bin und bleibe seine Mutter«, sagte ich. »Und in dieser Funktion werde ich immer einen Platz in seinem Leben haben. Selbst, wenn er von dir längst die Nase voll hat.« Einen Moment schwieg ich und holte Luft. »Offenbar hast du vergessen, dass ich dich auch gut kenne, Bridget. Du verlierst schnell das Interesse an den Dingen, lässt dich oft von tollen Ideen mitreißen, nur um dann an der Realität zu scheitern. Genau wie dein Sohn.«

Voller Befriedigung sah ich dabei zu, wie das falsche Lächeln von ihrem Gesicht verschwand.

»Wag es nicht, Jesse da mit reinzuziehen!« Ihr geschminkter Mund ließ die Zähne blitzen, in ihren Augen stand stille Wut. »Ich kann dir das Leben zur Hölle machen, Jill, vergiss das nicht. Du kannst entweder um Toms willen höflich zu mir sein oder mich dir zur Feindin machen. Es ist deine Entscheidung.«

»Hey! Worüber reden meine beiden Lieblingsfrauen denn hier?« Attraktiv und entspannt schlenderte Tom herbei.

»Oh, wir schwelgen in Erinnerungen an alte Tage, mein Schatz.« Bridget stieg die Stufen hinunter, sodass auch ich endlich nach unten konnte. Sie küsste ihn auf die Lippen und deutete auf die Fotos. »Deine Mutter hat Jesses Wand der Erinnerungen bewundert.«

Aufmerksam beobachtete ich seine Reaktion.

»Die ist toll geworden, oder, Mum?«

»So viele Fotos ...«, sagte ich einfach nur.

»Ja. Für mich bringen die auch viele schöne Erinnerungen mit sich.« Er schaute zu der Wand hoch und senkte den Blick. »Schließlich hab ich ihn wie einen Bruder geliebt. Er fehlt mir jeden Tag.«

Bridget griff nach seiner Hand und schüttelte sie. »Hey, lasst uns kein Trübsal blasen, das hätte Jesse nicht gewollt. Komm, kümmern wir uns mal um die Getränke. Das Essen müsste so gut wie fertig sein.«

Im Handumdrehen waren sie in die Küche zurückgekehrt, und ich stand wieder allein im Flur. Obwohl die Versuchung groß war, nach oben zu schleichen und dort ein bisschen herumzuschnüffeln, beschloss ich abzuwarten. Sicher würde Tom gleich vorschlagen, mich herumzuführen. Mir würde ja doch nur schlecht werden, wenn ich mir in jedem Raum meinen zauberhaften Jungen zusammen mit *ihr* vorstellte.

Als ich langsam in Richtung Küche ging, bemerkte ich zu meiner Rechten eine Bewegung und sah Ellis, der allein in einem gemütlichen Zimmerchen mit mehreren Lampen saß. Seine Spielkonsole lief, sodass ihr Leuchten den Raum zusätzlich erhellte, aber er spielte nicht damit. Stattdessen starrte er ins Leere und wirkte ganz verloren. Nein, er hatte seinen Vater nie kennengelernt. Dass seine Großmutter den Mann geheiratet hatte, der wegen Jesses Tod hinter Gittern gesessen hatte, konnte für ihn trotzdem nicht einfach sein. Es war wohl unglaublich schwer zu verdauen.

Ich blieb im Türrahmen stehen. »Hallo, Ellis. Es freut mich, dass wir uns heute Abend endlich kennenlernen.«

»Hi«, murmelte er und griff nach dem Gerät. Ich fragte mich, was ihm wohl gerade durch den Kopf ging. Dass ich die Mutter des Mannes war, der seinen Vater getötet hatte? Vermutlich.

Er wirkte ein wenig erschrocken, als ich den Raum betrat, daher blieb ich nach ein paar Schritten stehen.

»Ist schon okay, ich gehe auch gleich in die Küche rüber. Ich wollte dir nur sagen, dass ich weiß, wie schwierig die Situation für dich sein muss, Ellis. Das ist mir völlig klar, und ...«

»Sie ist nicht schwierig, sondern unerträglich«, erklang plötzlich die Stimme von Coral. Ich fuhr herum. »Und zwar für uns beide, falls es dich interessiert.« Ich wich zurück, als sie den Raum betrat und die Tür hinter sich zuschob, aber nicht komplett schloss. »Ich weiß, dass du Bridget nicht magst, so viel ist ja offensichtlich. Und wir fühlen uns ihretwegen wie gefangen, da sie unser ganzes Leben kontrolliert. Was Ellis angeht ... Na ja, er hat klipp und klar zum Ausdruck gebracht, dass er Tom wegen der Ereignisse damals hasst.« Sie zögerte. »Tut mir leid, dass ich da so deutlich werde, Jill. Jedenfalls zwingt Bridget Ellis dazu, mit Tom Zeit zu verbringen, und das ist einfach nicht fair.« Mit großen Augen schaute sie kurz durch den Türspalt nach draußen. »Wiederhol meine Worte ihr gegenüber bitte nicht. Nicht heute Abend, wo sie so aufgedreht ist. Sie würde mir das nie verzeihen, und sie droht ja bereits damit, mich bei der Miete nicht länger zu unterstützen.«

»Keine Sorge.« Ich berührte sie am Arm. »Hör mal, mir passt diese Hochzeit genauso wenig wie dir, Coral. Und ich kann gut verstehen, wie unglaublich schwer es für Ellis und dich sein muss, aus nächster Nähe mit Tom zu tun zu haben.«

Mit brennenden Wangen und gesenktem Blick saß der Junge still da.

Ich beschloss, einfach zu sagen, was mir durch den Kopf ging: »Wenn ihr je über all das reden wollt, musst du es nur sagen. Ich bin gern dazu bereit, mich mit euch zu treffen und …«

Coral starrte mich so fassungslos an, dass meine Worte erstarben.

»Danke, aber das halte ich für keine gute Idee. Dabei ist das alles natürlich nicht deine Schuld, schon klar. Ehrlich gesagt, tust du mir sogar leid.«

»Ich brauche dir doch nicht leidzutun!«, versetzte ich weitaus fröhlicher, als ich mich eigentlich fühlte. »Das hier werde ich genauso durchstehen wie alles andere im Leben auch. Vor Bridget habe ich keine Angst!«

»Vielleicht solltest du das aber!«

Ich runzelte die Stirn. »Was meinst du damit?«

»Ach, nichts.« Sie wandte sich ein wenig ab.

»Coral, wenn es etwas gibt, was ich wissen sollte, dann sag es mir bitte. Diese Scheinehe macht mir genauso Sorgen wie dir.«

Mitleidig sah sie mich an.

»Nein, zu erzählen gibt es nichts. Aber mit ihr ist eben nicht gut Kirschen essen.«

Doch, da gab es etwas, ich war mir sicher. Einen Moment lang hatte Coral sich gehen lassen und hätte mir beinahe etwas Wichtiges verraten. Am Ende hatte sie aber kalte Füße bekommen.

Ich würde nun wirklich nicht abwarten und Tee trinken, bis sie es endlich über sich brachte, sich mir anzuvertrauen. Stattdessen würde ich selbst anfangen, Nachforschungen anzustellen. Ich würde meine Rechercheerfahrung aus meiner Zeit als Bibliothekarin nutzen, um über Bridget herauszufinden, was ich nur konnte.

Wenn ich diese lachhafte Ehe annullieren lassen wollte, gab es keine Zeit zu verlieren.

SECHSUNDZWANZIG
BRIDGET

Es entging mir nicht, dass Jill, Coral und Ellis gemeinsam in die Küche kamen. Sowohl Jill als auch Ellis wichen meinem Blick aus, was bedeutete, dass irgendetwas an ihnen nagte.

»So, können wir uns jetzt zusammen an den Esstisch setzen, Jill? Ich habe mich so darauf gefreut«, sagte ich heiter. In Wirklichkeit konnte ich es kaum erwarten, sie endlich wieder verschwinden zu sehen. Irgendwie hatte ich verdrängt, was für ein gerissener, intriganter Charakter sich hinter Jills fadem, bescheidenem Äußeren verbarg. Ich wandte mich von ihr ab und nahm die Flaschen auf der Arbeitsplatte in Augenschein. »Für uns beide hab ich Prosecco besorgt«, sagte ich und zwinkerte ihr zu, während mich die Wärme des Alkohols bereits entspannte. »Du musst dich ranhalten, weil ich dir schon ein Glas voraus bin.«

Ich schenkte Jill ein, während Coral mit vor der Brust verschränkten Armen und vor Wut bleicher Miene im Türrahmen stehen blieb. Ihr bot ich ganz bewusst nichts zu trinken an, weil ich nicht wollte, dass sie nähertrat und jedes unserer Worte mitbekam. Allerdings ging es ihr ja sowieso nur darum, Ellis die ganze Zeit im Auge zu behalten. Dass sie ständig an ihm klebte, machte ihn ganz fahrig und nervös.

Tom und Robert saßen schweigend da, weil ihnen Corals saure Miene und Jills unglücklicher Gesichtsausdruck natürlich nicht entgingen. Das würde ja eine tolle Party werden!

»Alles in Ordnung, Brid?«, fragte Tom vielsagend. »Brauchst du bei irgendetwas Hilfe?«

»Nein, ich hab alles im Griff. Aber danke, dass du fragst.« Jill hatte nicht angeboten, mir zur Hand zu gehen. »Am besten setzt ihr euch schon mal.«

Alle gingen zum Esstisch hinüber, den ich mit weißen Leinenservietten, Kerzen und grauem portugiesischem Steingutgeschirr ganz schlicht gehalten hatte. Ich beobachtete, wie Jill mein Robert-Welch-Besteck in die Hand nahm und nach Flecken suchte.

»Auf jeden Fall riecht hier etwas ganz köstlich«, bemerkte Robert und schnupperte eifrig. »Was steht denn auf dem Speiseplan? Oder ist das ein Geheimnis?«

»Überhaupt nicht«, antwortete ich und freute mich darüber, dass er gefragt hatte. »Los geht es mit einem Gemüse-Risotto, und als Hauptgericht serviere ich euch ein Kürbis-Spinat-Curry.«

»Es ist ein komplett veganes Menü«, warf Tom stolz ein. »Bridget hat wirklich tolle Ideen zum Thema pflanzenbasierte Kost.«

»Ich kann es kaum erwarten, das gleich zu probieren, Bridget.« Robert strahlte.

»Im Ernst?« Jill funkelte ihn an. »Hast du über veganes Essen nicht immer gesagt, es schmecke wie Pappe?«

Robert lachte verlegen.

»Vielleicht liegt es daran, wie du es zubereitest«, sagte Tom, den ich dafür am liebsten geküsst hätte.

»Wenn es Robert heute Abend mundet, kann ich dir gern

die Rezepte geben«, fügte ich genüsslich hinzu. »Tom kriegt von meinem Essen ja nicht genug.«

»Nein, danke«, lehnte Jill mit geblähten Nüstern ab. »Ich hab es in der Küche gern klassisch und mache nicht jeden neuen Trend mit.«

»Ein Glas Cola, Ellis?«, rief ich, während ich innerlich triumphierte, da meine Bemerkungen offensichtlich ins Schwarze getroffen hatten. »Und ich hoffe, du hast ordentlich Appetit!«

»Nein, ich möchte nichts trinken, Granny«, murmelte er. »Und Hunger hab ich auch nicht.«

Ich erbarmte mich seiner. »Weißt du was, dann geh doch ins Zimmer rüber und beschäftige dich eine Stunde mit deiner Spielkonsole, während wir essen, mein Schatz. Das ist bestimmt das Beste.«

Sofort stellte Ellis seine Nintendo Switch wieder an.

»Er hatte heute schon seine Stunde Zocken«, bemerkte Coral angespannt.

»Ach so.« Ich lächelte ihn an. »Sicher darf er ausnahmsweise ein bisschen länger, oder?«

Coral ignorierte meinen Kommentar. »Ellis, stell das bitte aus. Sofort!«

Jill nippte an ihrem Prosecco, saß kerzengerade auf ihrem Stuhl und genoss das Spektakel offensichtlich. Mein Enkel schaute nicht einmal von seiner Switch auf.

»Ellis!« Corals Stimme wurde warnend.

»Moment!«, fauchte er.

»Hey, jetzt bleib mal locker, Kumpel!«, sagte Tom.

Ellis fuhr herum. »Du bist nicht mein Vater! Deshalb hast du mir gar nichts zu sagen, und dein Kumpel bin ich auch nicht!«

»Wow, heute scheint hier ja jeder eine fundierte Meinung über Ellis' Erziehung zu haben.« Coral stand auf und schaute uns mit herausforderndem Blick so gebieterisch an, als sei das hier ihr Zuhause und sie die Gastgeberin.

Ich wandte mich direkt an sie: »Coral, vielleicht solltest du besser gehen. Eigentlich wollte ich dich heute Abend gern miteinbeziehen, aber es ist ja offensichtlich, dass du darauf keinen Wert legst. Ellis kann ruhig bleiben und hier schlafen.«

»Ich gehe nur zu gern«, erwiderte Coral. »Aber Ellis kommt mit.«

Ich schüttelte den Kopf. »Er bleibt, wo er ist.«

»Nein! Ellis, hol deine Jacke.«

Widerwillig machte er ein paar schlurfende Schritte.

»Geh nach oben in dein Zimmer, wenn du möchtest«, sagte ich. Sein Blick sauste zwischen seiner Mutter und mir hin und her, bevor er schließlich aus der Küche rannte. Coral trat vor, und ich baute mich zornentbrannt vor ihr auf. Aber ich machte schnell wieder einen Schritt zurück, bevor ich ihr in meiner Wut noch an die Gurgel ging.

»Hey, Leute!«, mischte sich nun Tom ganz lässig ein. »Atmen wir doch erst einmal tief durch!«

»Versuch bitte nie wieder, vor Ellis meine Autorität zu untergraben.« Offensichtlich bot Coral mir ganz bewusst in Jills Gegenwart die Stirn. »Du weißt genau, dass ich ihm nicht erlaube ...«

»Mein Gott, Coral, nun halt mal die Luft an!«, fauchte ich. »Wir sind hier, um zusammen einen schönen Abend zu verbringen. Also reg dich ab, okay?«

Als ich mich abwandte, bemerkte ich Jills leeres Glas und schenkte ihr schnell nach. »Und, Jill, wie läuft es so bei dir? Tom hat mir erzählt, dass du arbeitest.«

Mein Herz raste, aber ich würde Coral um nichts in der Welt merken lassen, dass mir ihre Worte an die Nieren gegangen waren.

»Ja, im Verkauf«, antwortete Jill. »In einem Geschäft im Stadtzentrum.«

»Sie hilft ein paar Stunden in einem wohltätigen Gebrauchtwarenladen aus, Second Chances«, fügte Robert freundlich hinzu. »Kennst du den?«

»Ich glaube, ja«, sagte ich und hätte am liebsten laut darüber gelacht, wie unterschiedlich die beiden Jills Job beschrieben.

»Da gibt es echt ein paar tolle Sachen. Letztes Jahr hat Jill zum Beispiel ihr Kleid für Weihnachten ...«

»Robert, niemand will langweilige Geschichten über meine Garderobe hören«, unterbrach ihn Jill und leerte ihr Glas in einem Zug.

»Ganz im Gegenteil, die sind doch faszinierend«, sagte ich und fand es wirklich amüsant, dass ihre ständigen gereizten Reaktionen auf mich den anderen gar nicht aufzufallen schienen. Wieder schenkte ich ihr nach.

»Ich denke, dass wir weitaus wichtigere Dinge zu besprechen haben.« Sie umklammerte ihr Glas. Langsam wurde sie unvorsichtig und dadurch unhöflich.

»Am besten schaue ich mal nach Ellis. Ich will wirklich nicht, dass er stundenlang zockt«, sagte Coral und verließ den Raum. Ich war es dermaßen leid, wie sie sich aufführte. Sie war egoistisch und undankbar, und so langsam war es Zeit, dass sie die Dinge nicht länger als selbstverständlich hinnahm und sich ein paar unbequemen Wahrheiten stellte.

»Sie macht sich viel zu viele Sorgen«, sagte ich, während ich das Essen zum Tisch brachte. »Ellis ist ein vernünftiger Junge, daher wird sich schon irgendwann alles einrenken. Er braucht nur ein bisschen Zeit.«

»Manche von uns finden ja, dass man Kindern Grenzen setzen muss«, sagte Jill mit gepresster Stimme, »statt sie viel zu früh wie kleine Erwachsene zu behandeln.«

»Mum!«, zischte Tom.

Wortlos platzierte ich die Schale mit dem Risotto auf dem Untersetzer und kehrte zur Arbeitsplatte zurück. Unbehagliche

Stille machte sich breit, die wieder von Jill durchbrochen wurde. Durch den Alkohol klang ihre Stimme ein wenig undeutlich.

»Bei Jesse hast du auch immer darauf vertraut, dass sich irgendwann alles *von selbst einrenkt*, daran kann ich mich noch gut erinnern.« Mit ungläubiger Miene starrten Tom und sein Vater sie sprachlos an. »Und am Ende hat dann die Schule angerufen, um mit seinem Rauswurf zu drohen. Oder schlimmer noch, es stand plötzlich die Polizei vor der Tür.«

»Das reicht jetzt!« Robert war laut geworden, und Jill schien mit einem Mal zu begreifen, wie unmöglich sie sich aufführte. Sie erstarrte.

Ich stand reglos da und starrte zu Boden, während Tom herbeistürzte.

»Brid, alles okay? Es tut mir so leid, da hat Mum offenbar nicht nachgedacht. Sie ...«

»Ist schon in Ordnung, Tom«, sagte ich großmütig und drehte mich zu Jill um, die mich mit Basiliskenblick fixierte. »Wir haben noch einen langen Weg vor uns, so viel ist klar. Ich hatte gehofft, dass uns dieses gemeinsame Abendessen vielleicht enger zusammenbringen würde. Aber damit lag ich wohl falsch, das wird ja immer deutlicher.«

Jill stand auf, wandte sich komplett von mir ab und trat schwankend auf ihren Sohn zu.

»Du machst einen riesigen Fehler, Tom, und das werde ich dir beweisen.« Ihr Brustkorb hob und senkte sich, während sie mit offenem Mund keuchend zu atmen begann. »Noch ist es nicht zu spät, um diese lächerliche Ehe annullieren zu lassen. Ich werde nicht einfach dastehen und dabei zusehen, wie du dir das Leben ruinierst. Das lasse ich nicht zu!«

Plötzlich sackte Tom so erschöpft in sich zusammen, als hätte sie ihm einen Schlag in die Magengrube verpasst.

»Bridget, Tom, es tut mir so, so leid«, sagte Robert tief beschämt und starrte seine Frau mit einem Ausdruck von Ekel an. »Jill, hol deine Jacke, während ich uns ein Taxi rufe. Wir gehen.«

»Ich bewege mich nicht vom Fleck, bevor ich nicht ein paar Antworten zu dieser Farce von Ehe bekommen habe.«

»Jill! Deine Jacke! Jetzt!«

Sie stand auf und zupfte ihre grauenhafte Kleidung zurecht. Das formlose Kleid hing an ihr herunter und schmiegte sich an genau den falschen Stellen enger an den Körper.

Jill folgte Robert nicht zur Tür und wandte sich stattdessen flehentlich an Tom: »Willst du das wirklich, Tom? Dass ich jetzt gehe, bevor wir über alles gesprochen haben, was passiert ist?«

Sie wartete. Ich wartete. Robert seufzte und schaute auf die Uhr.

»Ja, das ist wohl am besten«, antwortete Tom, ohne sie anzusehen. »Wir sind jetzt verheiratet, ob es dir nun passt oder nicht. Ob du diesbezüglich alle Einzelheiten kennst oder nicht, hat darauf keinen Einfluss. Du musst es trotzdem akzeptieren, Mum. Darüber haben wir doch gesprochen.«

Robert nickte und starrte Jill an. »Was Tom damit sagen will: Damit musst du dich wohl oder übel abfinden.«

»Ich hätte es nicht besser ausdrücken können«, sagte ich. »Schönen Abend noch, Jill.«

SIEBENUNDZWANZIG

2005

Tom stand vor der stillgelegten Fabrik und schaute noch einmal nervös die Straße entlang.

Dieser Ort war nicht direkt abgeschieden, lag aber schon ein bisschen außerhalb. Man musste dafür von der Little Carter Lane aus eine lange Nebenstraße in schlechtem Zustand entlang fahren. Allerdings waren es von Jesse bis zu dem mit Brettern verrammelten Gebäude, in dem sich früher eine Großschreinerei befunden hatte, nur fünf Minuten mit dem Fahrrad. Er schaute oft hier vorbei, um gegen Bezahlung Gras für Ältere zu besorgen.

Tom hatte für Drogen wirklich nichts übrig und versuchte, diesbezüglich auch auf seinen Kumpel einzuwirken. Seine Argumente stießen bei Jesse jedoch auf taube Ohren, daher waren sie wieder einmal hier gelandet.

»Ich bitte dich ja nicht darum, mitzukommen!«, sagte Jesse höhnisch. »Du kannst gern hier draußen bei den Rädern warten. Es dauert auch nur fünf Minuten.«

Bevor Tom noch weitere warnende Worte vorbringen

konnte, schob sich Jesse zwischen losen Brettern vorne am Gebäude hindurch und wurde von den Schatten verschluckt.

Es war eine lange Straße, an der mehrere andere Unternehmen noch in Betrieb waren, in diesem Bereich zum Beispiel ein Schrotthändler und eine Autowerkstatt.

Tom hüstelte und scharrte mit den Turnschuhen auf dem aufgeplatzten Asphalt herum. Er fand es unheimlich, hier draußen allein zu sein, da es fast acht Uhr abends und längst dunkel war. Eigentlich war der Gedanke albern, aber er war eben nicht an Orte gewöhnt, an denen es so still war. Wo Blätter raschelten und hier und da Zweige knackten, wenn ein kleines Tier zwischen Büschen hindurchwuselte.

Aus den Tiefen des Gebäudes drangen Geräusche zu ihm heraus, die ihn an eine Party in weiter Ferne erinnerten, Stimmengewirr und Gelächter. Von Jesse wusste Tom, dass ein berüchtigter Drogendealer aus der Gegend namens Jason Fletcher mit seinen Leuten das Kellergeschoss übernommen hatte, wo einst die Arbeiter der Schreinerei beschäftigt gewesen waren.

»Es ist echt schräg, Alter, da stehen sogar noch welche von den Maschinen rum, eine mit so einem großen Schraubstock. Jason hat mir erzählt, dass sie damit einem Loser, der sein Zeug nicht bezahlen konnte, die Finger zerquetscht haben.«

Tom erschauderte. Er war kein Feigling, aber mit so einem Menschenschlag wollte er eigentlich nichts zu tun haben.

Jetzt zuckte er zusammen, als ihn ein Geräusch zurück in die Gegenwart holte: In einiger Entfernung spritzte Kies unter den Rädern eines Autos. Die Straße war lang und weitestgehend gerade, machte knapp hundert Meter vor der alten Fabrik allerdings eine scharfe Kurve. Noch waren keine Scheinwerfer zu sehen, aber Tom konnte sich denken, dass der Wagen hierher unterwegs war.

Diesen Weg schlug um diese Uhrzeit wohl nur ein, wer mit Jason Fletcher und seinen Kumpanen Geschäfte machen wollte. Und wenn sie mit dem Auto kamen, dann handelte es sich bei ihnen um Erwachsene, nicht um Jugendliche wie Tom und Jesse. Tom hatte genug Filme gesehen, um eine Ahnung von Rivalitäten zwischen Drogenbanden und den Methoden zu haben, mit denen sie Informationen aus Leuten herausquetschten.

Ihm stellten sich die Nackenhaare auf, und er packte, ohne groß nachzudenken, Jesses Fahrrad, um es unbeholfen zwischen ein paar Ginstersträucher zu schleudern. Dann machte er das Gleiche mit seinem eigenen und duckte sich hinter nahen Büschen, während sich das Auto mit knirschenden Rädern näherte.

Vielleicht waren diese Typen sogar schon high und auf Ärger aus, wer konnte das schon sagen ...

Tom versuchte, ruhig zu bleiben, aber sein Atem wurde beim Warten auf das Fahrzeug zunehmend abgehackter. Mit einem mulmigen Gefühl atmete Tom tief ein, sog den süßen, modrigen Geruch von feuchter Erde und Blättern ein. Jetzt musste das Auto die scharfe Kurve beinahe erreicht haben.

Tatsächlich erhellten kurz darauf Scheinwerfer genau die Stelle, an der Tom noch vor wenigen Sekunden gestanden hatte. Was die rivalisierende Bande anging, hatte er jedoch falsch gelegen. Er keuchte auf, als er den vor dem Gebäude parkenden Wagen als Polizeiauto identifizierte.

Dann hielt er die Luft an, so lange, wie er konnte. Gott, würde er sich etwa übergeben müssen? Er hatte nicht einmal sein Handy dabei, weil er es zum Aufladen auf dem Nachttisch liegen gelassen hatte.

Tom beobachtete die beiden Polizeibeamten im Fahrzeug, während sich das Blaulicht still drehte. Sein Schein erhellte nicht nur die Fenster der alten Fabrik, sondern auch die Büsche, hinter denen er sich versteckt hielt. Ein paar Minuten starrten die Polizisten einfach zum Gebäude hinüber und regten sich nicht. Ein ahnungsloser Passant hätte es wohl für leer gehalten, da es keinerlei Hinweise auf das Treiben im Inneren gab. Wenn die Polizei trotzdem den Weg hierher auf sich genommen hatte, musste ihnen wohl jemand einen Tipp gegeben haben, dachte Tom.

Nun sprach einer der Beamten in ein Telefon oder Walkie-Talkie und nickte, ohne den Blick vom Gebäude zu lösen.

Komm jetzt nicht raus, brüllte Tom geradezu in Gedanken und hoffte vergeblich, dass diese telepathische Nachricht Jesse irgendwie erreichen würde. So wie in der Folge von *Buffy*, die er letzte Woche heimlich in seinem Zimmer geguckt hatte, weil ja jeder wusste, dass die Serie etwas für Mädchen war.

Jesse hatte nämlich von nur fünf Minuten gesprochen und war mittlerweile schon mindestens zehn da drin.

Toms Versteck lag ganz in der Nähe des Polizeiautos, wobei er wegen seiner dunklen Kleidung zwischen den Büschen zum Glück nicht auszumachen war. Allerdings würde seine Tarnung schnell auffliegen, wenn die Polizisten die Umgebung unter die Lupe nahmen und die Reflektion der metallenen Fahrräder bemerkten.

Tom war klar, dass es nichts bringen würde, jetzt die Beine in die Hand zu nehmen, weil er damit sofort die Aufmerksamkeit auf sich richten würde. Mal ganz abgesehen davon, dass sein Vater ihn umbringen würde, wenn er sein Fahrrad hier liegen ließ. Es war sein größtes Geburtsgeschenk gewesen, als er vor ein paar Monaten vierzehn geworden war. Sein Dad hatte eigentlich nicht so viel Geld hinblättern wollen, hatte sich aber von seiner Mutter überzeugen lassen.

Wieder stockte Tom der Atem, als am Auto beide Türen gleichzeitig geöffnet wurden. Die Beamten setzten ihre Mützen auf und gingen mit ihren dicksohligen Schuhen lautlos auf genau den mit Brettern vernagelten Eingang zu, durch den Jesse das Gebäude betreten hatte.

Tom verzog das Gesicht, weil sein linkes Bein verkrampfte und kribbelte. Als er den linken Unterschenkel unter dem rechten Oberschenkel hervorzog, um seine Position leicht zu verändern, zerbrach unter ihm knackend ein Zweig, was in der absoluten Stille laut wie ein Donnerschlag klang.

Beide Polizisten fuhren herum und nahmen die Büsche und vereinzelten Bäume in Augenschein.

»Hallo?«, rief der kleinere von beiden, dessen Hand auf seinem Einsatzgürtel ruhte. »Ist da wer?«

Tom öffnete den Mund, um so geräuschlos wie möglich zu atmen. Das Herz schlug ihm bis zum Hals. Das war es also! Er würde festgenommen werden und seine Eltern damit in Verzweiflung stürzen. Seine Mutter würde einen Zusammenbruch erleiden, und sein Vater es richtig genießen, ihm für die nächsten Monate Hausarrest zu erteilen.

In diesem Moment hörte man wieder Laute, die an eine ferne Party erinnerten, allerdings wirkten die Stimmen jetzt dringlicher. Vermutlich hatte im Keller jemand das Blaulicht draußen entdeckt.

Die Polizisten verloren sofort das Interesse an dem Bereich, in dem Tom sich versteckte, und zerrten an den Brettern vor den Fenstern und Türen im Erdgeschoss herum. Innerhalb von Sekunden waren sie im Inneren verschwunden.

Tom richtete sich auf und bewegte die Beine, während er vorsichtshalber in Deckung blieb. Das Blaulicht flackerte weiterhin, erhellte sein Versteck zum Glück aber nicht komplett. Er überlegte hin und her, ob er sich einfach sein Fahrrad schnappen und die Flucht ergreifen sollte, da bemerkte er an der linken Seite des Gebäudes eine Bewegung. Eine einzelne Person sauste herbei. Tom erkannte das hellgraue Sweatshirt mit dem aufgenähten Simpsons-Logo ... Jesse!

Er rannte zum Ginsterbusch und packte das Fahrrad seines Freundes.

»Schnell!«, rief Tom atemlos und schob es zu Jesse hinüber. »Los! Fahr!«

Jesse sagte kein Wort, schnappte sich nur das Rad, schwang

sich hinauf und trat wie der Teufel in die Pedale. Toms Rad hatte sich zwischen Pflanzen verheddert, sodass er es nur unter Anstrengung freibekam und sich dabei die Schulter zerrte. Es wurde herumgebrüllt, und plötzlich erschienen etliche Gestalten vor dem Gebäude.

»Verstärkung ist unterwegs!«, hörte man einen der Beamten rufen.

Endlich hatte Tom es geschafft, sein Fahrrad vom Grünzeug zu befreien. Er sprang in den Sattel, raste auf die Kurve zu und fuhr dann den geraden Teil der Straße entlang. In einiger Entfernung blitzte vor ihm Jesses Rückstrahler auf. Tom hielt den Kopf gesenkt und strampelte heftig.

Ein paar Minuten später erreichte er die Sherwood Hall Road, wo sein Freund vor dem Ravensdale-Pub auf ihn wartete. Jesse saß immer noch im Sattel, beugte sich aber keuchend über den Lenker. Als Tom näherkam, wurde ihm klar, dass sein Kumpel lachte wie ein Irrer.

»Oh Mann!«, schnaufte Jesse und klopfte Tom auf den Rücken. »Das war vielleicht knapp!«

»Ja, und so etwas will ich nie wieder erleben«, erwiderte Tom außer Atem. »Komm, verschwinden wir von hier.«

»Ist schon okay, Alter!«, lachte Jesse, zog ein zerknautschtes Päckchen Zigaretten hervor und steckte sich eine an. »Jetzt bleib mal locker.«

Wenn sie sich in eine ruhigere Seitenstraße zurückgezogen hätten, statt hier stehen zu bleiben, wäre wohl nichts passiert. So aber hielt fünf Minuten später ein Polizeiauto, und bevor sie sich versahen, stand ein Beamter vor ihnen.

Jesse gab seine Adresse und Telefonnummer an und behauptete, Tom sei sein Bruder. Der Polizist schaute zwar zweifelnd von einem zum anderen. Aber er notierte alles und rief vor ihren Augen Bridget an, die fünf Minuten später mit ihrem schäbigen alten Fiat vorfuhr.

Tom wusste, dass seine Mutter völlig ausgeflippt wäre,

wenn sich die Polizei bei ihr gemeldet hätte. Bridget hingegen blieb ganz cool und warf Jesse noch nicht einmal einen warnenden Blick zu.

Jetzt ertönte im Wagen der Polizeifunk, und die beiden Beamten besprachen kurz etwas miteinander. Bridget packte Tom am Arm.

»Tom, übernimm bitte die Verantwortung dafür!«, zischte sie. »Jesse hat bereits zwei Verwarnungen bekommen und kann sich nicht noch mehr Ärger leisten. Sag bitte, dass du unbedingt zu der alten Fabrik rausfahren wolltest und Jesse gezwungen hast, mitzukommen, okay?«

Entsetzt sah Tom die beiden Polizisten an, die sich jetzt wieder zu ihnen umdrehten. Er schaute zu Jesse hinüber, der ihm zuzwinkerte, und betrachtete Bridgets bleiche, sorgenvolle Miene.

»Nur dieses eine Mal«, flüsterte sie flehentlich.

Also tat er, worum sie ihn gebeten hatte.

ACHTUNDZWANZIG
JILL

Oktober 2019

Am nächsten Morgen hörte ich, wie Robert das Haus verließ und den Wagen rückwärts aus der Einfahrt fuhr. Samstagvormittags war er meist für zwei oder drei Stunden in der Praxis. Manche seiner Patienten, die überwiegend Schüler waren, wollten lieber einen Termin am Wochenende. Außer natürlich, wenn sie am Abend vorher gefeiert hatten.

Dass sie dann keine Lust auf eine Beratung hatten, konnte ich gut verstehen, da ich selbst gestern zu viel getrunken hatte. Keine Ahnung, wie viele Gläser Prosecco ich in mich hineingeschüttet hatte, aber ich konnte mich noch entsinnen, dass mir von Bridget jedes Mal sofort nachgeschenkt worden war.

Langsam schob ich mich aus dem Bett, ging kurz ins Bad und schlich dann nach unten, um mir einen Tee zu machen, den ich dringend nötig hatte.

An den Moment, an dem ich ins Bett gekrochen war, konnte ich mich allerdings gut erinnern. So betrunken war ich dann doch nicht gewesen. Robert hatte seinen gefalteten Schlafanzug unter dem Kissen hervorgeholt und war unter wütendem Gemurmel ins Gästezimmer davongestürmt. Auch, was gestern Abend gesagt worden war, wusste ich weitestgehend noch. Das alles war mir leider zu gut in Erinnerung geblieben. Ich konnte nicht sagen, dass mir meine Worte mittlerweile leidtaten, aber ich befürchtete, dass Tom wütend auf mich sein würde.

Na ja, jetzt war es zu spät für Reue. Der Alkohol war zu reichlich geflossen und hatte mir die Zunge gelöst, sodass ich zu viele Wahrheiten ausgesprochen hatte.

Ich trank meinen Tee zu Ende und setzte mich dann mit Laptop, Block und Stift an den Küchentisch. Zunächst einmal versuchte ich, all meine vorgefassten Meinungen über Bridget beiseitezuschieben. Das war keine leichte Aufgabe. Aber ich hatte mir vorgenommen, sie mit ganz neuen Augen zu sehen, sie ohne Groll und Wut wie eine mir unbekannte Person zu analysieren.

Die Arbeit einer Bibliothekarin war von Natur aus methodisch und präzise. Auf meine diesbezüglichen Fähigkeiten hatte ich schon lange nicht mehr zurückgegriffen, nach und nach fand ich aber zurück zum Rhythmus dieses gemächlichen, gründlichen Prozesses.

Es war schon beeindruckend, was Bridget alles erreicht hatte. Sie stammte aus wirklich einfachen Verhältnissen – war in einer zerrütteten Familie aufgewachsen und hatte sogar einige Zeit im Pflegesystem verbracht, nachdem ihr Vater ihre alkoholkranke Mutter verlassen hatte. Auch während Jesses Kindheit und Jugend hatte sie sich nur mit Mühe und Not durchgeschlagen. Das wusste ich natürlich, weil ich es persönlich miterlebt hatte, aber es half, sich das ganz nüchtern vor Augen zu halten.

Als nächstes brachte ich eine gute Stunde damit zu, alle Artikel aufzulisten, die nach Toms Gerichtsverfahren und Verurteilung über sie und ihren Sohn veröffentlicht worden waren. Von diesem Zeitpunkt an sah es so aus, als hätte Bridget die Presse regelrecht umworben.

Natürlich hatte Jesses Tod in ihrem Leben einen Wendepunkt dargestellt. Mit vielen Eltern wäre es angesichts eines derart traumatischen Ereignisses so schnell bergab gegangen, dass sie sich nie wieder gefangen hätten. Bridget hingegen schien geradezu aufgeblüht zu sein.

In weniger als einem Jahr nach Jesses Tod hatte sie mit den meisten Zeitungen und Zeitschriften des Landes gesprochen und sich leidenschaftlich für ihre Organisation *Young Men Matter* eingesetzt. Illustriert wurden ihre Appelle durch sorgfältig ausgewählte Fotos, die sie den Journalisten zur Verfügung gestellt hatte. Keine der Aufnahmen zeigte Jesse so benebelt und schmuddelig, wie er meistens bei uns aufgetaucht war. Stattdessen sah er auf allen jung, frisch und attraktiv aus. Hier und da waren auch Bilder von ihm mit Tom dabei, und mein Sohn kam auf jedem einzelnen ein bisschen verschlagen rüber. Auf einem hatte er einen dunklen Dreitagebart, auf einem anderen waren seine Augen halb geschlossen, während Jesse an seiner Seite lebhaft und strahlend wirkte. Da brauchte man ja noch nicht einmal den Text zu lesen! So ein Foto vermittelte doch unweigerlich den Eindruck, Jesse wäre ein leuchtender Stern gewesen, dessen Leben durch seinen zwielichtigen Freund ausgelöscht worden war.

Aber ich wollte so unvoreingenommen wie möglich bleiben, erstellte für jeden der gefundenen Artikel ein Lesezeichen und speicherte die dazugehörigen Fotos in einem Ordner auf meinem Laptop. Es fühlte sich gut an, endlich aktiv zu werden.

Ich fand auch Aufnahmen von Bridget selbst, auf denen sie zum Beispiel als Vorsitzende der von ihr gegründeten Stiftung so hochgestellten Persönlichkeiten wie Prinz Harry die Hand schüttelte. Er hatte ihr 2013 bei seinem Besuch in Nottingham öffentlich seine Anerkennung für ihre Arbeit mit trauernden Familien ausgesprochen.

Fasziniert verglich ich ihr Aussehen auf diesen Fotos mit denen von einem Jahr zuvor. Es war eine so deutliche Veränderung zu erkennen, dass ich mich fragte, ob sie wohl einen Imageberater engagiert hatte. Ihr Körper wirkte proportionierter, und ich tippte auf mehrere kleine kosmetische Behandlungen: Botox, Unterspritzungen und vielleicht eines von diesen nicht-chirurgischen Liftings, von denen ich schon in etlichen Zeitschriften und auf Beauty-Websites im Internet gelesen hatte.

Bridget schminkte sich jetzt auch mehr, aber auf eine geschickte Art und Weise, die ihre Züge weicher wirken ließ.

Ihre Nase sah schmaler aus, und die Wangenknochen definierter. Was das betraf, kam ich nach sorgfältigem Studieren der Bilder allerdings zu dem Schluss, dass sie einfach nur gekonnt mit Schattierungen und Highlights gespielt hatte.

Es war schon überraschend, schließlich hatte sie nur kurz zuvor immer müde und abgekämpft ausgesehen und nicht einmal einen Hauch von Make-up getragen. Ihre wundersame Wandlung war noch verblüffender, wenn man bedachte, dass sie gerade ihren einzigen Sohn verloren hatte – und zu Journalisten gesagt hatte, sie wolle an manchen Tagen selbst nicht mehr leben.

Natürlich war es kein Verbrechen, sich wieder aufzurappeln und wie ein Phoenix aus der Asche aufzusteigen. Und ich kannte durchaus die Geschichten von Müttern oder Vätern, die ihrem Leben durch den Kampf für eine Gesetzesänderung oder durch die Gründung einer Stiftung im Namen ihres Kindes neuen Sinn verliehen hatten. Ich empfand große Bewunderung dafür, wie diese Eltern ihre Trauer in Energie verwandelt und dadurch nicht nur sich selbst, sondern auch anderen geholfen hatten. Aber ich hatte auch Fotos von diesen Menschen gesehen, und sie wirkten weiterhin gequält, wie ein Schatten ihrer selbst.

Bridget hingegen schien eine Verjüngungskur hinter sich zu

haben. Und dann wurde mir klar, was mich an all dem störte – dass es in gewisser Weise etwas *Glamouröses* an sich hatte. Bridget sonnte sich im Glanz der Blitzlichter, genoss offensichtlich die große Aufmerksamkeit, die ihr wegen Jesses Tod zuteilwurde.

Wieder zog ich mein Handy heraus und rief das Hochzeitsfoto auf. Die Szene wirkte heiter und feierlich, was aber die schreckliche Wirklichkeit ihres »großen Tages« Lügen strafte. Schließlich hatte diese Trauung im Gefängnis stattgefunden! An einem Ort, der sie doch beide daran erinnern musste, was mit Jesse passiert war.

Einen Moment ließ ich die Gedanken schweifen und beschwor wieder Szenen herauf, die ich mir in meiner Fantasie ausgemalt hatte: Bilder davon, wie Tom einst hier in unserer Gemeinde ein nettes Mädchen heiraten würde, in derselben Kirche, in der er als Baby getauft worden war. Ich hatte mir die reinste Traumhochzeit vorgestellt, die in ein paar Jahren hätte stattfinden sollen, wenn er in einem neuen Berufsfeld Fuß gefasst und die Vergangenheit endgültig hinter sich gelassen hatte. Dabei hätte er von Freunden und Verwandten umringt sein sollen, von den Menschen, die ihn liebten und mit ihm zusammen diese neue Phase seines Lebens einläuten wollten. Später wären dann die Enkelkinder gekommen, nach denen ich ganz verrückt gewesen wäre und die ich mit aufgezogen hätte. All dessen hatte Bridget mich beraubt, und sie hatte Tom die Möglichkeit auf ein normales Leben wie dem anderer Männer in seinem Alter genommen.

Weil ich mich nach Jesses Tod und auch noch lange danach geweigert hatte, am Telefon mit ihr zu sprechen, war sie eines Tages einfach bei uns zu Hause aufgetaucht. Es war ein Schock gewesen, als sie plötzlich vor der Tür gestanden und mich auch noch von oben bis unten gemustert hatte. Offenbar hatte es sie verblüfft, wie ungepflegt und erschöpft ich ausgesehen haben musste. Zunächst hatte ich instinktiv die Arme ausstrecken wollen. Doch als ich einen Schritt auf sie zu gemacht hatte, war sie mit blitzenden Augen zurückgewichen.

»Warum bist du denn hier, wenn du immer noch so wütend bist? Letzten Endes sind wir doch beide Mütter«, sagte ich. »Und wir trauern beide um unseren Sohn.«

»Der Unterschied dabei ist«, entgegnete Bridget, »dass dein Sohn noch lebt und meiner tot ist. Ich hoffe und wünsche mir von ganzem Herzen, dass du eines Tages begreifen wirst, was ich in diesem Moment empfinde.«

Ohne ein weiteres Wort hatte ich die Tür zugeknallt. Bridget hatte von draußen ein paarmal dagegen gehämmert und eine gefühlte Ewigkeit auf die Klingel gedrückt, aber ich hatte mich in die Tiefen des Hauses zurückgezogen. Natürlich hätte ich ihr nicht die Tür vor der Nase zumachen sollen, aber ich hatte es einfach nicht ertragen können, mich mit ihr auf der Schwelle unseres Hauses zu streiten. Und ehrlich gesagt, hatte mich ihr Auftreten auch ein wenig eingeschüchtert. Obwohl sie Jesse verloren hatte, hatte sie gefasster gewirkt als ich.

Die Erinnerung an diesen Moment war mir sehr präsent und löste in mir ein unbehagliches Gefühl aus. Plötzlich hatte ich noch mehr Angst um Tom. Bridget war so willensstark, so zielstrebig.

Wie weit würde sie wohl gehen, um ihn zu zerstören?

NEUNUNDZWANZIG
AUDREY

Audrey schaute nicht mehr so oft bei Jill vorbei wie früher.

Vor Jahren war ständig eine der beiden bei der anderen zu Hause gewesen. Aber das hatte sich geändert, als Tom seine Haft angetreten und Jill sich quasi in ihr eigenes kleines Gefängnis zurückgezogen hatte.

Unter der Distanz, die sie damit geschaffen hatte, hatte ihre Freundschaft gelitten, und ihre Unterhaltungen hatten dadurch an Tiefe verloren. Man sprach nur offen mit den Menschen, von denen man sich wirklich verstanden fühlte und bei denen man nicht ständig den Eindruck hatte, sich rechtfertigen zu müssen. So jemand war Jill für Audrey nicht mehr.

Nachdem Audrey ihre Freundin dazu überredet hatte, im Laden auszuhelfen, hatte sich die Situation ein wenig gebessert. Manchmal hatte Jill sich nur noch wie ein Schatten ihrer selbst gefühlt, aber dagegen half diese Aufgabe, die ihr morgens einen Grund zum Aufstehen gab. Dennoch waren die Zeiten lange vorbei, in denen sie und Audrey sich regelmäßig außerhalb der Arbeit sahen, sich zusammen in ein Café setzten oder shoppen gingen.

Trotzdem sah Audrey Jill natürlich weiterhin als gute

Freundin und empfand das Bedürfnis, sie zu unterstützen. Und das bedeutete manchmal eben auch, unangenehme Wahrheiten auszusprechen. *Alles*, was, sich hinter den Kulissen abspielte, würde sie Jill nicht enthüllen. Aber das, was sie am Sonntagmorgen im Internet entdeckte, würde ihre Freundin mit Sicherheit interessieren.

»Wie war das Abendessen?«, fragte Audrey fröhlich, als Jill die Haustür öffnete.

»Eine absolute Katastrophe!«, antwortete Jill sofort, »aber das erzähl ich dir alles später. Es ist so schön, dich zu sehen! Was verschafft mir denn die Ehre, alles okay?«

Jill zog Audrey in den Flur, wo sie Jacke und Schuhe auszog. Zum Glück telefonierte Robert gerade und ließ sich nicht blicken.

»Alles in Ordnung.« Audrey stellte ihre riesige Handtasche neben der Tür ab, griff hinein und zog ihr Handy heraus. Dann zögerte sie. »Also, es ist jetzt nichts *vorgefallen* oder so. Aber ich bin vorbeigekommen, weil ich dir unbedingt etwas zeigen wollte.«

Jill seufzte und massierte sich die Schläfen. »Ich bin mir nicht sicher, ob ich noch mehr schlechte Nachrichten ertragen kann. Das ist mein erster Kater seit ungefähr fünfzehn Jahren, und er dauert jetzt schon den zweiten Tag an.«

»*So gut* war die Party bei Bridget?«

Gequält verzog Jill das Gesicht und ging voran ins Wohnzimmer, wo sich die beiden Frauen zusammen hinsetzten. »Ich mache uns gleich etwas zu trinken, aber jetzt erzähl doch erst einmal, was los ist!«

»Ich glaube, es ist einfacher, wenn du es dir selbst ansiehst.«

Audrey reichte ihr das Handy und wandte den Blick nicht ab, während Jill das schmeichelhafte Foto anstarrte, auf dem Bridget und Tom einander in die Augen sahen. Die Schlagzeile der überregionalen Zeitung lautete: *Trauernde Mutter liebt den Mann, der ihren Sohn getötet hat.*

»Oh nein, so etwas hatte ich schon befürchtet«, flüsterte Jill mit zitternden Händen. »Deshalb war ich regelmäßig auf Bridgets Facebook-Profil, um zu sehen, ob sie weitere Hochzeitsfotos gepostet hat. Und dabei habe ich gestern erst die Presse durchsucht.«

Audrey streckte die Hand nach ihrem Telefon aus, was Jill jedoch gar nicht zu bemerken schien. Es gelang ihr nicht, den Blick von der Aufnahme zu lösen, und das konnte Audrey durchaus verstehen. Sie war ja selbst schockiert gewesen. Auf dem Bild war Bridget in sanfte, vorteilhafte Gold- und Honigtöne gekleidet und hätte als etwa fünfunddreißig durchgehen können. Tom sah in seinem dunkelblauen Hemd mit offenem Kragen und nach hinten gekämmtem Haaren, wie Audrey sie bei ihm noch nie gesehen hatte, auf markante Weise attraktiv aus.

Die Kamera hatte einen magischen Moment eingefangen, bei dem man das Knistern zwischen den beiden geradezu spüren konnte. Beim Betrachten des Bildes sehnte man sich beinahe nach dem, was diese beiden Menschen offensichtlich miteinander verband und was nicht jedem im Leben zuteilwurde: ganz unverhohlenes Verlangen füreinander.

Da Jill in einer Art Trance das Foto fixierte, nahm Audrey schließlich behutsam das Handy wieder an sich und begann, den Artikel laut vorzulesen:

Vor zehn Jahren hatte Bridget Wilson allen Lebensmut verloren, als ihr achtzehn Jahre alter Sohn Jesse durch einen einzigen Fausthieb von seinem besten Freund, dem gleichaltrigen Tom Billinghurst, getötet wurde. Vor sechs Monaten hat Bridget Tom in der Strafanstalt von Nottingham heimlich das Jawort gegeben, womit sie nun mit dem Mann verheiratet ist, der Jesse umgebracht hat.

Wie kommt eine trauernde Mutter nach der Verzweiflung der vergangenen Jahre an so einen Punkt? Wie konnte sie sich in den Mann verlieben, der so kaltherzig ihren Sohn umgebracht hat? »Tom selbst hat viel dazu beigetragen«, erklärt Bridget der *Daily Mail*. »Als wir zusammen am Programm für opferorientierte Justiz des Gefängnisses teilgenommen haben, konnte ich mein Herz einfach nicht vor ihm verschließen, weil er mir mit so viel Offenheit und Reue begegnet ist. Mehr als alles andere hat mich natürlich sein großes Bedürfnis berührt, durch mich, Jesses Mum, Vergebung zu erfahren. Im Laufe der Zeit ist die Beziehung zwischen uns immer enger geworden, und wir haben uns ineinander verliebt. Eine Hochzeit hatten wir ursprünglich gar nicht geplant, aber sie ist uns kurz vor seiner Entlassung wie ein natürlicher Schritt erschienen, um uns auf unseren gemeinsamen Neuanfang einzustimmen.«

»Ich fasse es nicht!«, tobte Jill, die plötzlich wieder zum Leben erwachte. »Wie schuldig die Tom klingen lassen! So war das alles doch gar nicht. Er wollte Jesse nicht umbringen, er hat nur ...«

»Jill, warte mal«, sagte Audrey sanft. »Da kommt noch mehr.«

Billinghurst ist mittlerweile achtundzwanzig und ein ruhiger junger Mann. Stört ihn der Altersunterschied zwischen ihm und seiner Frau nicht?

»Für mich ist man so alt, wie man sich fühlt, und es gibt zwischen Bridget und mir eine derart enge Verbundenheit, wie ich sie noch nie zuvor empfunden habe. So voller Vergebung ist nur ein Mensch, der ein großes Herz hat. Ich werde ihr immer dafür dankbar sein, dass sie mir die Chance auf ein wenig Wiedergutmachung gegeben hat. Und jetzt möchte ich den Rest meines Lebens nur noch versuchen, die unglaublichen Schmerzen ein wenig zu lindern, die ich ihr zugefügt habe.«

Bridget und Tom haben sich in einer wohlhabenden Gegend von Nottinghamshire ein schickes neues Haus gekauft.

Und was ist mit der Zukunft? Wie sehen die unmittelbaren Pläne des Paares aus?

Bridget: »Tom wird in meiner Stiftung *Young Men Matter* bald eine Schlüsselposition einnehmen. Er wird vor Gruppen seinen eigenen Weg aus der Verzweiflung schildern, wie er Stärke darin gefunden hat, seine Schuld einzugestehen – sowohl sich selbst als auch mir, Jesses Mutter, gegenüber.«

Tom fügt hinzu: »Ich werde mit jungen Menschen darüber sprechen, dass sie ihre Familie und die Dinge, die sie in ihrer Kindheit zu hören bekommen haben, kritisch unter die Lupe nehmen müssen. Mir war es damals nicht klar. Aber meine eigene Erziehung hat dazu beigetragen, dass es mir an Empathie gefehlt hat und ich nur meine eigenen Wünsche und Bedürfnisse wahrgenommen habe.«

»Ich möchte Tom dabei helfen, seine schwierige Kindheit zu verarbeiten«, meldet sich Bridget wieder zu Wort. »Es ist an der Zeit, dass er nicht länger im Schatten dominanter Familienmitglieder steht und endlich sein eigenes Licht leuchten lässt.«

Als Audrey Jill ein Taschentuch in die Hand drückte, schaute die sie verwundert an, als sei ihr gar nicht bewusst gewesen, dass ihr Tränen über die Wangen liefen.

»Es tut mir weh, dich so leiden zu sehen, Jill, aber ich

musste es dir einfach zeigen. Mir war klar, dass es dich umbringen würde, von selbst auf den Artikel zu stoßen oder womöglich durch andere davon zu hören.«

»Mir fehlen die Worte.« Jill tupfte sich die Augen trocken. »War ich etwa all die Jahre so eine furchtbare Mutter?«

»Nein! Dieser Artikel ist völliger Schwachsinn! Das ist nichts weiter als Clickbait, eine reißerische Story, die Leser auf deren Nachrichtenseite im Netz locken soll.«

»Also hat Tom diese Sachen über mich ... in Wirklichkeit gar nicht gesagt?«

Audrey schob sich das gewellte kastanienbraune Haar hinters Ohr. »Wer weiß? Vermutlich haben die seine Worte verdreht, alles übertrieben. Aber ich finde, du solltest mit ihm darüber sprechen.«

»Und wie stellst du dir das vor? Mal ganz abgesehen von all den schmutzigen Details ... ist es Freitagabend gar nicht gut gelaufen. Ich bereue zwar nicht, was ich alles gesagt habe, aber ich habe seitdem nichts von Tom gehört.« Sie setzte sich etwas aufrechter hin. »Trotzdem bin ich froh, dass du mir Bescheid gesagt hast.«

Audrey griff nach Jills Hand. »Du hast im Leben alles aufgegeben, um hier die Stellung zu halten und dich auf Toms Rückkehr vorzubereiten. Und dann bringt er so etwas! Die ganze Sache muss dir ja das Herz brechen und macht mich so wütend, dass ich am liebsten zu den beiden rübergehen würde und ...«

»Nein, nein! Lass das bleiben, Audrey. Es ist ja nicht dein Problem.«

Ihre Augen funkelten. »Ich kann nicht fassen, dass sie so rücksichtslos sind und dieses Interview gegeben haben, ohne auch nur einen Gedanken an deine Gefühle zu verschwenden. Und am Freitag, was ist da passiert?«

Jill schloss die Augen, als würde sie die Erinnerung an den Abend lieber verdrängen. »Das ist eine lange Geschichte, und mir dröhnt wirklich der Schädel. Sagen wir es so: Ich bin jetzt nur noch mehr davon überzeugt, dass Bridget etwas im Schilde führt, Audrey. Das Haus hängt voll mit Bildern von Jesse als Kind, und aus den meisten wurde Tom herausgeschnitten.«

»Was?«

Jill nickte. »Sie spielt irgendein übles Spiel und gibt sich als liebevolle Ehefrau aus, obwohl sie Tom offensichtlich noch immer die Schuld gibt. Ich werde dir in allen Einzelheiten davon berichten, sobald ich endlich diesen Kater los bin.«

»Willst du Robert von dem Interview erzählen, oder soll ich das lieber machen?«

»Er redet wegen meines Benehmens beim Abendessen auch nicht mehr mit mir«, sagte Jill niedergeschlagen. »Aber mach dir darüber keine Gedanken.«

»Und du solltest über die ganze Sache auch nicht länger grübeln«, riet Audrey. »Komm, ich mache uns mal etwas zu trinken.«

Als Jill ihr in die Küche folgte, entging Audrey nicht, dass ihre Fingerknöchel weiß waren. Jill ballte die Hände so fest zu Fäusten, dass sich ihre Nägel in die Handflächen krallen mussten. Sie jetzt abzulenken, war wohl ein Ding der Unmöglichkeit. Durch diesen Artikel und ihre Äußerungen darin hatte Bridget Toms Familie quasi den Krieg erklärt.

Und Audrey wurde schlecht, wenn sie daran dachte, was hier ungeahnt von Jill an Verrat und Vertrauensbruch noch so vor sich ging. Aber sie verdrängte diese Skrupel schnell wieder.

Wenn ans Licht kam, was Audrey getan hatte, würde Jill ihre Freundin vermutlich hassen. Aber sie war bereits zu weit gegangen, um jetzt einen Rückzieher zu machen.

DREISSIG

ELLIS

Am Montagmorgen beobachtete Ellis von einer geschützten Stelle an der Seite des Pausenhofes aus den neuen Jungen.

Der hatte letzte Woche hier in der Schule angefangen und war in der vierten Klasse, ein Jahr unter Ellis, der inzwischen in die fünfte ging. Bald würde er auf die große Gesamtschule in der Nachbarstadt wechseln, daher war dieser Neue verglichen mit ihm ein kleines Kind.

Seine Großmutter hatte letzten Freitag darauf bestanden, dass Tom ihn von der Schule abholte, was Ellis stinksauer gemacht hatte. Wenn Tom ihn heute wieder mit seinem Erscheinen hier blamierte, würde Ellis sich einfach weigern, mitzugehen. Natürlich wusste er, was seine Großmutter im Sinn hatte: Sie hoffte, dass sie sich besser verstehen würden, wenn sie Zeit miteinander verbrachten. Total krass! Granny erwartete also von ihm, dass er sich mit dem Mann anfreundete, der für den Tod seines Vaters verantwortlich war?

Ellis hasste Tom aus tiefstem Herzen. *Hasste* ihn einfach. Der Typ stolzierte bei seiner Großmutter herum, als gehörte das Haus ihm. Ständig sprang er wie ein großes Kind aus Ecken hervor, um Granny zu packen und zu küssen, sodass sie quiekte wie ein junges Mädchen. Es war widerlich und erbärmlich.

Ellis interessierte es dabei nicht, dass Tom seinen Vater nicht mit Absicht umgebracht hatte, wie Granny ihm erklärt hatte. Tatsache war nun mal, dass er ihn geschlagen hatte, sein Dad hingefallen und gestorben war. Wie man es auch drehte und wendete – Tom war schuld an seinem Tod.

Ellis hatte seiner Mutter klarzumachen versucht, dass er Tom nicht sehen wollte, aber das hatte sie nur gestresst.

»Solange *der* auch bei Granny ist«, hatte er entschlossen verkündet, »will ich nicht mehr dorthin.«

Seine Mum hatte sich mit beiden Händen an die Schläfen gefasst, als hätte sie furchtbare Kopfschmerzen.

»Verstehst du denn nicht, dass ich zwischen zwei Stühlen sitze, Ellis? Ich würde am liebsten selbst den Kontakt abbrechen, weil es mir gar nicht passt, was deine Großmutter da tut. Allein kann ich mir im Moment allerdings weder deine Abos für die Gaming-Websites leisten noch die Jack-Wills-Sachen, die du neuerdings so gern trägst. Aber ich arbeite daran, dass für uns bald alles besser wird. Es dauert nicht mehr lange, versprochen.«

Weil sie bei ihren Worten die Hände zu Fäusten geballt hatte, wusste Ellis, dass sie genauso wütend war wie er. Schließlich litt auch sie unter Toms Rückkehr. Aber die andere Sache mit ihm erwähnte sie nicht. Die Angelegenheit, über die Ellis nicht sprechen durfte.

Es war alles so viel besser gewesen, als Tom noch im Gefängnis gesessen hatte.

Manchmal lag Ellis abends im Bett und dachte darüber nach, wie er sich an Tom für das rächen könnte, was er getan hatte. Früher hatten vor dem Einschlafen Gaming-Taktiken seine Gedanken beherrscht, aber jetzt hatte sich alles verändert. Er hätte gar nicht mehr sagen können, wie oft ihm beim Einschlafen Bilder davon durch den Kopf gegangen waren, wie

Tom in einer Schlinge an einem Ast baumelte oder wie von ihm nur noch eine blutige Masse auf der Straße übrig blieb, nachdem Ellis ihn vor einen LKW gestoßen hatte.

Bei diesem furchtbaren Abendessen mit allen zusammen am Freitag bei Granny war seine Mutter am Ende total wütend gewesen. Er hatte Granny lieb, aber jetzt war alles ein großes Durcheinander, weil sie Tom Billinghurst in ihr Leben gebracht hatte.

Toms Mutter, Jill, tat Ellis allerdings ein bisschen leid. Es war ja nicht ihre Schuld, dass sich Tom als Mörder entpuppt hatte. Sie war eine nette Frau, und ihr dumpfer Blick verriet Ellis, dass sie genauso traurig war wie er.

Seine Mum hatte gesagt, diese Jill hätte Angst, Granny würde Tom irgendwie wehtun.

Ellis hoffte, das würde sie wirklich. Wenn Tom durch seine Großmutter bekommen würde, was er verdiente, dann wäre alles wieder super, so wie früher.

Der Neue lehnte an der Wand und stützte mit angewinkeltem Knie einen Fuß gegen die Wand. Damit wollte er sich wohl ganz lässig geben und so aussehen, als würde es ihn nicht stören, hier allein zu stehen. Aber Ellis konnte gut erkennen, dass der Typ in Wirklichkeit gar nicht so entspannt war, weil er sich nur zu gut an seine eigenen ersten Tage auf der neuen Schule erinnern konnte.

Der Junge kaute auf der Innenseite seiner Wange herum und betrachtete seine Fingernägel. Er trat als zu cool auf, um bei den Spielen der anderen Jungen mitzumachen. Aber dadurch ließ sich Ellis nicht täuschen. Er wusste genau, wie ätzend man sich in so einer Situation fühlte.

Wie der Neue hier an der Schule hatte Ellis seiner Großmutter gegenüber zunächst eine Show geliefert, als Tom einzogen war. Aber es war so schwer, das durchzuhalten. Tom Billinghurst war ein verurteilter Totschläger, und das würde niemals etwas ändern. Auch nicht, wenn er versprach, eine

PlayStation an den Fernseher anzuschließen, oder lahme Fragen zu Nintendo-Switch-Spielen stellte. Solche Tricks durchschaute Ellis problemlos.

Ellis' Großmutter war so schlau, das sagten doch immer alle. Als Jesse gestorben war, war sie daran nicht zerbrochen, sondern hatte in Erinnerung an seinen Vater eine Stiftung gegründet und dadurch jetzt ein viel besseres Leben. Sie wohnte in diesem großen neuen Haus, in dem Ellis ein eigenes Zimmer hatte, und besaß ein wirklich geiles Auto. Darin durfte Ellis im Sommer ganz laut seine liebste Rap-Musik hören, wenn sie mit heruntergelassenem Verdeck fuhren.

Ellis hatte seine Großmutter lieb, aber er kapierte einfach nicht, warum sie Tom geheiratet hatte. Und seine Mum sagte, ihr ginge es genauso.

»Vielleicht braucht sie so einen jungen Kerl, weil sie eine Midlife-Crisis hat«, hatte seine Mutter gesagt. »Warte nur ab, bestimmt hat sie bald die Nase voll von ihm.«

Bevor Tom aus dem Knast gekommen war, hatte seine Großmutter die Arme um Ellis gelegt und ihn ganz fest gedrückt, bis er versucht hatte, sich loszumachen.

»Ich kann nicht von dir erwarten, dass du es sofort verstehst, aber du wirst es schon bald nachvollziehen können. Das werden alle«, hatte sie geflüstert. »Deinen Vater habe ich mehr als alles auf dieser Welt geliebt, und das wird sich auch nie ändern. Mehr brauchst du im Moment nicht zu wissen.«

Es war alles ein bisschen seltsam, und Ellis war nur froh, weit weg von all diesen durchgedrehten Erwachsenen in der Schule zu sein.

Hier gehörte er nicht zu den beliebtesten Jungen. Er war keiner von den sportlichen Typen wie Henry Farmer, der Rugby spielte und in einem großen Haus mit eigenem Schwimmbad wohnte. Aber Ellis war groß für sein Alter und biss sich durch. Lehrern begegnete er mit instinktiver Missachtung – wie früher sein Vater, das hatte seine Großmutter ihm erzählt – und gab mit einer Dreistigkeit Widerworte, die sich kein anderes Kind erlaubte.

Das verlieh ihm einen gewissen Status, wodurch er eine kleine Gruppe von Mitläufern um sich geschart hatte. Einige waren echte Psychos, die bereits mehrmals vorübergehend der Schule verwiesen worden waren. Von solchen Typen hielten sich die meisten seiner Klassenkameraden lieber fern. Aber von Zeit zu Zeit erwiesen sie sich als durchaus nützlich, und Ellis hatte lieber solche Freunde, als allein dazustehen wie der Neue. Gestern hatte Ellis beobachtet, wie seine Eltern ihn vor der Schule abgesetzt hatten. Er hatte dabei zugesehen, wie der Junge seinen Vater zum Abschied umarmt und abgeklatscht hatte. Das würde Ellis mit seinem Dad niemals können.

Ellis schaute zu Monty Ladrow hinüber, der gerade damit beschäftigt war, einem Viertklässler sein Essensgeld abzuknöpfen. Es wurde gemunkelt, Montys Onkel erpresste in den Sozialsiedlungen der Stadt Schutzgeld. Wer ihm eine monatliche Summe zahlte, dessen Besitz blieb auf wundersame Weise stets unversehrt. Monty selbst brauchte in den meisten Fächern Nachhilfe, weil er wegen mehrerer Schulverweise im Laufe des letzten Jahres viel Unterricht versäumt hatte. Er flippte bei der geringsten Kleinigkeit aus. Ellis fand es definitiv am besten, Monty auf seiner Seite zu wissen.

»Siehst du den Neuen da drüben?«, zischte Ellis ihm jetzt ins Ohr. »Der führt sich ja auf wie ein ganz harter Kerl.«

Mit dieser Bemerkung war Montys Interesse augenblicklich geweckt, und er ließ den wimmernden Viertklässler los, den er im Schwitzkasten gehabt hatte. »Ach ja?«

Ellis nickte. »Er hat damit angegeben, dass sein Dad im Knast war, hab ich gehört. Also hält er sich hier wohl für den Obermacker. Er denkt angeblich, dass alle vor ihm Angst haben.«

Monty runzelte die Stirn. »Soll das ein Witz sein? Der ist doch das reinste Würstchen.«

»Genau. Ich hab ihm schon gesagt, dass er nicht der Einzige ist, bei dem der Vater schon mal gesessen hat, weil deiner ja auch im Bau war. Und weißt du, was er geantwortet hat?«

Ellis musste sich ein feixendes Grinsen verkneifen, als Monty das Gesicht verzog. Ihn aufzustacheln, war so einfach.

»Was? Was hat er gesagt?«

»Er hat gesagt, dass dein Dad ein Schlappschwanz ist.«

»Den leg ich *um*, dann bringt er solche Sprüche nicht mehr!«, knurrte Monty.

»Na ja, wenn ich du wäre, würde ich das lieber so schnell wie möglich klären. Sonst bekommen die Leute noch den falschen Eindruck von deinem Alten.« Angesichts des finsteren Ausdrucks, der sich augenblicklich über Montys Miene legte, fügte Ellis noch hinzu: »Ich wette, dein Dad würde seinen *problemlos* kaltmachen.«

Dem Vater von Monty war Ellis noch nie begegnet, er hatte aber von anderen Kindern gehört, dass er der reinste Irre war. Monty kannte ihn wohl kaum, weil er immer wieder im Knast landete.

Nun beobachtete Ellis, wie Monty über den Schulhof stürmte und rasch auf wenige Schritte an den Neuen herangekommen war, der ihn erst im letzten Moment bemerkte. Sein Fuß glitt von der Wand und er stand ganz still da.

Monty schob das Kinn vor, ließ plötzlich die Arme vorschnellen und schlug hart zu. Der Junge verlor das Gleichgewicht und stürzte, was augenblicklich für Aufsehen sorgte.

Eine Gruppe von Kindern scharte sich um die beiden und begann, im Chor zu skandieren: »Gib's ihm! Gib's ihm!«

Es gelang Monty mühelos, den Jungen am Boden zu überwältigen und ihm zweimal ins Gesicht zu boxen, bevor ein Lehrer herbeieilte und die beiden voneinander trennte.

Unbemerkt verzog sich Ellis. Seine Schultern und sein Nacken hatten sich ein wenig entspannt, und auch der Schädel dröhnte ihm nun nicht mehr so sehr. Er fühlte sich besser.

EINUNDDREISSIG

BRIDGET

Am Montag brauchte ich nach dem Aufwachen eine Weile, um richtig wach zu werden. Ich blieb länger im Bett liegen, als eigentlich ratsam war, um ein wenig Energie aufzubringen und positive Gedanken heraufzubeschwören. Aus irgendeinem Grund steckte mir ein unbehagliches Gefühl tief in den Knochen.

Tom hatte sich in einem noblen Fitness-Studio ganz in der Nähe angemeldet und dort am späten Vormittag einen seiner Einweisungstermine mit einem Trainer. Dafür zog er die neuen Gymshark-Klamotten an, die er online bestellt hatte: schmal geschnittene Shorts und ein ärmelloses T-Shirt, die seinen fitten Körper zur Geltung brachten. Seine muskulösen Schenkel sahen aus, als wären sie aus Stahl, die Schultern waren breit und kräftig.

Vor dem Sport würde er sich noch mit einem alten Kumpel aus dem Boxclub zum Brunchen treffen. Mir war nicht sehr wohl dabei, dass er wieder Kontakt zu jemandem aus seinem »alten Leben« aufnahm, wie wir es mittlerweile nannten. Wir hatten doch geplant, gemeinsam ganz neu anzufangen. Da brauchten wir nun wirklich keine Altlasten aus der Vergangenheit, die ihn nur runterziehen würden. Aber so etwas konnte ich unmöglich zu ihm sagen, wenn ich nicht wie Jill klingen wollte.

Das Herz wurde mir ganz schwer, als ich Tom dabei zusah, wie er im Schlafzimmer herumwuselte, Handtuch und Wasserflasche in die Sporttasche packte und dabei vor sich hin summte. Ich fragte mich, wer wohl noch alles in dieses schicke Fitness-Studio ging. Es war vermutlich voll mit sexy Frauen Anfang dreißig oder noch jünger, mit straffem, gebräuntem Körper und glänzendem Haar ...

»Ich freu mich schon so aufs Fitness-Studio.« Tom grinste, beugte sich vor und küsste mich zum Abschied auf die Wange. »Da gibt es auch eine Saftbar, soll ich dir was mitbringen? Der Erdbeer-Spirulina-Drink sieht super aus.«

»Nein, danke.« Ich zwang mich zu etwas mehr Heiterkeit in der Stimme: »Viel Spaß!«

Dann war er verschwunden, und mit ihm sein wirbelnder jugendlicher Schwung und seine funkelnde Begeisterung. Im Bett zurückgeblieben, fühlte ich mich müde und leer, daher wollte ich mich unbedingt auf andere Gedanken bringen.

Also griff ich nach meinem Handy und rief noch einmal den Artikel in der *Daily Mail* vom Sonntag auf. Ich war sehr zufrieden damit, wie man uns dargestellt hatte und die Zeitung hatte im Gegenzug eine ordentliche Summe an *Young Men Matter* gespendet. Auf dem Foto sahen wir beide toll aus, und der Artikel beschrieb unsere Beziehung auf so einfühlsame wie intelligente Art und Weise.

Ich scrollte am Text und den reißerischen Titeln anderer Artikel vorbei, bis ich die Kommentare erreichte.

Alles Gute den beiden! Sie scheinen super zueinander zu passen.

Sie haben wirklich ein bisschen Glück verdient. Ich wünsche ihnen nur das Beste!

Ein warmes Gefühl breitete sich in meiner Brust aus und verdrängte all meine albernen Ängste und Unsicherheiten wegen Toms Besuch im Fitness-Studio. Wir passten *tatsächlich super* zueinander, und wir würden zusammen glücklich sein.

Als ich die nächsten Kommentare überflog, ließ das warme Gefühl allerdings schnell nach.

Absolut krank! Wie kann man sich in den Mörder seines Sohnes verlieben?

Mann, sie ist doch alt genug, um seine Mutter zu sein!

Er ist so scharf … Was will er denn mit einer faltigen Tussi, die doppelt so alt ist wie er?

Warum mussten die Leute immer alles kritisieren? Wahrscheinlich führten sie selbst ein so trauriges kleines Leben, dass sie das Glück anderer nicht ertragen konnten. Von dieser Sorte Mensch gab es da draußen so einige, und Jill Billinghurst war ein Paradebeispiel. Ehrlich gesagt, wäre ich nicht überrascht, wenn einer oder mehrere der abfälligsten anonymen Kommentare von ihr stammten. Jill ahnte nicht einmal, was hinter ihrem Rücken geschah und dass sie bald weitaus größere Probleme haben würde als die Sorge um ihren heißgeliebten Sohn.

Ich griff nach dem Schminkspiegel auf meinem Nachttisch und studierte mein Gesicht. Da Tom nach dem Aufstehen die Vorhänge zurückgezogen hatte, zeigte die hereinfallende Sonne all meine Makel und Schönheitsfehler. Ich drehte mich von der einen auf die andere Seite. Sonne hin oder her – obwohl ich seit meinem fünfundvierzigsten Lebensjahr gewissenhaft jeden Monat eine Anti-Aging-Gesichtsbehandlung machen ließ, wurden die Falten von der Nase bis zum Mund immer ausgeprägter. Dank Botox alle drei Monate hatte ich keine Stirnfalten, und meine aufgespritzten Wangen waren prall wie die einer viel jüngeren Frau, aber ... Vielleicht hatten all diese schrecklichen Kommentare ja auch ein Gutes. Womöglich hatten mir die Leute mit ihren fiesen Bemerkungen einen Gefallen getan, indem sie mir klargemacht hatten, dass ich mit meinen Anti-Aging-Maßnahmen noch weiter gehen musste.

Ich klickte den Artikel weg, legte Handy und Spiegel beiseite, zog mir die Decke über den Kopf und rollte mich zusammen. Ein bitterer Geschmack stieg in mir auf. Manchmal hatte ich das Gefühl, dass ich mit meinem Kampf gegen das Alter gegen den Strom schwamm. Wie wachsam man auch war: Falten, knittrige und trockene Haut, ein Verlust an Elastizität – die immer neuen Anzeichen schienen unaufhaltsam. Wie es wohl sein musste, wenn einem so etwas völlig egal war? Wenn man sich so wohl in seiner Haut fühlte, dass man einfach akzeptierte, wie man aussah?

Ich erlaubte mir fünf Minuten lang, mich in meinem Unglück zu suhlen, und schüttelte die schlechte Laune dann ab.

Schließlich schrieb ich Coral und bat sie, bei mir vorbeizuschauen, bevor sie zur Arbeit ging. Obwohl wir seit dem Desaster am Freitag nicht mehr miteinander gesprochen hatten, meldete sie sich sofort zurück.

Wie viel Uhr?

Obwohl mich ihre brüske Antwort nervte, tippte ich:

Gleich um halb zehn?

Bis dann.

Ich hatte das Gefühl, dass wir in unserer Beziehung an einem Scheideweg angekommen waren, und es gab da ein paar unangenehme Dinge, die ich mit ihr besprechen musste. Mir wäre es relativ egal, wenn ich Coral nie wiedersehen würde. Aber es ging hier um Ellis, und den Kontakt zu ihm würde ich um nichts in der Welt aufs Spiel setzen.

Ich cremte mich mit einer Feuchtigkeit spendenden Bodylotion ein, trug eine teure straffende Gesichtspflege von Clarins auf und versuchte, mir nicht länger vorzustellen, wie Tom beim Sport fitte junge Frauen beobachtete.

Als ich kurz darauf Coral die Tür öffnete, stand sie in einer ausgebeulten Leggings und einem alten Sweatshirt mit Farbflecken vor mir. Sie hatte sich nicht die geringste Mühe gegeben, auch nur halbwegs annehmbar auszusehen. Das zeigte ja wohl, wie wenig sie mich respektierte.

Ich machte ihr etwas Kaltes zu trinken, und sie saß da, nippte an ihrem Getränk, scrollte auf ihrem Handy herum und kicherte über irgendwelche Posts.

»Coral, du meine Güte, kannst du das bitte mal weglegen?«

Sie schaute mich an und schnalzte missbilligend mit der Zunge. »Behandle mich nicht, als wäre ich hier in der Schule und du meine Lehrerin! Das nervt tierisch.«

»Weißt du, was auch tierisch nervt?«, sagte ich und brach damit bereits mein Versprechen an mich selbst, nicht aufzubrausen. »Es *nervt*, dass du Ellis wie vor ein paar Tagen einfach mit deinem Schlüssel hier absetzt, wann es dir passt, weil du losziehen und dein Ding machen willst.«

»Mein Ding machen?«, echote Coral und gab sich ziemlich glaubhaft als die empörte Unschuld. »Du hattest doch gesagt, dass ich ihn am Nachmittag vorbeibringen sollte!«

Obwohl ich ruhig zu bleiben versuchte, ging mein Temperament mit mir durch: »Was du mit deinem Leben anstellst, ist deine Angelegenheit. Aber es bereitet mir Sorgen, dass Ellis zu viel Zeit allein verbringt. Kontakt zu anderen scheint er ja nur über seine Geräte zu haben.«

»Weißt du, ich würde ja lachen, wenn es nicht so traurig und verstörend wäre.« Ihre Augen funkelten gereizt. »Du scheinst dir über alles Gedanken zu machen, nur nicht über das, was ihm wirklich schadet und wehtut.«

»Was zum Teufel meinst du bloß?«

»Muss ich da wirklich noch deutlicher werden? Jahrelang war Ellis dein Ein und Alles, und dann ziehst du plötzlich los und heiratest den Mann, der seinen Vater totgeschlagen hat! Hast du gar nicht darüber nachgedacht, wie sich *das* auf deinen Enkel auswirken wird?«

»Er hat ihn ja nicht gerade genüsslich zu Tode geprügelt – es war doch nur ein einziger Schlag!«, erwiderte ich durch zusammengebissene Zähne. »Und ich habe mich wegen der Hochzeit mit Tom mehrmals mit Ellis hingesetzt und mit ihm lange darüber gesprochen, das weißt du doch. Dabei hab ich ihm auch gesagt, dass wir gern später noch einmal darüber reden können, wenn das Bedürfnis besteht oder er neue Fragen hat.«

»Aber du hast es uns erst kurz vor Toms Entlassung erzählt, sodass wir kaum Zeit hatten, uns an den Gedanken zu gewöhnen. Und dann ist da noch die Sache mit dem Alter. Tom könnte dein *Sohn* sein, vergiss das nicht. Überleg doch mal, wie sich Ellis nach eurem peinlichen Zeitungsinterview fühlen muss ... seine Großmutter und ihr Toyboy! Das sind nämlich die Sprüche, die er an seiner Schule zu hören kriegt, war dir das nicht klar?«

Gequält verzog ich das Gesicht. Das war ein Schlag unter die Gürtellinie gewesen. »Tom ist ein Erwachsener, und Ellis hätte an unseren Altersunterschied keinen Gedanken verschwendet, wenn ...«

»Andere Leute aber schon! Hier in der Stadt zerreißen sie

sich das Maul über dich, begreifst du das nicht? Du hast wirklich jeden Bezug zur Realität verloren! Zumindest im Internet musst du doch etwas mitbekommen haben, die fiesen Kommentare und wie es alle anwidert, dass du den Mörder deines Sohnes geheiratet hast. Die Leute finden es zum Kotzen. Du hast dich hier weit weg von alldem in deinem schönen Haus verkrochen, aber wir müssen draußen in der echten Welt leben.«

Als ich diese Worte hörte, wurde mir ein wenig mulmig. Ja, ich hatte ein paar gemeine Bemerkungen gelesen, aber ich hätte nicht gedacht, dass unsere Geschichte auf den sozialen Medien begeistert breitgetreten würde. Allerdings war ich auch beschäftigt gewesen. Mit Tom. Egal, ich würde mir meine Besorgnis Coral gegenüber nicht anmerken lassen.

»Unsere Ehe geht niemanden etwas an. Nicht dich, nicht Ellis' Klassenkameraden und vor allem nicht das blöde Facebook. Wenn es für Ellis in der Schule schwierig ist, kann ich gern mit der Rektorin sprechen.«

»Das hab ich schon«, sagte Coral triumphierend. »Sie hat mich nämlich gerade angerufen, weil er wieder mal Ärger gemacht hat.«

»Was ist denn passiert?« Unwillkürlich fasste ich mir an den Hals. Wir hatten vor etwa einem Jahr schon einmal Probleme wegen Ellis' Verhalten gehabt. Letzten Herbst hatte es an seiner Schule einen »Vater und Sohn«-Tag gegeben, und er war furchtbar traurig gewesen, weil er seinen eigenen Dad nie kennengelernt hatte. Als ihn ein paar andere Jungen deshalb geärgert hatten, war seine Reaktion darauf gewesen, einfach zu schwänzen oder im Unterricht zu fragen, ob er mal auf die Toilette durfte, um dann nicht wiederzukommen. Mrs Cresswell, die Rektorin, hatte großes Verständnis gezeigt und Ellis geholfen, indem sie ihn an die Schultherapeutin verwiesen hatte. Aber jetzt klang es so, als wäre er wieder in alte Muster verfallen.

»Hat jemand auf ihm herumgehackt?«, fragte ich, während sich in meiner Magengrube alles zusammenzog. Am liebsten wäre ich losgezogen und hätte da einen ordentlichen Aufstand gemacht.

»Nein, *Ellis* hat auf jemandem herumgehackt, auf einem neuen Jungen.«

»Hat er ihn gemobbt?«

»Nicht direkt, aber er hat einen anderen auf ihn angesetzt. Ehrlich gesagt, war es eine üble Angelegenheit, und so etwas muss einfach aufhören.« Coral wirkte fest entschlossen. »Am besten stelle ich das direkt klar: Ich hab sowohl mit Mrs Cresswell als auch mit der Schultherapeutin gesprochen. Beide sind mit mir einer Meinung, dass ich Ellis am besten schütze, indem ich ihn vorerst von deiner Beziehung mit Tom abschirme. Das steigt ihm über den Kopf, Bridget, er kommt damit nicht klar.«

»Ach, tatsächlich?« Wut stieg in mir auf. Coral hatte also mit anderen über mich gesprochen, und darüber, wie sich *meine* Angelegenheiten möglicherweise auf Ellis auswirkten. »Wie meinst du das? Tom und ich sind verheiratet, damit müsst ihr klar kommen, auch Ellis.«

»Ich finde, dass du Ellis zu sehr drängst. Es ist alles zu viel, zu früh, und das macht sich in der Schule bemerkbar.«

»Das weißt du doch gar nicht! Das kann keiner mit Sicherheit sagen, es ist doch reine Spekulation!«

Coral zögerte. »Ich will wirklich nicht, dass wir uns deswegen zerstreiten, Bridget. Aber ich halte es für das Beste, wenn Ellis vorerst nicht mehr herkommt. Zumindest eine Zeit lang nicht.«

»Auf keinen Fall!« Ich hieb mit der Hand auf die Sofalehne. »Ellis würde das wunderbar packen, wenn du ihn nicht länger behandeln würdest, als wäre er fünf Jahre alt. Überlass das mir, ich rede noch mal mit ihm.«

»Aber genau das ist ja der Punkt – er packt es eben *nicht*, was sein Verhalten deutlich zeigt. Das ist zu viel Druck für ihn. Auch, wenn er immer ganz tough tut, ist er doch nur ein Kind!«

»Ja, so siehst du das! Aber ich muss dir wohl nicht in Erinnerung rufen, dass ich dir das Leben ganz schön schwer machen kann, wenn es sein muss. Und das werde ich notfalls auch tun!«

Coral blieb ganz ruhig, was mich ärgerte und gar nicht zu ihr passte. Normalerweise schmierte sie mir sofort Honig um den Mund, wenn ich auch nur andeutete, dass ich meine Zuwendungen einschränken könnte. Aber nicht heute.

»Deine Hochzeit mit Tom hat alles verkompliziert, warum kannst du das nicht zugeben? Ob es dir nun passt oder nicht – Ellis braucht einfach ein bisschen Abstand.«

Ich hatte so viel durchgemacht, mich nach Jesses Tod aus dem schwarzen Loch herausgekämpft, das mich zu verschlingen gedroht hatte ... Da würde ich mir jetzt nicht von Coral McKinty Vorschriften machen lassen! Vor dem Tod meines Sohnes waren Jesse und Coral nur ein Jahr lang miteinander gegangen, und soweit ich wusste, war ihre Beziehung nichts Ernstes gewesen. Wenn Coral nicht mit Ellis schwanger gewesen wäre, wäre ich glücklich und zufrieden damit gewesen, sie nie wiederzusehen.

»Das ist doch gar nicht kompliziert, Coral, ganz im Gegenteil: Ellis ist mein Enkel, deshalb wird er bei mir immer willkommen sein.« Ich machte eine Handbewegung, die das ganze Haus miteinschloss. »Denn das hier, das ist Ellis' Zuhause.«

»Nein, das ist *euer* Zuhause, Bridget, das von dir und Tom. Ellis ist bei mir zu Hause. *Ich* bin seine Mutter, oder hast du das schon vergessen?«

»Leg dich nicht mit mir an, Coral, du wirst nämlich den Kürzeren ziehen, das garantiere ich dir.«

Ihr Tonfall war spöttisch: »Oh, lass mich raten: Wolltest du mich gerade daran erinnern, dass du meine Miete zahlst und mir jeden Monat eine zusätzliche Summe überweist?«

In mir loderte die Wut auf ihre kaum verhohlene Undankbarkeit. »Genau, und das stimmt ja auch.«

»Meinst du etwa, das wüsste ich nicht?«, rief sie. »Ich muss jeden Tag daran denken, weil *du* es mir ja immer wieder unter die Nase reibst! Aber genug ist genug! Du glaubst, dass du mich wie Dreck behandeln darfst, weil du mir hier und da etwas zusteckst. Na ja, bald brauche ich dein Geld nicht länger!«

In diesem Moment sog sie scharf die Luft ein, als sei ihr etwas entschlüpft, was sie eigentlich nicht hatte sagen wollen. Ihre Worte hingen in der Luft.

»Ach, warum das denn? Wirst du etwa anfangen, wie jeder normale Mensch Vollzeit zu arbeiten, statt nur ein paar Stunden in einem üblen Restaurant zu kellnern?«

»Das ist nicht fair!«, zischte Coral. »Wenn ich mehr Schichten übernehme, verliere ich meine Sozialleistungen.«

»Ja, vielleicht. Aber warum solltest du dir deinen Lebensunterhalt nicht selbst verdienen? Dafür gibt es doch keinerlei Grund. Schließlich bist du nicht krank, und Ellis wird immer selbstständiger.«

Sie zögerte. »Ja, ich werde anfangen, Vollzeit zu arbeiten.« Dabei zappelte und blinzelte sie allerdings so sehr, dass man ihr die Schwindelei sofort anmerkte. Coral war keine gute Lügnerin. »Aber ich will, dass du Ellis endlich wie meinen Sohn behandelst, und nicht so, als wäre er deiner.«

»Davon ist er doch nur einen Schritt entfernt.« Obwohl es so einfach gewesen wäre, Coral vor die Tür zu setzen, versuchte ich, ruhig zu bleiben. »Ellis ist alles, was mir von Jesse geblieben ist. Und du wirst ihn mir nicht wegnehmen!«

Plötzlich verschwand der Zorn aus Corals Miene, und ihre Stimme wurde sanfter, beinahe flehentlich. »Hör mal, Bridget, ich möchte einfach mein eigenes Leben führen. Eins, bei dem du mir nicht ständig über die Schulter schaust und mir wegen der Erziehung meines Sohnes Vorschriften machst. Bei dem ich nicht dauernd zu hören bekomme, was ich in Bezug auf Ellis tun und wie ich es tun soll. Außerdem hab ich mir jahrelang jegliche Verabredungen verkniffen, weil du keine fremden Männer in Ellis' Nähe wolltest. Und jetzt kommst du auf einmal mit Tom um die Ecke! Wie scheinheilig ist das denn? Ich will auch ein Leben!«

»Na, dabei kann ich dir helfen!«, fauchte ich zurück. »Leb dein eigenes Leben und finanzier es auch selbst!«

»Wunderbar!«, sagte sie säuerlich. »Es wird sowieso langsam Zeit, dass ich auf eigenen Beinen stehe. Ich hab die Nase voll von deinen Almosen.« Jetzt wirkte sogar ihre Haltung aufrechter, als würde sie mit einem Mal eine versteckte Reserve an Selbstbewusstsein anzapfen. »In nächster Zeit wird Ellis nicht mehr herkommen, egal, was du dazu sagst. Er fühlt sich in Toms Gegenwart nämlich unwohl, wie du auch genau weißt. Trotzdem hast du letztens Tom losgeschickt, damit er Ellis von der Schule abholt. Ja, Ellis hat mir davon erzählt.«

»Das alles hast nicht du zu entscheiden. Ellis ist alt genug, um ...«

»Doch, die Entscheidung *liegt* bei mir. Ich bin seine Mutter.«

»Dann bringe ich dich vor Gericht und erwirkte eine Verfügung, die mir erlaubt, ihn zu sehen. Ich werde ...

»Lass es gut sein mit deinen leeren Drohungen. Legal hast du überhaupt kein Anrecht auf Kontakt zu ihm, und das weißt du genau. Ich habe es beschlossen, und so wird es gemacht.«

Während Coral auf dem Absatz kehrtmachte und zur Tür hinüber ging, fragte ich mich, woher dieses neue Selbstbewusstsein plötzlich stammte. »Es tut mir leid, Bridget, aber du hast dich für die Ehe mit Tom entschieden, ohne dabei einen Gedanken an Ellis zu verschwenden. Und dadurch zwingst du mich, ihn zu beschützen.«

Bevor ich etwas erwidern konnte, hatte sie bereits das Haus verlassen. Das Schlimmste an der Sache war, dass es stimmte.

Als Großmutter hatte ich vor dem Gesetz keine echten Rechte. Coral war Ellis' Mutter und damit für ihn verantwortlich.

Ich schäumte vor Wut. Das Beste wäre wohl gewesen, wenn ich sie direkt nach Jesses Tod in den Abgrund hätte schlittern lassen. In einem Moment, in dem sie nicht dazu in der Lage gewesen war, allein für Ellis zu sorgen, hätte ich das Sorgerecht beantragen können. Ich hatte einen großen Fehler gemacht, als ich nicht früh genug Vorkehrungen getroffen hatte, um meine Beziehung zu meinem Enkel abzusichern.

Plötzlich hatte Coral die Oberhand, und wenn ich jetzt keine drastischen Maßnahmen ergriff, würde für mich immer die Gefahr bestehen, Ellis komplett zu verlieren.

Das konnte ich nicht zulassen. Ich würde alles tun, um sicherzugehen, dass sie mir nicht den Kontakt zu ihm verwehrte.

Aber zunächst einmal würde jemand anders eine bittere Pille schlucken müssen. Ich hatte ein Geheimnis zu enthüllen.

ZWEIUNDDREISSIG

JILL

Das ungute Gefühl, das mich beim Anblick von Bridgets Gedenkwand für Jesse beschlichen hatte, wurde durch ihr Aufmerksamkeit heischendes Interview nur verstärkt.

Mir war klar, dass ich mich irgendwie ablenken musste, wenn ich nicht den Verstand verlieren wollte.

Tom war ein erwachsener Mann, in Bezug auf Frauen jedoch naiv, und einer so manipulativen und zielstrebigen Person wie Bridget nun wirklich nicht gewachsen.

Allerdings schien das sonst niemandem Sorge zu bereiten, vor allem Tom selbst nicht. Ich würde eindeutige Beweise brauchen, wenn ich ihn von Bridgets bösen Absichten überzeugen wollte.

Den Samstagnachmittag hatte ich genutzt, um für mich Termine zu machen, weil ich endlich wieder besser auf mich achtgeben wollte. Außerdem hatte ich mit unserem örtlichen Handwerker, Joel, gesprochen. Er hatte bei uns den Flur renoviert und sollte jetzt für mich ein paar Regale anbringen. Als er am Montagmorgen stattlich und fröhlich mit beigefarbener Drillichlatzhose und Nagelstiefeln erschien, erklärte ich ihm, was mir vorschwebte, und ließ ihn dann machen. Er hatte im

Laufe der Jahre schon öfter für uns gearbeitet, daher vertraute ich ihm blind.

»Schließen Sie hinter sich ab, wenn Sie fertig sind, und werfen Sie den in den Briefkasten«, sagte ich zu ihm, während ich ihm unseren Ersatzschlüssel reichte. Robert hatte heute den ganzen Vormittag Termine mit Patienten, daher würde Joel ungestört arbeiten können.

Als ich zum Auto hinüberging, bemerkte ich jemanden hinter dem Zaun zum Nachbargrundstück. »Hallo, Jill, alles in Ordnung?« Es war Nazreen. »Ich frage nur ... weil wir Tom in der Zeitung gesehen haben.«

Erwartungsvoll zog sie die Augenbrauen hoch. Wenn sie darauf hoffte, dass ich ihr all die schmutzigen Details zu Toms und Bridgets Beziehung verraten würde, konnte sie lange warten.

»Ja. Ich hoffe, euch geht's auch gut, Naz. Tut mir echt leid, aber ich hab in der Stadt zu tun. Lass uns bald mal reden, okay?« Als ich den Wagen rückwärts aus der Einfahrt setzte, sah ich, was für eine verdrießliche Miene Nazreen aufgesetzt hatte. Mir war bereits aufgefallen, dass seit Toms Entlassung viel öfter als früher Nachbarn langsam an unserem Haus vorbeischlenderten und herüberschauten, als hofften sie, ich würde hinauseilen und die Tratschtanten mit neuem Material versorgen.

Ich machte mich auf den Weg zu einem neuen Friseurladen im Stadtzentrum, wo ich glücklicherweise für heute einen Termin bekommen hatte, weil jemand kurzfristig abgesagt hatte. Der schicke Salon war doppelt so teuer wie meine Friseurin Fiona, die alle paar Monate bei mir zu Hause vorbeischaute, um bei mir den gleichen Schnitt und die gleiche Farbe wie schon seit zehn Jahren aufzufrischen. Ein schlanker junger Mann mit einem Ring in der Unterlippe stellte sich mir als Andre vor und fragte, was ich mir so überlegt hatte.

»Ich habe keine Ahnung«, lautete meine Antwort. »Überraschen Sie mich!«

Daher folgte nun eine »Beratung«, was sehr hochtrabend klang, letztlich aber nur ein kurzes Gespräch war. »Ich würde einen kurzen Bob mit ein paar diskreten Strähnchen in einem Karamellton vorschlagen, die ihr Gesicht sanfter machen würden«, erklärte Andre gestikulierend. »Wie klingt das?«

»Klingt perfekt«, sagte ich zuversichtlicher, als ich mich fühlte. »Dann legen Sie mal los.«

Ich konnte meine Verwandlung im Spiegel beobachten und war am Ende sehr, sehr zufrieden. Ich sah nicht nur angenehm anders aus, sondern auch, so fand ich, jünger und moderner.

Als nächstes ging ich zu Boots und ließ mich dort von mehreren Angestellten beraten. Eine Stunde später verließ ich den Laden mit einer Tüte voll neuer Kosmetika, deren Verwendung mir Schritt für Schritt erklärt worden war.

Als ich gerade aus dem Geschäft kam, hätte ich beinahe Mavis Threadgold über den Haufen gerannt, Toms alte Grundschullehrerin, die mit ihrem kleinen Hund unterwegs war.

»Oh, tut mir leid, meine Liebe«, sagte sie, trat einen Schritt zurück und zog an der Leine. »Ich hatte Sie beim Friseur gesehen und hab mit Harry eine Runde gedreht, um Sie abzufangen, wenn Sie da fertig sind ... Aber dann sind Sie direkt in der Drogerie verschwunden.«

»Oh! Na ja, jetzt haben Sie mich ja erwischt«, sagte ich. Es kam mir ein bisschen seltsam vor, dass sie hier herumgeschlichen war und mich beobachtet hatte. »Wie geht es Ihnen denn?«

»Gut, gut. Ich hab mich gefragt, ob Sie kurz Zeit für ein Schwätzchen hätten.« Sie deutete mit einer Kopfbewegung hinüber zu einer kleinen Grünfläche mit einer Bank auf der anderen Seite der Straße.

Offensichtlich war sie ein bisschen einsam, und ich hatte es ja auch nicht eilig. Vielleicht wäre es sogar ganz schön, über alte Zeiten zu plaudern.

»Übrigens: wirklich schick«, sagte Mavis.

»Wie bitte?«

»Ihre Frisur. So modern!«

»Ah, ja, danke. Ich wollte gern etwas Hübsches und Pflegeleichtes.« Ein wenig verlegen tätschelte ich mir das Haar und hoffte nur, dass ich es mit den Strähnchen nicht übertrieben hatte. Im Vergleich zu meinem üblichen matten Braun waren sie nämlich recht dramatisch. Als ich besorgt daran dachte, was Robert wohl dazu sagen würde, ärgerte ich mich sofort über mich selbst. Mein neuer Look war für *mich selbst*, nicht für Robert.

Gemeinsam überquerten wir die Straße, und Harry begann, zu unseren Füßen herumzuschnüffeln, als wir auf den Bereich mit der Bank zuhielten. Ein gewundener Pfad schlängelte sich durch eine gepflegte Rasenfläche, und hier und da lagen kleine, runde Blumenbeete. Erstaunlich, wie friedlich dieser Ort war, der doch direkt neben den geschäftigen Straßen des Stadtzentrums lag. Es war ein schöner, trockener Tag, aber so kalt, wie man es Ende Oktober erwarten konnte.

»Ich hab Sie beim Friseur gesehen und mir überlegt, kurz mit Ihnen zu sprechen«, sagte Mavis, deren Brille mit Metallgestell und runden Gläsern ihr etwas Eulenhaftes verlieh. »Die letzten Tage mit Toms Entlassung und der Enthüllung, dass er Jesses Mutter geheiratet hat, müssen Sie ja auf die reinste Achterbahnfahrt der Gefühle geschickt haben.«

Unter anderen Umständen hätte mich ihre direkte Art vermutlich gestört, nach all den vielsagenden Blicken und den überhöflichen Bemerkungen von Nachbarn war ihre Offenheit allerdings eine willkommene Abwechslung. Als seine frühere Lehrerin war Mavis eine der Personen gewesen, die Tom in seiner Kindheit davor gewarnt hatten, Jesse bei seinen oft spontanen Aktionen stets blind zu folgen. Ich selbst hatte immer noch Zweifel bezüglich eines Vorfalls, bei dem die Jungen vierzehn gewesen waren, und für den Tom die Verantwortung übernommen hatte. Die Vorstellung, dass er Jesse dazu gezwungen hatte, in eine Fabrik in der Gegend einzusteigen, war absolut lächerlich. Irgendwie hatte ich es damals geschafft, die Angelegenheit vor Robert geheim zu halten.

Na ja, jedenfalls brachte ich Toms alter Lehrerin vollstes Vertrauen entgegen.

»Ich kann nicht verleugnen, dass es ein Schock war, Mavis. Die beiden haben an einem Programm teilgenommen, das Täter und Opfer zusammenbringt. Ich habe es mir so zusammengereimt, dass sie sich dabei im Laufe der Zeit nähergekommen sind. Sie haben dann im Gefängnis geheiratet, ohne jemandem davon zu erzählen.«

»Wirklich bemerkenswert.« Mavis runzelte die Stirn. »Tom hat Ihnen also noch nicht alles erzählt?«

»Irgendwie schon, aber ich bin nicht überzeugt. Für mich ergibt es einfach keinen Sinn.« Ich seufzte und wusste nicht so recht, wo ich anfangen sollte. »Und Robert interessiert die ganze Sache gar nicht, daher kann ich mit ihm nicht darüber reden.«

»Verstehe«, sagte Mavis. »Na ja, ich bin hier und höre zu.«

Der kühle Wind ließ mich schaudern, und ich blickte auf meine Füße, während ich mir das Angebot durch den Kopf gehen ließ. Der engste Vertraute der alten Lehrerin war ihr kleiner Hund, und sie war nun wirklich nicht als Klatschmaul bekannt. Es wäre für mich tatsächlich eine Erleichterung, mit jemand anderem darüber sprechen zu können, und sie schien für Tom immer nur das Beste gewollt zu haben. Natürlich hatte ich auch Audrey, der ich mich anvertrauen konnte, aber die wirkte in letzter Zeit oft ein wenig abwesend.

»Bei diesem Programm im Gefängnis geht es um opferorientierte Justiz, und dabei werden die Familien der Opfer mit den Tätern zusammengebracht, um endlich inneren Frieden zu finden«, begann ich.

Mavis sagte: »Ich kann mir vorstellen, dass so ein Heilungsprozess für die meisten Menschen sehr schwierig sein muss.«

»Allerdings. Tom und Bridget haben mir aber beide gesagt, dass sie in genau dieser Zeit zueinander gefunden und sich verliebt hätten. Man geht bei dem Programm wohl wirklich in die Tiefe, redet viel und verarbeitet seine Gefühle.«

»Wer hat die ganze Sache denn angeregt?«

»Die Gefängnisleitung hat Tom gefragt, ob er Interesse hätte, und er hat zugesagt. Damit hat alles angefangen.«

»Hmm.« Mavis überlegte. »Dürfte ich Sie fragen, wie *Sie* darüber denken, Jill ... was in jener Nacht 2009 passiert ist?«

Ich erstarrte einen Moment und war verblüfft, weil sie mich direkt auf Jesses Tod ansprach, was schon lange niemand mehr getan hatte.

»Natürlich weiß ich auch nur, was Tom mir erzählt hat, das glaube ich ihm jedoch ohne Vorbehalte«, antwortete ich. »Jesse hat wohl ein Glas nach dem nächsten geleert und im Movers angefangen, die Security-Leute zu beschimpfen. Dass die beiden deshalb rausgeworfen wurden, war natürlich nicht überraschend, aber Jesse wollte anscheinend unbedingt zurück in den Club. Als Tom ihn aufzuhalten versucht hat, ist Jesse völlig ausgeflippt und hat ein Messer gezogen. Da hat Tom reagiert, wie es doch jeder in seiner Situation getan hätte: Er hat sich verteidigt.«

»Der Fausthieb war allerdings ziemlich heftig«, wandte Mavis vorsichtig ein.

»Ja, aber es war ja nur ein einziger Schlag, durch den Jesse eben das Gleichgewicht verloren hat und gefallen ist. Wie das ausgegangen ist, wissen wir alle. Aber Tom hätte doch nicht ahnen können, dass er mit dem Kopf so hart aufkommen würde.«

»Ich habe gelesen, dass der Richter Tom eine besonders harte Strafe auferlegt hat, weil er Boxer war«, bemerkte Mavis.

Ich nickte. »Offenbar erachtet man die Hände eines Boxers als tödliche Waffe. Das gibt immer ein hohes Strafmaß.«

»Haben Sie Berufung eingelegt?«

»Ja, natürlich, aber wir haben verloren. Danach habe ich mich ganz darauf konzentriert, Toms Entlassung vorzubereiten, habe jede Stunde jeden Tages daran gedacht. Und dann kommt er mit der Enthüllung um die Ecke, dass er im Gefängnis die verdammte Bridget Wilson geheiratet hat.«

»Das muss Sie schwer getroffen haben«, sagte Mavis freundlich.

Ich hatte eigentlich gehofft, es würde mir helfen, wenn ich der Lehrerin mein Herz ausschüttete, aber ehrlich gesagt, ging es mir mieser denn je. Zumindest empfand ich es als tröstlich, wie sich Harry mit seinem warmen Fell an mein Bein schmiegte.

»Ich weiß nicht, was ich tun soll«, sagte ich. »Dass ich eigentlich nichts ausrichten kann, will ich nicht recht akzeptieren. Die ganze Zeit denke ich, dass es doch irgendetwas geben muss, weil sich die Situation so falsch anfühlt.«

»Meiner Erfahrung nach ist es immer gut, auf sein Bauchgefühl zu hören, Jill. Vor allem, wenn das Bauchgefühl dazu rät, sich aus einer Sache herauszuhalten, statt sich einzumischen. Das ist schwierig, schon klar, insgesamt betrachtet, aber sicher das Beste.«

Obwohl das leichter gesagt als getan war, nickte ich.

»Mein Bauch sieht das leider anders«, erklärte ich. »Er schreit, dass ich endlich etwas *tun* soll, egal was. Während mir alle anderen zu Zurückhaltung raten, will ich wieder eine Rolle im Leben meines Sohnes spielen.«

»Wenn ich mich recht entsinne, hatte Jesse damals eine Freundin«, sagte Mavis nachdenklich. »Und sie war bei seinem Tod schwanger.«

»Stimmt«, bestätigte ich. Mich wunderte, wie viel Mavis zu wissen schien. »Sie heißt Coral.«

»Und, sind Sie ihr schon mal begegnet?«

»Oh, ja, wir kannten uns damals schon. Sie hat oft mit den Jungen abgehangen, als sie jünger waren. Und vor ein paar Tagen hab ich sie dann bei Bridget zu Hause wiedergesehen. Mir gegenüber war sie natürlich eher distanziert, schließlich bin ich Toms Mutter. Aber sie hat deutlich gemacht, dass sie diese Ehe ebenfalls ablehnt.«

Mavis nickte. »Darf ich Ihnen vielleicht einen Rat geben?«

»Natürlich.« Ich beugte mich vor und kraulte Harry den langen Nacken. »Wissen Sie, ich empfinde große Achtung für Sie, Mavis. Und die Perspektive einer Person, die nicht direkt betroffen ist, hilft mir bestimmt weiter.«

Ich hatte von ihr eigentlich den Rat erwartet, im Leben nach vorne zu sehen, meinen Groll hinunterzuschlucken und an einer besseren Beziehung zu Tom und Bridget zu arbeiten. Stattdessen sagte sie: »Sprechen Sie mit Coral. Das ist mein Rat.«

Ich runzelte die Stirn. »Wieso mit Coral?«

»Na ja, um ihren Sohn kümmert sie sich doch zusammen mit Bridget und hat ihr daher in der Zeit, die Tom im Gefängnis war, am nächsten gestanden. Freunden Sie sich ein bisschen mit ihr an. Man kann nie wissen, was sie Ihnen über die Situation erzählen kann.«

Am Freitagabend war Coral der Kommentar herausgerutscht, dass ich mich vor Bridget besser in Acht nehmen sollte. Sie hatte zwar sofort abgestritten, damit irgendetwas Bestimmtes gemeint zu haben, aber ich hatte das unangenehme Gefühl, dass sich Dinge abspielten oder abgespielt *hatten*, von denen ich nichts ahnte. Dinge, über die Coral mit mir nicht sprechen wollte. Sie hatte ebenfalls klargestellt, dass wir niemals Freundinnen sein könnten, weil ich Toms Mutter war. Aber es herrschten ja offensichtlich große Spannungen zwischen Coral und Bridget. Vielleicht hatte Mavis recht, und ich sollte es noch einmal probieren.

»Danke, Mavis«, sagte ich und stand auf. »Es war wirklich nett, dass Sie sich Zeit für mich genommen haben.«

»Gern, jederzeit wieder, meine Liebe.« Mavis blieb sitzen und betrachtete die vorbeieilenden Menschen, die mit dem Handy telefonierten oder im Gehen Kaffee tranken. »Heutzutage haben die Leute es immer so eilig, dass sie kaum noch Guten Tag sagen, aber wir unsichtbaren Alten ... na ja, wir bekommen viel mehr mit, als man uns zutrauen würde.«

DREIUNDDREISSIG

Quer durch die Stadt fuhr ich zu dem billigen Imbissrestaurant, von dem ich wusste, dass Coral dort halbtags arbeitete. Ich erreichte es fünfzehn Minuten vor dem Ende ihrer Schicht und parkte direkt gegenüber. Von dieser Stelle aus hatte ich nicht nur die Tür des Restaurants im Blick, sondern auch die schmale Gasse daneben, falls sie den Hinterausgang benutzen sollte.

Den Versuch, beim Warten etwas auf meinem Kindle zu lesen, gab ich schnell wieder auf. Ich hatte die Augen ein ums andere Mal über dieselbe Seite wandern lassen, weil ich mich nicht länger als ein paar Sekunden konzentrieren konnte. Schließlich trat Coral schlurfend auf die Straße und scrollte im Gehen gedankenverloren auf ihrem Handy herum. Als sie die Straßenecke erreichte, blieb sie stehen und lehnte sich an eine Backsteinmauer, zündete sich eine Zigarette an und tippte auf ihrem Telefon herum.

Ich stieg aus und machte mich auf den Weg zu ihr hinüber, wobei ich bewusst von vorne auf sie zuging, um sie nicht zu überrumpeln. Der Verkehr dröhnte und brauste, und mir stiegen beim Überqueren der Straße scharfe Gewürze in die Nase. Coral trug die braun karierte Uniform der Schnellrestaurantkette und hatte sich die Haare zu einem Knoten zusammengebunden. Ohne Make-up wirkte sie blass und müde. Als sie aufblickte und mich bemerkte, zuckte ihre Hand vor Überraschung, und die lange Aschespitze fiel von ihrer Zigarette, um sich auf dem Pflaster zwischen uns aufzulösen.

»Hi, Coral, entschuldige, wenn ich dich erschreckt habe.« Sie erwiderte mein freundliches Lächeln nicht. »Ich hab mich gefragt, ob du vielleicht Zeit hast, dich kurz mit mir zu unterhalten.«

»Was soll das?« Unruhig blickte sie nach links und rechts. »Hat Tom dich geschickt ... oder Bridget?«

Was für eine merkwürdige Frage!

»Nein, natürlich nicht«, antwortete ich und deutete auf ein kleines Café gegenüber. »Hättest du Lust, mit mir einen Kaffee zu trinken? Dann könnten wir mal ungestört reden.«

Sie zog noch einmal an ihrer Zigarette und musterte mich aufmerksam. Ich konnte mir denken, dass hinter ihrer Stirn eine Reihe von Überlegungen aufeinander folgten: Ob sie mir trauen konnte? Worüber genau ich wohl mit ihr reden wollte?

»Viel Zeit hab ich nicht«, sagte sie, während sie den Zigarettenstummel ausdrückte und in eine nahe Mülltonne warf. »Um drei muss ich für ein Gespräch über Ellis in der Schule sein.«

»Kein Problem«, sagte ich und war erleichtert, weil sie mich nicht zum Teufel jagte.

Das Café mit den dunklen Wänden wurde nur durch runde orangefarbene Hängelampen erhellt und war daher ein wenig schummerig. Hier würden wir problemlos einen freien Tisch finden, da nur etwa die Hälfte belegt war.

»Ist ein Latte okay?«

Coral nickte, und ich bestellte am Tresen, während sie für uns einen Tisch aussuchte. Sie entschied sich für einen weit weg von der Eingangstür, nahm Platz und starrte auf ihr Handy.

Als ich mit den Getränken kam und sie auf den Tisch

stellte, packte Coral ihr Telefon weg und schaute nachdenklich zum Fenster hinüber.

»Es fühlt sich komisch an, hier mit dir zu sitzen«, sagte sie, ohne mich anzusehen. »Wirklich seltsam. Total falsch.«

Ich presste die Lippen aufeinander. »Coral, natürlich verstehe ich, dass wir nie beste Freundinnen sein werden, schließlich bin ich Toms Mutter. Aber da er jetzt mit Bridget verheiratet ist, hab ich mir gedacht, dass wir doch wenigstens nett zueinander sein könnten. Wir werden uns sicher öfter über den Weg laufen, also lass uns doch wenigstens versuchen, miteinander klarzukommen.«

»Weißt du es?«, fragte sie und wurde plötzlich kreidebleich. Mit einem Mal sah sie so aus, als müsste sie sich gleich übergeben, aber sie riss sich zusammen. »Hat Tom es dir erzählt?«

Ich runzelte die Stirn. »Mir was erzählt?«

Sie zögerte und schien gedanklich zurückzurudern. »Dass sie heiraten würden. Ich meine, hat er vorher mit dir darüber gesprochen?«

»Nein, hat er nicht. Dann hätte ich es nämlich zu verhindern versucht.« Ihre Miene entspannte sich ein wenig. Mir war es wichtig, ganz offen mit ihr zu sprechen, um ihr Vertrauen zu gewinnen. »Ich war am Boden zerstört und bin es immer noch, Coral, weil das wirklich ein übler Schock war.«

»Damit sind wir schon zwei, und Ellis geht es auch dreckig.«

»Es ist verständlich, dass ihn die Sache mitnimmt.«

Mit einem langen Teelöffel schaufelte sich Coral etwas von dem Schaum auf ihrem Getränk direkt in den Mund. »Die Rektorin hat mich angerufen, um mit mir über Ellis' Verhalten in der Schule zu sprechen. Deshalb muss ich da gleich hin.«

»Es tut mir leid, dass er daran so zu knabbern hat«, sagte ich mit neutraler Stimme. Jesse war in der Schule immer in irgendwelche Schwierigkeiten geraten. Und Tom war manchmal mit hineingezogen worden, weil er eben zufällig mit dabei gewesen war, wenn Jesse die Visage von irgendjemandem nicht gepasst hatte oder er trotzig auf die Zurechtweisung eines Lehrers reagierte hatte. Mavis Threadgold hatte mich darauf schon früh angesprochen. Ich hatte mit Bridget darüber geredet, aber meine Warnungen waren natürlich auf taube Ohren gestoßen.

Coral legte den Löffel hin und tupfte sich mit einer der winzigen quadratischen Servietten, die beim Kaffee mit dabei gewesen waren, über den Mund.

Ihre direkte Art verblüffte mich. Wenn sie nicht von Bridget und ihrem dominanten Auftreten überschattet wurde, strahlte Coral ruhiges Selbstbewusstsein aus.

Ich tippte mit dem Fingernagel seitlich gegen mein Latte-Glas. Coral war nicht dumm, daher war mir klar, dass ich meine Empfindungen besser ehrlich mit ihr teilte. »Bridget und ich waren früher mal beste Freundinnen, wusstest du das? Wir haben unsere Jungen zusammen aufgezogen. Aber nach den schrecklichen Ereignissen und all den Jahren, die verstrichen sind, hab ich den Eindruck, sie gar nicht mehr zu kennen.«

Coral gab ein versöhnliches Geräusch von sich, als wüsste sie genau, was ich meinte. »Aber was hat das mit mir zu tun?«

»Na ja, ich will nicht länger um den heißen Brei herumreden: Du kennst sie einfach viel besser als ich. Ich spreche jetzt als Mutter zu dir, Coral, und möchte dich darum bitten, deine Gefühle über die Nacht von Jesses Tod mal einen Moment beiseitezuschieben.«

»Wenn das nur so einfach wäre«, murmelte sie.

»Mir ist klar, dass ich dich um einen großen Gefallen bitte«, sagte ich. »Aber ich möchte mit dir im Vertrauen über Bridget reden.« Es gab keinerlei Garantie dafür, dass sie nach unserem Gespräch nicht losziehen und alles brühwarm Bridget erzählen würde. Aber ich verließ mich auf mein Bauchgefühl, wie Mavis es mir geraten hatte. Und mein Instinkt sagte mir, dass Bridget mit ihrer heimlichen Hochzeit jedes Anrecht auf Corals Loyalität verwirkt hatte. »Ich wüsste gern, was du über die Ehe der beiden denkst. Darüber, ob Bridget es ... ernst meint, um es freundlich zu formulieren.«

»Du willst wissen, ob sie böse Absichten hat«, stellte Coral einfach nur fest.

Ich zögerte, bevor ich darauf eine Antwort gab. Wenn Bridget zu Ohren kam, dass ich solche Fragen über sie stellte, wirkte sich das vielleicht negativ auf meine Beziehung zu Tom aus. Ob es mir nun passte oder nicht, im Moment hatte sie einfach einen größeren Einfluss auf ihn als ich. Wenn ich wirklich die Wahrheit herausfinden wollte, brachte es aber auch nichts, jetzt hinter dem Berg zu halten. »Ja, genau das will ich wissen. Was du mir anvertraust, werde ich keinem weitererzählen. Ich hoffe, auch mit deiner Diskretion rechnen zu können, und bitte dich einfach um Hilfe dabei, mir auf die ganze Sache einen Reim zu machen. Ich hab das Gefühl, dass du die Einzige bist, die das kann.«

Coral nahm ihr Glas mit beiden Händen und starrte hinein.

»Ich will ehrlich zu dir sein, Jill: Bridget hat wirklich viel für mich getan. Sie greift mir nur wegen Ellis unter die Arme, schon klar, und ich würde ihr auch nie die Genugtuung geben, mich das sagen zu hören, aber ... sie hat mich nach Jesses Tod vor einem schlimmen Absturz bewahrt. Obwohl ich oft vermutet habe, dass er mich betrogen hat, hat es mich hart getroffen, als er gestorben ist. Ich will gar nicht darüber nachdenken, was damals ohne Bridget aus mir geworden wäre.«

»Dafür bist du ihr sicher sehr dankbar«, sagte ich. Bisher hatte sie lauter positive Dinge erwähnt, ich rechnete allerdings mit einem dicken »Aber«.

»Aber ich muss dafür einen Preis zahlen, wie Bridget mir immer wieder unter die Nase reibt.« Coral biss sich auf die Lippe. »Es sind Sachen passiert, von denen du keine Ahnung hast. Du wirkst auf mich wie ein netter Mensch und kannst ja nichts für das, was Tom getan hat. Dir mache ich keine Vorwürfe, weil du keine Schuld daran trägst, was geschehen ist.

Gute Freundinnen werden wir nie werden, aber als Mutter kann ich deine Sorge um deinen Sohn verstehen. Auch ich werde immer für Ellis da sein und ihn zu schützen versuchen, egal, was er getan hat.«

Sie schüttete bereits ihren Kaffee hinunter, noch wollte ich sie aber nicht ziehen lassen.

»Mit den Sachen, von denen ich keine Ahnung habe – meinst du da Dinge, die Bridget getan hat?«

»Sorry, darüber kann ich nicht reden. Es ist besser für dich, wenn du davon nichts weißt.« Sie stand auf. »Und dazu, warum Bridget Tom geheiratet hat, kann ich auch nicht mehr sagen. Sie hat sich mir vor der Hochzeit nicht anvertraut, daher war die Nachricht für mich genauso ein Schock wie für dich.«

Ich verzog das Gesicht, und sie zögerte. »Vielleicht solltest du dich bei deiner Suche nach Beweggründen auf eine andere Person konzentrieren.«

Ich runzelte die Stirn. »Auf wen denn sonst, wenn nicht auf Bridget?«

»Auch Tom hat seine Entscheidungen getroffen, Jill«, sagte sie sanft. »Das solltest du nicht vergessen.«

VIERUNDDREISSIG

Nachdem Coral das Café verlassen hatte, bestellte ich einen weiteren Kaffee und blieb eine Weile sitzen, um nachzudenken.

Mein ganzes Leben hatte sich verändert. Robert mied jede Gelegenheit, über Tom und Bridget zu sprechen, und arbeitete mittlerweile so viel, dass er oft erst spät nach Hause kam und wir nicht einmal mehr zusammen zu Abend aßen.

Ich hatte beim Immobilienmakler Bescheid gegeben, dass Tom am Ende doch nicht an der Wohnung interessiert war, und in seinem Namen auch den Übergangsjob abgelehnt.

Wenn ich abends ins Bett ging, war ich so fix und fertig, dass ich meist sofort einschlief, ohne auch nur ein paar Seiten in meinem Buch zu lesen. Gegen zwei Uhr morgens schlug ich die Augen allerdings wieder auf und lag hellwach da, woraufhin die Grübelei losging. Dann stiegen alte Erinnerungen in mir auf.

Als Tom noch ein Baby gewesen war, hätten wir ihn beinahe verloren. Während der ersten drei Monate nach der Geburt war er ein gesundes, lebhaftes Kind gewesen. Er hatte wunderbar geschlafen und uns in seinen wachen Stunden mit seinem fröhlichen Naturell nur Freude gemacht. Alle kommentierten, was für ein liebenswerter kleiner Kerl er doch war, und wir hatten großen Spaß dabei, ihn ungestüm mit seinen Spielsachen herumhantieren zu sehen. Irgendwann fing er allerdings an, im Laufe der Nacht mehrmals aufzuwachen, während es ihm schwerfiel, morgens munter zu werden. Er hatte keinen Appetit mehr und verlor dadurch an Gewicht, während ihn sein Spielzeug nicht mehr interessierte.

Die zuständige Hebamme beruhigte mich: »Solche Phasen machen Kinder im ersten Jahr oft durch«, erklärte sie. »Behalten Sie ihn während der nächsten ein, zwei Wochen gut im Auge. Und wenn Sie sich dann immer noch Sorgen machen, holen Sie sich für ihn einen Termin beim Hausarzt, nur für alle Fälle.«

Aber Toms Zustand verschlechterte sich weiter. Über Nacht nahm seine zuvor cremig weiße Haut mit den rosigen Wangen eine seltsame Farbe an. Er aß sehr wenig, schlief tagsüber viel und war still, geradezu apathisch, wenn er wach war.

Wir gingen mit ihm in die Praxis im Viertel, wo wir vom Arzt das Gleiche zu hören bekamen wie von der Hebamme. Mir kam das Ganze wie eine Verlegenheitsdiagnose vor.

»Ich will, dass er eingehend untersucht wird«, sagte ich ruhig, aber entschlossen. »Und ich möchte eine zweite Meinung dazu.«

Der Arzt war deutlich verärgert, und Robert verzog gequält das Gesicht, aber ich blieb hartnäckig. »Ich würde es mir niemals vergeben, wenn ihm etwas passiert. Deshalb will ich eine gründliche Untersuchung. Irgendetwas stimmt nicht mit ihm, das spüre ich.«

»Das *spüren* Sie?«, wiederholte der Arzt in herablassendem Tonfall, während seine Mundwinkel zuckten.

»Ja«, versetzte ich erneut. »Das spüre ich.«

Also ging es los: Tagelang mussten wir immer wieder mit Tom zu Terminen ins Krankenhaus. Und jedes Mal wurde uns versichert, dass ihm nichts fehlte, dass er einfach nur eines von diesen »kränklichen Kindern« war, was sich aber auswachsen würde.

»Das reicht jetzt langsam, Jill«, sagte Robert nach dem vierten Tag zu mir. Wir setzten uns zusammen hin, und er sah mich an wie eine liebe alte Tante, die langsam ein bisschen tüdelig wurde. »Es ist nicht fair, Tom immer wieder ins Krankenhaus zu schleppen, damit sie dort an ihm herumfummeln und -hantieren, nur um uns danach wieder nach Hause zu schicken. Du hast den Arzt doch gehört: Im Moment ist sein Zustand nun mal so, und das musst du eben akzeptieren.«

Aber ich blickte meinem Kind in die matten, flehenden Augen und wusste es. Ich wusste es einfach.

»Wenn du nicht mitkommen willst, gehe ich allein«, sagte ich. »Dieses Mal werde ich das Krankenhaus nicht verlassen, ehe ich nicht weiß, was los ist.«

Man muss Robert zugutehalten, dass er mir in dieser Situation zur Seite stand. Die nächste Nacht hielt einen ordentlichen Schrecken bereit, der uns im Höchsttempo ins Krankenhaus rasen ließ, aber endlich Gewissheit brachte.

Tom hatte Herzgeräusche, die rasch immer schlimmer wurden und eine Operation erforderlich machten. Einen Eingriff, der weniger aufwendig gewesen wäre, wenn die Ärzte früher gehandelt hätten. Mittlerweile wünschte ich mir, ich hätte bereits eher ein Machtwort gesprochen. Tom wurde wieder ganz gesund, dem Chirurgen zufolge hätte sein Herzleiden allerdings zu seinem Tod geführt, wenn es nicht behandelt worden wäre. Wie bei einem dieser scheinbar kerngesunden sechzehnjährigen Jungen, die plötzlich auf dem Fußballfeld zusammenbrachen. So etwas hatte doch jeder schon mal gelesen.

Ich hatte die ganze Zeit gewusst, dass etwas nicht stimmte. Mir war es klar gewesen, während alle anderen versucht hatten, mich zum Schweigen zu bringen. Es war so, wie mein Vater es mal ausgedrückt hatte: Was einem im Leben wichtig war, sollte man immer im Blick behalten.

Dass ich diese Regel verinnerlicht, sie mir zum Lebensmotto gemacht hatte, hatte mich im Laufe der Jahre allerdings ausgelaugt, wie ich nun feststellen musste.

Dennoch konnte ich das Gefühl nicht verdrängen, dass im Umfeld meines Sohnes etwas faul war. Da konnte man mir noch so oft versichern, dass ich mir das nur einredete – ich war fest entschlossen, die Wahrheit herauszufinden.

Das Café lag etwa zehn Gehminuten von Second Chances entfernt auf der anderen Seite der Innenstadt, und es war ein kalter, aber trockener Nachmittag. Als ich meinen Kaffee getrunken hatte, beschloss ich daher, das Auto stehen zu lassen und einen Spaziergang bis zum Laden zu machen. Ich würde Audrey überraschen und sie fragen, was sie von Corals geheimnisvollen Andeutungen hielt.

Draußen war es doch frischer als gedacht, daher knöpfte ich meine Jacke zu, bevor ich mich in Bewegung setzte. Der Himmel war grau und der Wind unerbittlich, nach ein paar Minuten energischem Marschieren wurde mir aber wärmer.

Ich nahm eine Abkürzung durch ruhigere Seitenstraßen, bis ich die wichtigste Einkaufsgegend mit ihrem Trubel erreichte. In diesem Moment fragte ich mich, wie es Tom wohl mit seiner neuen Arbeit in Bridgets Stiftung ergehen würde. Seine Tätigkeit dort war natürlich viel glamouröser als der bescheidene Job im Archiv, den ich für ihn organisiert hatte.

Ich wünschte wirklich, ich würde mich mehr für ihn freuen. Aber dem Artikel zufolge, den Audrey mir gezeigt hatte, nutzte Bridget Toms Verbindung zu Jesses Tod, um für ihre Organisation zu werben. Das waren doch völlig falsche Gründe, um meinen Sohn ins Rampenlicht zu zerren!

Je näher ich dem Laden kam, desto mehr beunruhigte mich

die Frage, ob sich Audrey über meinen Besuch freuen würde. Ja, alle Freundschaften machten einmal schwierige Phasen durch, aber vielleicht hatte ich mich mehr auf meine eigenen Probleme fixiert, als mir klar gewesen war. Es kam mir so vor, als wäre bei Audrey irgendetwas im Busch, womit sie mich nicht belasten wollte.

Von außen wirkte der Secondhandshop leer. Doch als ich die Tür öffnete und das altmodische Glöckchen erklang, sah ich Audrey mit jemandem am Tresen stehen. Beide drehten sich zu mir um.

»Jill!« Audrey riss die Augen auf und rückte von der Kundin ab. »Mit dir hätte ich jetzt nicht gerechnet!«, stammelte sie.

Das bemerkte ich kaum, weil ich in diesem Moment die Frau erkannte.

Es war Bridget, die jetzt vortrat.

»Jill, was für eine schöne Überraschung! Du siehst irgendwie ... anders aus. Deine Haare!«

Soweit ich wusste, war Bridget vorher noch nie hier im Laden gewesen. Ich versuchte, nicht laut zu werden. »Unterbreche ich gerade ein wichtiges Gespräch?«

»Nein, natürlich nicht.« Jetzt schaltete Audrey in ihren smarten Geschäftsführerinnen-Modus um. »Bridget hat kurz hereingeschaut, um Hallo zu sagen, und ...«

»... ein bisschen zu gucken«, fügte Bridget lakonisch hinzu, »weil ich mich immer schon gefragt habe, wie es bei euch aussieht.«

»Ach, tatsächlich?« Ich ging ein paar Schritte auf sie zu. »Und du hast sie herumgeführt, Audrey, oder?«

Meine Freundin griff nach ein paar Metallbügeln und legte sie sofort wieder hin. Sie wusste nicht, was sie tun sollte, ja nicht einmal, wohin sie den Blick richten sollte.

Bridget seufzte. »Okay, lass mich ehrlich sein: Ich bin gekommen, um Audrey zu fragen, ob mit dir alles in Ordnung ist. Das Abendessen letzte Woche ist ja nun nicht wie erhofft verlaufen und ... ich dachte, dass Audrey vielleicht wüsste, wie es dir geht.«

Mit vor der Brust verschränkten Armen funkelte ich sie an. Sie musste mich wohl für furchtbar einfältig halten.

»Und warum hast du nicht einfach *mich* gefragt, wie es mir geht, Bridget?« Nun richtete ich meine Aufmerksamkeit auf Audrey, die überhaupt nicht so ruhig und entspannt war wie sonst. Ihre Wangen brannten und ihr Blick sauste durch das Geschäft, als suche sie nach einem Fluchtweg. »Ich wusste gar nicht, dass Bridget und du Kontakt habt, Audrey.« Mein neutraler Tonfall gab keinen Aufschluss darüber, wie sehr das Herz in meiner Brust raste. Verzweifelt versuchte ich, mir auf die Situation einen Reim zu machen, aber ich wurde einfach nicht schlau daraus.

»Ich sollte lieber gehen«, sagte Bridget. »Danke, dass du mir den Laden gezeigt hast, Audrey.«

»Moment!«, rief ich ihr hinterher, als sie rasch zur Tür ging. Irgendetwas war faul. Es ging ja nicht nur darum, dass hier meine beste Freundin mit meiner größten Feindin sprach. Dazu kam noch etwas anderes, weniger Offensichtliches. Dass von uns dreien nämlich ich die nicht Eingeweihte war, diejenige, die keine Ahnung hatte.

Als eine andere Frau den Laden betrat, nutzte Bridget den Moment und schlüpfte nach draußen.

Während sich die neue Kundin umzusehen begann, knüpfte ich mir erst einmal Audrey vor. »Lüg mich nicht an. Ich weiß, dass hier irgendetwas vor sich geht.« Obwohl ich mir Mühe gab, meine Gefühle im Zaum zu halten, zitterte meine Stimme. »Du bist meine älteste Freundin, und ich bitte dich, jetzt ehrlich zu mir zu sein. Hat sie dich gestern zu mir geschickt, damit du mich mit diesem Artikel quälst?«

»Natürlich nicht!«

Ich wollte die Wahrheit von Audrey hören, aber ich

wünschte mir auch, dass es sich um etwas Harmloses handelte. Etwas, was unsere Freundschaft nicht in Gefahr bringen, mein Leben nicht noch komplizierter machen würde. Ich hatte ihr vertraut, oft mit ihr über meine Gefühle in Bezug auf Bridget gesprochen ... Und sie, hatte sie mich wirklich hintergangen? So sah es nämlich aus.

Plötzlich wirkten Audreys angespannte Gesichtszüge auf mich geradezu ausgemergelt. »Kannst du kurz den Laden im Auge behalten, während ich uns was zu trinken mache?«

»Ich will aber nichts zu trinken. Ich will, dass du mir jetzt sagst, warum Bridget Wilson hier war und worüber ihr gesprochen habt!«

Beklommen schaute Audrey zu der Frau hinüber, die gerade unser Angebot an Halstüchern unter die Lupe nahm. »Wenn die Kundin gegangen ist, schließe ich den Laden für eine halbe Stunde, damit wir uns in Ruhe unterhalten können, versprochen. Aber lass mich erst einmal was zu trinken machen. Die neue Frisur steht dir übrigens fantastisch, damit siehst du gleich zehn Jahre jünger aus!« Audrey verschwand im hinteren Bereich des Geschäftes, wo ich sie bald mit Geschirr hantieren hörte. Ich versuchte, die Kundin innerlich zur Eile anzutreiben, damit sie so schnell wie möglich verschwand.

Bridget hatte behauptet, sich bei Audrey nach meinem Wohlbefinden erkundigt zu haben, was völlig lächerlich war. Meines Wissens hatte Audrey mit Bridget kein einziges Wort gewechselt, seit Tom ins Gefängnis gekommen war. Natürlich kannten sich die beiden Frauen, und sie hatten bei uns auf Familienfeiern vor vielen Jahren auch mal unverbindlich miteinander geplaudert. Aber sie waren immer beide nur eine Freundin *von mir* gewesen und nie selbst miteinander warm geworden. Verständlich, schließlich hatte Audrey keine Kinder, während alle Treffen und Aktivitäten mit Bridget jahrelang mit den Jungen zu tun gehabt hatten.

»Hallo?«, rief mich jetzt die Kundin in die Gegenwart

zurück. »Könnten Sie mir vielleicht sagen, was der lilafarbene Schal kostet?«

»Entschuldigung, ich war in Gedanken meilenweit entfernt.« Ich griff nach dem Schal und sah, dass er keines der kleinen Preisschildchen trug. Bei dem daneben war es genauso. »Die müssen wohl aus Versehen hier gelandet sein, bevor sie mit einem Preis versehen wurden. Augenblick, ich frage eben die Geschäftsführerin.«

Die Kundin nickte und ging weiter zu den Gürteln. Ich trat an die Tür, durch die man hinten die Kochnische und das Büro erreichte.

»Audrey, kannst du mal nach vorne kommen?«

Keine Antwort, nur der Wasserkocher blubberte und zischte.

»Audrey? Eine Kundin hat eine Frage zu den Schals.«

Stille.

Ich warf einen Blick zurück. Eigentlich war es so abgemacht, dass wir niemals Kunden im Laden allein ließen. Deshalb achtete ich darauf, die Frau weiterhin im Auge zu behalten, während ich den kurzen Gang entlanglief. Die Kochnische war leer, daher ging ich davon aus, dass Audrey vielleicht schnell etwas am Computer nachguckte oder am Telefon hängen geblieben war. Als ich die Tür zum Büro öffnete, befand sich aber auch darin niemand.

Jetzt blieb nur noch eine Möglichkeit – die Toilette.

»Audrey? Bist du da drin?« Ich war sicher gewesen, dass die Tür verschlossen sein musste. Doch sie öffnete sich sofort, als ich an der Klinke rütteln wollte. Audrey war nicht im Raum.

Alarmiert huschte ich wieder ins Büro und stellte fest, dass ihre Jacke und Handtasche nirgends zu sehen waren. Ich fragte mich, ob Audrey vielleicht eine Mülltüte zu den Abfalltonnen rausgebracht hatte, die wir uns mit den Läden nebenan teilten, und sich dabei versehentlich ausgesperrt hatte.

Als ich am hinteren Notausgang die Stange hinunterdrückte und sich die schwere, solide Tür öffnete, sprang eine Katze aus einer überquellenden Mülltonne und raste davon. Von ihr abgesehen war der Hinterhof leer.

Keine Audrey. Es war, als hätte sie sich in Luft aufgelöst.

Ich ließ die Tür zufallen und eilte zurück in den Laden, um der Kundin zu erklären, dass ich unvorhergesehen schließen musste. Aber sie war das Warten offensichtlich leid geworden und bereits gegangen.

Also durchkämmte ich noch einmal in Ruhe jeden Raum im hinteren Bereich, wobei ich auf der Arbeitsplatte der Kochnische schließlich einen Zettel mit Audreys Handschrift fand:

Tut mir leid, Jill, aber es ging mir nicht gut. Kannst du bitte den Laden für mich zumachen? Ich melde mich, wenn ich mich besser fühle, und erkläre dir dann die Sache mit Bridget.

Ach, das war ihre Ausrede dafür, dass sie hier so eine Nummer hinlegte und einfach verschwand? Unerhört, und so ein Benehmen passte auch gar nicht zu Audrey, die immer großen Wert auf die exakte Einhaltung der Öffnungszeiten legte.

Ich nahm mein Handy aus der Tasche und rief meine Freundin an. Aber sie hatte ihr Telefon offensichtlich ausgestellt, da sofort die Mailbox ranging. Stammelnd hinterließ ich eine Nachricht: »Audrey, wo steckst du, warum bist du einfach verschwunden? Ruf mich sofort zurück, wenn du das hier hörst.«

Vorsichtshalber schrieb ich ihr auch noch eine Nachricht, die sie auf jeden Fall lesen würde, wenn sie das Handy wieder einschaltete:

Was ist bloß passiert? Ich mache mir Sorgen! Wenn du dich nicht bald meldest, komme ich bei dir vorbei.

An der Ladentheke improvisierte ich mit einem Blatt aus dem Drucker und schwarzem Filzstift hastig ein Schild: *Laden wegen unvorhergesehener Umstände leider vorübergehen geschlossen.* Das klebte ich von innen an die Scheibe, mit Tesafilm – was Audrey aus tiefster Seele gehasst hätte. Dann sperrte ich die Tür ab und zog die Rollläden herunter.

Ich würde Audrey etwas Zeit geben, bevor ich zu ihr nach Hause fuhr. Wenn sie nicht da war, würde ich eben warten. In der Zwischenzeit war mir aber noch jemand anders eine Antwort schuldig.

FÜNFUNDDREISSIG

BRIDGET

Nach der Begegnung im Secondhandshop setzte ich mich ans Steuer und fuhr ein bisschen durch die Gegend, um mich erst einmal wieder zu beruhigen.

Als ich nach Hause zurückkehrte, saß dort Tom im Wohnzimmer und guckte Fußball.

Ich drückte ihm einen Kuss auf die Wange.

»Ist es eigentlich noch zu früh für ein Glas Gin?«, fragte er, als ich weiterlief. »Ich will dir so gern alles über das Fitness-Studio erzählen. Was hast du eigentlich gemacht?«

»Dies und jenes«, antwortete ich vage. »Ich springe nur kurz unter die Dusche, dann können wir zusammen anstoßen. Ich bin gespannt, was du zu erzählen hast.«

Oben seifte ich mir das Gesicht ein und shampoonierte mir die Haare, während ich versuchte, zugleich die Erinnerung an den Zusammenstoß im Geschäft wegzuwaschen. Aber das funktionierte nicht. Wie entsetzt Audrey Denton mich angestarrt hatte, ging mir einfach nicht mehr aus dem Kopf. Ich hatte ihr genau erklärt, was ich gesehen hatte, hatte sogar Datum und Uhrzeit genannt, und sie hatte es nicht verleugnen können. Jetzt wusste sie, dass ich ihr auf der Spur war.

Kurz darauf war aber ich diejenige gewesen, die einen Schock bekommen hatte, als plötzlich Jill im Laden aufgetaucht war. Sie hatte sich die Haare gefärbt und gestylt und ausnahmsweise sogar Make-up getragen. Das alles schien ihr neues Selbstbewusstsein verliehen zu haben. Hastig hatte ich den Rückzug angetreten, aber jetzt musste ich mir gut überlegen, wie ich das alles Tom erklären würde.

Als ich aus der Dusche kam, rubbelte ich mir die Haare mit einem Handtuch trocken und hüllte mich in ein großes, weiches, weißes Badetuch. Noch nicht ganz trocken tapste ich hoch ins Hauptschlafzimmer. Dabei genoss ich das Gefühl des flauschigen cremefarbenen Teppichs unter den nackten Füßen und die Liebkosung der schwachen Sonnenstrahlen, die durch die bodentiefen Fenster hereinfielen und den Raum in ein sanftes, goldenes Licht hüllten.

Ich keuchte auf, als ich beinahe in Tom hineingelaufen wäre. Er hatte sich offenbar heimlich ins Schlafzimmer geschlichen, und wartete dort mit nacktem Oberkörper auf mich. Er sah aus wie ein Cowboy. Mir stach die kleine Narbe auf seiner Brust ins Auge, die von einer Operation im frühen Kindesalter stammte, wie er mir erklärt hatte. Da stand er nun vor mir, mit verwuscheltem Haar, einem leichten Anflug von Bartstoppeln und diesem feixenden Lächeln auf den Lippen. Er sah so ... *appetitlich* aus, dass sich innerhalb von Sekunden mein ganzer Körper nach ihm verzehrte.

»Na, hallo, was kann ich für Sie tun?«, fragte ich in anzüglichem Tonfall und ließ das Badetuch zu Boden gleiten. Ohne ein Wort zog Tom mich zu sich heran und fuhr mit dem Finger vom Nacken aus meinen Rücken hinab bis zur feuchten, warmen Kuhle am Ende der Wirbelsäule. Wo auch immer er mich berührte, hinterließ er ein elektrisches Prickeln. Gott, durch diesen Mann fühlte ich mich so *lebendig*!

Plötzlich wollte ich ihm unbedingt zeigen, dass ich zehn dieser albernen jungen Dinger wert war, denen er mit Sicherheit im Fitness-Studio begegnet war. Daher begann ich am Bund seiner Jeans zu zerren, und er wich zurück, während ich ihm mit wiegenden Schritten folgte. Er geriet ins Straucheln und landete rückwärts auf dem Bett, wo ich mich kichernd auf ihn warf, mich völlig in der Lust verlor, die meinen Körper erfüllte.

Und dann wurde unten geklingelt – zunächst einmal lang, dann stakkatoartig immer wieder.

Tom rückte ein wenig von mir ab, aber ich packte seinen Kopf von hinten.

»Ignorier das einfach!«, keuchte ich und verschloss seinen Mund mit den Lippen, während mir sein Aroma von Muskatnuss und Seife in die Nase stieg.

Er drehte uns herum, sodass er auf mir lag, und stützte sich links und rechts mit den muskulösen Armen ab, um mich nicht zu erdrücken. Ich schloss die Augen und spürte, wie in meinem Inneren alles zerfloss. Ein paar Sekunden später hämmerte allerdings jemand gegen die Haustür.

»Was zum Teufel?« Tom erstarrte über mir.

Fäuste, die trommelten, dann wieder die Klingel, erneut die Fäuste ...

»Himmel!« Tom rollte vom Bett, schaute aus dem Fenster und stieß einen Fluch aus.

»Was ist denn los?«, fragte ich, während ich mich aufrichtete und das feuchte Badetuch aufhob. »Wer ist das?«

Mit einem Mal sah es so aus, als hätte jemand die Luft aus Toms kräftigem, straffem Körper gelassen. »Es ist meine Mutter.«

»Na, perfektes Timing«, knurrte ich. Mein Mund war plötzlich staubtrocken. Ich hatte ja noch nicht einmal Zeit gehabt, Tom gegenüber meine Begegnung mit Jill zu erwähnen.

»Ich muss nach unten«, sagte er und begann, hektisch nach seinem T-Shirt zu suchen. »Sie hat die Autos gesehen und weiß, dass wir zu Hause sind.«

»Sag ihr, dass wir beschäftigt sind.« Ich schenkte ihm ein kleines Grinsen und versuchte, mich zu entspannen. »Sie soll ein andermal wiederkommen, weil wir uns hier um eine ganz dringende Angelegenheit kümmern müssen.«

Er lachte nicht, sondern stieß mit einem dumpfen Laut die Luft aus, bevor er murmelte: »Na, so einfach wird das nicht. Meine Mutter kann ziemlich resolut und überzeugend sein.«

»Ach ja? Und ich erst!« Ich war jetzt nicht in der Stimmung für Jills Machtspielchen. Wie sie vorhin in den Laden marschiert war, als hätte sie zu entscheiden, wer da ein- und ausging! Mir war natürlich klar, wie sehr es ihr gegen den Strich ging, dass ich dort mit Audrey gesprochen hatte. Schließlich war Audrey *ihre* Freundin, und ich war in den Laden gekommen, in dem *sie* arbeitete. Es war beängstigend, wie besessen sie davon war, alles und jeden um sie herum zu kontrollieren.

Egal, ihr spontaner Besuch hier zwang mich dazu, schnell und entschlossen zu reagieren. Denn noch war ich nicht bereit, Tom davon zu erzählen, womit ich heute Audrey konfrontiert hatte.

Während Tom nach unten hastete, um die Tür zu öffnen, zog ich Unterwäsche an, streifte ein lose sitzendes Etuikleid aus weißer Baumwolle über und kämmte mir die Haare. Es machte mich stinkwütend, wie er immer noch spurte, wenn Jill mit den Fingern schnippte. Kein Wunder, dass sie selbst weiterhin glaubte, in Bezug auf unser Leben etwas zu sagen zu haben.

Tom mochte bei seiner Mutter sein Leben lang kuschen, aber *ich* würde einen Teufel tun, mich von Jill Billinghurst einschüchtern zu lassen. Das war die perfekte Gelegenheit, sie bloßzustellen. In Wirklichkeit wusste sie über mein Gespräch mit Audrey doch gar nichts! Daher würde ich ihr jetzt die Stirn bieten. Und wenn ich meine Sache gut machte, würde Jill hoffentlich in Toms Augen weitaus schlechter dastehen.

Ich überquerte den langen cremefarbenen Teppich und ging die Treppe hinunter, um auf einer der unteren Stufen stehen zu bleiben, wo ich alles mitbekommen, aber nicht gesehen werden würde.

Tom hatte die Haustür bereits geöffnet, und ich hörte eine gedämpfte Unterhaltung im Flur. Nach einer Weile wurden die Stimmen lauter, der Ton hitziger.

»Die beiden stecken unter einer Decke, und ich verschwinde hier erst wieder, wenn ich die Wahrheit herausgefunden habe«, hörte ich Toms Mutter fauchen.

Jetzt trat ich in den Flur und sagte: »Hallo, Jill.«

Sie starrte mich nur kurz an und nahm das Gespräch mit meinem Ehemann wieder auf, ohne mich weiter zur Kenntnis zu nehmen. »Also, ist sie hier, Tom?«

»Das hab ich dir doch schon gesagt, Mum«, erwiderte Tom mit Nachdruck. »Ist sie nicht.«

»Über wen redet ihr da?«, fragte ich arglos.

»Über Audrey.« Verwirrt zuckte Tom mit den Schultern und runzelte die Stirn. »Offenbar ist sie einfach aus dem Secondhandladen abgehauen. Du hattest gar nicht erwähnt, dass du dort warst.«

»Ich hab da vorbeigeschaut, als ich vorhin im Zentrum war. Mir ist erst beim Anblick von Audrey hinter der Theke klar geworden, dass das der Laden ist, in dem du arbeitest, Jill.«

»Schwachsinn! Warum lügst du mich an?« Jill war rot vor Wut.

»Mum!« Toms Miene wurde finster.

»Vielleicht kann Bridget mir ja weiterhelfen.« Erwartungsvoll schaute Jill mich an. »Ich hab mich gefragt, ob du mir vielleicht erklären kannst, wieso Audrey und du im Laden die Köpfe zusammengesteckt habt? Was hattet ihr da zu flüstern?«

»Kurz miteinander zu plaudern, würde ich jetzt nicht *die Köpfe zusammenstecken* nennen.« Ich setzte einen verblüfften Gesichtsausdruck auf. »Wie gesagt, wusste ich nicht einmal, dass das der Laden von deinem Aushilfsjob ist, bis ich dann ...«

»Also, bitte!« Jill warf den Kopf in den Nacken und lachte.

»Tom, selbst dir muss doch klar sein, dass sie uns hier Lügen auftischt ...«

»Ich glaube, du gehst jetzt besser, Mum«, sagte Tom in scharfem Tonfall. »Komm wieder, wenn du dich ein bisschen beruhigt hast, okay?«

Jill blieb ungerührt.

»Lass Bridget bitte meine Frage beantworten: Worüber hast du mit Audrey gesprochen?«

Ich erwiderte bloß ihr Starren und sagte kein Wort.

Wieder wandte sie sich an Tom. »Beide sind ganz offensichtlich erschrocken, als sie mich gesehen haben. Bridget ist quasi aus dem Geschäft gerannt, und Audrey wollte uns etwas zu trinken machen, ist aber wortlos aus dem hinteren Bereich des Ladens verschwunden.«

»Ist alles in Ordnung mit dir, Jill?« Besorgt blickte ich ihr in das rote Gesicht. »Audrey ging es gut, als ich gegangen bin – *gegangen*, und nun wirklich nicht gerannt. Aber du hast so aufgewühlt gewirkt, dass ich mich lieber zurückgezogen habe.«

»Hör auf zu lügen!« Sie spie die Worte geradezu und kam auf mich zu, bis sich unsere Fußspitzen beinahe berührten. »Du heimtückische, hinterlistige ...

»Mum, es reicht jetzt!« Tom legte ihr die Hand auf die Schulter und führte sie sanft, aber entschlossen zur Tür.

Sie jaulte auf und versuchte, ihn abzuschütteln. Das war meine Chance.

»Warte, Tom!«, rief ich. »Lass mich vernünftig erklären, was passiert ist.« Beide drehten sich zu mir um, und ich zögerte kurz, bevor ich fortfuhr: »Jill, ich hatte den Laden zunächst wirklich nicht als den erkannt, in dem du arbeitest. Wir überlegen bei uns in der Stiftung, vielleicht eigene Secondhandshops zu eröffnen, um vor Ort Gelder aufzubringen. Mir hat eure Schaufensterdekoration gefallen, deshalb bin ich aufs Geratewohl hineingegangen.«

»Siehst du, Mum«, sagte Tom erleichtert. »Es gibt also eine ganz vernünftige Erklärung.«

Jills Miene wurde finster, aber ich fuhr fort, bevor sie etwas erwidern konnte: »Audrey stand hinter der Theke, und wir sind einfach ins Gespräch gekommen. Das war alles ganz harmlos, Jill. Die Mantel-und-Degen-Intrige hast du dir nur eingebildet, fürchte ich.« Ich zwang mich zu einem Lächeln. »Und nachdem ich schon mal da war, hab ich mich danach erkundigt, wie es dir so geht, weil du bei unserem Abendessen doch ziemlich gereizt warst. Mehr steckt nicht dahinter.«

»In Ordnung, Mum?« Tom ließ die Hände sinken. »Bist du jetzt zufrieden?«

»Nein, ich bin überhaupt nicht zufrieden, weil ich kein einziges Wort glaube, das aus diesem Mund kommt. Sie ...«

»Dir gegenüber hatte ich es noch nicht erwähnt, Tom, weil ich es nicht so wichtig fand. Ich hab Audrey gesehen, Hallo gesagt, mich nach dir erkundigt, Jill, und das war's.«

Als hätte Jill da eine Ungereimtheit in meiner Geschichte bemerkt, erhellte sich ihre Miene ein wenig. »Und warum ist Audrey dann spurlos verschwunden, ohne ein Wort zu sagen? Warum hat sie mich dann mit einem Zettel gebeten, für sie zuzumachen, statt nach deinem Abgang einfach mit mir zu reden?«

»Ich denke, das musst du Audrey schon selbst fragen, Jill«, sagte ich sanft. »Ich glaube, sie macht sich auch ein bisschen Sorgen um dich.«

Jill wandte sich ab und öffnete die Haustür.

»Du bist eine Lügnerin, Bridget Wilson, und du verfolgst irgendeinen geheimen Plan, auch, wenn das sonst noch niemand erkannt hat.«

Sie blickte erst den fassungslosen Tom und dann wieder mich an. »Aber ich weiß, dass du etwas im Schilde führst, und ich *werde* herausfinden, was.«

SECHSUNDDREISSIG

TOM

Tom sah seiner Mutter hinterher, als sie brummelnd zum Auto zurückkehrte. Die neue Frisur stand ihr gut, und er freut sich darüber, dass sie etwas mehr auf ihr Äußeres achtete. Dennoch hatte sie hier gerade ohne jeden Grund einen Aufstand gemacht. In gewisser Weise hatte sie ihm damit allerdings einen Gefallen getan.

Nach dem ganzen Theater stellte Bridget nämlich nicht groß Fragen, als er behauptete, seine neue Wasserflasche von Chilly vergessen zu haben und deshalb noch mal im Fitness-Studio vorbeischauen zu müssen.

»Deshalb willst du noch mal zurück?«, fragte Bridget. »Warum kaufst du nicht einfach eine neue?«

»Die hat zwanzig Pfund gekostet!«, entgegnete Tom. «Im Gefängnis konnte ich maximal einen Zehner verdienen, und auch nur, wenn ich die ganze Woche gearbeitet habe.« Er hatte in der Haftanstalt von Nottingham eine Zeit lang geputzt und auch Aufgaben in der Küche übernommen. Einen Moment lang fühlte er sich in den Knast zurückversetzt, hörte wieder Türen zufallen, die auch nachts nie verstummenden Rufe und Schreie. Auf der Zunge spürte er das widerlich fade Essen, das immer gleich schmeckte, was man auch bestellte. »Es dauert ja nicht lange«, beendete er nun die Diskussion.

Natürlich hatte er seine Wasserflasche nicht vergessen, aber er brauchte eine Ausrede, um das Haus verlassen und etwas Wichtiges regeln zu können.

Etwas, was furchtbar schiefgegangen war.

SIEBENUNDDREISSIG

JILL

2006

Ich war so glücklich darüber, dass der Herzfehler im Babyalter zu keinerlei Problemen in der Entwicklung geführt hatte, und Tom nach der Operation zu einem kräftigen, starken Jungen heranwuchs. Er war ein liebes Kind, wollte immer helfen und für uns sein Bestes geben.

Tom vergötterte seinen Vater und verlangte stets lautstark danach, bei allem miteinbezogen zu werden, was Robert so tat. Der war seit seiner Kindheit von Uhren fasziniert und hatte ein Händchen dafür, die altmodischen Mechanismen zu reparieren. Robert hatte Architektur studiert und damals eine gute Arbeit in einer Firma gehabt, in der er eines Tages zum Partner aufzusteigen hoffte. Daher war das mit den Uhren nicht viel mehr als ein Hobby gewesen. Da seine Fähigkeiten mehr und mehr zu einer aussterbenden Kunst geworden waren, bekam er allerdings immer wieder Anfragen für Reparaturen und kümmerte sich gern darum, konnte sich in dem Prozess richtig verlieren.

Es war ganz natürlich, dass Tom sich ebenfalls dafür zu

interessieren begann. Und als er noch ziemlich klein – vielleicht so sechs oder sieben – gewesen war, hatte sich die Sache zu einem richtigen Kabinettstückchen entwickelt: Robert reichte Tom vor Besuchern einen winzigen Schraubenzieher und ließ ihn ein, zwei Zahnrädchen justieren, während unsere Freunde an ihrem Rotwein nippten und sich gebührend beeindruckt zeigten.

Tom war im Werken der Beste in seiner Klasse, und was Roberts Uhren anging, hatte er den bei diesen Reparaturen nötigen Blick fürs Detail. Im Laufe der Jahre musste ich dann miterleben, wie Toms Talent, das mit sieben so niedlich gewesen war, seinen Vater mit der Zeit immer mehr nervte. Ich versuchte, Verständnis aufzubringen, wirklich, aber je deutlicher Roberts Eifersucht auf seinen Sohn wurde, desto mehr wuchs mein Unmut gegen meinen Mann.

Robert musste immer seinen Willen bekommen, das war von Anfang an so gewesen. Damit will ich nicht sagen, dass ich mir wie meine Mutter in der Ehe alles gefallen ließ. Aber ich überlegte mir eben gut, auf welche Konflikte ich meine Energie verwenden wollte. Ich hatte kein Problem damit, Robert die Stirn zu bieten, aber nur, wenn mir das Thema wirklich wichtig war. Das war für mich eine gute Strategie, um Auseinandersetzungen zu minimieren, statt in unserer Beziehung jede winzige Einzelheit auszudiskutieren.

Ein Ereignis stellte in der Beziehung zwischen Robert und Tom einen Wendepunkt dar.

In dem Jahr, in dem Tom fünfzehn geworden war, wurde bei uns drei Tage vor Weihnachten eine große Standuhr geliefert. Wie immer ging Tom seinem Vater gern zur Hand und trug mit ihm zusammen das gute Stück in die Garage, wo Robert sich vor Jahren eine Werkstatt eingerichtet hatte. Die Uhr wurde dort in einer Ecke aufgestellt, und ich erinnere mich noch gut daran, wie ich zusammen mit mehreren Nachbarn herbeigerufen wurde, um ihre Pracht zu bewundern.

Robert war ganz in seinem Element und stolzierte hin und her wie ein Pfau, während wir angesichts des verschnörkelten Prunkstücks aus Mahagoni alle »Ooh!« und »Aah!« riefen.

»Gebaut an der Ostküste von Schottland, um etwa 1780«, verkündete Robert hochtrabend und wies uns auf einige Details hin. »Diese Uhr hat ein Gehwerk für acht Tage, ein Dreißig-Zentimeter-Ziffernblatt und Rokoko-Ornamente.«

Ich weiß noch, dass ich mir damals gewünscht hatte, mit so leuchtenden Augen würde er auch mich immer noch ansehen. Wie bei den meisten unserer Freunde hatte auch bei uns die Romantik aus den Anfängen unserer Beziehung unter den Anforderungen von Ehe, Arbeit, Haushalt und Familie gelitten.

»Wie viel ist die wert, Dad?«, erkundigte sich Tom.

»Eine gute Frage. Vermutlich an die achttausend Pfund.«

Dem einen oder anderen Zuschauer entfuhr angesichts dieser Information ein kleines Keuchen, aber Robert hob einen Finger. »Wenn sie funktionieren würde, würde ich mal sagen. Im jetzigen Zustand würde der Besitzer mit etwas Glück zweitausend dafür bekommen. Aber ich werde ein bisschen zaubern und ihr wieder zu ihrem ursprünglichen Glanz verhelfen.«

Robert war der Erste, dem der Kunde genug vertraute, um ihm die sich schon seit Generationen in der Familie befindende Uhr zur Reparatur zu überlassen. Auch dieses Detail hatte er jedem erzählt.

Danach ging es mit der Sache schnell bergab. Obwohl Robert über Weihnachten die meiste Zeit in seiner Werkstatt verbrachte, widersetzte sich die Uhr sämtlichen Bemühungen, sie wieder zum Laufen zu bringen. Er erzählte mir in allen Einzelheiten davon, wobei ich kaum die Hälfte verstand. Ich meine mich zu erinnern, dass ihm das Gehwerk für fünf Tage Schwierigkeiten bereitete.

Da er ja selbst die Nachbarn heißgemacht hatte, schauten immer mal welche von ihnen herein, um die fertig reparierte

Uhr zu sehen. Sie bekamen dann von Robert zu hören, dass seiner Meinung nach ein Fabrikationsfehler vorliegen musste.

»Ich habe im Leben genug Uhren repariert, um zu erkennen, dass wir es hier mit einem größeren Problem zu tun haben«, sagte er. »Schließlich musste sogar ich mich geschlagen geben, trotz all der Tricks und Kniffe, die ich kenne.«

Am 27. Dezember kam um sechs Uhr morgens Roberts alter Schulfreund vorbei, um ihn für ihre jährliche Angeltour mit Übernachtung abzuholen. Das klingt vielleicht albern, aber Robert sah richtig mitgenommen aus, körperlich erschöpft von seinem ständigen Kampf gegen diese Uhr.

»Ich weiß einfach nicht, was ich dem Kunden sagen soll«, murmelte er missmutig, als ich ihn zum Abschied küsste. »Er hat so fest daran geglaubt, dass ich sie reparieren kann, und wollte gern, dass sie am sechzigsten Geburtstag seiner Frau nächsten Monat fertig ist.«

»Vergiss das jetzt erst einmal und genieß deine Auszeit«, riet ich ihm, während ich ihm Butterbrote und eine Thermoskanne reichte. »Wenn du das Handtuch werfen musst, dann wird es keiner schaffen, das kann ich dir garantieren.«

Als er ein wenig besänftigt abreiste, atmete ich erleichtert auf. Ich freute mich darauf, dass es im Haus etwas ruhiger sein würde, ich mir nicht dauernd seine unverständlichen Klagen über die Mechanik der verdammten Uhr anhören musste.

Irgendwann im Laufe des Vormittags spazierte Tom in die Küche, der sich warm angezogen hatte.

»Ich will ein bisschen in der Werkstatt aufräumen. Das soll eine Überraschung für Dad sein, wenn er zurückkommt«, erklärte er. »Sag Bescheid, wenn das Mittagessen fertig ist, Mum.«

Ich weiß noch, dass ich sogar gerührt war, weil er etwas für seinen Vater tun wollte, ansonsten hatte ich mir dabei aber nicht viel gedacht. Nach dem Mittagessen verschwand Tom wieder in der Werkstatt, und ich musste ihn fürs Abendessen dreimal rufen, damit er endlich ins Haus kam. Seine Finger waren voller Schmierfett, und er ging direkt hinüber zum Waschbecken.

»Was hast du da drin nur getrieben?« Ich schnappte mir das saubere Handtuch, das ich gerade erst aufgehängt hatte. »Hast du den Boden mit bloßen Händen gewischt?«

Grinsend drehte er sich zu mir um. Er strahlte über das ganze Gesicht, und ich hatte angesichts seiner funkelnden, leuchtenden Augen plötzlich ein ungutes Gefühl im Bauch. Tom wirkte aufgedreht, aber irgendetwas ließ mich erahnen, dass die Gründe dafür problematisch sein würden.

»Du wirst es nicht glauben«, sagte er und rieb so heftig die Hände gegeneinander, dass die Seife zwischen seinen Fingern schäumte. »Weißt du, was ich gemacht habe?«

Und in dem Moment war es mir klar. Ich schluckte den Kloß im Hals herunter und fragte: »Hast du etwa die Uhr angefasst?«

»Ich hab mehr getan, als sie nur anzufassen, Mum, ich hab sie repariert. Endlich läuft sie wieder, und zwar perfekt! Dad wird begeistert sein.«

Aber er war nicht im Geringsten begeistert. Als Tom seinen Vater am nächsten Tag in die Garage führte, lief der puterrot an. »Wie kannst du es nur wagen, ohne meine Erlaubnis hier herumzupfuschen?«

Er rannte zur Uhr hinüber, und selbst durch seine Wut hindurch konnte ich erkennen, wie verblüfft, geradezu schockiert er darüber war, dass Tom sie wieder zum Laufen gebracht hatte.

»Eigentlich wollte ich nur einen kurzen Blick darauf werfen, Dad. Ich wusste ja, wie viele Stunden du damit schon verbracht hast. Deshalb dachte ich, wenn ich sie reparieren kann, wärst du ...«

»Das hat dir niemand erlaubt, dazu hattest du überhaupt kein Recht!« Robert packte ihn, aber Tom war inzwischen fast so groß wie er und konnte sich losreißen, bevor sein Vater ihm eine verpasste.

»Robert, bitte!«, flehte ich. »Beruhig dich doch mal. Ist das nicht super? So wird dein Kunde nicht enttäuscht sein.«

Jetzt wandte er sich an mich. »Du! Du hast ihn noch dazu ermuntert, mich so zu demütigen. Damit du jedem erzählen kannst, dass dein heißgeliebter Sohn etwas geschafft hat, an dem ich gescheitert bin.« Robert starrte mich so angewidert an, dass ich nach draußen zurückwich.

Dort blieb ich unentschlossen vor der Tür stehen und musste mir anhören, wie sich die beiden anschrien.

»Warum hasst du mich bloß?«, brüllte Tom. »Es ist doch nicht meine Schuld, dass du es nicht draufhast!«

Solche Widerworte kannte ich von ihm überhaupt nicht, aber Roberts unangebrachte Wut hatte in ihm offensichtlich etwas losgetreten.

Die beiden wurden immer lauter, sodass schließlich Nazreen über den Zaun hinweg fragte, ob alles in Ordnung sei. Als ich gerade nach der Türklinke greifen wollte, hörte ich es. Lautes Krachen, gefolgt von fürchterlichen Schlägen.

Ein Hammer, der auf die wertvolle Antiquität einprügelte. Jahrhundertealte Handwerkskunst und zerbrechliches Glas fielen einem einzigen Moment eifersüchtiger Raserei zum Opfer.

Tom stieß einen Schrei aus, und ich platzte in die Werkstatt, um dort am Boden den weinenden Robert hocken zu sehen, in dessen zitternder Hand immer noch lose der Hammer ruhte.

Innerhalb eines Monats hatte die Firma, für die er zwanzig Jahre lang gearbeitet hatte, ihn gefeuert. Offiziell sprach man von einer betriebsbedingten Kündigung aufgrund einer Umstrukturierung. Da sich der vor Wut schäumende Uhrenbesitzer ein neues Architekturbüro gesucht hatte und Roberts Stelle als einzige dieser Umstrukturierung zum Opfer fiel, brauchte man allerdings kein Hellseher zu sein, um den wahren Grund für seine Entlassung zu erraten.

Das Ganze nahm Robert furchtbar mit, sodass er eine Zeit lang unter einer Angststörung und einer leichten Depression litt. Eine Therapie half ihm, sich wieder zu fangen, und brachte ihn auf die Idee, sich selbst in diesem Bereich weiterzubilden.

Aber zwischen uns dreien wurden die Dinge nie wieder wie zuvor.

ACHTUNDDREISSIG
POLIZEI VON NOTTINGHAMSHIRE

Oktober 2019

Detective Inspector Irma Barrington seufzte und schob den Stapel Ordner, der vor ihr lag, beiseite. Zwei Leute aus ihrem Team waren für längere Zeit krankgeschrieben, daher war der Posten des Detective Sergeant vorübergehend mit einer Aushilfe besetzt, einer aus London stammenden jungen Frau namens Tyra Barnes.

Als sich letztes Jahr ihr Chef, Marcus Fernwood, zur Ruhe gesetzt hatte, war Irma mit achtunddreißig zur Detective Inspector befördert worden. Ihr fehlte Marcus, von dem sie in ihrer Zeit als Detective Sergeant so viel gelernt hatte. Jetzt war sie hier die ranghöchste Beamtin und verantwortlich für das gesamte Team.

Tyra schlenderte zu ihrem Tisch herüber. Wie üblich war sie stylish gekleidet, heute mit einem schmal geschnittenen dunkelblauen Anzug und weißem Hemd. Die Haare trug sie zu einem Afro gestylt, der oben durch bunte Haarspangen etwas flacher war, seitlich voller.

Sie winkte Irma mit einem Blatt Papier zu. »Das ist gerade

reingekommen. Wir haben einen Todesfall, ein weibliches Opfer.«

»Aus dem Fluss gezogen?«, fragte Irma zerstreut, während sie durch die beiseite geschobenen Ordner blätterte. »Überdosis?«

»Nein.« Tyra lehnte sich vor und legte den Zettel direkt vor sie. »Die Verstorbene ist eine Frau hier aus der Gegend, achtundzwanzig, die alleinerziehende Mutter eines neunjährigen Sohnes. Tödliche Kopfverletzung, sieht nach Unfall mit Fahrerflucht aus.«

Irma seufzte. Was für ein schreckliches Ende für diese arme Frau, und dann hatte sie auch noch ein so junges Kind. Fahrerflucht war etwas, was die Leute zwar empörte, sie aber nicht so sehr schockierte wie tätlicher Angriff oder Mord. Trotzdem empfand Irma gerade solche Vergehen als grausam, und es ging ihr immer besonders nahe.

Erst vor zwei Jahren war ihr alkoholkranker Vater ums Leben gekommen, weil er vor einen Bus getaumelt war. Obwohl den Busfahrer keinerlei Schuld getroffen hatte, war er untröstlich gewesen. Hier hingegen ... war jemand einfach in eine junge Frau hineingerast und hatte zumindest gewusst, dass er sie verletzt hatte. Ein Mensch, der einen furchtbaren Schock erlitten und vermutlich schreckliche Schmerzen gehabt hatte, war bewusst im Stich gelassen worden. Das erforderte Irmas Meinung nach eine besondere Art von Boshaftigkeit. Und ein kleiner Junge irgendwo in der Nähe wusste noch nicht einmal, dass er heute seine Mutter verloren hatte.

Irma griff nach dem Blatt mit den Informationen über das Opfer. »Coral McKinty«, murmelte sie vor sich hin. Sie runzelte die Stirn und ließ sich den Namen durch den Kopf gehen, während in ihr ein unbehagliches Gefühl aufstieg. »Coral McKinty.« Warum kam ihr der Name so bekannt vor?

»Die Leiche wurde an der Straße, die an den Blidworth Woods am Waldrand vorbeiführt, von einem Gassigänger in einem Graben gefunden. Da Miss McKintys Auto in der Nähe geparkt war, hat sie dort vielleicht einen Spaziergang gemacht. Den Kollegen am Fundort zufolge waren aber weder ihre Kleidung noch das Schuhwerk dafür passend.« Tyra zögerte. »Im Moment wird der Frage nachgegangen, ob sie vielleicht mit dem Auto liegen geblieben war und losgezogen ist, um nach einer Stelle mit Empfang zu suchen oder Hilfe zu holen.«

»Sprich weiter«, sagte Irma, die das Gefühl hatte, dass Tyra mit einer interessanten Information hinter dem Berg hielt.

»Na ja, ich hab mir erlaubt, Nachforschungen über sie anzustellen, und habe entdeckt, dass wir schon einmal mit ihr zu tun hatten. Oder genauer gesagt *du*. Vor zehn Jahren hast du sie befragt, weil ihr Freund das Opfer von Körperverletzung und schließlich Totschlag war, ein gewisser Jesse Wilson.«

»*Daher* kenne ich den Namen also!«, rief Irma so laut aus, dass einige Kollegen in der Nähe von ihrer Arbeit aufschauten. »Tom Billinghurst, Jesses bester Freund, hat ihm vor dem Movers einen tödlichen Schlag verpasst. Es waren beide junge Kerle aus der Gegend.«

»Dem Movers?« Tyra zog die Nase kraus.

»Das war mal ein Nachtclub mitten in der Stadt«, erklärte Irma. »Ich glaube, in dem Lokal ist jetzt ein Sainsbury's oder so.«

Sie begann, auf ihrer Tastatur herumzutippen, und bekam daher nur mit halbem Ohr Tyras Klagen darüber mit, dass sie in diesem Kaff hier die Londoner Clubs vermisste. Ihre Stimme ertönte wie aus weiter Ferne, als Irma die Worte auf dem Bildschirm las und verdaute.

»Das gibt's doch nicht.« Sie stieß einen leisen Pfiff aus. »Coral McKinty wird mit einer Kopfverletzung tot neben einem Waldstück gefunden, und jetzt rate mal, wer vor weniger als einem Monat aus dem Gefängnis entlassen wurde.«

»Hm, spontan würde ich mal sagen ... vielleicht Tom Billinghurst?«, antwortete Tyra.

»Ganz genau. Allerdings habe ich keine Ahnung, warum Billinghurst ihr etwas antun sollte, und es kann natürlich auch Zufall sein«, sagte Irma. Sie schaltete ihren Bildschirm aus und stand auf. »Aber eins solltest du über mich wissen, DS Barnes: Ich glaube nicht an Zufälle, und hier haben wir einen guten Ansatzpunkt für unsere Ermittlungen.« Coral McKintys Sohn hatte vor all den Jahren bereits durch Tom Billinghursts tödlichen Schlag seinen Vater verloren. Und nun war dieser Junge zur Waise geworden, so sah die bittere Wahrheit aus. »Zieh dir die Jacke an, wir schauen uns mal den Tatort an.«

»Cool«, sagte Tyra und eilte zu ihrem Schreibtisch hinüber, um ihre Sachen zu holen, während Irma mit einem dumpfen Gefühl der Hoffnungslosigkeit dastand.

Vielleicht würden sie herausfinden, was mit Coral geschehen war, und womöglich sogar den Täter zur Rechenschaft ziehen. Aber sie würden diesem Kind niemals seine Familie zurückgeben können.

Manchmal war das Leben unglaublich grausam.

NEUNUNDDREISSIG

JILL

Als ich nach unserer Konfrontation wegen Audrey bei Bridget aufbrach, blieb Tom unentschlossen an der Haustür stehen. Vom Auto aus sah ich das helle Licht der Flurlampe seine breiten Schultern umstrahlen wie ein Heiligenschein.

Obwohl es mir im Herzen wehtat, hielt ich nicht an und winkte nicht einmal. Zum ersten Mal war ich auf meinen Sohn genauso wütend wie auf Bridget, weil er nicht wahrhaben wollte, was für mich so offensichtlich war: dass Bridget ihm etwas verheimlichte, dass sie mit uns beiden irgendein Spiel spielte.

Ohne noch einmal zurückzuschauen, fuhr ich weiter, dieses Mal zu Audrey. Bis zu ihr waren es mit dem Auto etwa zwanzig Minuten, und ich versuchte unterwegs noch einmal ohne Erfolg, sie telefonisch zu erreichen. Ihr Handy war weiterhin ausgeschaltet, und mittlerweile konnte ich nicht einmal mehr Nachrichten hinterlassen. Vermutlich war der Anrufbeantworter voll, weil ich bereits mehrmals angerufen und sie angefleht hatte, sich bei mir zu melden.

Als ich bei ihrem bescheidenen Zuhause ankam, einer Doppelhaushälfte mit zwei Schlafzimmern in Mansfield Woodhouse, blieb ich erst einmal im Wagen sitzen und schaute hinüber. Da ich ihr Auto nirgendwo entdeckte, war sie offenbar nicht zu Hause.

Bei Audrey war alles sauber und gepflegt, aber ganz schlicht. Das Gebäude stach durch nichts zwischen all den anderen ähnlichen an der ruhigen Straße hervor. Das war geradezu sinnbildlich für Audreys Charakter – sie erregte nämlich nicht gern Aufmerksamkeit. Stattdessen agierte sie lieber im Hintergrund. Im Laden hielt sie sich stets zurück, damit die Kunden sich erst einmal in Ruhe umschauen konnten. Niemals würde sie sich auf jemanden stürzen, der zur Tür hereinkam, und aggressive Verkaufstaktiken anwenden.

Audrey war ein verlässlicher, pragmatischer Mensch, immer zur Stelle, wenn man sie brauchte. Und bis vor ein paar Stunden hatte ich sie auch für die perfekte Freundin gehalten. Jetzt aber war ich nicht nur von Wut erfüllt – an mir nagte auch Sorge. Wohin war sie bloß verschwunden?

Ich stieg aus dem Auto, lief den kurzen Pfad zum Eingang entlang, klingelte und klopfte auch an die Haustür. Natürlich war ich nicht überrascht, als ich keine Antwort bekam.

Nachdem ich das Gebäude einmal umrundet hatte, beugte ich mich über das niedrige Gartentor, um den Riegel zu öffnen, den sie auf halber Höhe angebracht hatte. Wie oft war ich im Laufe der Jahre schon in dem ordentlichen Gärtchen hinter dem Haus gewesen! Audrey hasste Grillen, weil ihr das zu schmutzig und fettig war, daher hatte sie uns bei geselligen Anlässen hier draußen einen einfachen Hühnersalat oder Krabbencocktail serviert. Bei solchen Treffen hatten wir rund um ihren kleinen schmiedeeisernen Tisch gesessen, geschmaust, gelacht und über Gott und die Welt geplaudert. Mir tat das Herz in der Brust weh, wenn ich daran dachte, wie lange jene Tage schon zurücklagen. Länger, als Tom im Gefängnis gesessen hatte.

Mir wurde entsetzt klar, was für ein riesiger Teil meines

Lebens verstrichen war, ohne dass ich ihn mit irgendetwas gefüllt hatte. Zehn ganze Jahre hatte ich abgewartet und für eine Zukunft geplant, die bloß in meiner Fantasie existiert hatte. Und wozu das alles? Am Ende hatte Tom Jesses Mutter geheiratet und sich damit jede Chance auf ein normales Leben zunichte gemacht. Dadurch hatte er die Möglichkeit auf eigene Kinder aufgegeben, auf meine Enkel, die ich mir so lebhaft vorgestellt hatte, dass ich sie bereits zu kennen schien.

Ich hatte mein Leben vergeudet, um seines zu planen.

Nun schirmte ich rechts und links die Augen mit den Händen ab und presste das Gesicht ans Fenster. Das Rouleau war hochgezogen, sodass man problemlos in die aufgeräumte Küche schauen konnte. Mir fiel auf, dass dort immer noch ein Foto aus dem Sommer 2009 hing, auf dem Audrey und ich im Hafen von Padstow zusammen Fish and Chips aßen. Sofort bekam ich ein schlechtes Gewissen.

Während mein warmer Atem das Glas verschmierte, ließ ich den Blick weiter durch die Küche wandern, um zu sehen, ob sich dort seit meinem letzten Besuch etwas verändert hatte. Aber es sah alles aus wie immer.

Dann stach mir jedoch etwas ins Auge, das auf der kurzen Arbeitsfläche neben dem Spülstein lag.

Mein Herz machte einen Satz, die Kehle schnürte sich mir zu. Heftig presste ich die Stirn gegen das Glas und versuchte, mich davon zu überzeugen, dass ich mich wohl verguckt haben musste. Nein, hatte ich nicht. Der blau-weiße Schal, auf den ich da starrte, war unverwechselbar. Während mir der Atem stockte und es mich siedend heiß durchfuhr, wurde mir mit einem Mal klar, wie blöd ich gewesen war.

Ich war zu dumm und blind gewesen, um zu begreifen, dass Audrey mich hinterging.

VIERZIG

ELLIS

Als Ellis und seine Mum gerade von dem Termin in der Schule zurück waren, klingelte ihr Handy. Sie sprang auf und ging aus dem Zimmer, um den Anruf entgegenzunehmen. Ellis vermutete stark, dass sie sich mit jemandem verabreden wollte – wahrscheinlich mit einem Mann. Er hatte keine Ahnung, wie er überhaupt auf diese Idee kam – vermutlich lag es daran, dass sie in solchen Situationen meist mit leuchtenden Augen und leicht geröteten Wangen ins Zimmer zurückkehrte.

Es war nämlich schon ein paarmal passiert, dass sie sich zum Telefonieren außer Hörweite zurückgezogen hatte. Und dann hatte sie kurz darauf jedes Mal ganz lässig gesagt, dass sie irgendwohin müsse, und gefragt, ob er nicht ein paar Stunden zu Granny wolle.

Ellis war gern bei seiner Großmutter. Früher war ihm das meistens sogar lieber gewesen, als zu Hause herumzuhocken. Mittlerweile verhielt es sich anders, weil *der Mörder* bei ihr einzogen war. So nannte er Tom in Gedanken, denn genau das war er ja.

Die Wohnzimmertür ging auf, und seine Mutter kam wieder herein.

»Hey, Ellis, ich muss los, um ein paar Besorgungen zu machen. Möchtest du vielleicht für ein, zwei Stündchen zu deiner Granny?«

Ellis zog die Kopfhörer aus den Ohren und runzelte die Stirn. »Wird der Mörder auch da sein?«

»Vielleicht, aber geh ihm doch einfach aus dem Weg, indem du in deinem Zimmer bleibst. Wie beim letzten Mal, okay?«

»Ich dachte, in der Schule hätten sie gesagt, dass ich erst einmal nicht mehr zu Granny soll«, sagte Ellis verdrossen.

»Tja, lass uns mal sehen, wie es läuft. Sie will dich wirklich gern sehen, und ... na ja, mir passt es auch gut, wenn du gelegentlich bei ihr bleiben kannst.«

Ellis verengte die Augen. »Wo willst du denn hin? Wer war das eben am Telefon?«

Seine Mum lächelte und wuschelte ihm durchs Haar. »Du stellst aber viele Fragen! Ich muss nur etwas erledigen, das ist alles, und es dauert auch nicht lange. Sei so lieb, und such zusammen, was du mitnehmen willst. Ich rufe in der Zwischenzeit Granny an.«

Ellis murrte vor sich hin, löste den schlaksigen Körper aber endlich vom Sofa und ging zur Tür hinüber.

Bei seiner Granny durfte Ellis viel länger Nintendo spielen als zu Hause, daher lag er dort auf dem Bett und versuchte, sich auf sein Spiel zu konzentrieren. Aber er schweifte in Gedanken immer wieder ab.

Anderen wäre es vielleicht gar nicht aufgefallen, Ellis kannte seine Mum jedoch ganz genau und hatte natürlich bemerkt, dass sie irgendwie anders war. Es nagte an ihm, wie seltsam sie sich benahm. Merkwürdig waren nicht nur die ungewöhnlichen Telefonanrufe. Dazu kam noch, dass sich zu Hause im Kühl- und Küchenschrank plötzlich Sachen wiederfanden, die früher für sie seltene Leckerbissen gewesen waren –

Pizza, Eis und Schokolade sowie Ellis' Lieblingssnack: große Beutel Tortillachips, zu denen auch Gläschen mit Salsa und saurer Sahne gehörten.

Außerdem war seine Mum vor Kurzem beim Friseur gewesen, statt sich die Haare selbst zu färben. Und sie verbrachte jede Menge Zeit vor dem Laptop, deshalb hatte sich Ellis gestern heimlich ihren Suchverlauf angeguckt, als sie oben gewesen war. Sie hatte sich Häuser angesehen ... an der Küste! Wenn Granny mitbekommen würde, dass seine Mum umziehen und ihn mitnehmen wollte, würde sie völlig ausflippen.

Und Ellis hatte auch gar keine Lust, am Meer zu wohnen. Zumindest nicht an einem dieser Orte, wo es immer regnete und die Geschäfte mit Brettern zugenagelt waren. Zu Spielhallen und einem Skatepark würde er allerdings nicht Nein sagen. Und ihn würde an einem neuen Ort auch niemand kennen, also würde er sich ganz cool geben können, als wäre er daran gewöhnt, jede Menge Freunde zu haben.

Ihm gefiel die Vorstellung, ein anderer zu sein.

EINUNDVIERZIG

BRIDGET

Wie angekündigt, fuhr Tom, sobald Jill verschwunden war, noch einmal zurück ins Fitness-Studio, um seine dort vergessene Wasserflasche mit Thermofunktion zu holen.

In dem Moment dachte ich mir nichts dabei, sollte aber schon bald feststellen, dass er gelogen hatte.

Nachdem er gegangen war und Coral Ellis vorbeigebracht hatte, beschloss ich, die Waschmaschine anzustellen. Ich eilte die zwei Treppenabschnitte hinauf und stopfte den Inhalt des Wäschekorbs aus Leinen in die Trommel, da bemerkte ich im Schlafzimmer Toms Sporttasche.

Als ich sein Handtuch herausholte, um es mitzuwaschen, entdeckte ich die unverkennbare neue Wasserflasche, die er angeblich gerade aus dem Fitness-Studio holte.

Seitdem brannte mir der Magen, und ich fühlte mich innerlich ganz hohl. Um nicht durchblicken zu lassen, dass ich von seiner Lüge wusste, wollte ich ihn ungern direkt auf die Sache ansprechen. Das musste ich geschickter anstellen, daher würde ich vorläufig den Mund halten und wachsam sein.

Um mich ein bisschen zu beruhigen, setzte ich meine Kopfhörer mit Geräuschunterdrückung auf, legte mich aufs Sofa und versuchte, mich auf meine Entspannungsapp zu konzentrieren.

Man sollte sich bei der angeleiteten Meditation einen Spaziergang am Fluss vorstellen, und ich beschwor die sich kräuselnde Wasseroberfläche herauf, die von der Erzählerstimme beschrieben wurde, betrachtete ein paar vorbeigleitende Schwäne ... Es hätte ein friedlicher Moment sein sollen, doch leider machte ich irgendwann den Fehler, ein Auge zu öffnen ... und sah, dass gerade eine angespannte Situation zwischen Tom und Ellis zu eskalieren drohte.

Ich riss mir die Kopfhörer von den Ohren. »Was zum Teufel ist denn jetzt los?«, brüllte ich zur Verblüffung der beiden, die innehielten und mich anstarrten.

»Er will mir schon wieder sagen, was ich tun soll«, maulte Ellis mit finsterer Miene und verschränkte die Arme vor der Brust. »Immer will er mir Vorschriften machen.«

»Er sitzt doch bestimmt schon an der Nintendo, seit er hergekommen ist, oder?« Auch Tom verschränkte die Arme. »Das ist nicht gut für ihn, Brid. Außerdem muss er wirklich mal sein Chaos aufräumen.«

Ich warf einen Blick auf das elegante neue Beistelltischchen, das ich vor einem Monat bei Dwell gekauft hatte. Die polierte weiße Tischplatte war voll mit Getränkedosen, kalter Pizza und Tortillachips. Ja, einerseits gab ich Tom recht, das sollte Ellis besser wissen. Andererseits war er ja noch ein Kind. Und Tom selbst schien auch Probleme damit zu haben, Ordnung zu halten, sodass ich langsam das Gefühl hatte, hier hinter zwei kleinen Jungen herzuräumen.

»Aber du kannst ihn nicht wegen des kleinsten Fehlers jedes Mal so kritisieren, Tom«, sagte ich.

Ich war nicht blöd. Auf der einen Seite war mir natürlich klar, wie sehr Ellis Tom hasste, und ich konnte es sogar irgendwie nachvollziehen. Schließlich hatte er wegen Tom keinen Vater, und es war ja auch verständlich, dass Ellis ein wenig eifersüchtig war. Früher hatten er und ich allein Zeit verbracht, wenn er vorbeigeschaut hatte, und jetzt war immer auch Tom da.

Auf der anderen Seite wusste ich Toms ehrliche Bemühungen zu schätzen, in Ellis' Leben eine Rolle zu spielen. Ehrlich? Ja, Tom hatte auf mich bisher in jederlei Hinsicht offen und ehrlich gewirkt. Aber jetzt konnte ich an nichts anderes mehr denken als an die Frage, warum er mich angelogen hatte. Wo war er gewesen, wenn nicht im Fitness-Studio?

Ich warf einen Blick auf meine Uhr. Coral hatte gesagt, dass sie nur eine Stunde weg sein würde, daher hätte sie Ellis längst abholen sollen. Ich hatte ihr geschrieben und sie anzurufen versucht, noch hatte sie sich aber nicht zurückgemeldet. Eigentlich hatte ich einen gemütlichen Abend mit Tom geplant, bei dem ich in Ruhe mit ihm etwas hatte trinken wollen, damit er sich ein bisschen entspannte. Und dann hatte ich herausfinden wollen, wo er gewesen war. Coral machte mich wirklich wahnsinnig. Erst konfrontierte sie mich damit, dass Ellis nicht mehr zu uns kommen sollte, weil wir eine Gefahr für sein Wohlbefinden darstellten. Und im nächsten Moment setzte sie ihn ohne große Erklärungen bei mir ab.

Ich beschloss, dass ich Ellis gleich selbst nach Hause bringen würde. Falls Coral nicht da war, würde ich dort auf sie warten, um sie zur Rede zu stellen, sobald sie endlich auftauchte. Sie hatte doch kein Recht dazu, meinen Kontakt zu meinem Enkel einzuschränken, wenn sie sich selbst so unzuverlässig verhielt.

Jetzt gerieten Tom und Ellis wieder aneinander, und ich stand mit den Kopfhörern um den Hals auf.

»Das höre ich mir nicht länger an. Deshalb gehe ich jetzt hoch ins Schlafzimmer, um da meine Entspannungsübung zu machen. Und von euch beiden will ich keinen Mucks ...«

In diesem Moment klingelte es.

»Erwartest du jemanden?« Tom biss sich auf die Lippe. Er

machte sich wohl Sorgen, dass es wieder seine Mutter sein könnte.

»Nein, eigentlich nicht.« Ich ging zur Haustür hinüber und schaute durch den Spion. Draußen standen zwei Frauen, die irgendetwas Offizielles an sich hatten. Eine war Ende zwanzig, die andere vermutlich älter, wohl so Ende dreißig. Mir wurde ganz mulmig. Was hatte das denn zu bedeuten?

Hinter mir rannte Ellis in die Küche, von wo aus er den Eingangsbereich besser sehen konnte.

»Bridget Billinghurst?«, fragte die ältere Frau forsch, als ich die Tür geöffnet hatte.

»Ja, das bin ich. Worum geht es?«

»Wir kommen von der Polizei von Nottinghamshire. Vielleicht erinnern Sie sich noch an mich, ich bin Detective Inspector Irma Barrington.« Sie hielt ihren Dienstausweis hoch. »Und das ist meine Kollegin, Detective Sergeant Tyra Barnes. Wir würden gern hereinkommen, wenn das in Ordnung ist.« Sie warf einen Blick auf das Nachbarhaus.

Ich trat beiseite. »Ja, bitte.«

»Was ist denn los?« Mit bleicher Miene erschien Tom im Flur.

»Wollen die mich befragen?«, stieß Ellis ängstlich aus. »Das mit dem Mobbing war ich nämlich gar nicht, ich ...«

»Ich bin mir ziemlich sicher, dass es hier nicht um Mobbing geht«, beruhigte Tom ihn. Mit welcher Fürsorge er manchmal auf Ellis' offensichtliche Ablehnung reagierte!

Ich führte die Polizistinnen ins Wohnzimmer. »Das ist mein Enkel, Ellis«, erklärte ich. »Und mein Ehemann, Tom.«

»Hallo, Mr Billinghurst«, sagte DI Barrington. Sie räusperte sich. »Wenn es in Ordnung ist, würde ich lieber mit Ihnen und Ihrem Ehemann allein sprechen. Vielleicht könnte Ellis so lange nebenan warten?«

Ging es hier etwa doch um die Schule? Vielleicht hatte Ellis ein anderes Kind verletzt und es uns nicht erzählt. Coral würde begeistert sein, wenn sie dafür wieder mir die Schuld geben konnte.

»Darf ich bitte bleiben, Granny?«

»Nein, ab auf dein Zimmer, Ellis!«, versetzte Tom streng.

»Ich geh ja schon!« Ellis schob sich so rücksichtslos an Tom vorbei, dass er ihn mit dem Ellbogen am Arm traf. »Aber du hast mir gar nichts zu sagen!«

Die beiden Frauen tauschten Blicke, als Ellis oben die Tür seines Kinderzimmers laut hinter sich zuknallte. Mich wunderte, dass dabei die Scharniere intakt blieben.

»Tut mir leid«, murmelte ich. »So sind Kinder nun mal, hm?«

Nachdem die Polizeibeamtinnen Platz genommen hatten, bot Tom ihnen etwas zu trinken an, doch sie lehnten ab. »Coral McKinty ist Ihre Schwiegertochter, Mrs Billinghurst, ist das richtig?«, fragte Barrington, während sie ruhig die Hände im Schoß faltete.

Ich runzelte die Stirn und schaute zu Tom hinüber, der die beiden Frauen schweigend anstarrte. »Ja, gewissermaßen. Mein verstorbener Sohn und Coral waren zwar nie verheiratet, aber sie ist Ellis' Mutter, daher stehen wir einander nahe. Was ist denn passiert?«

Hatte Coral etwa eine Beschwerde gegen mich eingelegt? Eins schwor ich mir, wenn sie das gewagt hatte, dann würde ich ...

»Es tut mir so leid. Aber ich muss Sie darüber informieren, dass Corals Leiche hier in der Nähe am Rand eines Waldstücks in einem Graben gefunden wurde. Sie hatte eine Kopfverletzung, mehr wissen wir zu diesem Zeitpunkt leider nicht.«

»Ihre *Leiche*?«, hauchte ich. »Sie meinen ...«

Barnes nickte. »Es tut mir wirklich leid, aber ich fürchte, sie ist tot, Mrs Billinghurst.«

Tom entfuhr zunächst ein Fluch und dann ein Schrei. Er hatte das Glas in seiner Hand so fest umklammert, dass plötzlich Scherben zu Boden fielen. Mit blutender Hand rannte er in die Küche.

Ich sank auf meinem Sessel nach hinten und presste mir die Hand gegen die Brust. Dann schaute ich zur Treppe hinüber, dämpfte meine Stimme und hoffte nur, dass Ellis nichts mitbekommen hatte. »Wie ist das nur passiert? Ich meine, hat jemand ... Wer ist dafür verantwortlich?«

»Das versuchen wir im Moment herauszufinden. Wir konnten uns noch kein vollständiges Bild machen, aber wir gehen zurzeit von Überfahren mit Fahrerflucht aus.«

Tom kam wieder zurück, der sich ein sauberes Küchentuch um die Verletzung gewickelt hatte. Die beiden Ermittlerinnen schauten zu ihm hinüber. Damit seine Hände nicht länger zitterten, presste er sie vor der Brust gegeneinander, allerdings ohne Erfolg.

Tom hatte doch kaum je etwas mit Coral zu tun gehabt! Wovor hatte er nur solche Angst?

»Wir müssen Ihnen beiden ein paar Fragen stellen, wenn das in Ordnung ist«, sagte Barnes, während sie Toms zitternde Hände musterte. »Mrs Billinghurst, wann haben Sie Coral zum letzten Mal gesehen?«

»Sie hat Ellis vor ein paar Stunden hier vorbeigebracht. Moment!« Ich rief auf meinem Handy die Liste der Telefonate auf. »Ich habe um 15.52 Uhr mit ihr gesprochen, und dann hat sie Ellis etwa eine Viertelstunde später hier abgesetzt.«

Barnes sah auf ihre Uhr. »Jetzt ist es halb sieben, also ist er seit gut zwei Stunden hier.«

Ich nickte. »Sie hat nicht gesagt, wo sie hinwollte«, fügte ich noch hinzu, ohne dass danach gefragt worden war.

»Verstehe. Und was ist mit Ihnen, Mr Billinghurst?«, wandte sich Barrington nun an Tom.

»Ich ... ich musste kurz im Fitness-Studio vorbeischauen, daher war ich nicht hier, als Ellis vorhin gebracht wurde«, antwortete er. »Lassen Sie mich mal überlegen.« Schweigen legte sich über den Raum. Dann kam: »Tut mir leid, ich kann es beim besten Willen nicht sagen.«

»Das muss dann wohl bei dem Abendessen am Freitag gewesen sein«, warf ich ein, und er nickte erleichtert.

»Ja, natürlich. Ich hab sie Freitagabend gesehen.«

Barnes konsultierte ihr Notizbuch. »Sie wurden vor knapp zwei Wochen aus der Haftanstalt in Nottingham entlassen. Ist das richtig, Mr Billinghurst?«

»Ja.« Toms Ton wurde plötzlich abwehrend. »Und was soll das mit der Sache zu tun haben?«

»Wir möchten nur sichergehen, dass die uns vorliegenden Informationen stimmen, Sir. Sie haben doch kein Problem damit, unsere Fragen zu beantworten, oder?«

»Ehrlich gesagt, bin ich ein bisschen zitterig«, erwiderte Tom. »Ich fürchte, ich hab noch Glassplitter in der Wunde. Könnten wir das nicht verschieben?«

»Sicher, kein Problem«, sagte DI Barrington ungerührt und stand auf. »Es wäre schön, wenn Sie beide aufs Revier kommen könnten. Sagen wir morgen früh um zehn?«

ZWEIUNDVIERZIG

ELLIS

Als die Polizistinnen gegangen waren, versuchte seine Großmutter, Ellis die furchtbare Nachricht schonend beizubringen. Aber er wäre am liebsten selbst gestorben.

»Es tut mir so leid für dich, Ellis«, sagte Tom.

»Lass mich in Ruhe ... Ich hasse dich!«, brüllte der Junge, griff nach der leeren Kaffeetasse seiner Großmutter und schleuderte sie gegen die Wand. Klirrend landeten ihre Scherben zu Toms Füßen.

»Ellis, nicht!« Hastig schloss seine Granny ihn in die Arme. »Das ist so unfair, ich weiß. Was da passiert ist, ist ganz, ganz schrecklich. Aber es ist doch nicht Toms Schuld, mein Schatz.« Als sie Ellis an sich presste, begann er, unkontrolliert zu schluchzen.

Er kriegte aber noch mit, wie seine Großmutter sanft den Kopf schüttelte und damit wohl Tom bedeutete, nicht näherzukommen.

Ellis versuchte, sich zusammenzureißen. Schließlich war er fast zehn Jahre alt und musste jetzt seinen Mann stehen. Das hatte er selbst oft zu jüngeren Kindern in der Schule gesagt, wenn sie sich anstellten, weil jemand sie ärgerte.

Aber hier ging es doch um seine *Mutter* ... seine wunderschöne, liebe Mum. Plötzlich war sie für immer fort, und ihm tat alles weh. Einfach alles in ihm schmerzte, und vor diesem Gefühl konnte er nicht weglaufen. Es kam ihm vor, als hätte sich sein Blut in kochendes Öl verwandelt, das in jeden Millimeter seines Körpers sickerte.

»Ich kann es nicht ertragen, euch beide so zu sehen.« Tom reckte seine unverletzte Hand in die Luft und presste sie sich gegen die Wange. »Ich will euch so gern umarmen und trösten.«

Ellis beschloss, dass er Tom in die Eier treten würde, wenn der es wagte, sich ihm zu nähern. Es wirkte ziemlich überzeugend, wenn Tom sich so fürsorglich gab, insgeheim hasste er ihn aber bestimmt. Ellis hatte gehört, wie er mit seiner Mutter gesprochen hatte, und würde das nicht vergessen.

Jetzt machte der Junge sich von Bridget los und rannte hinauf zu seinem Zimmer.

»Ellis?«, rief sie ihm hinterher.

»Lass mich in Ruhe!« Er taumelte hinein und schlug die Tür hinter sich zu.

Tom hing immer den ganzen Tag zu Hause rum, und das Gruseligste daran war, dass er Ellis oft heimlich beobachtete. Meistens dann, wenn er dachte, dass Ellis sich nur auf seine Switch konzentrierte. Dann starrte er ihn an, und Ellis vermutete, dass er vielleicht an Jesse denken musste.

Was, wenn Tom insgeheim plante, auch *ihn* umzubringen? Was, wenn er sich von seiner schlafenden Großmutter wegschleichen würde, um ihm die Kehle durchzuschneiden? Dann würde er auch tot sein, genau wie seine Mum und sein Dad.

Ellis hatte schon mal Leute darüber reden hören, dass sie sich hohl und leer fühlten. Das sagten Erwachsene oft, sowohl in Wirklichkeit als auch im Fernsehen. Vor Jahren hatten seine Granny und seine Mum mal miteinander geredet, als sie gedacht hatten, er würde es nicht mitbekommen. Damals hatte Granny gesagt, dass sie vor Ellis' Geburt am liebsten gestorben wäre, weil sie keinen Grund mehr zum Leben gehabt hatte. Das war gewesen, nachdem sein Dad von Tom umgebracht worden war.

Und mit dem war sie jetzt verheiratet. Mit dem Mann, der schuld daran war, dass sie mal nicht mehr hatte leben wollen.

Ellis kam es oft so vor, als würden die Gefühle Erwachsener sich von einem Tag auf den anderen völlig verändern. Kinder fühlten sich immer gleich, zumindest war es bei ihm so. Sein Körper war irgendwie dauernd angespannt und tat weh. Und wenn ihm jemand blöd von der Seite kam oder ihn auch nur schief anguckte, brannte in seiner Brust plötzlich ein Feuer. Er wünschte wirklich, alle würden ihn in Ruhe lassen, damit er sich in der Welt seiner Switch verlieren konnte. Dort war alles klar und einfach, die Spiele liefen Tag für Tag gleich ab.

Nachdem die beiden Polizistinnen vorbeigekommen waren, verstand Ellis, was es *wirklich* bedeutete, sich leer und hohl zu fühlen. Er rollte sich auf dem Bett zusammen und schlang die Arme um den Körper. Irgendwie kam es ihm so vor, als würde er unter der Zimmerdecke schweben und sich selbst von oben betrachten. Er weinte nicht und war nicht einmal wütend. Auch mit Granny wollte er nicht reden ... weil er rein gar nichts mehr fühlte. Es kam ihm so vor, als hätte irgendetwas ihn innerlich ausgesaugt.

Sein Dad war vor seiner Geburt gestorben, jetzt war auch seine Mum nicht mehr da, und keiner konnte ihm sagen, was genau passiert war. Niemand schien Näheres zu wissen.

Und das Schlimmste an der ganzen Sache: Als sich seine Mutter vor ein paar Stunden von ihm verabschiedet hatte, hatte er ihr kaum geantwortet. Er hatte einfach schnell ins Haus gewollt, um an die Switch zu können.

Ellis drehte und wälzte sich auf dem Bett hin und her. Es kam ihm so vor, als würden Teile von ihm abbrechen, verschrumpeln und zu Staub zerfallen. Als würde bald nichts mehr von ihm übrig bleiben.

»Es ist nicht so, als würde ich dir irgendwas verheimlichen«, hatte seine Großmutter versichert, als die beiden Polizistinnen gegangen waren. »Nur wissen wir leider nicht mehr. Noch ist nicht klar, wie das passiert ist. Es sieht so aus, als wäre deine Mutter an der Straße entlanggegangen und dort von einem Auto angefahren worden.«

»Weißt du, von wem? Hat der vielleicht auf sein Handy geguckt?«

Granny griff nach seiner Hand und küsste sie, aber sie sah ihm nicht in die Augen, und das machte ihm Angst.

Und dann wurde es ihm plötzlich klar: »Das Auto ist gar nicht stehen geblieben, oder?«

»Ellis, das alles wissen sie noch nicht genau.« Ihre Stimme klang anders als sonst, als wolle sie ihm unbedingt vermitteln, dass alles in Ordnung sei, obwohl sie innerlich genauso in Panik war wie er. Das machte alles nur noch schlimmer. Wenn auch die Erwachsenen in Panik verfielen, welche Hoffnung sollte ein Kind dann noch haben?

Was auch immer passiert war, seine Mutter war jetzt tot. Sie würde nie mehr zurückkehren. Ellis dachte an das Geheimnis, über das er Bescheid wusste. Er hatte seiner Mutter versprochen, nichts zu sagen ... Ob dieses Versprechen jetzt noch galt? War es vielleicht sogar wichtiger als vorher, dass er den Mund hielt?

Ein paar Tage nach Toms Entlassung aus dem Gefängnis war Ellis von seiner Mutter gebeten worden, zum Laden zu gehen, um Milch und Speck zu kaufen. Er murrte, bis seine Mum ihm versprach, dass er nach seiner Rückkehr eine Stunde lang die Switch an den Fernseher anschließen durfte. Das war es ihm dann doch wert gewesen.

Seine Mum schien die Sachen plötzlich dringend zu benötigen, obwohl noch ein bisschen Milch da gewesen war und sie den Speck erst später brauchten. Aber sie hatte ihn geradezu aus dem Haus gescheucht. Bis zum nächsten Co-op brauchte man etwa zwanzig Minuten, und noch länger, wenn man einen Umweg durch den Skatepark machte, wo auf den mit Graffiti übersäten Halfpipes manchmal ältere Kids richtig coole Nummern hinlegten.

Als Ellis nach etwa sieben Minuten Fußweg die Hauptstraße erreichte, wurde ihm plötzlich klar, dass er den Zehn-Pfund-Schein gar nicht mitgenommen hatte, den seine Mutter ihm in der Küche auf die Arbeitsplatte gelegt hatte.

»Mist!« Vor Wut trat er gegen eine Mauer, was so wehtat, dass er nur noch genervter wurde.

Von der anderen Straßenseite aus starrte ihn eine Frau an, deren Hund an einem Laternenpfahl schnüffelte. Ellis wusste im Nachhinein noch genau, dass er in dem Moment am liebsten mit einem ganzen Haufen Steine nach ihr geworfen hätte, so sauer war er gewesen. Er erkannte ja selbst, dass dieser Gedanke nicht fair war und überhaupt keinen Sinn ergab, aber er kam dauernd auf solche Ideen. Seit er jedes Mal Tom ertragen musste, wenn er seine Granny besuchte, war er fast immer wütend und wollte anderen wehtun.

Ellis biss sich auf die Zunge, bis er den metallischen Geschmack von Blut schmeckte und ihn der Schmerz ein wenig beruhigte.

Dann drehte er sich um und ging zurück nach Hause, um das Geld zu holen. Als er in seine Straße einbog, sah er von weitem vor ihrem Haus eine große Gestalt in Jeans und Kapuzenpulli. Der Mann öffnete das kleine Gartentor und ging den Pfad entlang. Das schmale Häuschen, in dem sie lebten, lag inmitten einer langen Reihe von Gebäuden der gleichen Bauart. Früher hatten sie mal in einer alten viktorianischen Doppelhaushälfte mit feuchten Wänden und zweifelhafter elektrischer Installation gewohnt, aber Granny hatte ihnen unter die Arme gegriffen, damit sie sich etwas Netteres suchen konnten. Ins Fenster nach vorne raus hatte seine Mum unten in der Ecke ein Schild gestellt, auf dem *Bitte kein unangekündigter Besuch!* stand, aber das ignorierte dieser Typ einfach. Ellis fing an zu rennen.

Jetzt ging die Tür auf, und seine Mutter ließ den Mann ohne ein Wort direkt herein, als hätte sie ihn erwartet.

Plötzlich zog sich in Ellis' Brust alles zusammen. Er fragte sich, ob seine Mum wohl heimlich einen Freund hatte, von dem er nichts wissen sollte. Sie war achtundzwanzig, sah gut aus und war schlank. Ellis bekam doch dauernd mit, wie sich auf der Straße Männer nach ihr umdrehten. Es war echt eklig, sich vorzustellen, dass seine Mum sich mit irgendwelchen Kerlen traf. Aber sie war attraktiv, und sein Dad war ja schon lange nicht mehr da.

Er verlangsamte seine Schritte wieder. Was sollte er nur machen? Wenn er einfach hereinplatzte, waren sie vielleicht ... na ja, mit so etwas beschäftigt wie das Paar auf dem schweinischen Foto, das Monty mal in die Schule mitgebracht hatte. Widerlich, aber so war es wahrscheinlich. Wenn er das Geld nicht holte und das mit dem Einkaufen sein ließ, würde er allerdings nicht am großen Bildschirm spielen dürfen.

Ellis überlegte, von der Haustür aus laut zu rufen, sodass er seine Mum nicht bei irgendetwas überraschen würde. Aber dann würde sie ihn womöglich ihrem Freund vorstellen, und das wäre das Schlimmste von allem.

Schließlich fiel ihm ein, dass der Geldschein ja am hinteren Ende der Arbeitsplatte lag, direkt neben der Hintertür.

Die war tagsüber nie abgeschlossen, weil seine Mum von Zeit zu Zeit im Garten eine rauchte. Wenn er nach hinten schlich, die Tür aufmachte und sich einfach das Geld schnappte, würde seine Mutter es nicht einmal mitbekommen. Auf dem Rückweg vom Laden würde er den Umweg durch den Skatepark nehmen, und wenn er wieder hier heimkam, würde der Mann hoffentlich verschwunden sein.

Ellis lief am Eingangstor vorbei und bog rechts in die Gasse ein, die zum Bereich hinter den Häusern, den schmalen Gärten, führte. Er öffnete das quietschende Tor und schlich hinein. Er hoffte nur, dass sie nicht in der Küche direkt vor der Terrassentür knutschten. Ellis drückte die Klinke herunter und öffnete vorsichtig die Tür. Er huschte hinein, griff nach dem Geld und erstarrte, als er im Wohnzimmer die beiden Erwachsenen hörte, die laut miteinander sprachen.

»Coral, lass mich doch bitte ausreden. Ich ...« Das war eindeutig die Stimme von Tom. Hatte der etwa eine Affäre mit seiner Mum? Von der Granny nichts wusste?

Ellis krallte sich mit den Händen an der Arbeitsplatte fest, während seine Mum in schrillem Tonfall antwortete: »Nein, jetzt hörst du mir zu! Erspar mir deine Lügen, schließlich wissen wir beide, worin das große Geheimnis besteht. Jesse hat es dir in der Nacht verraten, in der er gestorben ist.«

»Nein!«

»Seine Enthüllungen haben dir nicht gepasst, also hast du ihn umgebracht und es dann als Unfall hingestellt!«

»Nein, ich ...«

»Zum Glück haben die dich vor Gericht durchschaut. Daher brauchst du bei mir auch nicht mehr so nett zu tun. Ich kenne die Wahrheit.«

Ellis hatte sich die Hand vor den Mund geschlagen und hatte das Gefühl, als müsse er sich gleich übergeben. Schnell wandte er sich ab. Als er aus der Küche rannte, stolperte er aber auf der Stufe. Er machte sich lang und warf dabei die kleine Gießkanne um, mit der seine Mutter die Pflanzen im Haus goss.

»Wer ist da?«, hörte er seine Mutter rufen. »Ellis?«

Er richtete sich auf, schaffte es aber nicht, sich davonzumachen, bevor seine Mum und Tom erschienen.

»Er hat uns gehört«, sagte Tom und starrte ihn finster, bedrohlich, an.

»Hab ich nicht! Ich ...«

Ellis' Mutter wandte sich an Tom. »Geh jetzt. Ich werde mit ihm reden.«

»Willst du ihm etwa erzählen ...?«

»Verschwinde!«, versetzte sie. »Und komm nicht wieder her.«

Dann setzte seine Mum sich mit Ellis hin und zwang ihn, ihr zuzuhören.

»Ich weiß nicht, was du mitbekommen hast, und wie das für dich geklungen haben muss. Aber es ist nicht so, wie du denkst, okay?«

Ellis starrte nur mürrisch die Wand an. »Nein, hier ist *nichts okay*! Du hast zu ihm gesagt, dass er meinen Dad umgebracht hat, weil er etwas wusste.«

»So hab ich das nicht gesagt, Ellis.«

»Hast du wohl, ich hab dich doch gehört!« Am ganzen Körper bebend, sprang er auf. Tränen brannten ihm in den Augen. »Granny hätte ihn nie geheiratet, wenn er Dad mit Absicht umgebracht hat. Tom hat sie davon überzeugt, dass es ein Unfall war und dass es ihm leidtut. Und das hat Granny geglaubt.«

Coral legte ihm die Hände auf die Schultern und drückte ihn zurück auf seinen Stuhl. »Hör mir zu, mein Schatz. Es ist ganz wichtig, dass du alles vergisst, was du heute gehört hast. Was auch immer du verstanden hast, streich es bitte aus deiner Erinnerung. Kein Wort davon zu Granny, wenn du mich nicht in ernsthafte Schwierigkeiten bringen willst, verstanden?«

Sie sah so panisch, so verzweifelt aus, dass er rasch nickte. »Okay.«

»Braver Junge. Ich hab dich lieb.« Sie drückte ihm einen Kuss aufs Haar.

»Ich hatte das Geld vergessen. Deshalb muss ich noch zum Laden.«

Sie lachte. »Na, keine Sorge, wir kommen schon klar. Jetzt schließ endlich dein Spiel an den Fernseher an. Viel Spaß!«

In dem Moment wurde ihm klar, dass sie ihn bloß zum Einkaufen geschickt hatte, weil sie gewusst hatte, dass Tom vorbeikommen würde. Die Frage war nur, wovor sie ihn beschützen wollte. Was hatte Ellis' Dad Tom vor seinem Tod erzählt?

Nun überrollte Ellis eine Welle der Trauer, wie ein grauenhafter Krampf, der jeden Zentimeter seines Körpers erfasste. Das alles hatte jetzt keinerlei Bedeutung mehr. Ellis interessierte nicht länger, warum Tom bei ihnen gewesen war. Ihm war ganz egal, was sein Dad Tom in jener Nacht gesagt hatte.

Seine Mum war nicht mehr da, und damit war er offiziell ein Waisenjunge.

Er wünschte sich aus tiefstem Herzen, selbst auch zu sterben.

DREIUNDVIERZIG

BRIDGET

Während Ellis in seinem Zimmer vor sich hin schluchzte, saßen Tom und ich ganz still da. Wir standen beide noch unter Schock. Ich hatte mein Bestes gegeben, um meinem Enkel die fürchterliche Tragödie zu erklären, um ihn zu trösten. Auch Tom hatte es versucht, aber in diesem Moment wollte Ellis mit keinem von uns etwas zu tun haben.

»Ich fasse es nicht«, flüsterte Tom. »Dass Coral tot sein soll, kann ich immer noch nicht begreifen.«

Ich sah ihn an. »Hast du deine Wasserflasche wieder?«

»Was?«

»Die Wasserflasche, für die du extra noch mal ins Fitness-Studio gefahren bist. Hast du sie gefunden?«

»Das ist doch jetzt nicht mehr wichtig«, antwortete er und schien darüber entgeistert, dass ich ausgerechnet danach fragte. »Aber ja, ich hab sie, danke.«

»Du bist ein Lügner.« Ich stand auf und starrte auf ihn hinunter. »Die Wasserflasche hab ich gefunden, als ich deine Sporttasche aufgemacht habe, um das Handtuch herauszuholen. Also, wo warst du, und warum musstest du mich deshalb anlügen?«

Er umfing die verletzte Hand mit den Fingern der anderen, drückte darauf herum und zog eine Grimasse. »Können wir darüber vielleicht später reden?«

»Nein, können wir nicht. Mein Gott, das sind doch bloß Schnitte durch ein paar kleine Scherben. Wie schlimm kann es schon sein?« Ich streckte die Hand aus und zog an dem Geschirrtuch, in das er die Hand gewickelt hatte. Tom stieß einen kleinen Schrei aus, als ich das Tuch wegriss. Tatsächlich hatte er eine größere Wunde, die zwar übel aussah, aber aufgehört hatte zu bluten. Die Ränder klafften nicht auseinander, sondern begannen bereits wieder zusammenzuwachsen. Die Oberfläche war ganz glatt und es steckten eindeutig keine Scherben mehr darin, wie Tom es vor den Polizistinnen behauptet hatte. Ich trat an den Küchenschrank und nahm den Erste-Hilfe-Kasten heraus. »Und warum hast du es vor den Beamtinnen als so schlimm hingestellt, dass du keine Fragen beantworten kannst?« Mit einem großen Pflaster verarztete ich den Schnitt, bevor ich mich wieder hinsetzte.

»Was weiß ich!« Er fuhr sich mit der unverletzten Hand durchs Haar und seufzte. »Das war eine ganz instinktive Reaktion. Als sie erwähnt haben, dass ich gerade erst entlassen wurde, hab ich Muffensausen gekriegt.«

»Okay, das kann ich nachvollziehen. Zurück zur ursprünglichen Frage: Wo warst du, als du angeblich noch mal ins Fitness-Studio wolltest?«

Nach kurzem Schweigen sagte er: »Es tut mir so leid, Brid, aber das kann ich dir nicht sagen.«

»Was?« Mir fiel die Kinnlade herunter. »Und ob du mir das sagen kannst! Nun rück schon raus mit der Sprache!«

»Nein, das geht nicht. Bitte. Was das angeht, musst du mir jetzt einfach vertrauen!«

»Dir vertrauen? Nachdem du gerade zugegeben hast, mir eiskalt ins Gesicht gelogen zu haben?« Ich kochte vor Wut. »Ich will hier in meinem Haus keine Lügner. Also, warum packst du nicht deine Sachen und kriechst wieder bei deiner Mummy unter, bis du endlich Mannes genug bist, die Wahrheit auszusprechen?«

»Ich wollte damit sagen, dass ich es dir schon irgendwann erklären *werde*, aber dafür muss ich den richtigen Zeitpunkt abwarten.«

Plötzlich verwandelte sich das Feuer der Wut in meinen Adern zu Eis. Er hatte also eine andere. Er hatte im Fitness-Studio eine sexy junge Frau kennengelernt, wollte mir aber nicht das Herz brechen, wenn Ellis im Haus war und wir gerade die schreckliche Neuigkeit über Coral erfahren hatten.

Irgendwie gelang es mir, eine Antwort hervorzuwürgen: »Dir steht nicht das Recht zu, einen passenden Zeitpunkt abzuwarten.«

»Brid.« Er presste sich die Hände vors Gesicht. »Das kannst du nicht verstehen.«

»Wenn es um eine andere Frau geht, dann spuck es einfach aus«, sagte ich kläglich. »Das will ich lieber sofort wissen, daher rede bitte Klartext.«

»Nichts könnte der Wahrheit ferner liegen.« Er griff nach meiner Hand. »Es gibt keine andere, Bridget, ich liebe nur dich.«

Er musste mir die Erleichterung angesehen haben, weil er sich ein wenig sammelte und die nächsten Worte souveräner vorbrachte: »Bald werde ich dir alles erzählen, versprochen, aber im Moment eben noch nicht. Und jetzt muss erst einmal einiges für Ellis organisiert werden.«

»Was meinst du?«

»Na, er braucht sicher ein paar Sachen von zu Hause, oder? Hast du nicht gesagt, dass Coral dir einen Hausschlüssel gegeben hat?«

»Ja, aber ... sollten wir nicht vorher die Polizei fragen, ob das in Ordnung ist?«, wandte ich besorgt ein. »Es soll wirklich nicht so aussehen, als wollten wir etwas vertuschen.«

»Was für ein merkwürdiger Gedanke!« Tom runzelte die Stirn. »Es handelt sich doch nicht um einen Tatort, und wir wollen ja bloß Ellis' Sachen holen. Was soll es denn da zu vertuschen geben?«

»Keine Ahnung. Ich versuche nur zu berücksichtigen, wie das in deren Augen aussehen könnte.«

»Aber um Erlaubnis zu fragen und womöglich eine Absage zu kassieren, bringt uns ja auch nicht weiter«, argumentierte Tom. »Falls sie sich später darüber aufregen, stellen wir uns einfach dumm.«

»Allerdings kann ich Ellis hier nicht allein lassen, nicht, nachdem er gerade so etwas Furchtbares erfahren hat. Kannst du bei ihm bleiben?«

»In seinem momentanen Zustand würde er zu toben anfangen, wenn ich mich ihm auch nur nähere. Aber ich kann gern alles für ihn holen, wenn du mir sagst, was er braucht.«

»Hm, ich weiß nicht so recht. Um das zu entscheiden, müsste ich die Sachen erst sehen.« Aber er hatte ja recht: Wenn Ellis sein Zimmer verließ und hier draußen nur Tom antraf, würde er völlig ausflippen.

»Okay, gut, dann rufe ich Mum an, damit sie bei ihm bleibt, während wir weg sind«, sagte Tom schlicht.

»Deine Mutter? Auf keinen Fall!«

Aber er griff bereits nach seinem Telefon und tippte auf dem Display herum. »Brid, jetzt stell dich nicht so an, das ist wirklich nicht der passende Zeitpunkt!« Er hob das Handy ans Ohr. »Mum? Könntest du bitte zu uns kommen, und zwar so schnell wie möglich? Wir haben einen Notfall!«

Er erklärte kurz die Situation, aber ich konzentrierte mich nicht länger auf seine Stimme, weil ich an Coral denken musste. Noch vor wenigen Stunden war sie hier gewesen, gesund und munter, und jetzt war sie kalt und tot. Das Gefühl in meinem Bauch erinnerte mich an damals, als Jesse gestorben war.

»Du weinst ja.« Tom hatte seinen Anruf beendet und strich mir über die Wange. »Mum ist unterwegs, sie müsste in einer Viertelstunde da sein.«

»Jetzt hab ich ein ganz schlechtes Gewissen, weil ich so auf Coral losgegangen bin. Ich wäre niemals so fies zu ihr gewesen, wenn ich gewusst hätte ...«

»So fies warst du doch gar nicht, Brid, wirklich nicht«, sagte Tom sanft. »Manchmal war es mit Coral eben nicht so einfach. Und wenn es um Ellis ging, hat sie sich in den letzten Tagen unausstehlich benommen.«

Ich stand auf. »Ich mache mich schon mal fertig, damit wir gleich loskönnen.«

Ich ging nach oben, um mich zu vergewissern, dass all unsere persönlichen Gegenstände weggeräumt waren. Wer konnte schon sagen, ob Jill nicht herumschnüffeln würde, wenn sie die Gelegenheit dazu hatte? Und die Tatsache, dass Tom mir etwas verheimlichte, machte mich wahnsinnig. Obwohl doch Coral gerade gestorben war, konnte ich kaum an etwas anderes denken. Ich war ein furchtbarer Mensch!

Eine Viertelstunde später war Jill da. Während ich nach unten ging, hörte ich, wie Tom ihr alles erklärte.

»Hallo, Bridget«, sagte Jill. »Das mit Coral tut mir so leid. Ich weiß ja, dass ihr euch nahegestanden habt.«

»Danke«, sagte ich. »Ellis ist oben in seinem Zimmer, erste Tür links. Sorry, dass wir dich so aufgeschreckt haben ... Macht es dir wirklich nichts aus, hierzubleiben?«

»Nein, natürlich nicht. Am besten setze ich mich hier unten vor den Fernseher und störe Ellis gar nicht. Aber falls er etwas braucht, ist ein Erwachsener da. Das ist doch viel besser, als ihn mitzuzerren.«

Fast wäre es mir lieber gewesen, wenn sie sich mir gegenüber fies gezeigt hätte. Mit dieser unerwarteten Hilfsbereitschaft konnte ich nicht gut umgehen. »Danke«, murmelte ich. »Das ist wirklich nett von dir, Jill.«

»Kein Problem.«

»Danke, Mum«, sagte auch Tom, der erleichtert zu sein schien, dass wir uns ausnahmsweise nicht an die Gurgel gingen.

Insgeheim fragte ich mich immer noch, ob es wirklich eine gute Idee war, Jill Billinghurst bei mir zu Hause allein zu lassen und ihr damit die Gelegenheit zum Herumschnüffeln zu geben. Aber Tom hatte ja recht: Wir sollten Ellis' Sachen so schnell wie möglich aus dem Haus holen, bevor es von der Polizei durchsucht oder aus anderen Gründen gesperrt wurde.

VIERUNDVIERZIG

JILL

Als Tom und Bridget losgefahren waren, um Ellis' Sachen zu holen, nahm ich ein paar Plätzchen aus dem Küchenschrank und goss ein Glas Milch ein.

Damit ging ich nach oben und klopfte bei Ellis an. Keine Antwort. Ich klopfte ein zweites Mal und betrat schließlich einfach das Zimmer, in dem die Jalousien heruntergelassen waren. Ellis lag seitlich auf dem Bett, mit dem Rücken zur Tür.

»Hallo, Ellis, ich bin's, Jill. Ich hab dir Milch und Plätzchen mitgebracht«, sagte ich sanft. »Versuch doch bitte, einen Schluck zu trinken und auch etwas zu essen.«

Er bewegte sich ein wenig, gab aber keine Antwort, daher stellte ich die Sachen auf seinen Nachttisch.

Von hinten hätte er auch Tom im selben Alter sein können. Seine Haare waren von der Farbe her ähnlich, und auch wegen des Wirbels, wo sie in einem seltsamen Winkel wuchsen und deshalb abstanden. Allerdings war Tom früher kleiner und kräftiger gewesen.

Bevor ich mich versah, hatte ich die Hand auf den warmen Kopf des Jungen gelegt, der ganz still dalag. Mich wunderte, dass er nicht vor meiner Berührung zurückzuckte.

»Ich hab das von deiner Mum gehört, Ellis. Es tut mir so leid«, flüsterte ich. »Mir ist klar, dass du jetzt furchtbar, furchtbar traurig bist, aber sag Bescheid, wenn du irgendetwas brauchst. Ich bin unten.«

»Kannst du nicht hierbleiben?« Das Kissen hatte seine gemurmelten Worte gedämpft, sodass ich mich fragte, ob ich mich womöglich verhört hatte.

»Wie bitte?«

Er drehte sich ein bisschen zu mir um, sah mich aber nicht direkt an. »Könntest du ein bisschen bleiben? Ich ... Ich will nicht allein sein.« Seine Stimme klang ganz trocken und kratzig.

»Natürlich. Möchtest du vielleicht darüber sprechen, was ...?«

»Nein«, antwortete er. »Ich will lieber nicht reden, wenn das okay ist.«

Ich tätschelte ihm die Schulter und setzte mich auf den weißen Plastikstuhl neben seinem Bett. Hier war alles aufeinander abgestimmt. Eine Seite des Raumes wurde komplett von einem Einbaumöbel mit Regalen und einem Schreibtisch eingenommen, das nach IKEA aussah, während an den anderen Wänden Poster von Marvel und Nintendo hingen. Selbst das Kopfende des Bettes und die Hängelampe waren weiß, sodass sich ein sauberer und ordentlicher Gesamteindruck ergab.

So schick war Toms Kinderzimmer nicht gewesen, aber er hatte dort gern Zeit allein verbracht, als er in Ellis' Alter gewesen war. Die Anwesenheit seines besten Freundes hatte Tom manchmal in den Wahnsinn getrieben, weil Jesse einfach nicht hatte stillsitzen können. So, wie ich das in Erinnerung hatte, hatte er stets immer im Mittelpunkt stehen müssen und war sonst schnell unruhig geworden.

Während von unten leise die fernen Stimmen des Fernsehers erklangen, die ich als tröstlich empfand, schloss ich nun die Augen und begann, in Gedanken abzuschweifen. Immer wieder kam mir jener Moment in den Sinn, in dem ich Bridget bei Audrey im Secondhandshop angetroffen hatte. Wie sie die Köpfe zusammengesteckt hatten, hatte für mich von einer gewissen Vertrautheit gezeugt. Und dann hatte ich bei einem Blick durch Audreys Küchenfenster diesen Schal gesehen. Das konnte ich immer noch nicht fassen. Ich wollte mir nicht eingestehen, dass man angesichts dieser Tatsache nur zu einem einzigen Schluss kommen konnte.

Ich riss die Augen auf, als Ellis sich rührte und zu mir drehte. Seine Augen waren rot und geschwollen, die Wangen bleich. Wir sahen uns an.

»Geht es, Ellis?«, fragte ich behutsam. »Ich weiß, dass dir jetzt alles wehtut, aber du stehst das jetzt nach und nach durch, Minute für Minute. Das ist im Moment das Wichtigste, das Einzige, worauf du dich zu konzentrieren brauchst.«

»Du hast meiner Mum leidgetan«, flüsterte er. »Sie hat gesagt, dass es ja nicht deine Schuld ist, was Tom getan hat.«

»Deine Mum war ein netter Mensch«, sagte ich sanft. »Und es ist schade, dass du jedes Mal mit solcher Wut an deinen Dad denkst. Weißt du, Tom hat in dieser Nacht nicht gewollt, dass er hinfällt. Es war ein Unfall, ein schrecklicher, sehr trauriger Unfall.«

»Ich weiß nicht, ob ich immer noch nichts sagen darf.« Ellis schüttelte den Kopf und schloss die Augen. »Deshalb denke ich da lieber gar nicht dran. Aber ich hab ihn gehört. Ich hab gehört, was er gesagt hat.«

»Was wer gesagt hat?«

»Tom, als er bei uns zu Hause war.«

Plötzlich hörte ich das Blut in meinen Ohren rauschen. »Tom war bei euch?«

Ellis schob sich auf einem Ellbogen hoch. »Ja, nachdem er aus dem Gefängnis gekommen ist. Aber Mum hat gesagt, dass ich Granny nichts sagen darf, weil es sonst großen Ärger gibt.«

Ich hatte einen Kloß im Hals. »Was genau ist denn passiert?«

Ellis wandte den Blick ab, und mir wurde klar, dass ich vermutlich ein bisschen streng geklungen hatte. »Keine Sorge, ich werde nicht mit dir schimpfen, Ellis«, fügte ich rasch hinzu. »Ich versuche nur zu verstehen, was du da sagst.«

»Mum hatte mich einkaufen geschickt, aber ich hatte das Geld vergessen und musste noch einmal zurück. Da hab ich gesehen, wie Tom vorne ins Haus gegangen ist. Ich bin hintenrum geschlichen, um nur schnell das Geld zu holen. Aber ich hab gehört, wie sie sich gestritten haben.«

Ich bemühte mich um einen lockeren, sorglosen Tonfall. »Weißt du noch, worüber sie sich gestritten haben?«

Ellis kniff die Augen zusammen. »Mum wusste, dass Dad Tom in der Nacht von seinem Tod ein Geheimnis verraten hat. Das hat sie gesagt. Und auch, dass Tom über das Geheimnis wütend war und deshalb meinen Dad mit Absicht geschlagen hat. Weil er ihm wehtun wollte.«

Mittlerweile saß ich kerzengerade da. »Worum ging es denn dabei?«

»Das weiß ich nicht, aber Mum kannte dieses Geheimnis.« Mit finsterem, gequältem Blick schaute Ellis mich an. »Und jetzt ist sie auch tot.«

Ich bekam weiche Knie. Das war doch alles Quatsch, es musste einfach Unsinn sein! Aber die beiden Ermittlerinnen würden das womöglich als Motiv interpretieren. Sie mochten denken, Tom hätte Coral *zum Schweigen bringen wollen*.

»Ach, die Leute behaupten so viel, wenn sie wütend sind«, sagte ich sanft zu Ellis. »Dass dein Vater gestorben ist, hatte nichts mit irgendwelchen Lügen oder Geheimnissen zu tun. Es war ein Unfall.«

Aber sein Kopf schoss zu mir herum. »Er ist hingefallen und gestorben, weil Tom ihm eine verpasst hat. Und warum hat Tom ihm eine verpasst? Weil er nicht hören wollte, was mein Dad gesagt hat!«

Ich presste die Lippen aufeinander. Es war nicht meine

Aufgabe, Ellis zu erklären, dass sein Vater Tom mit einem Messer bedroht hatte. Keine Ahnung, ob Coral ihm dieses Detail erzählt hatte oder nicht. Aber er würde es schon erfahren, wenn er älter war. Und das würde früh genug sein.

»Wenn sich Tom und deine Mum bei euch zu Hause gestritten haben, hat es sich vermutlich schlimmer angehört, als es war, mein Schatz. Das kennst du doch sicher von deinen Freunden aus der Schule. Die Leute werden sauer und sagen fiese Sachen, um den anderen wehzutun. Aber dann ist alles genauso schnell wieder vorbei.«

»Ich hab keine Freunde«, wandte er grimmig ein.

»Was? Das kann ich mir kaum vorstellen! Na komm, willst du es mal mit einem Plätzchen und der Milch probieren?«

»Ich will kein blödes Plätzchen!« Sein Arm schoss hervor und fegte den Teller vom Nachttisch. Mit einem Keuchen sprang ich auf, um ihn aufzuheben, während Ellis' Stimme zu einem Heulen anschwoll. »Ich will meine Mum, und ich will meinen Dad. Und jetzt sind beide tot!«

Ich setzte mich aufs Bett und schlang die Arme um den Jungen. Eigentlich hatte ich erwartet, dass er mich wegschieben würde, aber er ließ zu, dass ich ihn festhielt, und vergoss an meiner Schulter heiße Tränen.

Auch in meiner Brust stieg nun etwas auf, das mir die Kehle zuschnürte. Als ich den Mund ein wenig öffnete, entfuhr mir ein kleines Keuchen, und dann weinte ich ebenfalls.

Genau in dem Moment, in dem sich Ellis von mir löste und mir wieder den Rücken zudrehte, piepte unten im Wohnzimmer mein Handy.

»Ich gucke mal besser, was los ist«, flüsterte ich, worauf Ellis nichts erwiderte.

Leise ging ich hinaus, zog die Tür vorsichtig hinter mir zu und tupfte mir mit einem Taschentuch übers Gesicht. Unten griff ich nach meinem Telefon. Ich hatte eigentlich mit einer Nachricht von Tom gerechnet, in der er Bescheid sagte, dass sie bei Coral zu Hause angekommen waren. Aber es war eine Benachrichtigung von Facebook, in der ich über eine neue Veröffentlichung informiert wurde. Und zwar auf Bridgets Account.

Als ich den Post angeklickt hatte, las ich:

Danke für eure Beleidsbekundungen. Ich werde eure guten Wünsche an Corals Sohn, meinen Enkel Ellis, weitergeben. Genaueres wissen wir im Moment noch nicht, eins kann ich aber mit Sicherheit sagen: Wenn Coral tatsächlich mit Absicht umgebracht wurde, werde ich nicht ruhen, ehe jemand dafür bezahlt hat.

Ich hatte Coral heute noch gesehen, vor ein paar Stunden im Café. Und etwas später war in der Nähe der Blidworth Woods der Unfall passiert. Tom hatte gesagt, die Polizei wüsste noch nicht, warum Coral aus dem Auto gestiegen und die Straße entlanggegangen war. Solange keine Details bekannt waren, wurde wegen Fahrerflucht ermittelt. Bei einer solchen Untersuchung würden die Ermittler natürlich mit den Leuten sprechen, die Coral als Letzte gesehen hatten, und das würde mich miteinschließen.

Ich schaute mir noch einmal Bridgets Status an. Diesen Text musste sie geschrieben und gepostet haben, nachdem sie das Haus verlassen hatte, um rüber zu Coral zu fahren. Dass sie in so einer Situation als Erstes an die sozialen Medien dachte ... Hatte sie denn nicht genug anderes im Kopf?

Jetzt hätte ich gern mit Audrey gesprochen, um darüber ihre Meinung zu hören. Sie konnte Menschen immer gut einschätzen. Allerdings war Audrey entweder vom Erdboden verschluckt worden – eher unwahrscheinlich – oder sie ging mir bewusst aus dem Weg. Mir wurde ganz schlecht, wenn ich daran dachte, was ich in ihrer Küche auf der Arbeitsplatte entdeckt hatte. Würde sie wohl unumwunden alles zugeben, wenn ich sie darauf ansprach?

Dann kam mir plötzlich ein ganz neuer Gedanke – ob Bridget womöglich versuchen würde, Corals Tod irgendwie Tom in die Schuhe zu schieben? Hatte sie das vielleicht die ganze Zeit so geplant – Tom aus Rache wieder hinter Gittern zu bringen und sich gleichzeitig das Sorgerecht für Ellis zu sichern?

Für manche mochte das zu dramatisch klingen, aber es wäre tatsächlich ein genialer Plan.

All das brachte mich aber nicht der Antwort auf die Frage näher, die jetzt die Polizei zu klären hatte: Wer genau hatte Coral getötet?

FÜNFUNDVIERZIG

TOM

2009

Toms Freunde waren durchweg der Meinung, dass das Jahr nach der Mittelstufe die beste Zeit ihrer ganzen Schullaufbahn war.

Tom, Jesse und noch etliche andere aus der Gruppe gingen nun weiter zusammen in die Oberstufe. Nicht etwa, weil sie später studieren wollten – nein, ganz und gar nicht. Aber Tom hatte die Nase voll von den ständigen Fragen seiner Mum darüber, was er denn mal werden wollte. Und sein Vater hatte ja doch immer etwas zu meckern, ganz egal, ob er »Arzt« oder »Anwalt« sagte.

Durch die Vorbereitungen auf die Abschlussprüfungen hatte sich Tom zwei Jahre Zeit erkauft, in denen seine Eltern ihm nicht auf den Geist gehen würden. Und das passte ihm wunderbar, da er noch keine Ahnung hatte, was er im Leben machen wollte, genauso wenig wie seine Kumpel.

Es bildete sich ein Grüppchen von fünf, sechs Leuten, die in den Freistunden und über Mittag im Gemeinschaftsraum der Oberstufenschüler gemeinsam abhingen: Tom und Jesse,

Coral und noch ein paar andere, die an den meisten Tagen mit dabei waren.

Alle hatten es geschafft, irgendwo einen Abend- oder Wochenendjob zu ergattern, sodass sie es sich leisten konnten, zusammen auszugehen. Obwohl Toms Familie finanziell vermutlich besser dastand als die seiner Klassenkameraden, war es in den Augen seiner Mutter Verschwendung, Geld für Alkohol auszugeben. Und sein Vater fand, dass er alt genug war, um sein eigenes Geld zu verdienen.

»Harte Arbeit hat noch keinem geschadet«, war einer seiner Lieblingssprüche. Ein anderer war: »Ich hab von meinen Eltern nie auch nur einen Penny bekommen.«

Allerdings machte sein Vater vieles wieder gut, als Tom anfing, regelmäßig mit seinen Freunden auszugehen. Robert bot nämlich manchmal an, sie mit seinem neuen, großen Geländewagen abzuholen, sodass sie sich das Taxi sparen konnten.

Tom und Jesse wohnten nicht weit voneinander entfernt, aber Coral musste auf die andere Seite der Stadt, und bei manchen anderen war es bis nach Hause sogar noch weiter. Wenn Tom mal über seinen Vater klagte, verteidigten seine Freunde ihn deshalb immer und riefen ihm in Erinnerung, wie oft sein Dad hilfreich eingesprungen war.

Dann begann sich zwischen Jesse und Coral etwas zu entwickeln. Tom hatte bereits bemerkt, dass sie in letzter Zeit immer vertrauter miteinander wirkten, und dass sich Jesse im Pub jetzt lieber neben Coral setzte als neben ihn. Er war auch oft »beschäftigt«, wenn Tom wie früher gemeinsames Kino oder Bowlen vorschlug.

Eine Zeit lang hing Tom mit den beiden zusammen ab. Es störte sie nicht, und ehrlich gesagt war Coral eine sehr angenehme Zeitgenossin. Wenn Jesse nachmittags noch Unterricht hatte, tranken Tom und Coral manchmal zusammen einen Kaffee im Gemeinschaftsraum oder gingen zum Lernen in die Bücherei.

Einmal war Tom unter der Woche abends zum Zocken zu Jesse gekommen, zur verabredeten Uhrzeit machte ihm aber Bridget die Tür auf.

»Er ist mit Coral losgezogen und hat dich wohl ganz vergessen«, sagte Bridget. Als sie Toms lange Miene sah, fügte sie hinzu: »Aber bleib doch trotzdem. Ich gucke mir gerade *Der weiße Hai* auf DVD an und hab eine riesige Portion Chili gekocht, mit der du mir helfen kannst. Na, was meinst du?« Sie hatten an diesem Abend jede Menge Spaß zusammen. Bridget war eine total coole, entspannte Mutter, und ihr gefielen die gleichen Sachen wie den Jungen. Darüber hinaus sah Tom sie als Teil der Familie. In seiner Kindheit und Jugend hatten sie so viel Zeit miteinander verbracht, dass Tom Bridget in- und auswendig kannte, genau wie sie ihn.

Sie erzählte ihm, dass sie eine Reihe von katastrophalen Verabredungen mit Männern hinter sich hatte und jetzt überzeugter Single war.

»Ich glaube, für diese Entscheidung ist es noch ein bisschen früh, Brid«, lachte Tom. Ihr gefiel es, dass er sich angewöhnt hatte, ihren Namen so abzukürzen.

»Das Problem besteht darin, dass Männer in meinem Alter viel weniger Energie zu haben scheinen als ich. Am Anfang kann man mit ihnen noch Spaß haben, aber irgendwann wollen sie bloß noch jeden Abend zu Hause rumsitzen und sich anspruchsvolle Filme anschauen statt der lustigen, die wir so gern gucken.«

Ja, das klang wie ein Albtraum, da musste Tom zustimmen.

Als die Geschichte zwischen Jesse und Coral ernster wurde, lief es irgendwann darauf hinaus, dass Tom zwei- bis dreimal in der Woche abends bei Bridget vorbeischaute, um ihr Gesellschaft zu leisten.

Robert hatte sich erkundigt, warum er eigentlich nicht mehr gebeten wurde, die Gruppe zu fahren. Als er Toms Antwort hörte, kommentierte er: »Aber das macht man doch nicht! Fast jeden Abend bei einer Frau abzuhängen, die so alt ist wie deine Mutter ...«

Er übertrieb natürlich, weil es bei weitem nicht jeder Abend war. Und Tom verbrachte einfach gern Zeit mit Bridget. Sie war lustig und nett und gab ihm immer das Gefühl, dass er bei ihr willkommen war.

Jesse hatte sich in der Schule schon öfter mit Jungen angelegt, die widerliche Sprüche darüber klopften, was sie mit Bridget gern treiben würden. Diese Typen hatten sie MILF genannt und ihn nach ihrer Nummer gefragt. Nicht einmal in Gedanken würde sich Tom mit einem so respektlosen Ausdruck auf Bridget beziehen, aber es stimmte schon, dass sie wesentlich interessanter war als die Mädchen in seinem Alter. Tom war mit ein paar davon ausgegangen, aber die hatten die meiste Zeit Selfies mit Schmollmund gemacht oder ihren Freundinnen geschrieben. Tom hatte den Eindruck gewonnen, absolut nichts mit ihnen gemeinsam zu haben.

Dann verbrachte Jesse plötzlich wieder mehr Zeit zu Hause, sodass sie abends zu dritt vor dem Fernseher saßen, Tom, Jesse und Bridget.

Auf Toms Frage nach Coral antwortete Jesse ganz lässig: »Zusammen sind wir noch, wir haben uns nicht getrennt oder so. Wir geben uns bloß ein bisschen mehr Freiraum.«

Mit hochgezogenen Augenbrauen tauschten Bridget und Tom Blicke.

Ein paar Monate später verkündete Jesse dann, dass Coral schwanger war. Während Toms Mutter angesichts dieser Enthüllung völlig ausgeflippt wäre, meisterte Bridget die Situation wie üblich souverän.

»Ich freue mich für euch beide, und ich kann es kaum erwarten, den neuen kleinen Jesse willkommen zu heißen. Allerdings bin ich gar nicht begeistert darüber, Großmutter zu werden, während ich noch so jung aussehe«, scherzte sie.

Coral sah aber gar nicht glücklich aus, als Tom ihr in der

Schule das nächste Mal über den Weg lief. Er bot an, dass sie zusammen einen Kaffee tranken und redeten, aber sie lehnte mit einer fadenscheinigen Ausrede ab und huschte davon. Niemand sprach an, dass da offensichtlich irgendetwas nicht stimmte, aber das passte Tom eigentlich ganz gut. Er wollte sich wirklich nicht in ihre Beziehungsprobleme hineinziehen lassen.

Als Coral im sechsten Monat schwanger war, schlug Jesse Tom eines Tages vor, später zusammen wegzugehen. »Wir brauchen einen richtigen Männerabend, so wie früher«, sagte er. »Es wird Zeit, dass wir mal wieder in Ruhe quatschen, nur wir zwei, meinst du nicht?«

Tom stimmte zu. Ein bisschen quatschen klang nach einer guten Idee.

Sie machten ab, dass sie zunächst in eine Kneipe gehen würden, ins Mayflower, bevor sie in die Innenstadt, in den Nachtclub Movers, weiterziehen würden.

Einerseits machte Tom sich Sorgen, dass sein Training am nächsten Morgen darunter leiden könnte. Andererseits war er es seinem alten Kumpel irgendwie schuldig, dass sie sich nach längerer Zeit mal wieder auf den neuesten Stand brachten.

Und ein paar Drinks hatten ja noch niemandem groß geschadet.

SECHSUNDVIERZIG
BRIDGET

Oktober 2019

Aus irgendeinem Grund wurde ich das seltsame Gefühl nicht los, dass uns die Zeit davonlief, und ich saß auf dem Weg zu Coral mit ganz verspannten Schultern und Nacken im Auto.

Wir hatten noch nicht darüber gesprochen, was nach dem Tod seiner Mutter mit Ellis passieren würde. Aber eigentlich gab es da auch nichts zu besprechen. Es verstand sich wohl von selbst, dass er zu uns kommen und bei uns leben würde. Ich fühlte mich ganz taub, wenn ich an Corals Tod dachte. An das, was wir uns in letzter Zeit alles an den Kopf geworfen hatten, an all die Feindseligkeiten. Sie beherrschen meine Gedanken. Ja, Coral hatte bei jeder Gelegenheit ihre Missbilligung über meine Ehe zum Ausdruck gebracht, deshalb hatte ich ihr jedoch noch lange nicht so ein Schicksal gewünscht. Seit Jesses Tod war sie immer irgendwie da gewesen, aber meine Gefühle ihr gegenüber hatte ich nie groß analysiert. Daher wunderte es mich jetzt einerseits, was für eine schmerzhafte Leere sich in meiner Brust breitgemacht hatte.

Andererseits konnte ich nicht verleugnen, dass ihr Tod

auch etwas Gutes mit sich brachte: Dass sie Ellis von mir fernhalten wollte und darin von diesen Gutmenschen an seiner Schule bestärkt wurde – über all das brauchte ich mir jetzt keine Sorgen mehr zu machen. Allerdings hatte ich dafür einen hohen Preis zahlen müssen, und angesichts der Frage, wie sich Ellis von dieser grauenhaften doppelten Tragödie je wieder erholen sollte, wurde mir das Herz ganz schwer. Denn nun war nach seinem Dad ja auch seine Mum für immer aus seinem Leben verschwunden. Und wer auch immer dafür verantwortlich war, würde dafür zahlen.

Und ich würde alles dafür tun, dass Ellis, Tom und ich als neue Familie glücklich werden würden.

Doch erst, nachdem mir Tom, der während der Autofahrt ganz still und geistesabwesend war, endlich die Wahrheit über die Geschichte mit der Wasserflasche erzählt hatte.

Wenn der Schmerz nicht mehr so frisch war, würde ich mich irgendwann mit Ellis zusammensetzen und ihn darum bitten, Tom doch eine Chance zu geben. Ansonsten würde er weiter zur Therapie gehen, und ich würde ihn auf jeden Fall in der Mansfield Academy abmelden, nachdem man dort so wenig Verständnis für meine persönliche Situation aufgebracht hatte. Ein Neuanfang an einer anderen Schule würde ihm guttun.

Nachdem wir vor Corals kleinem Häuschen geparkt hatten, umrundeten wir es, ich schloss die Hintertür auf und betrat mit Tom die Küche. Das war ein kleiner, ordentlicher Raum mit weißer Einbauküche und schwarz-weißen Fliesen.

»Am besten fange ich mit Ellis' Zimmer an«, sagte ich und ging zur Treppe hinüber. »Ich lege seine Klamotten aufs Bett, und du kannst sie zum Auto bringen.«

Tom folgte mir nach oben, wo wir gemeinsam Ellis' Schrank leerten. Ich platzierte die Sachen in Stapeln auf dem Bett – Unterwäsche, T-Shirts und Pullover. Zum Glück war Coral ein kleiner Ordnungsfreak gewesen und hatte Schränke und Schubladen ständig aufgeräumt.

»Die Schuhe stehen unter der Treppe«, sagte ich zu Tom, während ich mich aufrichtete. Ich verzog das Gesicht und rieb mir das Kreuz. »Darum kümmere ich mich sofort, aber du kannst schon mal anfangen, das hier zum Auto zu bringen.«

Tom griff nach einem Armvoll Kleiderbügeln und verzog ebenfalls das Gesicht, als er versehentlich seine Wunde berührte. Aber er brachte alles pflichtbewusst nach draußen.

Als er zurückkehrte, betrachtete er mit zweifelndem Gesichtsausdruck die Menge an Kleidungsstücken, die noch auf ihn wartete. »Vielleicht hätten wir einen kleinen Lieferwagen mieten sollen«, sagte er. »Der Rücksitz des Mercedes ist fast voll.«

»Das kriegen wir schon hin.« Ich griff nach einem Stapel und folgte Tom nach unten. »Notfalls müssen wir eben stopfen.«

Tom legte die Sachen, die er getragen hatte, ins Auto, und kehrte zurück ins Haus. Als ich ein paar Minuten später hinterherkam, entdeckte ich ihn in Corals Schlafzimmer.

»Was hast du denn hier zu suchen?«, fragte ich. Mich überkam ein seltsames Gefühl, weil er bei der Frage sichtbar zusammengezuckt war.

Aber er antwortete ganz lässig: »Ich wollte nur gucken, ob er vielleicht irgendwas aus diesem Zimmer braucht.«

Ich betrachtete das Durcheinander von Papieren auf dem Fußboden.

»Warst du das?«

»Nein, das hab ich so vorgefunden«, sagte er, ohne mich anzusehen.

Rasch kniete ich mich hin und begann, alles durchzusehen. Es waren nur alte Rechnungen, der Mietvertrag für das Haus und Ähnliches. Ich scheuchte Tom mit einer Handbewegung davon. »Ist schon okay. Bring du mal weiter Ellis' Sachen zum Auto, ich kümmere mich darum.«

In dem Moment, in dem ich aufschaute, schob Tom gerade verstohlen die Hand in die Tasche. »Was hast du denn da?«

»Hm?«

»Hast du dir da gerade etwas in die Tasche gesteckt?«

Tom tat so, als hätte er keine Ahnung, wovon ich redete. Trotz seiner Unschuldsmiene war er aber blass geworden und hatte zwei kleine rote Flecken auf den Wangen.

»Jetzt zeig schon!«

»Was soll ich dir denn zeigen? Lass es gut sein, Bridget, ich bin schließlich kein kleines Kind!«

»Ich hab doch gesehen, wie du die Hand in die Tasche geschoben hast, als hättest du etwas eingesteckt.« Das musste ich jetzt einfach wissen.

»Verdammt nochmal, hier, mehr ist da nicht! Zufrieden?« Er zog sein Handy hervor und hielt es hoch. »So langsam grenzt das bei dir ja an Verfolgungswahn.«

»Sorry, ich bin einfach ... ein bisschen durch den Wind, das ist alles. Na los, lass uns von hier verschwinden, bevor womöglich die Polizei kommt.«

Eine Viertelstunde später war unsere Aufgabe erledigt, wir hatten Ellis' Sachen und waren auf dem Weg zurück nach Hause.

Als ich zu Tom hinüberschaute, nach seiner Hand griff und sie liebevoll drückte, erwiderte er die Geste nicht. Er starrte geradeaus ins Leere, als sei er in Gedanken ganz woanders.

»Alles okay?« Jetzt bereute ich meinen scharfen Tonfall von vorhin.

»Ja, ja, alles in Ordnung«, antwortete er, sein Gesichtsausdruck sagte jedoch etwas anderes. So hatte ich ihn noch nie zuvor erlebt. Er wirkte wie erstarrt und hatte mich komplett ausgeblendet.

SIEBENUNDVIERZIG

AUDREY

Nachdem sie das Geschäft verlassen hatte, ließ Audrey die Stadt hinter sich und parkte mit dem Auto am Wasser, um erst einmal in Ruhe nachzudenken. Nach langem Überlegen erledigte sie ein Telefonat und fuhr wieder los. Sie parkte an der Straße und ging erst sicher, dass die Luft rein war, bevor sie ausstieg.

Bald würde sie Jill alles erklären und darauf hoffen, dass ihre Freundschaft diese Herausforderung überstehen würde. Sie wünschte wirklich, Jill würde ihr irgendwann vergeben, auch wenn sie sich vielleicht nicht mehr so nahestanden wie einst.

Jill und sie waren schon so lange miteinander befreundet, dass Audrey sich kaum noch an ein Leben ohne sie erinnern konnte. Obwohl sie immer füreinander da gewesen waren, hatte sich ihre Beziehung zueinander im Laufe der Jahre verändert, wie das so oft war. In letzter Zeit war der Kontakt weniger eng gewesen, sie hatten sich außerhalb der Arbeit nur noch selten gesehen.

Als Tom vor zehn Jahren ins Gefängnis gemusst hatte, hatte Jill fürchterlich gelitten. Sie war von jeher eine Einzelgängerin gewesen, und ab diesem Zeitpunkt hatte sie sich immer weiter zurückgezogen, bis sie am Ende nur noch ein Schatten ihrer selbst gewesen war.

Audrey hatte ihr wiederholt in Erinnerung gerufen, dass Tom zwar im Gefängnis gelandet war, es aber noch viel schlimmer hätte kommen können.

»Er hat dabei schließlich nicht sein Leben verloren«, hatte sie Monate nach seiner Verurteilung gesagt. »Tom ist noch da, und eines Tages wird er wieder ein freier Mann sein. Gib nicht dein Leben auf, Jill, trauere nicht um ihn, als hättest du ihn für immer verloren. Das ist nämlich nicht der Fall.«

Audrey hatte ihr Bestes gegeben, um Jill zu unterstützen, und ihre Freundin ein ums andere Mal dazu zu bewegen versucht, sich dem Leben gegenüber neu zu öffnen. Am Ende hatte sie aber aufgegeben, weil es zu aufreibend gewesen war.

Jill hatte während der letzten zehn Jahre komplett verleugnet, was in jener Nacht wirklich passiert war. Ihrer Meinung nach war die Sache einfach und ihr Sohn völlig unschuldig: Jesse hatte ein Messer gezogen und Tom sich nur verteidigt.

So klar und deutlich war das in Wirklichkeit nicht. Es gab keine Zeugen, aber Tom und Jesse waren ihr Leben lang befreundet gewesen. Daher ahnten viele Leute instinktiv, dass noch andere Faktoren mit im Spiel gewesen sein mussten.

Am Ende hatte Audrey sich an die eigene Nase gefasst und sich eingestanden, dass auch sie die Augen vor der Realität verschloss. Natürlich wollte sie ihre Freundschaft nicht komplett aufgeben. Aber sie musste wohl ihre Machtlosigkeit angesichts von Jills Trauer um einen Sohn akzeptieren, der gar nicht gestorben war. Außerdem würde Jill niemals zugeben, dass ihr Leben so viel besser wäre, wenn nicht Robert ständig ihr Selbstbewusstsein untergrub.

Nach ein paar Jahren war Audrey ein bisschen auf Distanz gegangen und hatte ihre Aufmerksamkeit jemand anderem zugewandt. Ehrlich gesagt, hatte sie sich damit in eine komplizierte Situation gebracht und wusste jetzt nicht recht, wie sie da wieder herauskommen sollte.

Audrey drückte bei den Billinghursts auf die Klingel und sah durch die Buntglasscheibe der Haustür, wie jemand im Flur erschien.

Sie holte tief Luft und drückte die Schultern durch, während die Tür geöffnet wurde.

»Komm rein«, sagte Robert, durch dessen Stimme sie schon weiche Knie bekam. »Sie wird länger weg sein, wir haben also jede Menge Zeit.«

ACHTUNDVIERZIG

JILL

Als Tom und Bridget zurückkehrten, war für mich offensichtlich, dass zwischen ihnen etwas vorgefallen war. Tom machte sich nämlich sofort mit einem Arm voll Kleidung auf den Weg nach oben und trug dabei eine gerunzelte Stirn und einen finsteren Blick zur Schau, die ich nur zu gut kannte. Irgendetwas nagte an ihm.

»Habt ihr alles gefunden, was ihr braucht?«, fragte ich, während er an mir vorbeiging.

Er nickte, blieb dann stehen und schaute mich über den Kleiderberg hinweg an. »Du kannst jetzt gehen, wenn du willst, Mum. Danke, dass du auf Ellis aufgepasst hast.«

Am liebsten wäre ich damit herausgeplatzt, dass Ellis mir von seinem Streit mit Coral erzählt hatte. Ich wollte ihn gern fragen, was das zu bedeuten hatte. War in der Nacht von Jesses Tod etwas vorgefallen, wovon Tom niemandem je erzählt hatte? Was würde er bei einem Polizeiverhör auf die Frage antworten, in welchem Verhältnis Coral und er zueinander gestanden hatten? Würde er von der Auseinandersetzung berichten, die Ellis mitbekommen hatte?

Als Tom schließlich die Treppe hinaufstieg, erschien auch

Bridget im Flur, die einen etwas kleineren Stapel Klamotten trug.

»Soll ich euch helfen, die Sachen aus dem Auto zu holen?«, bot ich an.

»Nein, nein, das schaffen wir schon, danke«, sagte sie abschätzig. »War mit Ellis alles in Ordnung?«

»Ja. Er hat mich gebeten, mich ein bisschen zu ihm zu setzen.«

»Ach, echt?« Bridget ließ die Arme sinken und schaute mich an. »Habt ihr über irgendwas ... gesprochen?«

»Nein, was meinst du denn?«

Sie zuckte mit den Achseln. »Ich frage nur, weil er mit mir eigentlich nicht reden wollte.«

»Viel gesagt hat er nicht«, behauptete ich. »Okay, Tom meinte, dass ich ruhig gehen kann. Also, wenn ihr keine Hilfe mehr braucht ...«

»Okay, danke, dass du geblieben bist«, sagte sie. Einen Moment herrschte unbehagliche Stille. »Die Polizei will morgen früh um zehn mit uns sprechen.«

»Mit Tom auch?«

Unerschütterlich schaute Bridget mich an. »Ja, Jill, auch mit Tom. Auf dem Polizeirevier.« Plötzlich schwappte eine Welle von Gefühlen über mich hinweg, und ich wich einen Schritt zurück. »Alles in Ordnung? Du bist ja richtig blass. Die haben gesagt, dass sie uns ein paar Fragen zu Coral stellen wollen, wohl reine Routine.« Vor meinem inneren Auge sah ich bereits, wie die Polizei Tom wieder ins Gefängnis brachte, vertrieb diese Bilder aber aus meinem Kopf. »Ich hab mich gefragt, ob du morgen vielleicht noch mal auf Ellis aufpassen könntest. Wir würden ihn auf dem Weg zum Polizeirevier bei euch absetzen, wenn das in Ordnung ist.«

»Klar, kein Problem«, sagte ich schnell. »Er ist ein lieber Junge.«

Bridget strahlte. »Ja, er ist etwas ganz Besonderes. Großmutter zu sein, ist wirklich das tollste Gefühl auf der Welt!«

Unverwandt sah sie mich an, und ich fragte mich, ob sich da ein winziges Feixen auf ihre Miene stahl. Oder bildete ich mir das nur ein? Mein Herz begann zu klopfen.

Jetzt schaute Bridget Tom an, der wieder nach unten kam, aber geradeaus starrte, als er an ihr vorbeiging. Sie hatten sich eindeutig gestritten, und ich fragte mich, worüber.

Hastig verabschiedete ich mich von Bridget und folgte meinem Sohn nach draußen. Wenn ich verhindern wollte, dass er sofort dichtmachte, musste ich die Sache allerdings geschickt angehen.

»Ich fahr dann mal«, sagte ich lässig und blieb neben dem Auto stehen, in das er sich hinten hineinbeugte, um noch mehr Kleidung zusammenzuklauben. »Wenn du mal Lust auf ein Tässchen Tee hast, komm einfach vorbei. Wir freuen uns immer, dich zu sehen.« Ich musste daran denken, wie angespannt die Beziehung zwischen Tom und seinem Vater war. »*Ich* freue mich immer, dich zu sehen. Dann können wir uns in Ruhe unterhalten.«

Statt direkt abzulehnen, wie ich es befürchtet hatte, drehte er sich zu mir um. Während er mich mit gerunzelter Stirn anschaute, sackte er ein wenig in sich zusammen und sah auf einmal so aus, als würde er die Last der Welt auf seinen Schultern tragen. »Danke, Mum«, sagte er. »Ich weiß, dass du dir wirklich Sorgen machst, und es tut mir leid, dir so viel Kopfzerbrechen zu bereiten. Du solltest wissen, dass ...«

»Tom?«, rief jetzt Bridget von der Haustür her und stemmte die Hände in die Hüften.

Er drückte mir ein Küsschen auf die Wange. »Wir sehen uns, Mum, und danke nochmal.«

»Was wolltest du gerade sagen? Was sollte ich wissen?«

»Nichts Wichtiges«, antwortete er und wandte sich ab. »Ich komme bald mal vorbei, dann können wir reden. Versprochen.«

. . .

Als ich nach Hause zurückkehrte, wirkte Robert nervös und bot sogar an, mir etwas zu trinken zu machen, was ungewöhnlich war. Ständig ging er zum Fenster und reckte den Hals, um die Straße rauf und runter zu gucken.

»Wonach hältst du Ausschau?«, fragte ich und wünschte, er würde endlich zur Ruhe kommen.

»Nach nichts, gar nichts. Ich hab mich nur gefragt, wie das Wetter wird. Gibt es was Neues?«

Ich schüttelte den Kopf. »Bridget und Tom müssen morgen aufs Polizeirevier, um ein paar Fragen zu beantworten.«

»Eine fürchterliche Angelegenheit«, sagte er. »Hoffen wir nur, dass Tom nicht in Verdacht gerät, weil er erst vor Kurzem aus dem Bau gekommen ist.«

Das war mal wieder typisch Robert. Er sagte einfach das Erste, was ihm durch den Kopf ging. Dabei kam er überhaupt nicht auf die Idee, dass ich mir wegen solcher Bemerkungen endlos Sorgen machen würde.

»Darüber will ich nicht reden«, sagte ich nur kurz angebunden. »Ich bin mir sicher, dass Toms Unschuld bald erwiesen ist.«

Robert verzog skeptisch den Mund, war aber schlau genug, um nichts zu erwidern.

Als er in seinem Arbeitszimmer verschwand, ging ich nach oben, bis zum Ende des Treppenabsatzes, und öffnete die Tür zu Toms altem Kinderzimmer.

Alle Fußballposter, Star-Wars-Figuren und Boxpokale waren verschwunden, und der Raum war insgesamt nicht wiederzuerkennen. Ihn für mich selbst zu beanspruchen, fühlte sich wie ein bedeutsamer Schritt an. Ich hatte Toms Sachen sorgfältig auf dem Dachboden gelagert, wo sie auf ihn warten würden, wenn er sie irgendwann abholen wollte. Ich hatte sie endlich weggeräumt, um für mich selbst Platz zu schaffen.

Meinen Anweisungen zufolge hatte Joel Schrank und Bett auseinandergebaut, aber den Schreibtisch mit Stuhl und die Kommode stehen gelassen. Dazugestellt hatte ich noch meinen gemütlichen Sessel, der viel zu lange im Gästezimmer als Ablage für Roberts alte Anzüge gedient hatte, und die Lampe meiner Mutter. Aber am zufriedensten war ich, als ich den Blick über die Wände wandern ließ. Regale vom Boden bis zur Decke boten all meinen Büchern ein Zuhause.

»Hast du den Verstand verloren?«, hatte Robert vor ein paar Stunden getobt, als er Joels Werk gesehen hatte. »Bei uns ist das Geld knapp, und du lässt dir hier einen luxuriösen Rückzugsort bauen?«

»Ich hab endlich einen Ort für all meine Bücher gefunden, wie du es mir vorgeschlagen hast, als du mich vor Jahren aus dem Arbeitszimmer vertrieben hast, Robert«, hatte ich nur kühl erwidert. »Wenn ich mich recht entsinne, hattest du vor allem darum gebeten, dass du nicht mehr darüber stolpern willst.«

»Ja, aber damit meinte ich doch nicht, dass du so viel Geld dafür ausgeben sollst!«, hatte er geschnaubt. »Wer weiß, was Joel dir dafür berechnen wird!«

»Ehrlich gesagt ist das erst der Anfang«, hatte ich gesagt. »Ich habe während der letzten zehn Jahre nicht einen Penny für mich selbst ausgegeben, und das gedenke ich jetzt nachzuholen. Apropos: Lässt du mir bitte eine Bankkarte für unser gemeinsames Sparkonto ausstellen?«

Jetzt lächelte ich bei dem Gedanken daran in mich hinein, wie er in der Manier eines wütenden Zweijährigen hinausgestapft war und die Tür hinter sich zugeknallt hatte. Lange hatte ich keinerlei Interesse an unseren Finanzen gezeigt, was Robert gut in den Kram gepasst hatte. Beim Thema Geld hatte immer schon gern er die Kontrolle gehabt.

Auf einem der Regalbretter direkt neben dem Schreibtisch stand die Dickens-Sammlung meiner Granny. Als Joel mit dem Zimmer fertig gewesen war, hatte ich mich in die Garage gewagt und den Karton auf die Treppenkarre gehievt. Dann hatte ich ihn ins Haus gebracht und ausgepackt.

Die Bücher waren zum Teil feucht, und die unteren ein wenig verzogen, die Buchrücken gebrochen. Meine Großmutter hatte diese Bücher wie einen Schatz gehütet, und obwohl meine Mutter sie nicht bei sich ins Regal gestellt hatte, hatte sie sie zumindest gut geschützt weggepackt.

Wegen Roberts Nachlässigkeit befanden sie sich jetzt in einem schlechteren Zustand als je zuvor. Ich ging zur Kommode hinüber und hielt kurz inne, um über den Garten hinweg zu blicken, bevor ich eine Schublade öffnete und die Kiste mit meinem Werkzeug für Buchreparaturen herausholte. Dann entschied ich mich für *Oliver Twist* – das in meiner Kindheit mein Lieblingsbuch von Dickens gewesen war – und setzte mich an den Tisch.

Ich machte mich an die Arbeit und ging sauber und methodisch vor, als ich die alte Heftung aufschnitt und die ausgefransten Ränder zurechtstutzte. Mit einem scharfen Cutter entfernte ich sorgfältig den eingetrockneten Leim. Der vordere Teil des Buchdeckels hatte sich gelöst, was bei einem so oft gelesenen und heiß geliebten Buch wohl zu erwarten gewesen war. Es enthielt meine liebsten Illustrationen, und ich lächelte beim Gedanken daran, wie viele fröhliche Stunden ich in den Armen meiner Granny die detaillierten Bilder von Bill Sikes, Oliver und Schlaufuchs bewundert hatte. Ein warmes Leuchten breitete sich in meinem Inneren aus und vertrieb die dunkle Leere, die dort so lange geherrscht hatte.

Mich überkam ein ruhiges, friedliches Gefühl, und ich konnte mich während der nächsten zwei Stunden endlich ein bisschen von all meinen Sorgen ablenken.

Sobald ich mein Lesezimmer verlassen hatte und nach unten zurückgekehrt war, musste ich leider sofort wieder an Ellis' Geschichte über den Streit zwischen Tom und Coral denken. War es das, wovon mein Sohn mir hatte erzählen wollen, bevor Bridget ihn wie einen Hund zurückgepfiffen hatte?

Wenn die Polizei Tom nach seiner Beziehung zu Coral fragte, würde er zugeben müssen, an jenem Tag bei ihr gewesen zu sein. Er würde über die Gründe für den Streit sprechen müssen.

Und dann würde es für meinen Sohn nicht gut aussehen, das musste sogar ich zugeben.

NEUNUNDVIERZIG

Am nächsten Morgen stand ich gerade am Schlafzimmerfenster und wartete darauf, dass Tom und Bridget Ellis vorbeibrachten, da fiel mir etwas auf der anderen Straßenseite auf. Dort lungerte im hinteren Teil des Bushaltehäuschens eine dunkel gekleidete Gestalt herum. Natürlich war es nicht ungewöhnlich, dass jemand dort wartete, aber diese Person hatte jetzt schon zwei Busse vorbeifahren lassen, ohne einzusteigen. Und ich mochte mir das nur einbilden, aber meiner Meinung nach schaute er oder sie zu unserem Haus herüber.

Während ich schon überlegte, vielleicht ein Fernglas zu holen, fuhr Toms silbernes Auto vor. Genau in dem Moment trat die Gestalt aus dem Bushaltehäuschen und marschierte mit strammen Schritten davon.

Als ich nach unten ging und Tom von der Haustür aus zuwinkte, winkte er zurück, stieg allerdings nicht aus dem Wagen. Auch, wenn ich unbedingt mit ihm reden wollte, war das tatsächlich nicht der passende Zeitpunkt.

Bridget brachte Ellis zur Haustür. »Es ist wirklich nett, dass du dich wieder um ihn kümmerst.« Ihr Blick wirkte finster und matt, und sie hatte sich ausnahmsweise den dicken Lidstrich gespart, sich auf etwas Wimperntusche beschränkt. »Falls es wirklich nur um ein paar Routinefragen geht, dauert es vielleicht nicht lange.«

Ich nickte und versuchte, mir meine Besorgnis nicht anmerken zu lassen.

Stattdessen sagte ich lieber: »Ich hoffe, ihr kommt einigermaßen klar, Bridget. Du und Ellis.«

Der Junge war knurrig. »Ich hätte auch gut allein zu Hause bleiben können.« Offensichtlich versuchte er hier, sich ganz tough zu geben, aber sein aufgedunsenes Gesicht und die roten Augen erzählten eine andere Geschichte.

»Na ja, ich freue mich über deine Gesellschaft, selbst, wenn du auf meine keinen großen Wert legst«, sagte ich zu ihm, bevor ich mich erneut an Bridget wandte. »Wir werden uns schon vertragen. Und ich drücke euch die Daumen, dass auf dem Polizeirevier alles gut läuft.«

Bridget stieg wieder ins Auto, und ich winkte noch einmal in Toms Richtung, bevor ich Ellis ins Haus brachte und die Haustür zumachte.

»Geh ins Wohnzimmer durch, Ellis. Es ist die erste Tür rechts«, sagte ich. »Hast du Hunger?«

»Nein«, grunzte er. Von dem verletzlichen Jungen von gestern war nichts zu sehen.

Aber man merkte ihm seine Erschöpfung an. Und als ich seine Züge musterte, war darin nichts von Jesses Arroganz oder seiner säuerlichen Miene zu erkennen. Stattdessen sah ich nur einen traurigen kleinen Jungen vor mir, der in mir Mitleid und Zuneigung wachrief.

Als Ellis sich im Wohnzimmer umschaute, blieb sein Blick an den gerahmten Fotos hängen, die auf Tischen, in Regalen und an den Wänden verteilt waren. Die meisten davon zeigten Tom. Es gab von ihm auch ein Gruppenbild mit Freunden, unter denen sich auch Jesse und Coral befanden. Und dieses Foto starrte Ellis an. Dann setzte er sich und holte seine Spielkonsole von Nintendo aus seinem kleinen Rucksack.

In diesem Moment hörte ich, wie die Tür zum Arbeitszimmer aufging und Robert herauskam.

»Hallo, Ellis.« Eigentlich hatte ich beim Anblick des Jungen mit einer genervten Reaktion gerechnet, da Robert Störungen in seinem Tagesablauf gar nicht abkonnte. »Es tut mir so leid, dass du deine Mutter verloren hast. Ich kannte Coral von früher, aus der Zeit, als sie noch zur Schule gegangen ist. Hat sie dir das mal erzählt?«

Ellis schüttelte den Kopf.

»Na ja, es macht mich wirklich traurig, was passiert ist. Kannst du denn schlafen?«

»Nein, nicht gut.« Ellis hielt den Blick auf seine Spielkonsole gerichtet, die er jedoch nicht anstellte.

»Verständlich, aber das wird mit der Zeit besser, ganz bestimmt. Das Entscheidende ist jetzt, stark zu bleiben, und dafür musst du viel Wasser trinken und gesund essen. Wenn du zusätzlich noch ein bisschen Sport machen könntest, wäre das super. Das alles wird dir dabei helfen, besser zu schlafen, und auch damit, besser mit den Ereignissen klarzukommen. Versprichst du mir, dass du es versuchen wirst?«

Ellis nickte. »Versprochen.«

Es war verblüffend, Robert in seiner Rolle als Therapeut zu sehen, und es rührte mich, dass er sich für Ellis einen Moment Zeit nahm und zu helfen versuchte. Wenn Tom doch nur hier wäre, um das zu sehen!

Robert reichte Ellis seine Visitenkarte von der Arbeit. »Wenn du mal quatschen oder dir etwas von der Seele reden willst, womit du deine Granny nicht belasten möchtest, dann ruf mich einfach an. Alles, worüber wir sprechen, wäre ganz vertraulich, okay?«

»Okay«, nickte Ellis.

Ich schluckte die Bemerkung herunter, dass das wohl eher

unpassend wäre. Bridget würde durchdrehen, wenn sie herausfand, dass sich Ellis statt ihr Robert anvertraute.

»Guter Mann!« Robert schaute mich an. »Ich muss kurz los, um ein paar Akten aus der Praxis zu holen.«

Nachdem ich gerade mit eigenen Augen gesehen hatte, warum er unter seinen jungen Patienten so beliebt war, reagierte ich dieses Mal nicht gereizt. Wenn er in den Therapiemodus umschaltete, verlor Robert seine muffelige Art und begab sich auf dieselbe Ebene wie die Schüler, mit denen er sprach. Ellis hatte auf ihn angesprochen wie auf niemanden sonst.

Warum bloß hatte sich Robert dem heranwachsenden Tom gegenüber nicht auf ähnliche Weise verhalten? Was an seinem eigenen Sohn hatte ihn nur derart abgestoßen? Er war doch so ein netter Junge gewesen! Und an Ellis hatte ich in den letzten Tagen auch ganz neue Seiten entdeckt. Ehrlich gesagt, erinnerte er mich manchmal sogar an Tom. Einen Moment musterte ich Ellis, nahm sein dichtes Haar zur Kenntnis, seine Nase im Profil.

Plötzlich stürzten zig Gedanken auf mich ein, von denen mir ganz schwindelig wurde.

Einer nach dem anderen, und sie alle ergaben kaum einen Sinn, bis sie sich plötzlich zu einem deutlichen Bild zusammenfügten. Die unweigerliche Erkenntnis drohte, mich umzuhauen.

FÜNFZIG

POLIZEI VON NOTTINGHAMSHIRE

»Werden Sie uns zusammen befragen?« Die Stimme von Bridget Billinghurst klang zögerlich und angespannt.

»Nein, wir müssen mit jedem einzeln sprechen«, antwortete Irma forsch. »Aber es sollte nicht lange dauern. Bitte zuerst Mr Billinghurst.«

Das Ehepaar tauschte Blicke, dann nahm Bridget neben der Rezeption Platz, während Tom den beiden Ermittlerinnen in Befragungsraum Drei folgte. Er war etwas größer als die anderen und wurde vom Team scherzhaft »das Wohnzimmer« genannt, weil die Stühle darin weicher waren und die durchgehenden Flächen der angeschlagenen, in Magnolienweiß gestrichenen Wände durch eine Palmlilie in der Ecke ein wenig aufgelockert wurden.

Tyra begann mit den üblichen Formalitäten. »... und wir werden von diesem Gespräch sowohl eine Ton- als auch eine Videoaufnahme machen. Haben Sie das verstanden?«

»Ja«, antwortete Tom.

Tyra drückte auf ein paar Knöpfe und signalisierte Irma mit einem Nicken, dass alles bereit war.

»Mr Billinghurst, können Sie uns sagen, wo Sie gestern Nachmittag waren?«

»Zu Hause, wie Sie ja selbst gesehen haben, als Sie vorbeigekommen sind.«

»Natürlich. Aber haben Sie das Haus überhaupt nicht verlassen, bevor wir bei Ihnen waren, um Sie über Miss McKintys Tod zu informieren?«

»Ich hatte kurz etwas zu erledigen, war aber nicht lange weg«, räumte er ein und nestelte am Kragen seines Polohemds herum.

Irma nickte. »Okay, da bräuchten wir schon Einzelheiten: Um wie viel Uhr haben Sie das Haus verlassen, und zu welchem Zweck?«

Er überlegte einen Moment. »Ehrlich gesagt, habe ich nicht auf die Uhr geguckt, als ich gegangen bin. Ich würde vermuten, dass es so gegen vier Uhr gewesen sein muss. Etwa eine Stunde vor Ihrem Besuch war ich wieder zurück.«

Tyra griff nach einem Bleistift und drehte ihn zwischen den Fingern hin und her. »Und wo genau waren Sie? Warum sind Sie aus dem Haus gegangen?«

»Ich war am vormittags im Fitness-Studio und musste noch mal zurück, um dort etwas zu holen, was ich vergessen hatte.«

»Um welches Fitness-Studio handelt es sich?«

»Um den Bannatyne Health Club an der Briar Lane.«

Das notierte Tyra. »Und wo waren Sie danach?«

»Ich bin nach Hause gefahren und hab den langen Weg genommen.«

»Was genau heißt ›der lange Weg‹?«

»Na ja, ich bin ein wenig durch die Gegend gezuckelt.«

»Am Wald entlang?«

»Nein ... ich hab einfach ein paar Runden gedreht. In Blidworth und drum herum, keine Ahnung. Es war ein schöner Tag, deshalb wollte ich nicht die ganze Zeit zu Hause hocken. Weil ich so lange keine Gelegenheit zum Autofahren hatte, bin ich am Steuer noch unsicher und wollte ein bisschen üben. Aber ich bin nicht weit gefahren.«

»Sie *waren* also in der Nähe der Blidworth Woods?«

Tom runzelte die Stirn. »Ja, kann sein. Blidworth ist schließlich nicht weit weg von Ravenshead.« Er zögerte kurz. »Ich möchte gern klarstellen, dass ich Coral McKinty an dem Tag nicht gesehen habe. Und ich bin auch sonst niemandem begegnet, den ich kenne.«

»Verstehe«, murmelte Irma. »Und dass Sie sich ganz in der Nähe vom Fundort der Leiche befunden haben, fanden Sie gestern nicht erwähnenswert?«

»Nein. Ich meine ... wieso auch? Ich wusste doch nicht einmal genau, wo Coral überfahren wurde. Waldgebiete gibt es hier in der Gegend so einige.« Tom fuhr sich mit der Hand durchs Haar, während sein Blick zwischen den beiden Ermittlerinnen hin und her sauste. »Und wenn man einfach so herumfährt, kommt man ja an allen möglichen Orten vorbei. Ravenshead, Blidworth, Rainworth ... Da achtet man nicht so genau darauf, wo man gerade ist.«

»Aber wenn Sie gehört haben, dass eine Ihnen bekannte Person an einem Waldrand einen Unfall hatte, hätten sie sich darüber durchaus Gedanken machen können«, bemerkte Tyra.

»Tja, hab ich aber nicht«, versetzte Tom mit Nachdruck. »Mir geht im Moment viel im Kopf herum.«

»Zum Beispiel?«

Er starrte sie an. »Zum Beispiel persönliche Angelegenheiten, die nichts mit Ihnen und erst recht nichts mit Coral McKintys Tod zu tun haben.«

Irma griff nach einem Blatt Papier und überflog es.

»Sie sind erst vor Kurzem aus dem Gefängnis entlassen worden. Ich kann mir gut vorstellen, dass es da so einiges zu organisieren gibt, vor allem, da Sie ja in der Haftanstalt geheiratet haben. Damit ist jetzt alles ganz neu.«

»Brauche ich etwa einen Anwalt?« Tom kniff die Augen

zusammen. »Ich bin mir nämlich nicht sicher, ob mir Ihr Tonfall gefällt.«

»Das hier ist eine Unterhaltung auf freiwilliger Basis, Sir«, antwortete Tyra ungerührt. »Daher können Sie unser Gespräch jederzeit abbrechen.«

»Womit ich aber in einem schlechten Licht dastehen würde«, entgegnete Tom grimmig. »Und das kann bei euch Bullen ja schon ausschlaggebend sein.«

Irma musterte ihn interessiert. Das hier war ein ganz anderer Mensch als der höfliche, besorgte junge Mann, den sie zusammen mit Marcus vor all den Jahren befragt hatte. Offensichtlich hatte Tom Billinghurst nach seiner Zeit im Gefängnis keine sehr hohe Meinung mehr über die Polizei, was aber zu erwarten gewesen war. Irma hatte es schon oft mit Ersttätern zu tun gehabt, die eine lange Strafe aufgebrummt bekamen und dann im Bau so einiges von den erfahreneren Häftlingen lernten. Manchmal guckten sie sich nur das typische Auftreten von Knackis ab. Manchmal eigneten sie sich aber auch alle nötigen Fähigkeiten an, um die Polizei erfolgreich an der Nase herumzuführen.

»Soweit wir wissen, ist Coral McKinty auf dieselbe Schule gegangen wie Sie selbst und Jesse Wilson«, sagte Irma. »Da müssen Sie sie ja gut gekannt haben.«

»So würde ich es jetzt nicht ausdrücken.« Tom zuckte mit den Achseln. »Ja, wir kannten uns, haben beide zu einem Grüppchen gehört, das regelmäßig zusammen abgehangen hat. Aber sie stand natürlich Jesse viel näher als mir.«

»Ich kann mir vorstellen, dass Corals Haltung Ihnen gegenüber eher feindselig war, als Sie aus der Haft entlassen wurden«, spekulierte Tyra. »Ich meine, weil Sie bei der Großmutter ihres Sohnes eingezogen sind. Schließlich waren Sie für den Tod ihres Partners verantwortlich, dafür, dass der Junge nie seinen Vater kennengelernt hat.«

»Und dafür habe ich ja auch einen Preis bezahlt«, verteidigte sich Tom, dessen Wangen erröteten. »Ich hab zehn lange Jahre gesessen, weil ich mich gegen einen Angriff mit einem Messer verteidigt habe.«

»Mit einem Taschenmesser«, murmelte Tyra, was ihr einen stechenden Blick von Tom einbrachte.

»Coral hat die Sache vielleicht ganz anders gesehen als Sie.« Dass Irmas Mund freundlich lächelte, spiegelte sich in ihren Augen nicht wider. »Aus ihrer Sicht hat man ihr die Unterstützung durch einen Partner genommen und sie damit gezwungen, ihr Kind allein großzuziehen.«

»Denken Sie etwa, das weiß ich nicht?« Tom spannte den Kiefer an, während er versuchte, seine Wut im Zaum zu halten. »Was genau wollen Sie eigentlich andeuten? Ich habe mich nicht zu diesem Gespräch bereiterklärt, um mich wieder wie auf der Anklagebank zu fühlen.«

Es hatte nicht viel gebraucht, um ihn in Rage zu bringen, und Irma wollte ihn gern noch weiter unter Druck setzen.

»Natürlich nicht. Sprechen wir mal über das nächste Thema.« Sie warf einen Blick auf das Blatt, das vor ihr lag. »Erzählen Sie uns von Ellis.«

Tom schniefte. »Er ist der Sohn von Jesse, aber das wissen Sie ja schon.«

»Wie hat er reagiert, als Sie bei Ihrer frischgebackenen Ehefrau eingezogen sind ... bei seiner Großmutter?«, fragte Tyra unverblümt.

»Wie man es wohl von jedem Kind erwarten würde.« Tom zuckte mit den Achseln. »Er war nicht begeistert. Ich hab versucht, ein bisschen das Eis zu brechen, aber in diesem Alter ist mit Kids ja nicht viel los. Sie interessieren sich nur für Computerspiele und Pizza.«

»Würden Sie sagen, dass es da hitzige Streitereien gegeben hat?« Irma schürzte die Lippen. »Sind zwischen Ihnen mal die Fetzen geflogen?«

»Ja«, antwortete Tom ehrlich. »Aber wie ich schon zu Brid

... Bridget gesagt habe: Irgendwann wird er es akzeptieren, daher müssen wir ihm einfach Zeit geben. Dass er jetzt so einen schweren Schicksalsschlag erlitten hat, ist allerdings nicht sehr hilfreich.«

»Einen *weiteren* schweren Schicksalsschlag«, bemerkte Irma. »Da er zuerst seinen Vater und jetzt auch noch seine Mutter verloren hat.«

»Ja.«

»Was hat Coral denn davon gehalten, dass Ellis bei seiner Großmutter Zeit mit Ihnen verbracht hat?«, fragte Tyra und lehnte sich auf ihrem Stuhl zurück. »War sie dagegen?«

»Ja. Ich glaube, dass Bridget und sie deswegen Krach hatten.«

»Wie sah das aus?«, hakte Tyra nach.

»Also, Coral hat gesagt, dass sie Ellis nicht mehr zu uns lassen würde, und Bridget hat ihr klargemacht, dass sie das nicht hinnehmen wird.«

»Bridget war sicher ziemlich wütend, oder?«, fragte Tyra. »Darüber, dass Coral so etwas einfach entscheiden wollte.«

»Natürlich.« Tom nickte. »Schließlich ist Ellis alles, was Bridget noch von Jesse geblieben ist. Das war also eine verständliche Reaktion.«

»Vielleicht waren Sie ja auch wütend auf Coral«, meldete sich nun Irma wieder zu Wort. »Dass die sich quergestellt hat, war bestimmt ein Dämpfer für Ihren romantischen Neuanfang mit Ellis' Großmutter.«

Tom lachte bitter auf. »Ja, kann sein, aber deshalb hab ich ihr nicht wehgetan, falls Sie das andeuten wollen.«

»Das will niemand andeuten, Mr Billinghurst«, versicherte Irma würdevoll. »Wir versuchen nur zu verstehen, welche Spannungen es in der Familie gab. Sie stimmen doch sicher zu, dass Ihre Hochzeit mit der Mutter Ihres Opfers in jedermanns Augen ungewöhnlich sein dürfte. Es war vermutlich für alle ein

Schock, und das Interesse der Presse in den letzten Tagen hat bestimmt auch nicht geholfen.«

»Ja, damit haben Sie wohl recht«, seufzte Tom. »Aber die ganze Sache geht sonst niemanden etwas an. Hier zählt nur, was Bridget und ich wollen. Dass wir bei unseren Familien damit auf Widerstand stoßen würden, war uns von Anfang an klar.«

»Coral, Ellis ... Wer hat es sonst noch schlecht aufgenommen?«

Tom stieß die Luft aus. »Meine Mum, Jill. Sie ist schlimmer als alle anderen.«

Interessiert lehnte Irma sich vor. »In welcher Hinsicht?«

»Ach, Sie wissen schon, sie macht generell Theater. Denkt sich Geschichten darüber aus, was alles schiefgehen könnte und so.« Er grinste. »Sie führt sich einfach wie eine Mutter auf.«

Irma erwiderte sein Grinsen nicht. »Wie sieht denn Bridgets Beziehung zu ihr aus?«

»Sie haben keine Beziehung zueinander«, antwortete Tom lapidar. »Früher waren sie mal befreundet, aber damit ist seit Jesses Tod Schluss.«

»Hatten Sie Ihren Eltern vorab von Ihren Hochzeitsplänen im Gefängnis erzählt?«, fragte Tyra plötzlich.

Tom starrte auf seine Hände, während er auf dem Stuhl hin und her rutschte. »Nein. Wir fanden es am besten, es einfach durchzuziehen. Wie Mum reagieren würde, wusste ich ja – sie hätte uns aufzuhalten versucht.«

»Und Ihr Vater?«

»Dem ist das alles egal. Er hat sich noch nie für mein Leben interessiert.« Irma entging sein bitterer Tonfall nicht.

»Hatten Ihre Eltern Kontakt zu Coral, als Sie im Gefängnis waren?«, durchbrach Tyra nun die kurze Stille.

Tom schüttelte den Kopf. »Nein. Sie kennen Coral aus der Zeit, in der wir als Jugendliche zusammen abgehangen haben.

Manchmal sind Freunde zu mir nach Hause gekommen, und dann war Coral mit dabei. Mein Dad hat uns herumkutschiert, wenn er Lust dazu hatte, aber das war's. *Wirklich gut* kannten sie sie nicht, nicht so, wie sie Jesse kannten.«

Irma räusperte sich. »Und der Junge, Ellis? Was wird nach dem Tod seiner Mutter aus ihm?«

»Er wird natürlich bei uns leben«, antwortete Tom. »Wir sind jetzt seine Familie, und sobald wir dieses ganze Theater hinter uns haben ...«, er machte eine Geste, die den Befragungsraum und die Ermittlerinnen miteinschloss, »... werden wir super klarkommen. Er ist ein guter Junge, aber er hat eben viel durchgemacht.«

»Allerdings«, sagte Irma langsam. Ihr war der unerwartet stolze Gesichtsausdruck des Befragten nicht entgangen. Manche Männer hätten sich wohl darüber geärgert, in einer so entscheidenden Phase einer neuen Beziehung plötzlich ein Kind am Hals zu haben. Obwohl Ellis Tom wegen des Tods seines Vaters ablehnte, hatte Irma den Eindruck, dass Tom sich sogar auf das Zusammenleben mit dem Jungen freute.

Wirklich ungewöhnlich.

EINUNDFÜNFZIG

Wieder kümmerte sich Tyra um die legalen Formalitäten, dann stellte sie sich und Irma noch einmal vor. »Wir haben ein paar Fragen über die Familie und über Ihre Beziehung zu Coral, wenn das in Ordnung ist, Mrs Billinghurst«, korrigierte sich Tyra im letzten Moment.

»Sagen Sie ruhig Bridget.«

»Danke. Soweit wir bisher wissen, standen Coral und Sie sich recht nahe. Stimmt das so?«

»Na ja, sie war die Mutter meines Enkels, also ja«, antwortete Bridget ein wenig angespannt. »Wenn sie jetzt hier wäre, würde sie Ihnen wohl selbst erzählen, was für eine große Stütze ich ihr nach Jesses Tod war.«

»Meinen Sie damit emotionalen Beistand?«, wollte Irma wissen.

Bridget lächelte. »Hilfe in jederlei Hinsicht: emotional, finanziell und ganz praktisch. Mehr als einmal hat sie zu mir gesagt, dass sie nicht gewusst hätte, was sie ohne mich hätte machen sollen.«

»Verstehe«, sagte Irma. »Würden Sie sagen, dass Sie Ellis

mit großgezogen haben? Dass Sie in gewisser Weise Jesses Platz als Elternteil ausgefüllt haben?«

»Ja, ganz klar«, antwortete Bridget, ohne zu zögern.

Auf Irma machte Bridget Wilson – Billinghurst – den Eindruck einer äußerst resoluten und unabhängigen Frau. Die Polizistin wusste von ihrer wohltätigen Arbeit, davon, wie sehr sie nach Jesses Tod um das Ansehen ihres Sohnes gekämpft hatte. Und dafür empfand Irma Bewunderung. Zugleich wurde Bridgets Charakter aber auch von der typischen Härte solcher Menschen geprägt, die beinahe alles tun würden, um ihren Willen durchzusetzen. Und manchmal stellten für so jemanden auch die Grenzen der Legalität kein Hindernis dar.

»Wie war Toms Beziehung zu Coral?«, fragte Tyra.

Bridget runzelte die Stirn. »Tom stand zu Coral in keinerlei Beziehung.«

»Vielleicht nach Jesses Tod nicht mehr. Aber wenn ich das richtig verstanden habe, hatten die beiden früher einmal denselben Freundeskreis, oder?«

»Aber das ist doch Jahre her, da waren sie noch Kinder«, erwiderte Bridget abschätzig.

»Vielleicht hat er nach seiner Entlassung aus dem Gefängnis wieder ihre Nähe gesucht?«, schlug Tyra vor.

»Tom mochte Coral nicht, okay?«, fauchte Bridget. Aber ihr schien sofort klar zu werden, dass dieser Kommentar kein gutes Licht auf Tom werfen würde. »Sie haben sich nicht gut verstanden, aus offensichtlichen Gründen.«

»Mr Billinghurst hat uns erzählt, dass ihm sowohl Coral als auch Ellis mit Ablehnung begegnet sind«, fügte Irma hinzu. »Ich kann mir vorstellen, dass dadurch bei Ihnen zu Hause ziemlich dicke Luft geherrscht haben muss.«

»Damit hatten wir bereits gerechnet«, sagte Bridget unbekümmert. »Deshalb haben wir auch im Gefängnis geheiratet, sodass die Leute in unserem Umfeld keine andere Wahl haben würden, als es hinzunehmen.«

»Meinen Sie damit auch Jill Billinghurst?«, fragte Tyra.

»Ich meine vor allem sie.« Bridget zog die Nase kraus. Diese verbiesterte Frau, die sich in alles einmischen muss. Mein Sohn ist gestorben, trotzdem könnte man meinen, dass sie hier die trauernde Mutter ist.«

»Ich denke mal, dass sie um den Sohn getrauert hat, der zehn Jahre lang im Gefängnis war«, wandte Tyra ein. »Das ist schließlich eine lange Haftstrafe.«

»Ja, aber jetzt ist er doch draußen. Er darf noch einmal ganz neu anfangen, während Jesse unter der Erde liegt. Ich werde *meinen* Sohn nie zurückbekommen.« Das waren verblüffende Äußerungen, und einen Moment legte sich Stille über den Raum, bevor Bridget weitersprach. »Langsam muss Jill das mal begreifen.«

»Was Jill Billinghurst angeht, wirken Sie ... ziemlich verbittert, wenn Sie mir die Bemerkung erlauben«, sagte Tyra sanft.

»Diese Frau ist ein Kontrollfreak und treibt mich einfach in den Wahnsinn. Obwohl Tom fast dreißig ist, würde sie am liebsten weiter über alles in seinem Leben bestimmen. Sie glaubt, dass ich ihn fertigmachen will, dass ich ihn für meine Zwecke manipuliere. Sie wissen schon, weil ich als ältere Frau mit einem jüngeren Mann zusammen bin.«

»Mr Billinghurst hat uns erzählt, dass er an dem Nachmittag von Corals Tod kurz unterwegs war«, sagte Irma. »Können Sie uns sagen, um wie viel Uhr er aufgebrochen ist und wo er war?«

Jetzt zögerte Bridget kurz. »An die Uhrzeit kann ich mich nicht erinnern. Ich war selbst unterwegs und hatte danach im Haus zu tun.«

»Er ist zurück ins Fitness-Studio gefahren, um etwas zu holen, was er dort vergessen hatte«, soufflierte Tyra.

»Ja, das hat er gesagt.«

»Wir haben das überprüft, und bis zum Fitness-Studio sind

es nur etwa zehn Minuten Fahrt«, sagte Tyra. »Trotzdem war Tom viel länger als zwanzig Minuten unterwegs.«

»Darüber hab ich mir keine Gedanken gemacht. Wie gesagt, ich hatte zu tun.«

»Aber nach unserem Besuch bei Ihnen haben Sie doch sicher darüber gesprochen, wo er gewesen ist?«

Bridget verzog das Gesicht. »Wir waren durch die Nachricht von Corals Tod völlig durch den Wind, und am wichtigsten war mir in diesem Moment natürlich Ellis. Tom hatte mir gesagt, er sei im Fitness-Studio gewesen, mehr brauchte ich nicht zu wissen.«

Irma hatte den Eindruck, dass es Bridget ein wenig widerstrebte, über das Alibi ihres Mannes zu sprechen. Die Ermittlerin fragte: »Die Beziehung zwischen Ellis und Tom, wie würden Sie die beschreiben?«

Bridget rollte mit den Augen. »Schwierig und angespannt. Tom versucht, bei Ellis gut Wetter zu machen, was natürlich nicht so einfach ist. Aber auch das hatten wir erwartet.«

»Wird Ellis jetzt, nach Corals Tod, bei Ihnen und Tom leben?«, fragte Tyra.

Bridget nickte. »Es ist einfach super, wie Tom mit ihm umgeht, sich nie genervt zeigt oder laut wird. Er scheint wirklich große Zuneigung für meinen Enkel zu empfinden.«

Wieder weckte dieses Thema Irmas Neugier. »Das ist doch ungewöhnlich. Ich würde erwarten, dass Ellis' Zorn die meisten Männer eher abschrecken würde.«

»So ist das bei Tom nicht«, stellte Bridget klar und wirkte wirklich zufrieden, »stattdessen freut er sich darauf, dass wir jetzt eine richtige kleine Familie werden. Er hat mir gesagt, dass er davon schon immer geträumt hat.«

ZWEIUNDFÜNFZIG

TOM

Beim Verlassen des Polizeireviers sagte Tom zu Bridget: »Wir holen jetzt Ellis ab, und dann bringe ich euch beide nach Hause, bevor ich noch einmal zu Mum fahre. Mit der muss ich dringend reden.«

»Was?« Bridget durchbohrte ihn mit glühenden Blicken. »Tom, das ist jetzt wirklich nicht der passende Zeitpunkt, um dich wieder an den Rockzipfel deiner Mutter zu hängen. Wir müssen über die Dinge sprechen, nach denen uns die Polizei gefragt hat.«

Schweigend starrte er geradeaus und umklammerte das Steuer heftiger. Natürlich hatte sie recht. In einer idealen Welt würde er zu Hause bei seiner Frau und bei Ellis sein, der gerade seine Mum verloren hatte. Aber es war eben keine ideale Welt, und er musste etwas mit seiner eigenen Mutter klären. Schon lange hatte er gewusst, dass er ihr irgendwann die Wahrheit enthüllen musste, die seit Jahren als kleines Licht in weiter Ferne geflackert hatte. Jetzt strahlte sie ihm ins Gesicht wie ein Scheinwerfer, daher wollte Tom nicht einen Tag länger warten.

»Diese beide Polizistinnen glauben, dass ich als Täter infrage komme«, murmelte er mit klopfendem Herzen.

»Haben sie das gesagt?«

»Nicht mit diesen Worten, aber Tonfall und Blicke waren unverkennbar.«

»Was dich hier in Schwierigkeiten bringt, ist dein kleiner Ausflug ›zum Fitness-Studio‹.« Bridget formte Anführungszeichen mit den Fingern. »So läuft das eben, wenn man lügt. Und, bist du endlich dazu bereit, mir die Wahrheit zu sagen? Ich warte immer noch darauf, zu erfahren, wo du stattdessen warst, und verliere hier langsam die Geduld.«

Schon wieder dieses Wort. Jeder verlangte von ihm die Wahrheit. Wenn die erst einmal ausgesprochen war, würden sich allerdings alle wünschen, sie nie erfahren zu haben. Wie ironisch!

Tom drehte sich der Magen um, und er konnte vor lauter Panik nicht einmal klar denken. Lieber wollte er sterben, als noch einmal ins Gefängnis zu müssen, was im Moment ja durchaus denkbar schien. Die Polizei schnüffelte bereits überall herum und vermutete, dass Coral nicht wie zunächst angenommen bei einem Unfall ums Leben gekommen war.

Und Bridget hatte recht, was seine Fahrt zum Fitness-Studio anging. Sobald die Ermittlerinnen seine Aussage überprüften – und das würden sie, so viel war klar –, würde seine Lüge auffliegen und er womöglich festgenommen werden. Da es im Fitness-Studio Überwachungskameras gab, würde sich schnell herausstellen, dass er am Nachmittag nicht noch einmal hereingeschaut hatte.

Stattdessen war er woanders gewesen, nämlich bei Coral zu Hause.

Und wenn die Polizei das herausfand, würde er im Fall von Corals Tod wohl schnell zum Hauptverdächtigen avancieren. Wann sie ihn holen würden, wusste Tom nicht. Aber ihm blieb vermutlich nicht viel Zeit, deshalb musste er jetzt sofort mit seiner Mum sprechen.

Vor seinem inneren Auge sah er seine Mutter vor sich,

deren altbekannte Miene zum Ausdruck brachte: *Mein Sohn, ich möchte so gern glauben, dass du ein guter Mensch bist und die Wahrheit sagst.*

Allerdings fühlte Tom sich selbst in diesem Moment wie der übelste Mensch auf Erden, und das würden bald auch alle anderen erfahren.

DREIUNDFÜNFZIG
AUDREY

Sie beobachtete, wie Tom mit dem Auto kurz vor dem Haus hielt, Bridget Ellis an der Haustür abholte und die drei dann zusammen davonfuhren. Tom war nicht einmal ausgestiegen.

Audrey wartete noch fünf Minuten ab, bevor sie an die Tür klopfte. Es dauerte ein paar Minuten, bis eine aufgewühlt wirkende Jill mit verquollenen, feuchten Wangen öffnete.

Sie erstarrte, als sie sah, wer da vor ihr stand.

»Hallo, Jill«, sagte Audrey.

»Warum bist du gestern aus dem Geschäft verschwunden, ohne ein Wort zu sagen?«, antwortete ihre Freundin steif.

Audrey blieb auf der Türschwelle stehen. »In dem Moment war ich für eine Aussprache mit dir einfach noch nicht bereit. Ich bin erschrocken, als du plötzlich zur Tür hereinkamst und Bridget gesehen hast ... Die Panik hat eine Kampf-oder-Flucht-Reaktion bei mir ausgelöst, und zu meiner Schande hab ich eben Letzteres gewählt. Manchmal kann man selbst nicht gut einschätzen, wie man unter Druck reagieren wird.«

»Du hättest zumindest *irgendetwas* sagen können. Ich hatte Angst, dass dir etwas passiert ist, aber ich war auch echt sauer, weil ich für dich den Laden zumachen musste.«

Audrey senkte den Blick. »Du hattest dir bereits so große Sorgen darüber gemacht, dass Bridget Tom fertigmachen will. Deshalb hab ich befürchtet, du würdest komplett durchdrehen, wenn ich dir die Wahrheit erzähle. Also bin ich erst einmal aus der Stadt gefahren, um meine Gedanken zu ordnen. Darf ich reinkommen?«

Wortlos trat Jill beiseite, um Audrey hereinzulassen.

Sie gingen hinüber ins Wohnzimmer.

»Es tut mir so leid, Jill. Ich wollte wirklich nicht ...«

»Deine hohlen Phrasen interessieren mich nicht!« Jill war so aufgebracht, dass ihre Stimme ganz schrill wurde. »Erzähl mir von dir und Bridget!«

Audrey holte tief Luft. »Was sie betrifft, liegst du falsch, wir sind nicht befreundet. Sie ist vielmehr in den Laden gekommen, weil sie dachte, dass ich eine Affäre mit Robert habe.«

Unverwandt sah Jill sie an. »Ich war auf der Suche nach dir und hab dabei seinen Schal in deiner Küche entdeckt. Also: *Hast* du eine Affäre mit ihm?«

»Nein! Wäre die Angelegenheit nicht so ernst, könnte ich über diese Vorstellung sogar lachen.« Audrey seufzte und ließ sich aufs Sofa sinken. »Hör mal, ich muss dir die ganze Geschichte erklären, damit sie für dich Sinn ergibt. Von Anfang an.«

»Weißt du schon, dass Coral tot ist?«

»Allerdings. Bitte, Jill, ich flehe dich an, lass erst einmal mich reden.« Audrey klopfte auf das Sofakissen neben ihr, aber Jill nahm lieber auf einem Stuhl Platz. »Man sieht dir ja an, dass du in keiner guten Verfassung bist. Trotzdem will ich endlich ein paar Dinge ansprechen, die ich dir schon vor Jahren hätte sagen sollen. Jetzt tut es mir leid, geschwiegen zu haben, aber ich hatte meine Gründe.«

Jill fixierte sie wortlos und schien den Atem anzuhalten.

Audrey fragte sich, ob sie die Kraft hatte, das jetzt wirklich durchzuziehen. Für einen Rückzieher war es allerdings zu spät, die Wahrheit musste ans Licht.

»Ich habe keine Ahnung, was mit Coral passiert ist, wie sie gestorben ist. Aber ich habe dir etwas zu sagen, und wenn ich damit fertig bin, werde ich als nächstes mit der Polizei darüber sprechen.«

Jill riss die Augen auf, saß aber weiterhin still da.

»Vor ein paar Jahren hat Coral angefangen, bei uns im Secondhandshop einzukaufen. Erst hab ich sie gar nicht erkannt und sie wie jede andere Kundin auch behandelt. Irgendwann ist mir aber klar geworden, wer sie ist, wir sind miteinander ins Gespräch gekommen und haben uns im Laufe der Zeit besser kennengelernt. Es hat sich eine Freundschaft entwickelt, bei der ich ihr vor allem eine starke Schulter geboten habe, an der sie sich über ihr turbulentes Leben ausheulen konnte. Wie auch immer, nachdem sie mir das Geheimnis enthüllt hatte, hat sich nie eine passende Gelegenheit ergeben, dir davon zu erzählen. Du hattest schließlich nichts anderes im Kopf als Toms Zeit im Gefängnis.«

»Erzähl mir jetzt bloß nicht, dass deiner Meinung nach Tom etwas mit dem Tod des Mädchens zu tun hat. Ich werde dir nämlich kein Wort glauben.« Panik ließ Jills Stimme lauter werden. »Und wenn du auch noch mit Bridget Wilson unter einer Decke steckst, dann solltest du wirklich den Mumm haben, es mir ins Gesicht zu sagen.«

Audrey legte ihrer Freundin die Hand auf den Arm. »Jill, jetzt komm schon. So denkst du doch in Wirklichkeit nicht über mich, das weiß ich. Und das hier ist wichtig, also lass mich bitte ausreden. Vor etwa einem Jahr hat Coral zum ersten Mal von einer Person gesprochen, die in ihrem Leben eine wichtige Rolle gespielt hat. Ich war ganz schön perplex, weil sie in all der Zeit, in der wir befreundet waren, nie jemanden erwähnt hatte … also, keinen Mann. Aber da hatte ich auch etwas missverstanden. Ich war davon ausgegangen, dass es um jemanden ging, den sie geliebt hat. Dabei war es genau andersherum – sie hat ihn gehasst.«

Jill runzelte die Stirn. »Und wo lag das Problem?«

Audrey spürte Wut in sich aufsteigen. »Dieser Mann, den sie gehasst hat, der in ihrem Leben aber eine so wichtige Rolle gespielt hat ... war Ellis' Vater.«

Jill blinzelte verwirrt, während sie diese Information einzuordnen versuchte, die nicht zu den ihr bekannten Fakten passte. »Aber *Jesse* war doch Ellis' Vater.«

Audrey griff nach Jills Hand und drückte sie ganz fest. »Nein, war er nicht.«

»Ich will das nicht hören!« Jill riss die Hand zurück und sprang auf, während sie rot anlief. »Geh jetzt bitte, Audrey.«

»Jill, nicht! Ich bin noch nicht fertig, ich muss dir erst sagen ...«

Aber ihre Freundin hielt sich die Ohren zu und wurde laut: »Das will ich nicht wissen, hast du das nicht kapiert? Verschwinde! Ich will, dass du jetzt gehst!« Sie wandte sich ab und rannte aus dem Zimmer.

Audrey rief ihr noch hinterher, aber Jill stapfte bereits die Treppe hoch. Dann wurde oben die Badezimmertür zugeknallt.

Audrey zog den verschlossenen Umschlag mit Jills Namen darauf aus ihrer Handtasche und lehnte ihn auf dem Kaminsims an die Wand. Sie hoffte inständig, dass, wenn Jill das Kuvert erst geöffnet und das brisante Dokument darin gelesen hatte, sie Audrey würde vergeben können, ihr dieses furchtbare Geheimnis vorenthalten zu haben.

VIERUNDFÜNFZIG

JILL

Nachdem die Haustür auf- und wieder zugegangen war, beobachtete ich durch das vordere Schlafzimmerfenster, wie sich Audrey mit gesenktem Kopf und hochgeschlagenem Mantelkragen vom Haus entfernte.

In mir zog sich alles zusammen. Eigentlich hätte ich gedacht, dass ich Audrey so gut kannte wie mich selbst. Einst hätte ich dieses Haus darauf verwettet, dass sie mich niemals hintergehen würde. Jetzt hingegen wusste ich, dass sie die ganze Zeit mit einer anderen Person unter einer Decke gesteckt hatte – mit Coral, nicht mit Bridget.

Ich sah Audrey nach, bis sie die Stelle erreichte, an der die Straße einen Knick machte, und aus meinem Sichtfeld verschwand. Dann ging ich zurück nach unten, füllte ein Glas mit Wasser und nahm es mit ins Wohnzimmer. Sobald ich durch die Tür trat, sah ich ihn: einen langen, weißen Umschlag, auf dem mit so dicken schwarzen Buchstaben *JILL* stand, dass ich meinen Namen von der anderen Seite des Raumes aus lesen konnte.

Ich stellte das Glas auf dem Beistelltischchen ab, griff nach dem Umschlag und drehte ihn um. Er war verschlossen und so dick und schwer, dass sich darin ohne Zweifel mehrere Blätter Papier befanden.

Ich hatte nicht hören wollen, was Audrey mir zu sagen gehabt hatte, weil ich es bereits wusste. Mir war klar, was sie mir über Ellis' Vater hatte sagen wollen. Ihre Enthüllung würde alles verändern ... Und den Gedanken konnte ich einfach nicht ertragen.

Plötzlich zuckte ich zusammen, weil ich hörte, dass die Haustür erneut aufging. Bei einem raschen Blick durchs Fenster sah ich das silberne Auto in der Einfahrt.

»Tom!«

Er stand bereits in der Wohnzimmertür und schob sich den Hausschlüssel in die Tasche. »Ich musste einfach zurückkommen und mit dir reden, Mum. Mit der Geheimniskrämerei muss jetzt Schluss ein, so vieles darf nicht länger unausgesprochen bleiben.« Jetzt bemerkte er den Umschlag in meiner Hand. »Was ist das?«

»Audrey war gerade hier, aber ich hab sie stehen lassen und bin nach oben gerannt, weil ich all den Mist nicht hören wollte, den sie von sich gegeben hat. Den hier hat sie mir dagelassen.« Langsam wurde mir klar, wie zwecklos all meine Worte waren, da sich die Wahrheit mit jeder verstreichenden Sekunde immer deutlicher vor uns auftürmte.

Auf Toms Wangen erschienen zwei rote Flecken. »Worum ging es?«, flüsterte er.

Ich zögerte, bis ich schließlich von der ganzen Heuchelei die Nase voll hatte. »Darum, wer der Vater von Ellis ist! Das wollte sie mir erzählen. Verstehst du?« Vielsagend schaute ich ihn an. »Aber das will ich nicht wissen. Ich will es weder von ihr noch von dir hören, weil ich es einfach nicht ertrage, und ...«

»Oh, Mum.« Er trat vor und schlang die Arme um mich. Als ich an seiner warmen Brust zu schluchzen begann, zerknitterte der Umschlag zwischen uns beiden.

Ich hatte so lange darauf gewartet, meinen Jungen wiederzuhaben, meinen liebevollen, treuen Sohn. Da waren mir Audrey und ihre schmutzigen kleinen Geheimnisse ganz egal.

»Komm, Mum, setzen wir uns erst einmal. Ich muss mit dir reden.«

Ich löste mich von ihm. »Nein!«

»Das ist schon lange fällig«, sagte Tom behutsam. »Es gibt da ein paar Dinge, die ich dir längst hätte sagen sollen, weil du sie wirklich wissen musst.« Ich blieb stehen, als er sich setzte. »Lass uns in Ruhe reden, aber gib mir doch erst einmal den Umschlag.«

Mit zitternden Händen hielt ich ihn hoch. »Ich weiß es doch schon, Tom. Mir ist klar, welches Geheimnis sich darin verbirgt.«

»Gib ihn mir bitte, Mum«, sagte Tom mit ruhiger Stimme. Sein Blick war unverwandt auf den Umschlag gerichtet, in dem ich Beweise für eine grauenhafte, jetzt unumgängliche Erkenntnis finden würde. »Mach ihn nicht auf.«

»Wieso? Weil ich dann erfahren werde, dass *du* Ellis' Vater bist, nicht Jesse?« Ich riss ihn auf.

»Mach das nicht, lass uns erst darüber sprechen!«, entfuhr es Tom, der jetzt aufsprang.

»Was hast du nur getan?«, fauchte ich, während ich vor ihm zurückwich. »Hast du mir etwa meinen Enkel vorenthalten? Werde ich gleich erfahren, dass *ich* die Großmutter von Ellis bin, nicht Bridget? Übrigens hat er euren Streit über das Geheimnis mit angehört, dass Jesse dir in jener Nacht erzählt hat!«

Auf der Suche nach Halt umklammerte ich die Lehne eines Stuhls. Zum ersten Mal seit achtundzwanzig Jahren konnte ich nun erkennen, was Robert mir die ganze Zeit versichert hatte. Mein geliebter, stets von mir glühend verteidigter Sohn, für den ich gekämpft und an den ich mehr geglaubt hatte als an jeden anderen sonst, log und betrog tatsächlich. Und um zu vertuschen, dass er etwas Schlimmes getan hatte, hatte er mich zehn Jahre lang meines Enkels beraubt.

Ich rang um Atem und schien innerlich zu zerbrechen.

»Bitte, Mum, lass es mich doch erklären!« Er trat näher, während ich in Richtung Tür zurückwich. Den Umschlag hielt ich weiter fest umklammert. »Ich möchte dir alles selbst erzählen, und zwar von Anfang an. Du sollst es wirklich nicht durch ein Blatt Papier erfahren.«

Ein paar Sekunden lang zog ich es tatsächlich in Erwägung. Ich wünschte mir so sehr, mich mit meinem Sohn zusammen hinzusetzen und ein ehrliches Gespräch zu führen. Das war es schließlich, wonach ich mich seit seiner Entlassung aus dem Gefängnis sehnte. Aber ich war so naiv gewesen – tatsächlich belog er mich schon seit Jahren.

Deshalb nahm ich nun die Beine in die Hand und rannte zur kleinen Toilette im Erdgeschoss. Auch Tom setzte sich blitzschnell in Bewegung und hatte mich beinahe eingeholt, als plötzlich ein Rums und dann ein Schmerzensschrei zu hören waren. Beim Versuch, mich aufzuhalten, musste Tom sich wohl an einem Möbelstück gestoßen haben. Aber ich hielt nicht inne, um nach ihm zu sehen, wie es die alte Jill getan hätte. Stattdessen stürzte ich ins WC, drückte auf den Lichtschalter und schloss hinter mir ab. Kurz darauf bollerte Tom von außen gegen die Tür wie ein Irrer.

»Mum, was zum Teufel ist denn in dich gefahren? Jetzt mach schon auf!« Er hieb so heftig mit den Fäusten gegen die Tür, dass ich bereits befürchtete, das Holz würde gleich splittern. »Mach sofort auf!«

Viel Zeit blieb mir nicht. Mit heftig klopfendem, rasendem Herzen riss ich den Umschlag auf und zog die gefalteten Blätter heraus. Tom hörte auf, gegen die Tür zu trommeln.

»Es wird dir das Herz brechen, Mum. Das ist deine letzte Chance, dir diesen Schmerz zu ersparen. Lass doch lieber mich alles erklären. Komm, setzen wir uns zusammen, du und ich ... Was meinst du?«

»Deine Lügen habe ich mir viel zu lange angehört, Tom!«, rief ich.

Als ich die Blätter auseinanderfaltete, war mir schlecht und schwindelig.

Ich starrte auf den Brief, den ich in der Hand hielt. Er stammte von einem Labor und war an Coral McKinty adressiert. Ein paar Sätze sprangen mir ins Auge:

Wir haben die von Ihnen zu Verfügung gestellten DNA-Proben analysiert und eine Übereinstimmung festgestellt. Siehe unten für weitere Details zum ...

Wie einen leuchtenden Stern am Nachthimmel hatte ich nun die Wahrheit vor mir – was ich geahnt und zugleich befürchtet hatte. Es war das Einzige, das inmitten von Lug, Betrug und Verwirrung Sinn ergab.

»Mum?«, hörte ich Tom mit rauer Stimme von der anderen Seite der Tür her fragen. »Alles okay?«

Hastig blinzelte ich aufsteigende Tränen weg. Zehn Jahre. Zehn lange Jahre lang hatte ich einen wunderbaren Enkel gehabt, für den Bridget Wilson meine Rolle übernommen hatte. Sie hatte Ellis geliebt und für ihn gesorgt, sein erstes Lächeln miterlebt, ihn krabbeln, gehen und laufen sehen. Das waren Geschenke, die *für mich* bestimmt gewesen waren, die aber für immer verloren waren.

»Mum, jetzt mach schon die Tür auf!«

Ich riss mich zusammen und konzentrierte mich wieder auf den Brief.

Details zum wahrscheinlichen Verwandtschaftsverhältnis zwischen den beiden Testpersonen, Tom Billinghurst und Ellis McKinty: Enge Verwandtschaft, vermutlich Geschwister.

Ich runzelte die Stirn. *Enge Verwandtschaft, vermutlich Geschwister?* Eigentlich hatte ich mit *Vater und Sohn* gerechnet. Ich versuchte, die Formulierung zu verstehen.

»Mum?« Inzwischen waren Dringlichkeit und Ärger aus Toms Stimme völlig verschwunden. »Mach doch die Tür auf. Bitte.«

Wieder las ich, was dort stand, und formte die Worte dabei lautlos mit den Lippen: *Verwandtschaftsverhältnis zwischen den beiden Testpersonen: Enge Verwandtschaft, vermutlich Geschwister.*

Plötzlich sackte ich zusammen und sank bleischwer zu Boden. Als ich mich zur Tür drehte und aufschloss, blickte Tom mit gequälter Miene auf mich herunter.

»Ellis ist mein Halbbruder, Mum. Davor hab ich dich all die Jahre zu beschützen versucht.«

Ich schaute auf und nahm den Umriss meines Sohnes zunächst nur vage, verschwommen, wahr. Tränen liefen mir über die Wangen, und ich blinzelte, bis ich klarer sah.

Tom ging vor mir in die Hocke, griff mit warmen, tröstlichen Fingern nach meinen Händen und drückte sie sanft.

»Nicht ich habe dich betrogen, sondern Dad«, sagte er. »Er ist der Vater von Ellis und hat dir die ganze Zeit dreist ins Gesicht gelogen.«

FÜNFUNDFÜNFZIG

TOM

»Weißt du noch, wie sich Dad oft angeboten hat, uns nach Hause zu bringen, wenn wir spät abends unterwegs gewesen waren? Damals fanden wir es komisch, dass er plötzlich so hilfsbereit war.« Jill presste nur die Lippen aufeinander und sagte dazu nichts. »Coral hat mir erzählt, dass sie zweimal mit ihm Sex hatte.«

Ein ungläubiger, kleiner Laut entfuhr seiner Mutter, aber Tom blieb keine andere Wahl, als weiterzusprechen. All diese schrecklichen Dinge mussten nun ans Licht.

»Sie ist von ihm nicht gezwungen worden, sondern war eine willige Partnerin, allerdings beide Male betrunken. Für sie war es einfach etwas, das zweimal am Ende der Nacht passiert ist. Und sie kannte Dad gut, weil ...«

»Sprich weiter«, flüsterte Jill.

»... weil sie ihn in der Oberstufenzeit ein paarmal als Therapeuten aufgesucht hat. Sie hat mir erzählt, dass Dad wirklich nett zu ihr gewesen war, und dass sie sich auf dem Weg nach Hause immer gut unterhalten hatten. Bei ihm hat sie sich wohl sicher gefühlt. Wie ironisch!« Tom zögerte. »Es ist schwer zu erklären, aber irgendwie haben meine Freunde Dad immer gemocht. Ihnen gegenüber ... hat er sich ganz anders benommen als bei mir. Ich hab mich von jeher gefragt, was mit mir eigentlich nicht stimmt, weil er zu Hause nie so war. Du kannst dir das vermutlich nicht vorstellen, Mum, aber er hat sich wirklich von seiner besten Seite gezeigt.«

»Ich habe es mit eigenen Augen gesehen«, entgegnete Jill sanft. »So ist er zu Ellis nämlich auch.«

Weil jetzt einfach alles raus musste, unterdrückte Tom das in ihm aufsteigende quälende Gefühl, nicht gut genug zu sein. Das war vielleicht seine einzige Chance, über diese Dinge zu sprechen, bevor ihn die Polizei holte.

»Na ja, jedenfalls hatte sie irgendwann die Pille vergessen und ist schwanger geworden. Zwischen ihr und Jesse war es zu dieser Zeit nicht gut gelaufen, und sie waren nicht miteinander im Bett gewesen. Daher war sie ziemlich sicher, dass das Baby von Dad war.« Tom verstummte einen Moment, bevor er fortfuhr. Es war so seltsam, über diese Dinge mit seiner Mutter zu sprechen. »Sie hatte das Gefühl, dass Jesse das Interesse an ihr verloren hatte, und es gab sogar das Gerücht, er träfe sich mit anderen. Als sie herausgefunden hatte, dass sie schwanger war, hat sie ernsthaft einen Abbruch in Erwägung gezogen.«

»Hat sie es Robert erzählt?«

»Ja, und der hat zu ihr gesagt, dass sie es wegmachen lassen soll. Coral kam es so vor, als hätte er plötzlich einen Schalter umgelegt – mit einem Mal war jegliche Freundlichkeit, alles Mitgefühl, wie weggeblasen.«

Die beiden sahen einander an. Das war eine Seite von Robert, die sie nur zu gut kannten, obwohl er sie vor dem Rest der Welt für gewöhnlich verbarg.

»Dad hat ihr gesagt, er stünde für sie nicht mehr als Therapeut zur Verfügung und würde sie auch nicht länger nachts herumkutschieren. Er hat den Kontakt komplett abgebrochen. Dann ist Jesse gestorben, und Bridget hat sofort Anspruch auf das Kind erhoben, hat versprochen, dass sie für Coral und ihr

Baby sorgen würde. Daher hat Coral weder zu mir noch zu Bridget etwas gesagt und stattdessen so getan, als sei das Kind von Jesse.«

Jill runzelte die Stirn, während sich hinter ihrer Stirn die Rädchen drehten. Diese fürchterlichen Enthüllungen musste sie erst einmal verarbeiten. »Also hat Jesse die Wahrheit nie erfahren?«

»Genau das ist der Knackpunkt. Am Morgen vor seinem Tod hat Coral auf seinem Handy die Nachrichten einer anderen gefunden, mit der er sich heimlich getroffen hatte. Beim darauffolgenden Streit hat Coral die Beherrschung verloren und herausgeschrien, was sie so mit Dad getrieben hat, um Jesse zu verletzen. Deshalb wollte er an dem Abend mit mir ausgehen: um mit mir über Dad und Coral zu reden.«

Das konnte Jill nicht begreifen und schüttelte den Kopf. »Sie hat Jesse tatsächlich erzählt, dass Robert der Vater des Babys war?«

»Jap. Obwohl sie nicht hundertprozentig sicher war, hat sie das im Eifer des Gefechts behauptet. Jesse hatte sich so auf das Baby gefreut, und sie wollte ihm wirklich wehtun, nachdem sie von seiner Untreue erfahren hat.«

»Damals hatte sie also noch keine DNA-Ergebnisse?«

Tom schüttelte den Kopf. »Das kam alles erst Jahre später. Nach Jesses Tod hatte sie panische Angst, dass die Wahrheit ans Licht kommen könnte und Bridget ihr und dem Baby den Geldhahn zudrehen würde. Aber es war für sie eine Qual, es nicht genau zu wissen. Deshalb hat sie Ellis' DNA analysieren lassen, als er fünf war. Das Ergebnis an sich war noch nicht aussagekräftig, aber so hatte sie es für alle Fälle schon einmal vorliegen.«

Jill runzelte die Stirn. »Sie hat darauf gewartet, dass du aus dem Gefängnis entlassen wirst.«

Tom nickte. »Dad hat sie nie wiedergesehen, und sie wollte auch nichts mit ihm zu tun haben. Ihr hat ja Bridget finanziell unter die Arme gegriffen. Aber je älter Ellis wurde, desto mehr wollte Bridget sein Leben kontrollieren. Das Ganze hat sich bis zu einem Punkt entwickelt, an dem Coral sich aus diesem Abhängigkeitsverhältnis befreien wollte.«

»Bridget glaubt natürlich, dass Ellis Jesses Sohn ist und sie seine leibliche Großmutter«, flüsterte Jill, und Tom konnte ihr ansehen, wie sie langsam realisierte, dass sie hier nicht als Einzige Opfer eines fürchterlichen Verrats geworden war. »Wieso sollte sie auch daran zweifeln?«

»An dem besagten Tag hat Jesse Coral gegenüber geschworen, dass er mir die Wahrheit sagen und Dad zur Rechenschaft ziehen, ihn ruinieren würde. Coral hatte keine Gelegenheit, mit mir zu sprechen, bevor ich wegen Totschlags festgenommen wurde. Aber sie hat mir im Gefängnis geschrieben und mir gesagt, dass ich auch einen DNA-Test machen könnte, wenn ich aus der Haft entlassen werde. So könnten wir beweisen, dass Ellis und ich denselben Vater haben, dass wir Halbbrüder sind. Und damit würde sie sich endlich Bridget vom Hals schaffen können. Aber es gab noch einen anderen Aspekt: Das angenehme Leben, das Bridget ihr finanzierte, wollte sie nur ungern aufgeben. Also hat sie zusammen mit Audrey, die sie im Secondhandshop kennengelernt hatte, einen Plan geschmiedet. Ihr ist klar geworden, dass sie Dad mit dem DNA-Beweis rankriegen konnte.«

Seine Mutter runzelte die Stirn. »Meinst du, sie wollte von ihm Unterhalt verlangen?«

Tom lachte traurig. »Oh, noch viel mehr als das. Audrey und sie sind zusammen auf die Idee gekommen, ihn zu erpressen. Unterhaltszahlungen würden für ihn eine Kleinigkeit sein. Aber sie dachten, wenn sie Dad davon überzeugen könnten, dass er sowohl dich als auch seine Arbeit und sein Ansehen hier in der Stadt verlieren würde, dann würde er im Gegenzug für ihr Schweigen vielleicht eine größere Summe zahlen. Und wenn er im Notfall das Haus verkaufen müsste.«

Jill fiel die Kinnlade herunter. »Er hat mich mal gebeten, ein paar Dokumente zu unterschreiben ... die ich nicht einmal gelesen habe. Die hatten irgendwas mit der Hypothek zu tun.«

Tom schüttelte den Kopf. »Mach dir darüber keine Sorgen, Mum, das werden wir nach und nach klären. Aber jetzt muss erst einmal die Wahrheit ans Licht.«

»Audrey wusste es, und du auch«, sagte Jill leise. »Die Menschen, die ich am meisten liebe.«

»Ich musste mir damals im Gefängnis überlegen, was ich mit dieser Information anfangen wollte. Wenn ich dir alles in diesem schrecklichen Besucherraum erzählt hätte, hätte es dich womöglich umgebracht. Du warst in jener Zeit furchtbar traurig, hast dich so verzweifelt danach gesehnt, dass wir wieder als Familie zusammen sind, du, ich und Dad. Das hat mir die Entscheidung leicht gemacht – ich wollte warten, bis ich wieder draußen war.«

»Und Bridget?«

»Wenn ich hier fertig bin, werde ich als nächstes mit ihr sprechen«, antwortete er mit schwerem Seufzen.

»Moment mal!« Jill hob einen Finger, als sei ihr gerade etwas in den Sinn gekommen. »Als du Bridget geheiratet hast, wusste du schon, dass der Junge vermutlich dein Halbbruder ist.«

»Ja«, bestätigte Tom leise.

»Hast du sie etwa nur geheiratet, um Ellis näher zu sein?«

Es betrübte Tom, Hoffnung im Blick seiner Mutter leuchten zu sehen. Die Hoffnung darauf, dass er letzten Endes doch keine Gefühle für Bridget hegte.

»Nein, Mum. Bridget habe ich geheiratet, weil ich sie liebe. Aber am Anfang war Ellis wirklich der Grund dafür, dass ich mein gutes Verhältnis zu ihr wiederherstellen wollte. In der Haft hab ich im ersten Jahr so viele Briefe geschrieben und Bridget in einem davon die Wahrheit über Ellis und Dad enthüllt, als es mir wirklich dreckig ging. Diesen Brief hat sie allerdings zerstört, ohne ihn gelesen zu haben, genau wie alle anderen. Als uns dann das Programm für opferorientierte Justiz zusammengeführt hat, sind wir einander nähergekommen, und ich habe mich in sie verliebt. Ich hab sie aus den richtigen Gründen geheiratet.«

»Verstehe«, sagte Jill sanft. Und dann: »Das freut mich. Es wäre eine bittere Pille für mich gewesen, wenn du dich als so kalter und berechnender Mensch herausgestellt hättest. So habe ich dich wirklich nicht erzogen.«

Tom nickte. »Abgesehen von diesem einen Brief hat Coral nie wieder versucht, im Gefängnis zu mir Kontakt aufzunehmen, und damit musste ich mich abfinden. Im Laufe der Zeit wurde es dann einfacher, die Wahrheit über Ellis in den hintersten Winkel meines Verstandes zu verbannen. Aber mit dem Näherrücken meiner Entlassung hat das Thema wieder an Bedeutung gewonnen.«

»Und als du draußen warst?«

»Da hab ich sofort mit Coral gesprochen. Im Gefängnis hab ich als Teil des Programms einen DNA-Test machen lassen. Gewisse Dinge wurden finanziell übernommen, wenn sie als zuträglich für die psychische Verfassung der Häftlinge erachtet wurden. Ich hatte meinem vom Programm zugeteilten Berater im Vertrauen erzählt, dass ich Zweifel daran hatte, ob Robert wirklich mein Vater ist. Damals wusste ich nicht, dass Coral mit Audrey unter einer Decke steckte und einen Plan entwickelt hatte, um Dad zu erpressen. Als du mir vorhin gesagt hast, dass Audrey dir diesen verschlossenen Umschlag gegeben hat, war mir klar, dass du darin die Ergebnisse des DNA-Tests finden würdest. Aber du solltest nun wirklich nicht so erfahren, dass Ellis und ich denselben Vater haben.«

»Trotz allem hast du bis heute kein Wort gesagt. Erst jetzt, nach Corals Tod.«

»Es hat mich fertiggemacht, dass du Bridget so sehr hasst, während du die ganze Zeit mit dem Feind unter einem Dach zusammenwohnst. Aber ich wusste einfach nicht, wie ich es dir beibringen sollte. Schließlich war mir bewusst, dass die Wahrheit so vielen Menschen das Herz brechen würde: dir, Bridget, Ellis ... Die Liste ist lang.«

»Und Coral?«, fragte Jill nun vorsichtig. »Hast du auch Informationen darüber, was genau mit ihr passiert ist?«

Tom sah ihr in die Augen. »Nein, über die Umstände ihres Todes weiß ich nichts, Mum. Aber sobald ich mit Bridget gesprochen habe, muss ich der Polizei die Wahrheit über Dad sagen.«

SECHSUNDFÜNFZIG

BRIDGET

Als Tom mich und Ellis nach dem Polizeiverhör zu Hause absetzte, waren Schultern und Nacken bei mir schmerzhaft verkrampft. Ellis ging nach oben, um ein bisschen Schlaf nachzuholen, und Tom bestand darauf, allein zu seiner Mutter zurückzufahren. In der Hoffnung, dass sich im warmen Wasser vielleicht etwas von der Anspannung und meinem Zorn auf Tom auflösen würde, setzte ich mich in den Whirlpool im Garten. Ich war wirklich wütend auf ihn. Er hatte mich ja nicht nur wegen des Fitness-Studios angelogen, sondern sich danach auch noch auf den Weg zu Jill gemacht, während ich hier seinen Beistand nötig hatte.

Als er vom Besuch seiner Mutter niedergeschlagen zurückkehrte, weigerte ich mich rundheraus, ihm für eine Unterhaltung ins Haus zu folgen. Also kam er zu mir in den Whirlpool.

»Es gibt da etwas, das ich dir erzählen muss, was ich dir schon lange hätte sagen sollen«, begann Tom.

»Jetzt mach mir keine Angst.« Ich schluckte und fasste mir mit feuchten Fingern an den Hals. »Was ist denn?«

»Ich wusste einfach nicht, wie ich es dir beibringen sollte, Brid.«

Er berührte mich am Arm, und im sanften Licht, das von der Wasseroberfläche reflektiert wurde, lag in seinen Augen etwas Gequältes. Plötzlich wurde der Geruch des Chlors übermächtig, und ich rang nach Luft. Irgendwie spürte ich – *wusste ich* –, dass Tom mir jetzt etwas Bedeutsames enthüllen würde.

Beinahe hätte ich ihn angefleht, es nicht zu tun, nicht den Mund aufzumachen, aber ich blieb still und reglos. Während das Wasser in meinen Ohren rauschte, saß ich einfach nur da und starrte ihn an. Innerlich beschwor ich ihn jedoch stumm, nicht meine Welt zum Einstürzen zu bringen.

»Ich liebe dich, Brid«, sagte er traurig. »Ich liebe dich schon so lange, und aus diesem Grund muss ich dir einfach die Wahrheit über die Nacht von Jesses Tod erzählen. Diese Dinge kann ich nicht länger für mich behalten, weil sie nur der Anfang sind und mir helfen werden, dir alles andere zu erklären.«

Alles andere?

»Oh nein, nicht …«, wimmerte ich und schlug mir die Hände vors Gesicht.

Mir tat jede Faser des Körpers weh. Würden jetzt meine schlimmsten Ängste wahr werden? Liebte ich etwa einen Mann, der meinen Sohn mit Absicht umgebracht hatte? Oder der bei seinem Fausthieb zumindest Jesses Tod in Kauf genommen hatte?

Sanft zog Tom an meinen Händen und zwang mich, ihn anzusehen.

Um uns herum sprudelte und blubberte es, und aus den Düsen unter Wasser erreichten kräftige Massagestrahlen mein Kreuz. Normalerweise entspannte mich das, aber in diesem Moment fühlte es sich beinahe schmerzhaft an, als wäre mein ganzer Körper wund. Ich kam mir völlig ungeschützt vor.

Unter dem dunklen Abendhimmel wechselten die Lichter am Rand des Pools in ihrer üblichen Abfolge die Farbe. Das alles verschwamm vor meinen feuchten Augen zu einem wirbelnden Chaos.

Toms benetzte Wangen waren bleich, als er endlich weitersprach: »Du weißt ja, dass wir an dem Abend zuerst in einer Kneipe, im Mayflower, waren. Wir haben ganz normal geredet, über Sport, übers Zocken, wie immer. Aber mir war schon klar, dass etwas an Jesse genagt hat. Ich kann es nicht so recht erklären, aber er war irgendwie anders. Später hat er dann mehr als üblich getrunken, hat zu seinem Pint immer noch einen Shot dazubestellt, aber das war nicht das Einzige.« Tom presste die Lippen aufeinander, runzelte die Stirn und schien nach den passenden Worten zu suchen. »Er hatte ja immer gern gequatscht, aber als wir schließlich am Club angekommen sind, hat er geredet wie ein Wasserfall. Er wirkte beinahe ... ich weiß auch nicht, fast *rasend*. Als würde er alle Wörter ausspucken, die er kannte, um bloß keine Zeit zum Nachdenken zu haben.«

Diesen Teil hatte Tom mir vorher schon mal erzählt, trotzdem spannte ich in Erwartung der schockierenden Enthüllung, die gleich folgen würde, jeden Muskel an.

»Weil im Movers nicht viel los war, mussten wir nicht anstehen und haben drinnen sogar eine freie Sitzecke gefunden, was ungewöhnlich war.« Einen Moment schien Tom in seiner eigenen Welt zu versinken. Gedankenverloren starrte er in den Garten hinaus, als würde er jedes Detail jenes schrecklichen Abends heraufbeschwören. »Und dann hat Jesse angefangen, richtig zu bechern. Er ist von Bier auf Wodka plus Shots umgestiegen. Da es unter der Woche war, gab es für alles ein Zwei-für-eins-Angebot. Als ich ihn an mein Training am nächsten Morgen erinnert und ihn gebeten habe, es ein bisschen langsamer anzugehen, hat er mich einen Schlappschwanz genannt. Ich hab trotzdem weiter versucht, ihn zu bremsen. Was genau los war, wusste ich nicht, aber der Alkohol hat es eindeutig nur noch schlimmer gemacht.«

Als ich den Mund aufmachte, entfuhr mir ein seltsamer Laut, eine Mischung aus Aufschrei und Schluchzen.

Tom sah mich an. »Ich weiß, dass das wirklich schmerzhaft für dich ist, Brid. Aber du musst es einfach erfahren.«

In diesem Moment konzentrierte ich mich vor allem darauf, nicht in Tränen auszubrechen. Ich stellte mir Jesse und Tom zusammen in dem Nachtclub vor, wo die Musik fast zu laut für eine Unterhaltung war, so laut, dass man das Wummern des Basses im Gesicht und am ganzen Körper spürte. In meinen Zwanzigern war ich zweimal im Movers gewesen, um den Geburtstag von Leuten zu feiern, mit denen ich zusammen Büros putzte. Daher stellte ich mir das Innere des Clubs so vor, wie es damals gewesen war.

Ich fragte mich wirklich, warum Tom mir das nicht bei einem meiner regelmäßigen Besuche während der letzten zwei Jahre erzählt hatte. Wir hatten doch im Rahmen des Programms für opferorientierte Justiz über die Umstände von Jesses Tod gesprochen. Obwohl man ihn damals gebeten hatte, sich alles genau in Erinnerung zu rufen, hatte er diese Details nie erwähnt. Tom wirkte immer so offen und ehrlich, treuherzig wie ein Welpe und viel zu unschuldig, um mich anzulügen. Als erfahrenere ältere Frau hatte ich eigentlich gedacht, dass ich jede Unwahrheit, jede Täuschung sofort durchschauen würde.

Jetzt sprach er weiter: »Es kam mir wirklich so vor, als wollte Jesse sich bis zur Besinnungslosigkeit betrinken. Ich habe mir das etwa eine halbe Stunde lang angeschaut und dann versucht, eine Unterhaltung in Gang zu bringen. Über die Musik hinweg hab ich gerufen: ›Und, wie läuft es so bei dir und Coral?‹ Er hat zurückgebrüllt: ›Hey, danke der Nachfrage! Schön zu wissen, dass ich dir so wichtig bin, Alter!‹ Von diesem Punkt an war er komplett wie vom wilden Affen gebissen, anders kann ich sein merkwürdiges Verhalten wirklich nicht beschreiben.«

»Was war daran so merkwürdig?« Jesse hatte auch eine verrückte Seite gehabt, das hatten Tom und ich immer gewusst. Und ich hatte gerade das an ihm geliebt, weil es ihn von anderen unterschieden hatte. Er war eben ein schräger Typ gewesen.

»Er ist aufgesprungen und auf die Tanzfläche gerannt, um dort wild herumzuzappeln, bevor er zurückgekommen ist und sein Glas geleert hat. So ist das mehrmals gegangen. Ich meine, irgendwie war mir bewusst, dass die Erwähnung von Coral ihn so hatte ausflippen lassen. Daher hab ich mir gedacht, dass sie wohl der Grund für sein Benehmen an diesem Abend sein musste, dass sie sich vielleicht gestritten hatten und sich trennen würden oder so.«

»Aber vor Gericht hast du doch ausgesagt, dass er aus dem Club rausgeschmissen wurde. Also ist es noch schlimmer geworden?«

Tom nickte. »Er hat sich Wodka und Shots nachbestellt. Dieses Mal hat er sich noch nicht einmal hingesetzt, sondern die Gläser nur zu unserer Sitzecke gebracht und im Stehen geleert. Dann hat er mit wutverzerrtem Gesicht auf mich heruntergeschaut. Ich hab gesagt: ›Jetzt entspann dich mal, Kumpel! Was ist heute Abend denn mit dir los?‹ Und da hat er so dämliche Kung-Fu-Bewegungen gemacht, hat in die Luft geschlagen und getreten. Allerdings ist er meinem Gesicht dabei ziemlich nahegekommen. Ich fand es in dieser Situation am besten, ihn zu ignorieren, und hatte längst beschlossen, noch mein Pint auszutrinken und danach zu gehen. Aber dann ist der Sicherheitsmann rübergekommen und hat zu Jesse gesagt, er solle sich hinsetzen, woraufhin Jesse protestiert und ihm ein paar ziemlich üble Beschimpfungen entgegengeschleudert hat. Bevor ich überhaupt wusste, was los war, hatte der Kerl Jesse am Schlafittchen gepackt und hat ihn quer über die Tanzfläche geschleift. Ich bin hinterhergelaufen und hab versucht, vernünftig mit ihm zu reden. Aber da hat mich ein anderer Typ von der Security geschnappt, die Tür vom Notausgang ist aufgeflogen und wir wurden beide auf die Straße gestoßen.«

Ich streckte die Hand aus und stellte den Whirlpool aus.

Wie laut das Wasser gesprudelt hatte, wurde mir erst jetzt klar, als der Garten um uns herum mit einem Mal totenstill war. Inzwischen war mir außerdem so heiß, dass ich das Gefühl hatte, gleich einen Hitzeschlag zu bekommen. Ich wollte aus dem Becken steigen, konnte Toms Redefluss aber nicht unterbrechen. Das musste ich jetzt wohl hören.

»Jesse war sofort wieder auf den Beinen und hat eindeutig Streit gesucht. Er hat laut damit getönt, was er diesen Sicherheitsleuten antun wollte, wenn er sie in die Finger kriegen würde. Tatsächlich war sein Plan, zum Eingang zurückzukehren und irgendwie wieder in den Club zu kommen.«

»Und da hast du ihn aufgehalten.«

»Ich hab es versucht, aber er war wie besessen. Dann schien er die ganze Sache mit einem Mal vergessen zu haben, und hat stattdessen mich aufs Korn genommen. Er hat gesagt: ›Meinetwegen kannst du es ruhig wissen: Coral und ich haben uns getrennt.‹ Ich hab gesagt, dass es mir leidtut, es mich allerdings nicht groß überrascht. Obwohl Coral schwanger war, hat sie ganz schön oft ein Auge zudrücken müssen, was sein Verhalten anging. Er hat immer andere Frauen angequatscht, wenn ich mit ihm allein unterwegs war.«

Ich rutschte im Wasser hin und her, weil ich ungern an solche Eigenschaften von Jesse erinnert wurde, die ich nur schwer akzeptieren konnte. »Und was ist danach passiert?«, drängte ich in der Hoffnung, dass Tom schnell das Thema wechseln würde.

»Na ja, er hat mich eine Weile angestarrt und schließlich gesagt: ›Du weißt doch, dass sie schwanger ist, oder?‹ Ich hab gelacht und geantwortet: ›Natürlich!‹ Ich meine, zu diesem Zeitpunkt waren es bis zur Geburt ja nur noch ein paar Monate. Jeder, der Augen im Kopf hatte, konnte es sehen.«

»Und dann?«

»Dann wurde sein Blick auf einmal eiskalt. Innerhalb von Sekunden schien er stocknüchtern zu sein. Er hat mir direkt in die Augen geschaut und gesagt: ›Schon krass, oder? Da hast du also die ganze Zeit gewusst, dass das Baby nicht von mir ist.‹«

»Was?«, flüsterte ich, während es mir die Kehle zuschnürte. »Von wem sollte das Baby denn sonst sein?«

Tom hielt eine Hand hoch, damit ich ihn ausreden ließ, aber in meinem Kopf drehte sich alles gefährlich. Mir war speiübel.

»Ja, das war auch meine Reaktion. Ich hab nur gesagt: ›Was? Jetzt sei doch nicht blöd, Kumpel. Natürlich ist das Baby von dir. Für Coral bist du schließlich ihr Ein und Alles.‹ Ich meine, er hatte sich so sehr auf das Kind gefreut, das weißt du doch selbst, Brid.«

»Erzähl mir, was er als nächstes gesagt hat«, brachte ich zwischen zusammengebissenen Zähnen hervor. Unter Wasser vergrub ich die Fingernägel in den Oberschenkeln. Wenn ich den Whirlpool nicht bald verließ, würde ich noch ohnmächtig werden.

»Jesse hat angefangen zu heulen. Er hat gesagt: ›Sie hat es mir heute Morgen selbst erzählt. Es ist nicht von mir.‹ Also hab ich ganz ruhig und vernünftig gefragt: ›Okay, von wem ist es dann?‹ Damit wollte ich die Wogen ein bisschen glätten, weil er so furchtbar betrunken war. Und da hat er gesagt ...«

Tom kämpfte gegen ein Schluchzen an. Obwohl er die ganze Zeit in einem Tonfall mit mir gesprochen hatte, als würde er über das Wetter plaudern, wurde mir jetzt klar, wie sehr er dabei die Emotionen unterdrückt haben musste. Während Tom Tränen übers Gesicht liefen, machte sich in meiner Magengrube ein grauenhaftes Gefühl breit. Dann stieg es so schnell in mir auf, dass es innerhalb von Sekunden meinen Kopf erreichte.

Angst. Ich hatte Angst vor dem, was jetzt kommen würde. Würde er mir eröffnen ... dass er der Vater von Ellis war? Ich schickte mich an, aus dem Pool zu steigen. Das wollte ich nicht hören!

»Brid, bitte!« Tom packte mich am Arm.

»Lass mich los!« Als ich seine Hand abschüttelte und mich aufrichtete, sprach er so schnell weiter, als würde ein schlüpfriger Aal seinen Mund verlassen.

»Coral hat zu Jesse gesagt, dass Robert der Vater des Babys ist. Mein Dad ist auch der von Ellis. Manchmal hat er Coral nach Hause gefahren, und ... da hatten sie zweimal Sex in Dads Auto ... womit Ellis mein Halbbruder ist, Brid.«

In diesem Moment gaben die Beine unter mir nach, ich sank in mich zusammen und rutschte unter Wasser. Während ich nach Luft zu schnappen versuchte, keuchte und würgte, schluckte ich Chlor und Chemie.

Tom streckte seine starken Arme aus und packte mich unter den Achseln. Es war das Letzte, was ich noch mitbekam, bevor mich tiefes, dunkles Nichts umfing.

SIEBENUNDFÜNFZIG

Als ich wieder zu mir kam, befand ich mich im Haus, wo ich in ein großes, weiches Handtuch gewickelt auf der Bank in der Küche lag. Tom hockte daneben und starrte mich an.

Bibbernd setzte ich mich auf und musste plötzlich daran denken, dass wir ja nicht allein im Haus waren. »Wir können darüber jetzt nicht reden, nicht, wenn Ellis da ist, und ...«

»Geht schon klar. Ich hab gerade nach ihm gesehen, er schläft tief und fest.«

»Okay, dann sag mir doch bitte: Warum hast du mir diese Lüge aufgetischt, dass du noch mal ins Fitness-Studio musstest?«

»Ich bin zu Coral gefahren, weil ich wusste, dass sie einen Brief mit dem DNA-Beweis für unser Verwandtschaftsverhältnis hat. Aber sie war nicht da.«

»War es das, wonach du in ihrem Schlafzimmer gesucht hast, als wir Ellis' Sachen geholt haben?« Obwohl er es abgestritten hatte, war ich mir sicher gewesen, dass er etwas eingesteckt hatte.

Tom nickte. »Zwischen Corals Papieren hab ich eins von

den Terminkärtchen aus Dads Praxis gefunden, das sie offensichtlich aufbewahrt hatte. Das hab ich mitgenommen.«

Ich starrte ihn an. Er hatte so überzeugend gelogen, sich angesichts meiner Verdächtigungen derart empört gezeigt.

»Den Brief mit dem Ergebnis des DNA-Tests wollte ich benutzen, um dir und meiner Mum alles zu erklären, es euch schwarz auf weiß zu zeigen. Zu dem Zeitpunkt wusste ich noch nicht, dass eine Kopie davon bei Audrey gelandet war – mit der Coral zusammen den Plan für eine Erpressung ausgeheckt hatte. Heute hat Audrey ihre Kopie bei Mum vorbeigebracht, die allerdings den Umschlag noch nicht geöffnet hatte, als ich bei ihr angekommen bin. Sie hatte Audrey rausgeschmissen, weil sie dachte, dass *ich* Ellis' Vater bin, und dass sie mit dieser Enthüllung nicht klarkommen würde.«

»Genau das hatte ich auch befürchtet«, krächzte ich. Mir tat der Hals weh, weil ich Chlorwasser geschluckt hatte. Beunruhigt schaute ich zur Tür hinüber, um sicherzugehen, dass Ellis nicht nach unten gekommen war. »Am Ende läuft es allerdings auf das Gleiche hinaus: Ellis ist nicht Jesses Sohn. Er ist nicht mein Enkel.«

Wo mich einst ein warmes Gefühl erfüllt hatte, blieb in meinem Inneren nun nichts mehr. Ich kam mir völlig leer vor.

»Das alles bedauere ich so sehr, Brid. Es tut mir leid, dass ich es dir bis jetzt nicht erzählt habe, aber das konnte ich dir und auch Mum einfach nicht antun. Dafür musste ich erst wieder ein freier Mann sein, um alles genau erklären und dann den Schmerz auffangen zu können, den ich damit unweigerlich auslösen würde. Tatsächlich hab ich dir die Wahrheit im ersten Jahr meiner Haft geschrieben. Damals ging es mir wirklich schlecht, und ich hatte mir eingeredet, dass du es wissen solltest. Als du mir erzählt hast, dass du alle Briefe von mir zerstört hattest, war ich so erleichtert. Später haben wir uns ineinander verliebt, und ...«

»Ist diese Liebe denn echt, Tom?«

»Was?«

»Ist deine Liebe für mich echt oder wolltest du nur deinem Bruder nahe sein?«

»Meine Liebe für dich könnte echter nicht sein.« Er setzte sich auf die Sofakante und griff nach meinen Händen. »Ich liebe dich von ganzem Herzen, Brid, das musst du mir glauben. Kannst du mir vergeben, dass ich dir die Wahrheit verschwiegen habe?«

Es war ja nicht Toms Schuld, dass Coral mit Robert geschlafen hatte. Er konnte nichts dafür, dass Jesse nicht Ellis' Vater war. Und Ellis nichts dafür, dass ich nicht seine leibliche Großmutter war.

»Ich wünschte, du hättest es mir früher gesagt, aber ich kann mir vorstellen, wie schwierig das gewesen sein muss. Du hast zwischen allen Stühlen gesessen, das ist mir durchaus klar.«

»Und Ellis? Wie sehen deine Gefühle ihm gegenüber jetzt aus?«

Über die Antwort auf diese Frage musste ich nicht einmal nachdenken. »Man braucht nicht mit jemandem blutsverwandt zu sein, um ihn von ganzem Herzen zu lieben. Ellis ist mein Enkel, ich bin seine Granny, und das kann uns niemand nehmen.«

»Meinst du, wir können es schaffen, Brid?«, fragte Tom sanft, während ihm eine Träne über die Wange lief. »Können wir drei zusammen eine kleine Familie werden?«

Ich berührte seine Wange. »Wir können es versuchen«, flüsterte ich.

ACHTUNDFÜNFZIG

POLIZEI VON NOTTINGHAMSHIRE

Nach dem Anruf von Tom Billinghurst brauchte Irmas Team nicht lange, um seinen Vater, Robert, ausfindig zu machen.

»Er ist zu Hause«, erklärte ein Beamter. Irma sagte Tyra Bescheid, und schon fünf Minuten später verließen sie das Polizeirevier.

Als sie ihr Ziel erreichten, stand die Haustür weit offen, und Jill Billinghurst wartete vor dem Gebäude auf sie.

»Er ist in seinem Arbeitszimmer. Seit er vor einer halben Stunde nach Hause gekommen ist, musste ich mich ziemlich zusammenreißen. Eigentlich hätte ich ihm so einiges zu sagen, aber er sollte nicht ahnen, dass Sie schon unterwegs waren«, erklärte sie. »Ich hole ihn für Sie.«

Während die Polizisten draußen warteten, machten sich die üblichen Anzeichen nachbarlicher Neugier bemerkbar. Direkt nebenan bewegte sich im oberen Stockwerk eine Gardine, und jemand wechselte plötzlich auf diese Straßenseite.

»Robert?«, rief Jill in den Flur. »Hier sind ein paar Leute, die mit dir reden wollen.«

Irma und Tyra standen direkt vor der offenen Haustür. Daher konnten sie gut Robert Billinghursts genervte Antwort verstehen: »Ich hab dir doch gesagt, dass ich zu tun hab. Was ist denn?«

Jill wandte sich ab und ging wieder hinaus. Irma betrat das Haus.

»Mr Billinghurst, ich bin Detective Inspector Irma Barrington ...« Er begann zu stammeln, aber sie sprach weiter, diesmal lauter: »Und das hier ist Detective Sergeant Tyra Barnes.«

»Jill, was zum Teufel soll das? Was ist hier los?«

»Du bist der Vater von Ellis McKinty, Robert«, antwortete Jill ganz lässig. »Das ist los.«

»Moment mal, das stimmt doch gar nicht! Ich ...«

»Spar dir deinen Protest, das kannst du gleich alles der Polizei erzählen.« Jill wandte ihm den Rücken zu. »Ich packe deine Sachen zusammen, während du weg bist. Hierher kehrst du nämlich nicht mehr zurück.«

»Jill! Was ist denn nur in dich gefahren?«

»Bitte kommen Sie jetzt mit zum Streifenwagen, Sir«, sagte ein junger Polizist, der hinter den beiden Ermittlerinnen stand.

»Jill! Ich kann dir alles erklären! Gib mir doch bitte die Gelegenheit ...«

»Tschüs, Robert«, sagte sie. »Komm nicht hierher zurück. Nie wieder.«

Irma schaute Tyra an und zog beeindruckt die Augenbraue hoch.

Gut zwei Stunden später saß Robert Billinghurst Irma und Tyra in einem Befragungsraum gegenüber.

»Tom hat sie umgebracht«, sagte er, sobald Tyra den Videorekorder angestellt hatte. »Ich wollte es nicht vor seiner Mutter sagen, aber er hat Coral über den Haufen gefahren und dann mich angefleht, den Kopf dafür hinzuhalten.«

Irma musterte ihn kühl. »Und welchen Grund sollte Ihr

Sohn dafür haben, Coral McKinty auf diese Weise kaltblütig zu töten, Mr Billinghurst?«

»Er ... er ... Was weiß ich! Aber er hat sich ja immer in Schwierigkeiten gebracht, daher würde es mich nicht wundern, wenn er damit etwas zu tun hätte. Sie haben doch gesehen, in was für einen Menschen er sich verwandelt hat. Schließlich hat er seinen besten Freund umgebracht und dann dessen Mutter geheiratet, die fast doppel so alt ist wie er. Das ist doch widerlich!«

Irma ignorierte seine Kommentare und legte ihm dar, über welche Beweise sie bislang verfügten. Sie hatten den DNA-Test als Beleg für die Vaterschaft und Toms Wiedergabe dessen, was Coral ihm gesagt hatte: dass Robert und sie am Ende der Fahrt zu ihr nach Hause manchmal Sex gehabt hatten, der allerdings einvernehmlich gewesen war. »Zusätzlich hoffen wir, noch heute Ihr Auto in der Gerichtsmedizin untersuchen zu können«, fügte Irma hinzu. »Ich frage mich, was wir da wohl finden werden.« Billinghurst war eindeutig für Corals Tod verantwortlich, aber bislang hatte Irma noch kein überzeugendes Motiv gefunden.

Jetzt verlor der Befragte völlig die Fassung. »Ich wollte ihr doch nicht wehtun! Es war nur ein Unfall, ich schwöre«, flüsterte er. »So etwas würde ich doch nicht mit Absicht machen!«

»Und wieso haben Sie es versäumt, die Polizei und einen Rettungswagen zu rufen, Mr Billinghurst?«, fragte Tyra eiskalt. »Sind Sie gar nicht auf die Idee gekommen, beim Opfer zu bleiben und einer jungen Frau Trost zu spenden, die offensichtlich im Sterben lag?«

»Da draußen war es so ruhig ... und es war niemand in der Nähe.« Robert schlug sich die Hände vors Gesicht. Dann sagte er: »Ich bin in Panik geraten und musste da einfach weg. Es war so ein heftiger innerer Drang, dass ich nicht dagegen angekommen bin.«

Ein paar Sekunden schwiegen die beiden Ermittlerinnen

entsetzt. Die widerliche Tatsache, dass Billinghurst die sterbende Coral McKinty einfach auf der Straße zurückgelassen hatte, schien die Luft im Raum zu vergiften. Irma musterte den Verdächtigen aufmerksam. Wenn man ihn sich so ansah, wirkte er wie ein Paradebeispiel des anständigen, verantwortungsvollen Bürgers. Doch hinter dieser Fassade verbarg sich ein grausamer, herzloser Mensch, der sogar versucht hatte, die Schuld für den Tod einer jungen Frau seinem eigenen Sohn in die Schuhe zu schieben.

»Gehen wir mal ein paar Jahre zurück«, sagte Irma. »Wie oft hatten Sie mit Coral Sex, wenn Sie sie gefahren haben?«

Er zuckte angesichts ihrer unverblümten Frage sichtbar zusammen.

»Zweimal«, sagte er leise. »Öfter nicht, und es war auch nur ein bisschen schnelles Gefummel an einem Feldweg in der Nähe ihres Zuhauses. Damals hatte ich ein schönes, großes Auto mit jeder Menge Platz, wenn Sie verstehen, was ich meine.«

Irma musste sich zusammenreißen, um nicht angeekelt das Gesicht zu verziehen.

»Coral war achtzehn, und Sie waren ...« Tyra warf einen Blick in ihre Notizen. »Zweiundvierzig. Stimmt das so?«

Billinghurst schniefte. »Ja.«

Ihre nächsten Worte sprach Irma besonders klar und deutlich aus: »Vier. Und. Zwanzig. Jahre. Das ist aus der Sicht einer Achtzehnjährigen ein gewaltiger Altersunterschied, Mr Billinghurst. Tatsächlich würden wir Sie wegen Vergewaltigung einer Minderjährigen anklagen, wenn Coral nur ein paar Jahre jünger gewesen wäre.«

»Das ist doch lächerlich.« Billinghurst schnaubte. »Die kleine Schlampe wusste ganz genau, was sie tut.«

»Eine wirklich interessante Antwort für einen Mann, der mit Patientinnen in einem ähnlichen Alter arbeitet.«

Und auch eine interessante Antwort für einen Mann, den

das Alter seiner neuen Schwiegertochter störte, dachte Irma insgeheim.

»Also, hören Sie mal, das Ganze läuft jetzt wirklich aus dem Ruder.« Billinghurst sprach in einem Machen-Sie-mal-halblang-Ton weiter: »Coral McKinty war vor dem Gesetz alt genug für Sex, also versuchen Sie bitte nicht, die Sache aufzubauschen und mir wer weiß was anzuhängen.«

»Aber Coral war doch auch bei Ihnen in Behandlung, oder?«, bemerkte Tyra. »Sie müssen wohl zugeben, dass Sie als ihr Therapeut gegen gewisse ethische Grundsätze verstoßen haben.«

Billinghurst lief puterrot an und presste die Lippen aufeinander.

»Wussten Sie, dass Ellis McKinty Ihr Sohn ist?«, wechselte Irma jetzt das Thema.

»Ja, natürlich. Sie ... Coral hat es mir erzählt, als sie es herausgefunden hat. Sie hat geschworen, dass es von mir ist, obwohl sie ja auch mit ihrem Freund geschlafen hat. Ich hab ihr gesagt, dass sie es wegmachen lassen soll, weil ich nichts mit ihr oder dem Blag zu tun haben wollte. Eigentlich dachte ich, dass die Angelegenheit damit gegessen sein würde. Aber dann hat sie angefangen, Geld von mir zu verlangen, mich zu erpressen.«

Irma schielte zu Tyra hinüber. »Wie bitte? Wer hat Sie erpresst?«

»Coral McKinty! Vor Jahren hat sie mir einen anonymen Brief geschrieben und damit gedroht, dass sie alles meiner Frau und meinem Arbeitgeber erzählen würde.«

»Und Sie haben gezahlt?«

»Natürlich habe ich gezahlt! Sie hat nur ganz wenig verlangt, zweihundert Pfund im Monat, also hab ich mitgespielt. Es war eine günstige Art und Weise, sie mir vom Hals zu halten, und ich hab so getan, als wüsste ich nicht, wer dahintersteckt.«

»Wie lange haben Sie Ihr diesen Betrag bezahlt?«, fragte

Tyra.

»Fünf Jahre lang, das war alles, was sie verlangt hat. So richtig verstanden hab ich das ja nie.« Billinghurst runzelte die Stirn. »Na ja, nach fünf Jahren hatte es mit der Sache jedenfalls ein Ende, und ich habe nie wieder etwas von ihr gehört ... bis sie vor ein paar Monaten plötzlich wieder Geld wollte.«

»Coral hat sich erneut wegen Geld bei Ihnen gemeldet?«, hakte Irma nach.

»Ja ... Na ja, ehrlich gesagt, hat sie Audrey Denton vorgeschickt, damit sie die schmutzige Arbeit erledigt. Diese alte Hexe konnte mich nie leiden, sie hatte es immer schon auf mich abgesehen, seit ich ihre beste Freundin geheiratet habe.«

»Wie hat sich das zwischen Audrey und Ihnen abgespielt?«, fragte Irma, um ihn ein wenig zu bremsen.

»Sie hat mich vor ein paar Monaten bei der Arbeit kontaktiert. Coral hatte ihr verraten, dass der Junge von mir war und sie ohne meine Zustimmung einen DNA-Test hat machen lassen.«

»Was möglich war, weil Ihr Sohn und Ellis Brüder sind«, stellte Irma klar.

»Ja, genau.« Billinghurst ließ einen Moment den Kopf hängen. »Ich hab Audrey dazu eingeladen, bei uns zu Hause in Ruhe darüber zu reden. Ich hatte gehofft, an ihr Mitgefühl appellieren zu können. Deshalb hab ich zu bedenken gegeben, dass Jill fix und fertig sein würde, wenn alles ans Licht käme, und dass das verlangte Geld ja auch Jill gehört.«

»Ihr Geld liegt also auf einem gemeinsamen Konto?«, fragte Tyra.

»Das meiste davon. Es ist allerdings immer von Vorteil, noch eine kleine Notreserve zu haben, von der die Frau nichts weiß, hm?« Irma schoss durch den Kopf, wie respektlos sie Billinghursts widerliches Grinsen angesichts von Corals Tod fand. »Erzählen Sie weiter«, forderte sie ihn mit eiskalter Stimme auf.

»Jill war an dem Nachmittag unterwegs. Wenn sie früher zurückgekommen wäre, hätte ich aber gut behaupten können, dass Audrey ihretwegen vorbeigeschaut hatte. Es ging schon damit los, dass Audrey die fünf Jahre Erpressung durch Coral bestritten hat. Sie hat gesagt, dass sie davon wissen müsste, dass Coral es ihr erzählt hätte. Aber ich wusste natürlich, dass das alles nur dreiste Lügen waren. Audrey hat zu mir gesagt, dass ich den monatlichen Betrag noch einmal verdoppeln sollte, wenn ich nicht wollte, dass es alle in meiner Familie und auch in meinem beruflichen Umfeld erfahren. Dadurch hätte ich natürlich meine Arbeit verloren. Ich hab versucht, aus der Sache rauszukommen, aber Audrey ist wirklich gerissen.«

»Wie haben Sie es versucht?«, wollte Tyra wissen.

»Na ja, ich hatte bereits ein paar Monate lang den geringeren Betrag bezahlt, und selbst das hätte uns fast ruiniert. So viel wie früher verdiene ich nicht mehr, und sogar Jill ist inzwischen aufgefallen, dass das Geld knapp wird. Ich hab zu Audrey gesagt, dass ich mit meiner Frau über die Möglichkeit sprechen muss, unser Haus zu verkaufen, wenn sie mich weiter so schröpft. Und das würde Jill den Rest geben. Wissen Sie, was sie darauf geantwortet hat?«

Tyra und Irma warteten ab, ohne zu reagieren.

»Sie hat gesagt, dass es das Beste wäre, was Jill passieren könnte. Dass sie hoffentlich noch einmal ohne mich ganz neu anfangen würde!« Billinghursts Miene wurde finster. »Das Mädchen hätte das Kind doch nicht zu behalten brauchen. Sie hat sich dafür entschieden, warum soll ich darunter leiden müssen?«

»Ihr Name war Coral«, fauchte Tyra. Sie hatte die Finger ineinander verschränkt und presste sie so heftig gegeneinander, dass die Knöchel die Haut zum Spannen brachten. Irma schaute sie an und bedeutete ihr mit Blicken, tief durchzuatmen und sich ein bisschen zu beruhigen.

»Also haben Sie den Zahlungen zugestimmt?«, drängte Irma.

»Ich hab gesagt, dass ich ein bisschen Zeit brauche, um darüber nachzudenken, aber mir war in dem Moment klar, dass sie mich nie wieder in Ruhe lassen würden. Was auch immer ich tun, wozu auch immer ich mich bereiterklären würde, am Ende würden sie mich ruinieren. Das wollte Audrey nämlich, so viel war klar.«

»Warum kann Audrey Sie Ihrer Meinung nach nicht leiden?« Irma biss sich auf die Zunge, um nicht hinzuzufügen: *Mal abgesehen von der Tatsache, dass Sie ein überhebliches, frauenfeindliches Schwein sind?*

Für einen kurzen Moment verschwand die Arroganz aus seiner Miene und machte einem fast bedauernden Ausdruck Platz. Aber das dauerte nicht lange an.

»Ich weiß auch nicht«, sagte er gleichgültig. »Es hat wahrscheinlich mit irgendeinem harmlosen Kommentar zu tun, den sie in den falschen Hals gekriegt hat. Sie ist so was von empfindlich, wie die meisten Fr...«

Er verstummte, als er das tödliche Funkeln in Tyras Blick bemerkte. Selbst Irma befürchtete eine Sekunde, ihre Kollegin würde über den Tisch springen und Billinghurst an die Gurgel gehen.

»Mit was für einem Kommentar?«, fragte Irma.

»Was weiß ich, vermutlich eine Bemerkung, die ich vor ein paar Jahren gemacht habe, als Tom seine Strafe zur Hälfte abgesessen hatte. Es war nur ein Witz, den sie falsch aufgefasst hat.« Erwartungsvoll zog Irma die Augenbrauen hoch, und Billinghurst rutschte auf seinem Stuhl herum. »Ich hab anklingen lassen, dass sie vielleicht ein paar von Jills ... ehelichen Pflichten übernehmen könnte, weil meine Frau außer Gefecht gesetzt war.«

»Mit ›außer Gefecht‹ meinen Sie wohl, dass der Arzt bei ihr Angstattacken und Depressionen festgestellt hat, und dass Sie deshalb keinen Sex mehr hatten, nehme ich mal an?«, stellte Tyra ungeniert klar.

»Mein Gott!« Er grinste und schaute Irma an. »Taktgefühl wird heutzutage wohl nicht mehr vermittelt, oder?«

Endlich ergab Audreys falsches Spiel einen Sinn. Irma hatte zu begreifen versucht, warum Audrey einen Kreuzzug gegen Robert begonnen hatte, durch den sie auch ihre alte Freundin Jill zu hintergehen schien. Aber langsam lichtete sich der Nebel.

»Haben Sie darüber nachgedacht, die Erpressung bei der Polizei anzuzeigen? Oder zumindest, mit Ihrer Frau darüber zu sprechen?«, fragte Tyra.

»Das hätte für mich üble Konsequenzen gehabt.« Billinghurst verschränkte die Arme vor der Brust und verzog das Gesicht. »Die hatten mich wirklich festgenagelt. Ich hätte alles verloren – egal, für welche Möglichkeit ich mich auch entschieden hätte.«

»Aber die Möglichkeit, Coral aus dem Weg zu schaffen, scheint Sie am Ende doch überzeugt zu haben«, bemerkte Irma. »Und ihr Tod hat sicher auch Audrey als Warnung gedient, sodass Sie Ihr Problem auf einen Schlag losgeworden sind.«

»Ich hab ja schon gesagt, dass ich ihr nichts antun wollte! Obwohl ich wütend auf sie war, hab ich versucht, die Dinge auf freundschaftliche Art und Weise zu lösen. Zuerst war ich bei Audrey und hab versucht, noch einmal vernünftig mit ihr zu reden, ihr klarzumachen, dass uns der zusätzliche Betrag ruinieren würde. Aber sie war fest entschlossen und hat sich nicht umstimmen lassen. Nachdem ich bei ihr aufgebrochen bin – wobei ich meinen Schal vergessen habe –, hab ich Coral kontaktiert und sie gefragt, ob wir uns sehen könnten. Ich hatte sie angewiesen, bloß Audrey nichts davon zu sagen, sonst würde es keine Abmachung zwischen uns geben. Coral war diejenige, die eine Parkbucht in der Nähe des Waldes als Treffpunkt vorgeschlagen hat. Wir haben in meinem Auto gesessen und geredet, aber sie ist sofort ausgeflippt, als ich ihr gesagt habe, dass ich ihretwegen nicht das Haus verkaufen würde. Sie hat angefangen, mich mit allen möglichen üblen Sachen zu bedrohen, und mir versichert, dass sie mich bei Jill und meinem Arbeitgeber verpfeifen wird. Dann ist sie aus dem Auto gestiegen und davongestürmt. Ich hab einen Moment abgewartet, um zu sehen, ob sie zurückkommt, was aber nicht der Fall war. Also bin ich losgefahren, und in dem Moment ist sie auf die Straße gerannt, ist mir direkt vors Auto gelaufen. Ich hab nur ganz kurz nicht hingesehen, nur eine Sekunde aufs Handy geguckt, und als nächstes hat es geknallt, weil ich sie erwischt hatte. Mein erster Gedanke war, die Polizei zu rufen, aber dann ist mir klar geworden, was das alles mit sich bringen würde ... während Coral bei ihrem Tod mein unlösbares Problem mit ins Grab nehmen würde.«

Unerträgliche Stille machte sich im Raum breit, während der Gedanke daran, dass er diese junge Frau einfach am Unfallort zurückgelassen hatte, Irma mit Entsetzen erfüllte.

»Die Wahrheit kannte aber nicht nur Coral, sondern auch Audrey«, bemerkte sie.

»Eins war dabei jedoch entscheidend: dass Audrey auch viel zu verlieren hatte. Wenn ich enthüllt hätte, dass sie an einer Erpressung beteiligt war, dann hätte sie ihre Arbeit im Secondhandshop verloren. Und die ist im Prinzip ja alles, was sie in ihrem traurigen kleinen Leben hat. Mal abgesehen davon, dass Jill nie wieder mit ihr geredet hätte.« Er seufzte. »Ich wollte Coral nicht umbringen. Als ich da weggefahren bin, hab ich mir aber alles in Ruhe durch den Kopf gehen lassen und gedacht, dass das vielleicht klappen könnte. Dass womöglich all meine Probleme gelöst wären.«

»Leider sieht es jetzt doch anders aus, nicht wahr, Mr Billinghurst?«, wandte Irma kühl ein. »Nun ist der Tag gekommen, an dem Sie sich all Ihren Problemen stellen müssen, und das sind wirklich so einige.«

NEUNUNDFÜNFZIG

JILL

Einen Monat später

Als ich die Tür hinter Robert und der Polizei zugemacht hatte, war ich mit klopfendem Herzen und keuchendem Atem gegen die Wand gesunken. Ich hatte große Lust gehabt, zu weinen – allerdings Tränen der Erleichterung, der Freiheit!

Endlich war Robert fort, und mein Leben gehörte wieder mir. Das Haus stand mittlerweile zum Verkauf, und Robert wartete in der Untersuchungshaft auf sein Verfahren wegen Totschlags.

Nun saß ich an einem Nachmittag mit Bridget zusammen in der Küche und nippte an einem Gin Tonic.

»Du kennst doch sicher diesen Spruch: *Man weiß oft erst, was man an etwas hatte, wenn es verloren ist?*«, sagte ich. Bridget nickte. »Na ja, bei mir war es genau andersherum: Mir ist erst klar geworden, was für eine Last Robert mir gewesen war, als er zur Tür hinausspaziert ist.«

Erneutes Nicken. »Manches muss man eben selbst herausfinden.«

»Oh ja, allerdings«, stimmte ich zu. »Und, was ist mit dir? Was musstest du für dich selbst herausfinden?«

Bridget überlegte einen Moment. »Wahrscheinlich vor allem, dass ich Jesse nicht am Leben erhalten kann, wie sehr ich mich auch darum bemühe. Tom habe ich am Anfang hauptsächlich wegen unserer vielen gemeinsamen Erinnerungen an Jesse besucht. Und Coral habe ich an mich gebunden, weil ich geglaubt habe, durch Ellis in gewisser Weise Jesse weiter um mich zu haben. Obwohl das natürlich gar nicht der Fall war.«

»Ich bewundere dich so sehr dafür, was du tust. Dafür, dass du mit Tom und Ellis als Familie zusammenleben wirst.«

»Ehrlich gesagt, frage ich mich schon, ob wir drei das überhaupt schaffen können, aber wir wollen es zumindest versuchen. Ellis lehnt Tom leider immer noch ab, obwohl es langsam besser wird. Und eines Tages wird er die Wahrheit erfahren, sich der Tatsache stellen müssen, dass Tom in Wirklichkeit sein Halbbruder ist. Aber er hat im Leben schon so viel Traumatisches mitgemacht, dass wir es langsam angehen müssen. Deshalb beginnen wir nächste Woche mit einer Familientherapie, in deren geschütztem Rahmen wir Ellis irgendwann alles erzählen wollen. Ich habe also noch einiges vor mir!«

Ihre Lust aufs Leben konnte man Bridget ansehen, da waren sich wohl alle einig. Sie war wirklich nicht die typische Frau mittleren Alters.

»Ich liebe Tom und will für ihn nur das Beste. Was Jesses Tod angeht, so hat uns das Programm für opferorientierte Justiz geholfen, und ich habe ihm längst vergeben. Was ist denn mit dir, Jill? Kommst du mittlerweile besser damit zurecht, dass wir verheiratet sind?«

»Dass ich Tom sein Leben leben lassen kann und nicht mehr jeden einzelnen seiner Schritte kontrollieren möchte, ist für mich inzwischen eine große Erleichterung. Bridget, wir wissen beide, dass es manchmal hart auf hart kommt. Bisweilen geht am Ende aber alles besser aus als erwartet – zumindest war das in meinem Fall so. Ich hab gefühlt von klein auf immer nur mit dem Schlimmsten gerechnet, was aber oft gar nicht eingetreten ist.«

Bridget nickte. »So ein Dasein muss ziemlich anstrengend sein.«

»Furchtbar anstrengend. Und jede Einzelheit kontrollieren zu wollen, bringt sowieso nichts, weil immer irgendetwas Unvorhergesehenes passiert. Wer glaubt, alles im Griff zu haben, macht sich etwas vor. Das schafft niemand, noch nicht einmal ich. Aber lass mich das noch einmal betonen: Was du da tust – dass du Ellis weiter als deinen Enkel akzeptierst und Tom sein langes Schweigen vergeben hast –, das ist wirklich großmütig von dir.«

»Ich liebe Ellis von ganzem Herzen und sehe ihn schlicht weiter als meinen Enkel. Außerdem hat Tom ja aus den richtigen Gründen entschieden, die Wahrheit so lange vor mir zu verbergen. Sein Motiv war das gleiche wie bei dir auch: Er wollte uns nicht wehtun. Nach der Enthüllung über Robert habe ich mich zunächst gefragt, ob Tom mich womöglich nur geheiratet hat, um seinem Bruder näher zu sein. Aber er hat zu mir gesagt, dass er es dann wohl eher bei Coral probiert hätte. Weißt du, Tom und ich hatten immer schon einen guten Draht zueinander, selbst in der Zeit, als die Jungen herangewachsen sind. Zu jener Zeit war natürlich alles ganz unschuldig und platonisch, aber wir standen uns auch damals schon nahe, hatten einander einfach gern.«

»Ich weiß«, nickte ich. »Genau, wie ich Jesse gernhatte. Und ich muss zugeben, dass ich auf dich manchmal neidisch war. Oft ist Tom nach Hause gekommen und hat davon geschwärmt, wie viel Spaß er bei euch hatte und was für eine tolle Mutter du bist.«

»Verständlich«, murmelte Bridget, »weil ich mit Jesse einfach nicht streng genug war, wie mir im Nachhinein klar ist. So etwas finden Teenager, die ja gern Grenzen austesten, wohl unweigerlich toll.« Sie zögerte kurz. »Hast du eigentlich was von Audrey gehört?«

Ich nickte und sagte einfach nur: »Wir haben miteinander gesprochen.« Audrey hatte vorbeigeschaut und mich angefleht, mir ihre Seite der Geschichte anzuhören. So hatte ich davon erfahren, dass Robert sie einst angebaggert hatte, wovon ich damals gar nichts mitbekommen hatte. Als sie irgendwann begriffen hatte, dass sie mich nie von Roberts wahrem Wesen würde überzeugen können, hatte sie lieber einem für ihre Fürsorge empfänglicheren Menschen helfen wollen.

Ich hatte Audrey vor Jahren verraten, dass ich eine Geldanlage hatte, auf die ich ab meinem bald anstehenden fünfzigsten Geburtstag würde zugreifen können. Es war ein hübsches Sümmchen, von dem Robert nichts wusste. »Mir war klar, dass du finanziell gut dastehen würdest, auch wenn Robert Corals Forderungen nachkommen würde«, hatte sie gesagt. »Und sie brauchte dieses Geld unbedingt, um sich Bridgets ständiger Kontrolle zu entziehen.«

»Ich weiß nicht, ob ich ihr je wieder vertrauen kann, Bridget. Mich haben in letzter Zeit so viele Menschen belogen, dass es für ein ganzes Leben reicht. Audrey wollte mich gern unterstützen, mich von Robert befreien und auch noch Coral helfen. Aber dadurch, dass sie sich ständig in das Leben anderer Menschen einmischt und denen ihre Vorstellungen aufzuzwingen versucht, steckt Audrey meiner Meinung nach in ihrer ganz eigenen Hölle fest.«

»Vielleicht hilft es gegen die Einsamkeit, wenn sie ständig mit den Problemen anderer beschäftigt ist«, murmelte Bridget.

Da mochte durchaus etwas dran sein. »Seit ich sie kenne, hat Audrey immer schon versucht, für Benachteiligte eine Lanze zu brechen. Sie sieht es als ihre Mission im Leben, sich für andere starkzumachen und Lösungen zu finden. In der Oberstufe hat sie sich stets für die gerade aktuelle gute Sache eingesetzt und Mitschüler verteidigt, wenn sie ungerecht behandelt wurden. Ich hab sie mal gefragt, warum sie das macht. Da hat sie nur mit den Achseln gezuckt und gesagt, dass sie einfach zu den Menschen gehört, die solche Missstände nicht ertragen können. Jetzt ist mir klar, dass sie vor allem David-und-Goliath-Situationen empören, bei denen eine Seite mehr Macht hat als die andere. Audrey hat selbst zugegeben, dass Coral ihr leidtat, als sie sich kennengelernt haben. Und dann hat sie wohl eine willkommene Gelegenheit gewittert, es Robert heimzuzahlen, der sie noch nie leiden konnte. Mittlerweile wissen wir ja auch, warum. Aber ich glaube, am Ende hatte sie Coral wirklich liebgewonnen und wollte ihn ihretwegen schröpfen.«

»Ich hab Audrey und Robert zusammen an eurer Haustür gesehen, als ich auf dem Weg in die Stadt hier vorbeigekommen bin. Dass ich dann bei ihr im Laden war, um es ihr auf die Nase zu binden, war eher eine Trotzreaktion. Ich hatte nämlich gehört, dass sie in der ganzen Stadt schlecht über mich redet. Aber ich dachte wirklich, sie hätte eine Affäre mit Robert.«

»Ich auch«, gab ich zu. »Als ich durch ihr Küchenfenster geschaut und Roberts Schal gesehen habe, schien alles darauf hinzuweisen. Gut, jetzt muss nur noch ein letztes Rätsel gelöst werden.«

»Was meinst du?«, fragte Bridget und nippte an ihrem Gin.

»Na ja, bei uns war das Geld schon länger knapp, und nach Roberts Festnahme ist ans Licht gekommen, dass er an Coral in den letzten paar Monaten jeweils tausend Pfund abgedrückt hat. Deshalb hab ich sein Arbeitszimmer durchsucht und Kontoauszüge gefunden, die zum Teil etliche Jahre alt waren. Und da hat sich herausgestellt, dass die Sache mit diesen Zahlungen nicht neu ist. Während der ersten fünf Jahre von Toms Haftstrafe hat er jeweils am letzten Tag des Monats zweihundert Pfund abgehoben, aber dann seltsamerweise damit aufgehört.«

»Was hat er damit bezahlt?«

»Ja, darin besteht eben das Rätsel. Es geht um Bargeld von unserem Sparkonto. Für Alltagsausgaben hat er Geld von unserem Girokonto genommen, um die konnte es also nicht gehen. Die Regelmäßigkeit, die unveränderliche Summe am immer gleichen Tag – all das weist doch auf eine bestimmte Verwendung hin. Und ich hatte keine Ahnung. Da sind ohne mein Wissen zwölftausend Pfund von unseren Ersparnissen verschwunden.«

»Wollte Robert so vielleicht etwas von eurem gemeinsamen Geld für sich allein abzweigen?«

Ich schüttelte den Kopf. »Bei der Polizei hat er ausgesagt, dass er wegen der Information über Ellis' Vaterschaft fünf Jahre lang ›anonym‹ erpresst wurde. Er war natürlich die ganze Zeit sicher, dass Coral dahinterstecken musste. Und als sie über Audrey neue Forderungen gestellt hat, dachte er, dass sie wohl gierig geworden sein musste. Das hat ihn fuchsteufelswild gemacht, und er wollte sie bei einem Treffen unter vier Augen zur Rede stellen.«

»Aber du glaubst, dass die ersten fünf Jahre gar nichts mit Coral zu tun hatten?«

Ich schüttelte den Kopf. »Audrey streitet es zumindest vehement ab. Ihrer Meinung nach hätte Coral weder das Selbstbewusstsein noch das nötige Wissen gehabt, um so etwas allein zu organisieren. Wenn ich ehrlich bin, ist diese Frage einer der Gründe dafür, dass ich Audrey noch nicht wieder vertrauen kann. Ich hätte eine höhere Meinung von ihr, wenn sie es einfach zugeben würde. Egal, das ist alles Schnee von gestern. Ich musste in Bezug auf viele Dinge einen Schlussstrich ziehen, und das ist eines davon. Jetzt schaue ich vor allem nach vorn. Ich werde zum Beispiel das Haus verkaufen und mir etwas Kleineres zulegen.«

»Dir stehen also aufregende Zeiten bevor.« Bridget biss sich auf die Lippe, bevor sie mit sanfterer Stimme weitersprach: »Jill, wie geht es denn mit uns beiden weiter? Ich würde unsere

Freundschaft so gern wieder aufleben lassen, mich regelmäßig mit dir auf einen Kaffee treffen und über alte Zeiten plaudern. Und, wenn das nicht zu viel verlangt ist, den Grundstein für schöne neue Erinnerungen legen.«

»Wir können gern einen Termin für ein Kaffeetrinken ausmachen«, sagte ich. »Aber ich fange nächste Woche wieder in der Bücherei an, daher werde ich bald weniger Zeit haben.«

»Wow, toll!« Bridget schien sich wirklich für mich zu freuen. »Eine Vollzeitstelle?«

Ich schüttelte den Kopf. »Drei Monate lang werde ich erst einmal Teilzeit arbeiten. Aber wenn ich Interesse habe, kann ich vermutlich auf eine Vollzeitstelle wechseln, die danach frei werden dürfte.« Ich lächelte und konnte meine Begeisterung kaum unterdrücken. »Zu meinen Aufgaben wird dort auch das Restaurieren von Büchern gehören.«

Wir schauten hinüber zu den Romanen in leuchtendem Rot und Gold, die jetzt statt Roberts Auszeichnungen für Dienste an der Gemeinschaft einen Ehrenplatz im Regal einnahmen.

»Die sehen super aus«, sagte Bridget bewundernd. »Da musst du ja etliche Stunden reingesteckt haben.«

Ich nickte. »Allerdings. Aber in gewisser Weise hat mir die Arbeit daran geholfen, im Kopf Ordnung zu schaffen, weil ich dabei an nichts anderes gedacht habe und ganz im Hier und Jetzt war. Weißt du, dadurch ist mir klar geworden, wie sehr ich in den letzten Jahren immer im Gestern, in der Vergangenheit gelebt habe.«

Bridget nickte und sagte einfach nur: »Ich weiß genau, wie sich das anfühlt. Bei mir zu Hause sind jetzt nicht mehr so viele Fotos und Andenken an Jesse ausgestellt, weil ich das Zeug nicht brauche, um mich an meinen Sohn zu erinnern. Und er hätte sich gewünscht, dass ich nicht ständig dem hinterhertrauere, was hätte werden können, sondern im Leben nach vorne schaue. Das ist mir jetzt klar.«

»Während meiner Ehe hab ich die meiste Zeit geglaubt, dass ich ohne meinen Mann nichts bin. Und da ich mich nach Toms Verurteilung von allen anderen abgekapselt hatte, dachte ich ernsthaft, dass ich Robert zum Überleben brauche.«

»Während du in Wirklichkeit wunderbar ohne ihn klarkommst«, fügte Bridget hinzu.

Ich hob mein Glas. »Lass uns darauf trinken!«, sagte ich, und wir stießen an.

SECHZIG
DER GAST

Zwei Monate später

Es war nur eine kleine Feier bei Jill Billinghurst im Garten, aber die Einladung dazu war wirklich eine Überraschung gewesen und hatte mir große Freude bereitet.

Der Bräutigam sah äußerst schneidig aus und die Braut war wunderschön. Jill hatte mir erklärt, dass sie ähnlich gekleidet waren wie an ihrem großen Tag im Gefängnis, den sie mit niemandem hatten teilen können. Jill selbst hatte ich schon lange nicht mehr so glücklich gesehen wie heute, und wir fanden sogar Zeit, um ein wenig zu plaudern.

»Nachdem ich endlich meinen unerträglichen Ehemann los bin, scheint mir das Leben eine zweite Chance zu geben«, erklärte sie. Oh, da musste ich schon ein bisschen schmunzeln!

Es gab zauberhafte Häppchen sowie echten Champagner, und ich muss zugeben, dass ich es richtig genossen habe, mir davon ein, zwei Gläschen zu gönnen. Und es wärmte mir das Herz, mitzuerleben, wie all diese netten, aufrichtigen Menschen nach derart traumatischen Ereignissen zusammen ein paar frohe Stunden verbringen durften.

Die Feier war in vielerlei Hinsicht wundervoll, als etwas ganz Besonderes empfand ich aber meinen gemeinsamen Moment mit Ellis. Was für ein hübscher Junge er doch war! Jill hatte mir zwar im Vertrauen erzählt, dass er viel zu viel Zeit mit Computerspielen verbrachte, wie so viele Kinder heutzutage. Aber sobald ich erst einmal ein Gespräch mit ihm in Gang gebracht hatte, erzählte er mir von seinen Bildern und Geschichten.

»Meine Mum fehlt mir so sehr. Und sie hat mich oft gebeten, nicht den ganzen Tag vor dem Bildschirm zu hocken. Deshalb versuche ich, in meiner neuen Schule viel zu malen und zu schreiben«, erklärte er. Seine Offenheit rührte mich. Zu was für einem fabelhaften jungen Mann er sich nach all dem entwickelte, was er durchgemacht hatte!

Ich drehte mich um, als jemand meinen Namen rief.

»Oh, Tom!« Mit einem Strahlen schaute ich den großen, eleganten Bräutigam in seinem gut geschnittenen dunkelblauen Anzug an, der jetzt zu uns herüberkam.

»Du sprichst da gerade mit einem ganz besonderen Gast, Ellis«, sagte er zu dem Jungen. »Miss Threadgold hat sowohl mich als auch deinen Vater unterrichtet und war dabei eine strenge, aber gerechte Lehrerin. Du solltest dir jeden Rat von ihr zu Herzen nehmen.«

»Ach, Unsinn, Tom. Ich bin mir sicher, dass Bridget und du es auch wunderbar allein hinbekommt, Ellis im Leben den richtigen Weg zu weisen. Er hat mir gerade erzählt, dass er ein begabter Künstler ist, und ich hab mich gefragt, ob ich vielleicht mal bei euch zu Hause vorbeischauen und ihm mit seinen Bildern helfen kann.«

»Das ist eine tolle Idee, vielen Dank.« Tom strahlte. »Was meinst du, Ellis?«

»Cool!«, nickte der Junge.

»Ich spreche mit Bridget, und dann melden wir uns«, sagte Tom fröhlich. »Passen Sie gut auf sich auf, Miss Threadgold. Es war wirklich schön, Sie zu sehen.« Dann zog er weiter, um mit anderen Gästen zu plaudern.

Als ich später wieder zu Hause war, schaute ich mich in meinem Häuschen um und musste daran denken, was für ein Glück ich doch gehabt hatte. In den letzten Jahren hatte sich wirklich viel getan.

Die Begegnungen auf der heutigen Feier hatten bei mir so viele Erinnerungen an jene verhängnisvolle Nacht wachgerufen, in der ich aus der Ferne Jesses Worte an Tom mitangehört hatte. Dass Robert Billinghurst der Vater von Corals Baby war, hatte mich schockiert und entsetzt.

Viel schlimmer hatte ich es aber gefunden, später Jahr für Jahr mitzuerleben, wie Robert Billinghurst unbehelligt mit allem davonkam, was er getan hatte. Er wurde im Ort als Stütze der Gesellschaft angesehen, in der Lokalzeitung als Experte für das mentale Wohlbefinden junger Leute zitiert. Einmal war er Anfang des Jahres sogar vom Bürgermeister für für die Arbeit, die er hier in der Gegend leistete, geehrt worden. Ich fand es damals schwierig, ohne meinen Lohn über die Runden zu kommen. Und zu sehen, wie Billinghurst nach seinem frevelhaften Verhalten frei und sorglos vor sich hin lebte ... kam mir wirklich nicht fair vor.

Eines Tages lief ich einem ehemaligen Schüler von mir über den Weg, der inzwischen im Ausland einen wichtigen Posten in einer Bank innehatte. Er erzählte mir ein paar unterhaltsame Anekdoten darüber, was manche Leute so anstellten, um keine Steuern zahlen zu müssen. Ein Trick bestand zum Beispiel darin, sich ein Nummernkonto zuzulegen, das keine Rückschlüsse auf den Besitzer zuließ. Es dauerte nicht lange, bis ich für mich ebenfalls so eine diskrete Lösung gefunden hatte – eine völlig legale, wie ich gern unterstreichen möchte. Ich eröffnete ein zweites Konto und richtete ein Postfach ein, an das Bargeld geschickt werden konnte.

Prompt bekam Robert Billinghurst dann eine Nachricht mit

der Information, dass jemand alles über Coral und das Baby wusste. Ihm wurde darin nahegelegt, zum Schutz seines Saubermann-Images besser tief in die Tasche zu greifen, wenn sein Arbeitgeber und seine Frau nicht davon erfahren sollten. Er machte eigentlich keine Schwierigkeiten und bezahlte mir während der fünf Jahre, die ich meine Hypothek verlängert hatte, jeden Monat eine beträchtliche Summe. Nach diesem Zeitraum entließ ich ihn wie versprochen aus der Pflicht.

Durch meine einträgliche Idee hatte ich das Haus abbezahlt und sogar noch ein bisschen Geld beiseitelegen können, sodass Ellis später ein ordentliches finanzielles Polster haben würde, wenn er achtzehn wurde.

Und nach diesem schönen Nachmittag würden mich Tom und seine zauberhafte kleine Familie ins Herz schließen und bei sich zu Hause willkommen heißen, damit ich Ellis bei den Schularbeiten unterstützte.

Am Ende hatte sich also alles zum Guten gewendet, so wie ich es mir vor all den Jahren erhofft hatte.

EIN BRIEF VON K.L. SLATER

Danke, dass ihr euch für *Die Hochzeit* entschieden habt. Ich hoffe, das Buch hat euch gefallen! Wenn ihr es gern gelesen habt und über meine neuen Veröffentlichungen auf dem Laufenden bleiben wollt, dann klickt für meinen Newsletter auf diesen Link:

www.bookouture.com/bookouture-deutschland-sign-up

Eure E-Mail-Adresse wird niemals weitergegeben, und ihr könnt euch jederzeit wieder abmelden.

Die Idee zu *Die Hochzeit* ist mir durch einen Artikel gekommen, den mein Mann in einer Lokalzeitung entdeckt hatte. Jemand hatte eines Abends einen Fremden mit einem einzigen Schlag getötet und später am Programm für opferorientierte Justiz teilgenommen. Dadurch hatte sich schließlich eine enge Freundschaft zwischen dem Täter und der Mutter seines Opfers entwickelt.

Mein Interesse war geweckt. Wenn es so in mir zu kribbeln beginnt, spiele ich gerne eine Zeit lang mit dem Ansatz der Geschichte herum und betrachtete ihn von mehreren Seiten. Ich habe begonnen, die Fakten abzuwandeln und überlegt: Was wäre, wenn der Mann statt eines Fremden seinen besten Freund umbringen würde? Und wenn er sich mit der Mutter seines Opfers nicht nur anfreunden, sondern sie sogar heiraten würde? Von diesen Ideen bin ich ausgegangen, und dass sie in meinem Kopf schnell angefangen haben zu wachsen und gedeihen, ist für Schriftsteller immer ein gutes Zeichen.

Ich schreibe für neue Geschichten gern eine grobe Zusammenfassung, um meine Gedanken zu ordnen und sie mit meiner Verlegerin zu teilen. Diese Übersicht enthält aber noch keine Details, und es wird erst richtig interessant, wenn die Personen beim Schreiben zum Leben erwachen. Während ich Tom entwickelt habe, wurde für mich offensichtlich, dass er von klein auf eine schwierige Beziehung zu seinem Vater hatte. Es hat Spaß gemacht, diesen Aspekt der Figur weiter zu erkunden und mir zu überlegen, wie scheinbar nicht miteinander zusammenhängende Ereignisse aus der Kindheit sich noch im Erwachsenenalter auf das Leben auswirken können. Die Familienverhältnisse der Billinghursts werden dadurch verkompliziert, dass Toms Mutter unbedingt zwischen allen Mitgliedern Frieden stiften will. Eine anstrengende und undankbare Aufgabe, wie sicher viele von uns aus Erfahrung wissen!

Dieses Buch spielt in Nottinghamshire, der Gegend, in der ich geboren bin und immer gelebt habe. Leser und Leserinnen aus der Gegend sollten sich dessen bewusst sein, dass ich manchmal Straßennamen oder gewisse geographische Gegebenheiten ändere, wenn es für die Handlung nötig ist.

Ich hoffe, ihr hattet Spaß dabei, meine Geschichte zu lesen und die Figuren näher kennenzulernen. Wenn ja, dann nehmt euch doch ein paar Minuten Zeit und schreibt eine kleine Rezension. Dafür wäre ich wirklich dankbar.

Mich freut immer zu hören, was ihr so denkt, und es hilft dabei, mehr Menschen auf meine Bücher aufmerksam zu machen.

Ich bekomme auch gern Nachrichten von euch – ihr könnt mich über Facebook, Twitter, Goodreads oder meine Website kontaktieren.

Ein großes Dankeschön an meine wunderbare Leserschaft ... und bis zum nächsten Mal!

Kim x

- facebook.com/KimLSlaterAuthor
- twitter.com/kimlslater
- instagram.com/klslaterauthor

DANKSAGUNG

Ich setze mich jeden Tag hin und schreibe, aber ich habe das große Glück, dabei von einem ganzen Team talentierter Menschen Rückendeckung zu bekommen.

Ein riesiges Dankeschön geht an meine Verlegerin bei Bookouture, Lydia Vassar-Smith, für ihre Unterstützung und ihre tollen Anregungen. Mit ihr zusammen eine neue Geschichte zu entwickeln, Ideen zusammenzutragen und über Handlungsstränge zu diskutieren, ist eine meiner Lieblingsphasen im ganzen Prozess!

Danke an das KOMPLETTE Bookouture-Team für alles, was ihr für mich tut! Das ist viel mehr, als ich hier aufzählen könnte, aber ich danke insbesondere Verlagsmanagerin Alexandra Holmes und Kim Nash, Sarah Hardy und Noelle Holten, mit denen die Zusammenarbeit das reinste Vergnügen ist.

Wie immer danke ich meiner wunderbaren Agentin, Camilla Bolton, die auf Textnachrichten, E-Mails oder Anrufe stets mit fachkundigen Ratschlägen und unverzagter Unterstützung reagiert. Besonders erwähnen möchte ich auch Camillas Assistentin, Jade Kavanagh, die sich für mich wirklich ins Zeug legt. Außerdem danke ich dem Rest des hart arbeitenden Teams der Agentur Darley Anderson, vor allem Mary Darby, Kristina Egan, Georgia Fuller und Rosanna Bellingham.

Ein großes Dankeschön geht an meine Lektorin Jane Selley und meine Korrektorin Becca Allen dafür, wie sie mit Adleraugen und enormer Konzentration dabei geholfen haben, diesem Text den letzten Schliff zu geben.

Wie immer danke ich auch meiner Schriftstellerfreundin Angela Marsons, die mir jetzt schon seit vielen Jahren eine unverzichtbare Stütze und Quelle der Inspiration ist. Der Weg zur ersten Buchveröffentlichung ist hart, und nachdem wir uns in einer Zeit voller Ablehnungen und Enttäuschungen gegenseitig angefeuert haben, hat ihre Karriere parallel zur meiner an Fahrt aufgenommen.

Unendlicher Dank gebührt wie immer meinem Ehemann, Mac, für seine Liebe, Unterstützung und Geduld. Er bringt Verständnis auf, wenn ich Abgabedaten hilflos ausgeliefert bin, und beschwert sich nicht über kurzfristige Planänderungen wegen meines Terminkalenders. Ich danke meiner Familie, vor allem meiner wundervollen Tochter, Francesca, und Granny, die immer für mich da ist, mich bei meinen Projekten unterstützt und anspornt und bei meiner Reise in die Welt des Schreibens seit meinen Anfängen an mich geglaubt hat.

Ein besonderes Dankeschön geht an Henry Steadman, der so hart gearbeitet hat, um wieder einmal ein tolles Cover zu zaubern.

Außerdem danke ich all den Bloggern und Verfassern von Buchkritiken, die uns Schriftsteller so fantastisch unterstützen, und jenen, die im Internet eine positive Bewertung geschrieben oder sich auf meinem Blog umgeschaut haben. Das entgeht mir nicht, und ich weiß es sehr zu schätzen.

Zu guter Letzt noch ein dickes Dankeschön an meine ganze Leserschaft. Ich freue mich SO SEHR, wenn ich eure tollen Kommentare und Nachrichten bekomme, und bin wirklich dankbar für den wundervollen Rückhalt durch euch alle!

www.ingramcontent.com/pod-product-compliance
Lightning Source LLC
LaVergne TN
LVHW041618060526
838200LV00040B/1326